U0964765

SENSE AND SENSIBILITY

理智与情感

JANE AUSTEN

[英] 简·奥斯汀 ——— 著

王纪卿 唐荫荪 —— 译

中国友谊出版公司

图书在版编目（CIP）数据

理智与情感 / (英) 奥斯汀著 ；王纪卿，唐荫荪译
. — 北京 ：中国友谊出版公司，2015.12（2022.4重印）
ISBN 978-7-5057-3656-6

Ⅰ. ①理… Ⅱ. ①奥… ②王… ③唐… Ⅲ. ①长篇小说－英国－近代 Ⅳ. ①I561.44

中国版本图书馆CIP数据核字(2015)第297542号

书名 理智与情感
作者 [英]简 · 奥斯汀
译者 王纪卿　唐荫荪
出版 中国友谊出版公司
发行 中国友谊出版公司
经销 新华书店
印刷 天津丰富彩艺印刷有限公司
规格 880×1230毫米　32开
11.5印张　280千字
版次 2016年7月第1版
印次 2022年4月第4次印刷
书号 ISBN 978-7-5057-3656-6
定价 48.00元
地址 北京市朝阳区西坝河南里17号楼
邮编 100028
电话 （010）64678009
版权所有，翻版必究
如发现印装质量问题，可联系调换
电话 （010）59799930-601

奥斯汀画像

由姐姐卡珊德拉于约1810年绘成

1775年12月16日，简·奥斯汀出生于英国汉普郡史蒂文顿（Steventon）的一个牧师家庭，家中共有8个孩子，唯一的姐姐卡珊德拉是她毕生最好的朋友，一生所写的书信大都是给姐姐的。作为堂区长的父亲乔治·奥斯汀和出身乡绅家庭的母亲卡珊德拉给奥斯汀提供了良好的家庭条件。

6岁时，奥斯汀和姐姐被送往牛津（Oxford）接受教育。

1785年，回到史蒂文顿前往修道院寄宿学校（the Abbey House School），学习了包括写作、法语、历史、针线活、舞蹈、音乐、绘画在内的课程。后因经济原因从学校退学，一直待在家中，阅读了父亲的大量藏书。

在轻松的家庭氛围中奥斯汀开始创作，11岁到17岁时创作的作品后来被分别收录到少年作品《第一卷》《第二卷》《第三卷》（*Volume the First, Volume the Second and Volume the Third*）中。

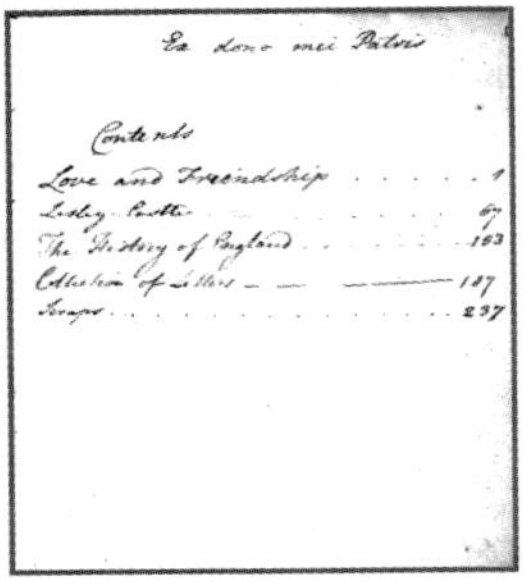
Ex dono mei Patris

Contents
Love and Freindship 1
Lesley Castle 67
The History of England 133
Collection of Letters — — ——— 187
Scraps 237

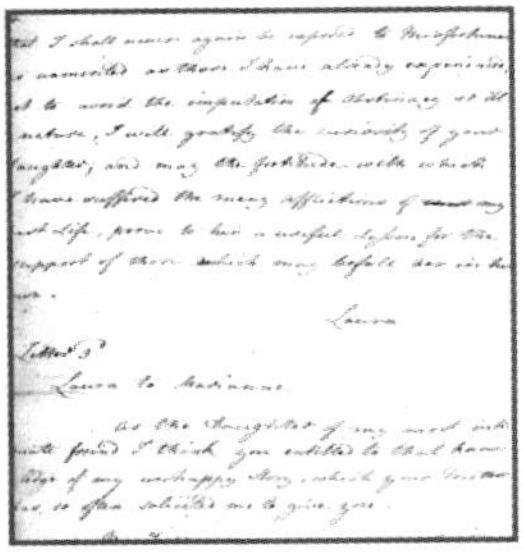

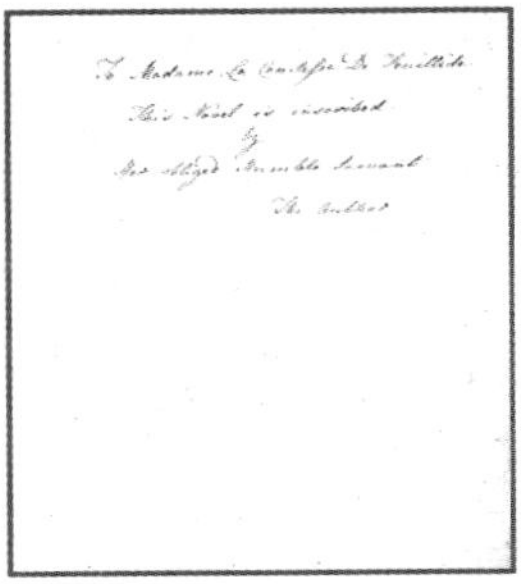
To Madame La Comtesse De Feuillide
This Novel is inscribed
by
Her obliged Humble Servant
The Author

第二卷手稿片段

1793 年，奥斯汀开始创作书信体小说《苏珊夫人》(*Lady Susan*) 和长篇小说《埃莉诺与玛丽安》(*Elinor and Marianne*)。

1796 年，对爱尔兰年轻律师汤姆·勒弗罗伊一见钟情，但因双方家庭反对，恋情最终无疾而终。

> 终于，这一天还是到来了，我将与勒弗罗伊告别。而当你收到这封信时，一切都已结束。一想到这些，我不禁泪流。
>
> ——写给姐姐卡珊德拉的信

自此终身未婚。

奥斯汀在史蒂文顿的故居

在史蒂文顿，奥斯汀完成了第一部小说《最初的印象》（*First Impressions*）、《埃莉诺与玛丽安》（*Elinor and Marianne*）、《苏珊》（*Susan*）的创作。

1801 年，父亲宣布退休，和母亲、姐姐迁居巴斯（Bath）。离开熟悉的故乡，奥斯汀十分不舍，生活也发生了重大变化。在巴斯，她前往剧院，参加了很多舞会和音乐会。同时修改《苏珊》；创作《沃森一家》（*The Watsons*），后又弃稿。

1802 年 12 月，被朋友的弟弟哈里斯·比格 - 威瑟求婚，接受后又拒绝。

1805 年，父亲突然去世，只留下一小笔遗产，生活变得拮据，和母亲、姐姐不得不租住在更小的房子里。在此期间，奥斯汀完成了《苏珊夫人》的终稿，并添加了结尾。之后前往南安普顿（Southampton）投靠朋友和哥哥。

1809 年 7 月，迁居哥哥爱德华在查顿（Chawton）的房子，过上了幸福稳定的生活。每天早饭前奥斯汀都会弹奏钢琴，晚上和姐姐、朋友们围在篝火前大声朗读或是玩游戏。若有访客，就会推开家具一起跳舞。生活所需的衣服、被子、红酒或是啤酒甚至是奥斯汀写作时所用的墨水都是她们一起亲手制作的。

在查顿，奥斯汀有了更多的时间和空间进行创作。她重新修改了《埃莉诺与玛丽安》；开始创作《曼斯菲尔德庄园》（*Mansfield Park*）、《爱玛》（*Emma*）。

1811 年 10 月，长篇小说《埃莉诺与玛丽安》更名为《理智与情感》(*Sense and Sensibility*)出版，广受好评。

1813年1月，长篇小说《最初的印象》更名为《傲慢与偏见》(*Pride and Prejudice*)出版，立即大获成功，同年10月就进行了再版。

1814年5月，长篇小说《曼斯菲尔德庄园》出版，广受欢迎，6个月内售罄，两年后进行了再版。

1815年，开始创作《艾略特》(*The Elliots*)。12月，长篇小说《爱玛》出版。在此之后，奥斯汀身体逐渐衰弱但并未停止创作。

1817年，开始创作最后一部小说《兄弟》(*The Brothers*)，仅完成了12章(后更名为《桑迪顿》(*Sanditon*)在1925年出版)。4月，疾病中断了奥斯汀的创作。她留下遗愿，将几乎所有的东西都留给她最亲爱的姐姐卡珊德拉。

5月24日，和姐姐一起前往温彻斯特(Winchester)接受治疗。7月

《理智与情感》1811年初版

《傲慢与偏见》1813年初版

18 日去世，享年 41 岁。6 天后被安葬在温彻斯特大教堂。

奥斯汀去世 6 个月后，哥哥亨利将《苏珊》更名为《诺桑觉寺》（*Northanger Abbey*）、《艾略特》更名为《劝导》（*Persuasion*）一起出版，并首次署名简·奥斯汀。

1870 年，奥斯汀的侄子出版了第一本完整的传记《简·奥斯汀回忆录》（*A Memoir of Jane Austen*）。

时至今日，作为奥斯汀正式出版的第一部作品，《理智与情感》已被翻译成多种语言，被改编成电视、电影和戏剧等。1995 年由李安执导的同名电影获得了奥斯卡最佳影片，被称为是奥斯汀改编作品中最成功的一部。

电影《理智与情感》（1995年）

中国对《理智与情感》的引进和翻译始于二十世纪八十年代，至今已经出版了超过30个版本。

站在“理智”和“情感”天平两端的姐姐与妹妹，在人生的悲喜剧上演之后，各自走入婚姻的“围城”，一个人一生中只许有一次的恋爱能否如期而至？

第一章

达希伍德家在苏塞克斯定居已有很长的时间了。他们的产业很大，住宅坐落在诺兰园林，在他们地产的正中心。他家好几代人都居住在这里，在周围邻里中享有很高的声望。这份产业的已故主人是个单身汉，他活到了高龄。在他活着时，好些年都是要他妹妹经常陪伴，给他当女管家的。但是她先于他十年死去，这就使他家里产生了巨大的变化。为了弥补她的空缺，他将侄儿亨利·达希伍德先生一家接到了他家里。他侄儿是诺兰庄园的合法继承人，他打算把这笔遗产交给他。这位老绅士在同侄儿、侄媳和他们的孩子们的交往和友谊中安度着晚年。他对他们的喜爱有增无减。亨利·达希伍德先生和太太不仅从利益出发，而且还从善良心地出发不断地关心他，这就给了他一种在他这样的年纪所能接受的充分的安慰。而孩子们给他的欢愉，更加添了生活的乐趣。

亨利·达希伍德先生的前妻给他生了一个儿子，现在的太太则生了三个女儿。儿子是个沉着、可尊敬的青年，靠他母亲的那大笔财产，他从小生活优渥。当他长大以后，财产的一半移交给了他。同样，在这之后不久，由于结婚，他又增加了一笔财富。因此，继承诺兰庄园这件事对于他来说，并不像对他的妹妹们那样真正重要，因为她们靠父亲继承过来的给她们维持独立生活的那笔财产其数甚微。她们的母亲一无所有，而供父亲自己支配的钱也仅有七千镑，他前妻剩下的那一半财产也已提供给她儿子，他只有用以维持生活的权利。

老绅士与世长辞了，人们宣读了他的遗嘱。几乎跟所有其他的遗嘱一样，给人失望的成分同给人高兴的成分一样多。他在遗留下他的庄园时，既没使他侄子感到不公平，也没使他感到厌恶，但他是在折损了遗产一半价值的条件下遗留给他的。达希伍德先生本来多半是为了他的妻子和女儿们而不是为自己或儿子才希望继承这笔财产的，但是遗嘱却保证了要将财产提供给他的儿子和他儿子的儿子——一个四岁的小孩。这样，他就没有权利从管理庄园或出售庄园的贵重木材中获得赡养那些他最亲爱、最需要赡养的家眷的资财。全部遗产都为了那个孩子封存起来。那个偶尔随同他的父母亲来到诺兰庄园拜访的小孩，就这样得到了老绅士的喜爱，其实那小孩的吸引力也与一般两三岁小孩所具有的吸引力没什么特别的不同，比如那些不完整的发音，随心所欲的热切愿望，可爱的动作，没完没了的吵吵嚷嚷，等等，可是这竟超过了多年来老绅士曾从他侄媳及其女儿们那里得到的所有关心的全部价值。然而他也并不想表现得不仁慈，因此，作为对那三位姑娘喜爱的一种标志，他留给她们每人一千镑。

达希伍德先生的失望心情开始是很强烈的，但他性情愉快而乐观，而且他也完全有理由希望就这样生活许多年，省吃俭用，凭借不小的庄园积蓄一笔相当可观的钱，同时他还能够几乎是立刻将庄园加以改进。但是这笔姗姗来迟的财产归他所有仅仅只有一年时间。一年之后，他再也无法活得比他的叔父更长久了，于是他给他的遗孀和女儿们留下的全部家当便是一万镑，这还包括后来增加的遗赠物品在内。

当达希伍德先生病危时，他儿子马上就被叫来了。他以在病中所能有的全部力气迫切地劝说儿子，要他对继母和妹妹们多加关心。

约翰·达希伍德先生对家庭的其他成员没有什么强烈的感情，但被这样一种时刻提出的这样一种性质的劝说感动，因此他保证在他的能力范围之内尽力使她们生活得舒适。他父亲听了这种保证以后，表示放心了。而约翰·达希伍德先生则有时间从容考虑：在他的能力范围内，究竟能慎重地为她们做多少事情。

如果心肠冷淡和颇有私心还不算是坏心眼的话，他也还不算是个坏心眼的青年。一般说来，他还算够受尊重的，因为他在履行其平时的职责时，都表现得彬彬有礼。要是他娶的是一个待人更为亲切一些的女人的话，他就会显得比现在更加有身份一些，甚至他自己也会显得待人亲切一些。因为他结婚时还很年轻，他又非常喜欢他的妻子，而约翰·达希伍德太太则是他本人的一种惊人写照，更加气量狭窄，也更加自私。

当他向父亲作保证时，心里思量着用送给妹妹们每人一千镑的办法来增加她们的财产。然后他真的认为他能做到这一点。眼前的收入不算在内，他每年有四千镑收入的指望，此外还有妈妈留下的那一半财产。这种想法使他心情激动起来，认为自己有这种慷慨解囊的能力。“对，要给她们三千镑，这会显得多么漂亮大方！这将足以使她们过上完全宽裕的生活。三千镑！节省出这笔相当可观的数字并不会有什么不便之处。”他整天思考这个问题，而且一连几天都在想它，他不会在这件事情上后悔的。

等丈夫的父亲的葬礼一过，约翰·达希伍德太太就带着孩子和用人，不对她继母说明来意，来到了诺兰庄园。没有人能怀疑她有权到这里来。从她丈夫的父亲去世时起，这栋房子就是她丈夫的了。但是她的这种行为过于粗鲁，对于处在达希伍德太太这种地位的女人来说，即使她只有普通的感情，也一定是极不愉快的，但是她心里原本有一种强烈的荣誉感，一种夸大了的慷慨的感觉，这样，不管是谁给予或是遭受这一类冒犯，在她看来都是一种无法遏制的厌恶的根源。约翰·达希伍德太太在她丈夫家任何一个人的眼里，都不是一个特别受人喜爱的人。但只是在此刻，她才有机会表现自己：当形势需要她对别人的舒适生活尽一点义务时，她能表现得何等漠不关心。

达希伍德太太敏锐地感觉到这种无礼的行为，并且为此而极为鄙视她的儿媳。当儿媳到来时，要不是她大女儿的恳求使她首先考虑到离去的礼貌问题，要不是她自己对三个女儿的亲切的爱使她后来决定留下来，以及为了女儿们的原因避免跟她们的哥哥闹得不和，她本打算永远离开这栋房子的。

大女儿埃莉诺的忠告十分有效，这种忠告包含一种对事物的理解和冷静的判断力量，这就使她虽然只有十九岁，却有资格成为她妈妈的顾问，而且使她能经常劝阻达希伍德太太的急切心情，这种急切心情往往导致轻率，而这种劝阻对她们大家都是有利的。她有一副极好的心肠，性格柔和而感情坚强，但她知道如何控制它们，这是她妈妈也还得要学习的一种知识，而她们姊妹当中的一个却坚决不肯学习这种知识。

玛丽安的才能在许多方面都比得上埃莉诺。她聪明灵巧，但对每一件事情都很热切。她的忧愁，她的快乐，都没有节制。她慷慨大方，和蔼可亲，逗人喜欢，除了不够谨慎之外，她什么都好。她和母亲之间的相似点简直多得惊人。

埃莉诺关切地看出了妹妹在情感方面缺乏节制，而在达希伍德太太看来，这种性格却是宝贵的，值得珍爱的。现在她们却在彼此增进悲恸的强烈性。最初曾经把她们制服过的那种突发的悲痛又自动复发，而且一次又一次地在她们思想上产生出来。她们完全屈服于这种悲痛，在能提供这种悲痛的各种想法中探索不幸增长的原因，而在未来或许会有的安慰中去消除它。埃莉诺也深深感到苦恼，但她还能进行斗争，她能尽自己的力量。她还能同哥哥进行商量，在嫂嫂到来时还能进行接待，对她予以适当的关心。这就能使妈妈也振奋起来作同样的努力，并且促使她进行同样的克制。

另一个妹妹玛格丽特是个性情好、乐于助人的姑娘，不过由于她已深受玛丽安姐姐的许多浪漫倾向的影响，而又没有她那么多理智，这个十三岁的姑娘在未来的生活中不可能有希望赶上她的两位姐姐。

第二章

约翰·达希伍德太太现在让自己当上诺兰庄园的女主人了，她的继母和妹妹们则降到来宾的地位。然而，她还是以一种乏味的客套对待她们；她丈夫则以他自己所认为的，除了他自己、他的妻子和他的孩子以外，对任何人都没有给予过那么多的好心来对待她们。他以某种诚挚的态度，真的要使她们觉得诺兰庄园就是她们的家。达希伍德太太呢，看来在能从邻居间找到一间房子以前，没有比留在这儿更合适的计划，因此也就接受了他的招待。

继续留在每一样东西都足以唤起她以前的乐趣回忆的地方，确实合她的心意。在以前那些欢乐的时刻，再没有人能像她那样心情愉快，或是像她一样，在很大程度上具有那种对幸福满怀信心的期望，那种期望就是幸福本身。然而，在悲伤之中，她也同样被自己的幻想陶醉，而且，像在欢乐中她的心情远远超出安慰之外一样，此时她的心情也超出两种混杂的情绪之外。

约翰·达希伍德太太对丈夫打算为他妹妹们做的事情很不满意。从他们亲爱的小儿子的财产中拿走三千镑，这将使他陷入极其可怕的贫困地步。她求他在这件事情上要三思而行。他怎么能答应在自己唯一的孩子身上劫走这么大一笔数字的财产呢？达希伍德小姐们对他来说，只是一种同父异母的关系，而对于她来说，可什么关系也没有，她们有什么理由要他慷慨地拿出这么大一笔钱？同父异母的孩子们之间不应该存在什么感情，这是大家都很清楚的，可他为何要把所有的钱给予他同父异母的妹妹而毁掉他自己，毁掉他们可怜的小哈里呢？

“这是我父亲对我最后的要求，”她丈夫回答说，“我应当帮助他的遗孀和女儿们。”

“我敢说，他不知道自己在说些什么，十有八九当时他是头晕目眩，要是神志清醒的话，他绝不可能想出要你从你孩子那儿付出你的一半财产这种事情来的。”

“他倒没有定出一个特定的数字，我亲爱的范妮，他只是要求我在一般的条件下帮助她们，使她们的生活情况比起在他尽力支持她们时要过得安适一些。要是他把他的财产全部交给了我的话，也许她们的生活条件早就有了改善。他总不会猜想我会忽略她们。由于他要求我做出承诺，我也就只好答应了，至少当时我是这样想的。所以，我就做出了承诺，而这一承诺必须加以实现。只要她们离开诺兰庄园安顿了一个新家，我们就得对她们有所表示。”

“嗯，那就对她们有所表示吧，但那种表示也不需要三千镑呀。你要仔细想想。”她又加上一句，“这笔钱一旦给了人家，就再也要不回来了。你的妹妹们会要结婚，这样，钱就永远要不回了。当然，要是这笔钱能归还给我们可怜的小儿子……”

“噢，哎呀，”她丈夫非常严肃地说，“那就会大不相同了。哈里将来会后悔不该把这么大一笔钱给人家的。比方说，要是他有一个多子女的家庭的话，能增加这么一笔钱是很有用处的。”

“那当然很有用处呀。”

“那么，要是把数字减少一半的话，也许从各方来说都要好一些。对她们的财产来说，五百镑就将是一笔很大的收入了。”

“啊，这比什么都好！世界上哪有哥哥对妹妹，即使真是亲妹妹，有你这样一半好呢？而更何况仅仅是同父异母的妹妹！你就是这么一个慷慨大方的人！”

“我不想做小气事，”他回答道，“在这种事情上，一个人宁肯大方一些，而不要太小气了。这样，至少就不会有人认为我为她们尽力不够，甚至她们自己几乎也不会有更多的期望了。”

“也不知道她们所期望的是什么，”他太太说，“但我们不去想她们所期望的事情。问题是你对她们能否负担得起。”

“当然，我认为我可以负担她们每人五百镑。其实，即便我分文不给，在她们的母亲去世时，她们每人都将有三千镑以上，这对任何一个青年妇女来说，都是一笔非常不错的财产了。”

“确实是这样。真的，在我看来，她们完全不用什么补贴了。她们将有一万镑来平分。要是她们结婚，情况肯定还会要好一些；要是不结婚，靠一万镑的利息，她们也能在一起生活得非常舒服了。”

“确实是这样。因此，当她们的母亲还在世的时候，给她而不是给她的女儿们一点好处，我的意思是说给她一点年金之类的东西，不知道总的看来这是否更合适。这样，我的妹妹们和她们的母亲都会感到这样做所产生的良好效果。每年一百镑就会使她们全都感到十分舒服。”

但他妻子在同意这项计划之前犹豫了一下。

“当然，”她说，“这比马上就付一千五百镑要好。但要是达希伍德太太还要活十五年，那我们也得要完完全全地接济她。”

“十五年！我亲爱的范妮，她生命的价值还抵不上她那笔收益的一半哩。”

“当然抵不上。但如果你观察一下，当人们享受年金时，他们总能老是活下去。她结实健康，几乎还不到四十岁。一笔年金是一件大事，每年都得付给，无法免除。你还没意识到你所做的这件事。关于年金的麻烦事儿我倒知道一些。由于我父亲的遗嘱上写了，我母亲曾不得不给三个老仆人支付年金。令人惊异的是她发现那工作有多么讨厌。这笔年金每年要付两次，接着还有把年金送到他们手里的麻烦事。此后，听说其中有一个死了，后来又听说没有这回事。我母亲对这件事十分厌烦。她说，在这种没完没了的要求的情况下，她的收入不算是她自己的了。这件事也只怪父亲做得太不好了。要不然的话，母亲的钱就会完完全全由她自己来支配，不会受任何形式的约束。由于我如此憎恶年金，所以我肯定不愿把自己束缚在给人付年金这种事情上面。”

“一个人的收入中每年有一笔这样的负担确是一件不愉快的事。”达希伍德先生回答说，“正如你妈所说，一个人的财产不是他自己的。把自己约束在定期付这样大一笔款子的事情上，绝不会令人称心如意，这样，一个人就一点独立性也没有了。”

“这是无疑的。而且，到头来你连感谢的话也听不到一句。她们认为到期领取，十分可靠，而你所做的只不过是她们意料中的事，她们一点也不会因此而感激你。我要是你呀，我无论做什么都会完全按自己的意见行事。我绝不会自己把自己的手脚捆住，答应每年给她们任何东西，因为那将使我们在好些年里都需要从我们自己的开支中节省出一百甚至五十镑来，可没那么容易。”

“我相信你是对的，亲爱的。事实上不付年金是要好些。我断断续续无论给她们一点什么东西，都要比每年付年金对她们的帮助大一些。因为她们要是觉得有把握得到一笔较大的收入，她们只会加大开销，这样，在一年结束时，她们却不会因此而变得哪怕富裕一点点。你讲的肯定是一种好得多的办法。时不时送她们五十镑，就不致使她们在钱的问题上感到苦恼，而且我认为，我也就足以履行我对父亲所许下的诺言了。”

“确实是这样。说实在话，我倒是确信你父亲的意思完全不是要你给她们钱财。我敢说，他所想到的帮助只不过是对你的合乎情理的期望。比方说，为她们找一所舒舒服服的小房子呀，帮她们搬搬东西呀，送给她们一些鲜鱼、野味之类的时令食物呀，等等。我敢用生命打赌，他不会再有其他的意思了。要是还有什么其他意思的话，那确实就非常奇怪而不合情理了。我亲爱的达希伍德先生，这样做的话，你想想看，你的继母和她的女儿们靠七千镑的利息，生活将是何等舒服。此外，还有属于姑娘们的每人一千镑，这又将带给她们每人每年五十镑。当然，她们得从那里面拿钱出来付给她们母亲伙食费。总计来说，她们一年有五百镑的收入。究竟什么能使四个女人要求比这还要多呢？她们的开销那么少，完全不会有家务管理开支。她们不会有马车、马匹，几乎也不会有仆人。她们不跟外人来往，不可能有任何类型的开支！想象她们将生活得如何舒服吧！一年五百镑！我确信我想象不出她们如何能花掉其中的一半。至于你还要多送些给她们，这样想都是十分荒谬的。她们将会有更多的东西送给你哩。”

“我向你保证，”达希伍德先生说，“我相信你是完全正确的。我父亲对我的要求肯定不会比你所说的更多。现在我清楚地了解到了这一点，因此我要用你刚才所说的那种给她们帮助和好处的行动来严格履行我的保证。当继母搬到另外的房子里去住时，我将尽快地提供帮助。那时还要给她们提供一些家具作为小小的合意的礼物哩。”

“这个自然。”约翰·达希伍德太太回答道，“但有一件事情还必须考虑到。当你的父母亲迁来诺兰庄园时，虽然在斯丹希尔的家具是卖掉了，但所有的瓷器、金银餐具和亚麻织物却还保留着，这些东西现在都归你继母了。所以，你继母一旦找到一间房子，那房子几乎马上可以布置起来。”

“这无疑是一种物质上的考虑。那确实是很有价值的遗物！而且，将那些金银餐具放一部分在我们这儿，也是很妙的哩。”

“对。还有那套早餐瓷器也要比现在这屋里的漂亮一倍哩。我认为，那太漂亮了，她们住得起的房子根本不配用。但是，事情就是这样的，你父亲想的只是她们。而我必须这样说，你无须特别感激他，也不必去关心他的愿望。因为我们非常清楚地知道，只要他能办到，他会把世上差不多一切东西都留给她们的。”

这样的争辩是无法抗拒的。他先前还有几分果断，打算要帮助她们，最后他的看法归结为：要不是有伤大雅的话，为他父亲的遗孀和女儿们做出比他妻子所指示的更多友好的表示，将是绝对不需要的事。

第三章

达希伍德太太在诺兰庄园留居了几个月。在每个熟悉地点的景象不足以使她产生哪怕是短暂的强烈感情的时候，她就不愿在此逗留了。在她的精神开始复原，她的心不再以令人伤感的回忆加深她的苦恼而可以作某种其他的努力时，她急切地希望离开，坚持要求在诺兰庄园邻近找一所合适的住宅，她不能住得离她所热爱的诺兰庄园太远。但她不能马上找到这样的地方：既合乎她的舒适悠闲的想法，又适合于她大女儿的谨慎的特性。有几处房子，她本认为可以租下的，但由于大女儿慎重地考虑到她们的收入不能支付太高的房租而拒绝了。

达希伍德太太曾听丈夫说过，他儿子曾正式作了保证要给她们一笔财产，以便趁他在世时能给他最后一次安慰。她跟他一样，不怀疑这一保证的诚意，她一想起来就为女儿们感到高兴。至于她自己，她相信比七千镑少得多的一笔钱也能撑持她过上富裕生活。同时，为了她们的哥哥，为了他自己的那种情感，她又高兴起来，并且责备自己以前是以不公正的态度来看待他的优点，认为他不可能慷慨大方。他对待她本人和对待他妹妹们的彬彬有礼的举动，使她深信他对她们的福利是深为关切的，因此在好长一段时间内，她都坚定地相信他是个心胸宽大的人。

在很早以前，在她认识儿媳时起就产生了那种对她的轻视。当她在儿媳家居留了半年，进一步了解了她的人品以后，这种轻视越发加深了。也许，要不是发生了一种特殊情况，使得她的女儿们认为继续在诺兰庄园居住下去是更为合适（按照达希伍德太太的意见）的话，不管达希伍德太太怎样从礼貌或是母性的感情等各方面考虑，这两位太太都很难长期共同相处下去。

上述的特殊情况是她的大女儿同约翰·达希伍德太太的兄弟之间不断增长的依恋之情。这位兄弟是一位有绅士派头的愉快的年轻人，在他姐姐进居诺兰庄园之后不久，他就被介绍同她们认识了，打那时起，他就在那里消磨掉他的大部分时间。

有的母亲出于利益，也许会鼓励这种密切接近，因为爱德华·弗纳斯是一位已故富翁的长子；而有的母亲出于慎重，则约束这种接近，因为他的整个财产，除了很小一笔数字以外，都得根据他母亲的遗嘱行事。但达希伍德太太却不受上述两方面考虑的影响。在她看来，他显得和蔼可亲，他爱她的女儿，而埃莉诺对他也同样地特别喜爱，这就够了。但她又认为这种结合同她自己的信条相反。她一贯认为，财产的多寡不应把一对由于性情相投而结合的夫妇分开。埃莉诺的优点应该被熟悉她的人承认，但事实却与她的主张相反。因此，在她看来，这种情况是不可理解的。

爱德华·弗纳斯在外表或言谈方面，都没有什么特殊的风度足以博得她们的良好印象。他相貌平平，礼貌要求他表现亲切，以使她们愉快。他过于羞怯，不能适当地处理自己，但当他克服天生的羞怯时，他的举动又表现出种种具有开朗而充满深情的心胸的迹象。他的理解力很强，而他所受的教育又扎扎实实使他更聪明。但是，无论在才能方面还是在性格方面，他都辜负了他母亲和姐姐对他的希望。长期以来，她们一直希望他成为一个杰出的人物。在哪方面杰出呢？她们谁也闹不清。不管什么形式，她们只要求他能弄个好的地位就行了。他母亲希望他对政治事务发生兴趣，以便他能进入议会，或同当今许多显要人物交往。约翰·达希伍德太太的愿望也与此相同。但就在她们那些高贵的愿望一样都还没实现之前，她那想看到他乘坐四轮四座豪华马车的雄心壮志却已冷却下来。爱德华没有当上伟人或坐上四轮四座豪华马车。他的所有愿望都集中表现在追求家庭的舒适和私生活的宁静方面。幸好他还有个弟弟比他更有出息。

在引起达希伍德太太更大的注意以前，爱德华已在这屋子里待了好几个星期了。她当时心情极为苦恼，因此对周围的事物都表现得漠不关心。她只知道他沉静而谦逊，并因此而喜欢他。他呢，当然不能以不合时宜的谈话来搅扰她内心的不幸。有一天，埃莉诺偶然谈到爱德华跟他姐姐之间的差异，这就使得她妈妈第一次有了一种要进一步对他进行观察和认可的想法。姊弟之间的对照，使他最有说服力地给了达希伍德太太以良好的印象。

“这就够了，”她说，“说他跟范妮不一样就够了。这就意味着一切都是亲切的。我已经喜爱他了。”

“当您更多地了解他以后，”埃莉诺说，“我认为您是会喜欢他的。”

“喜欢他！”她妈妈带着微笑回答道，“我不认为感到满意的感情要比喜爱低一等。”

“您可以尊重他。”

“我还没听说过把尊重和喜爱分开的事。”

达希伍德太太现在尽力开始了解他。她的风度是令人喜悦的，因此很快就消除了他的缄默。她很快了解到他的一切优点，她认为他对埃莉诺是关心的，这一信念或许有助于提升她的洞察力。她真正感到她确信他的价值，乃至于当她知道他的心是热烈的，他的性格是饱含深情的之后，他那沉默寡言的举止也帮助她来反对她自己原有的那种认为青年人不能缺少谈吐的看法，而觉得沉默不再是令人生厌的了。

她在他的举动中一察觉到对埃莉诺有爱的征兆，就考虑到他们是一种可靠的、认真的相恋，盼望他们早日结婚。

“我亲爱的玛丽安，”她说，“几个月以内，埃莉诺很有可能会要对生活感到满足了。我们将要失去她，但她会很幸福。”

“啊，妈妈！没有她我们该怎么办呢？”

“我亲爱的，这简直说不上是别离。我们离她只不过几英里远，在生活中我们将每天可以见面。你们将会得到一个姐夫，一个真正充满深情的姐夫。我认为世上再没有人有他那样好的心肠了。可是，你看来面色显得很阴沉，玛丽安，怎么，难道你不赞同你姐姐的选择？”

“也许，”玛丽安说，“我会要带着几分惊异来看待这件事。爱德华非常亲切，我也感到喜爱他。但是，他不是那种青年人——还缺少一种什么东西，他的外表不引人注目——根本没有期望能从一个认真爱慕我姐姐的男人身上见到的那种优雅风度。他的眼睛缺乏那种说明他有美德和智力的气概和热情。除此以外，妈妈，我怕他没有什么真正的爱好。音乐几乎根本不能吸引他。虽然他很赞赏埃莉诺的绘画，但那不是一种懂得其价值的行家的赞赏。显然，当她作画时，尽管他经常总是注意看她，实际上他对此道一窍不通。他只是作为一个爱好者而不是鉴赏者来赞美她的画的。性格一致才能使我感到满意。同一个各方面的爱好都和我合不来的人在一起，我是不可能有幸福的。他必须进入我所有的感情里面去，同一本书，同一支乐曲，必须使我们俩同时入迷。啊，妈妈！昨晚爱德华给我们朗诵时是多么的萎靡不振、无精打采啊！我真非常同情我姐姐，可她却镇镇静静地忍受了这一切，好像根本没察觉到似的。我差点要坐不下去了。平时我一听到那些漂亮的诗句几乎就要激动得发狂，而他却以那样的令人难解的沉静和可怕的冷淡来朗读它！”

“在朗读简洁而优美的散文时，他肯定会要好一些。昨天他朗诵时我也曾这样想过，可你们偏要把考珀①的作品朗诵给他。”

“不，妈妈，谁料朗诵考珀的作品也不能使他生气勃勃些！当然我们也要允许有不同的爱好。埃莉诺没有我这样的感情，所以她可以不计较这一点，和他在一起可以得到幸福。但要是我爱上了他，听到他那样没有情感地朗诵作品，那我的心都会要碎的。妈妈，我越是懂事，就越相信我绝不可能找到一个能够被我真正爱上的男人。我要求得太多了！他必须具有爱德华的一切美德，他的外表和风度必须以各种可能的魅力来美化他的这种美德。”

“记住，我亲爱的，你还不到十七岁。在生活中对这样的幸福丧失信心还为时过早。为什么你该不如你妈妈幸运呢？只有在一种情况下，我的玛丽安，你的命运会跟妈妈的不相同！”

---

① 考珀(William Cowper,1731—1800)，英国诗人。

第四章

“真遗憾，埃莉诺，”玛丽安说，“爱德华竟会对绘画不感兴趣。”

“对绘画不感兴趣，”埃莉诺回答道，“你怎么这样看问题呢？确实，他自己并不动手画，但他对看别人作画有极大兴趣。我可以向你保证，他绝不缺乏对绘画的天生喜好，虽然他没有机会在这方面提高它，要是他学过的话，我认为他会画得很好的。他完全不相信他对美术作品的鉴赏，因此，他从来不愿对一幅绘画发表自己的意见。可是他那种天生的爱好朴实而得体，这就使得他的那种看法一般说来都是完全正确的。”

玛丽安害怕冒犯姐姐，在这个问题上没有再说什么。但如埃莉诺所讲的并使她感到满意的那种他对别人的绘画的赞赏，却根本不是那种狂热的爱好。在她看来，只称得上是一种趣味。虽然玛丽安对姐姐的这种错觉暗自发笑，但她还是因姐姐由于盲目偏爱而产生这种错觉而尊重她。

“玛丽安，”埃莉诺继续说，“我希望你不会认为他缺乏一般的爱好。当然，我认为我可以说你不会这样想，因为你对他的态度是完全真诚的，要是你对他有那样的看法，那可以肯定你就绝不会对他有礼貌了。”

玛丽安几乎不知要说什么才好。不管任何原因，她都不愿意伤害姐姐的感情，而她又不可能说那种违心的话。于是她终于回答道：“埃莉诺，要是我对他的赞美在各方面不同于你对他的优点的感觉的话，你别生气。我不像你那样，有许多机会来评价他的内心、他的倾向和兴趣方面的细微的癖好，但对于他的德行和理智，我都认为是世上最高的。我认为他各方面都是高尚而亲切的。”

“我确信，”埃莉诺带着微笑回答道，“他的最亲爱的朋友们对于像这样的赞扬是不会不满意的。你表现得真十分热情。”

玛丽安发现姐姐这么容易心情愉快起来，很是高兴。

“对于他的德行和理智，”埃莉诺继续说，“我认为，只要是经常听他坦率谈话的人，都是不会怀疑的。他的理解力是极好的，只是由于腼腆，他的才能才含而不露，而且他经常沉默不语。你是够了解他的，可以对他的确实价值做出公正的评判。但对于他的细微的癖好（如你所这样称谓的），则由于特殊的情况，你比我更不了解。我和他经常在一起，而你则由于充满深情的本性，完全被妈妈吸引去了。我已对他了解得很多，我已研究过他的感情，听取过他在文学和爱好方面的意见。总的说来，我敢保证说，他的内才是很丰富的，他对于书籍的欣赏能力是很强的，他的想象是很活跃的，他的观察恰当而正确，他的爱好纯正而脱俗。他的各方面的才能，正如他的风度和仪态一样，看起来都是很高的。乍一看，他貌不压众，语不惊人，直到你发觉他那双不平常的俊眼，以及他美妙的面容，你才觉得他是非比寻常的了。眼下我已经非常了解他，我认为他真正漂亮，或者，至少差不多是这样的了。你说呢，玛丽安？”

“如果我现在还不觉得他漂亮的话，埃莉诺，很快我就会要觉得他漂亮的。当你告诉我要我像爱一个兄弟一样爱他时，我就不再认为他的外表有什么不完美的地方了，就像我现在认为他的内心也没有什么不完美一样。”

埃莉诺对这话感到吃惊，同时懊悔刚才在谈到他时暴露出那样的热情。在她看来，爱德华是非常高尚的。她认为对他的这种尊重是共同的，但对于这一点她需要得到更多的肯定，以使玛丽安确信对他们俩的恋爱她是可以同意的。她知道，玛丽安和妈妈一旦猜测到一件事，接着就会要相信。而对于她们来说，意愿就是希望，希望就是期待。她试图把事情的真相对妹妹讲清楚。

“我不想否认，”她说，“我认为他很高尚，因此我非常尊敬他，我喜欢他。”

玛丽安听到她这句话，突然愤慨地说：

“尊敬他！喜欢他！冷心肠的埃莉诺。啊！比冷心肠还要坏。你不好意思承认是另外一回事。你要是再用一些这样的字眼，我就立刻离开这房子。”

埃莉诺禁不住笑了起来。“原谅我吧，”她说，“请相信，我只是用如此平和的方式来讲述我自己的感情，绝无意冒犯你。相信我的感情比我对你所讲的要强烈些。总之，相信这种感情是他的这类优点，而对于他会爱慕我的那种希望产生怀疑是有根据的，既不轻率，也不愚蠢。比这更多的你就别相信了。我绝不确信他会关心我。有过一段时间他关心的程度是值得怀疑的，直到充分了解了他的感情以后，你对我那种由于相信或估计我的偏爱要超过实际情况，因而不希望再对我的偏爱加以任何鼓励的想法，就不会感到奇怪了。在我心里，很少、几乎不对他喜爱的东西感到怀疑。但除了他的爱好之外，还要考虑到其他方面。他现在还远不能自立，他母亲到底如何我们无法得知，但从范妮偶尔谈到她的行为和观点看来，绝不能认为她是一个亲切的人。如果爱德华自己没有意识到在他一生的道路上还有许许多多困难，如果他希望娶一个既没有财产又没有地位的女人，那我就大错特错了。”

玛丽安吃惊地发现，她和她妈妈的想象是多么超出实际情况之外。

“那你就真不跟他订婚了！”她说，“但订婚的事肯定不久还是要发生的。推迟一些，倒还有两点好处：第一，我不会马上失去你；第二，爱德华将有更好的机会来增进对你所喜爱的消遣的欣赏能力，这种欣赏对你将来的幸福来说是一种必不可少的需要。啊！要是他能被你的天才激励而至于去学习绘画，那该是多么令人高兴的事！”

埃莉诺已把她的真正看法告诉了妹妹。她不能以玛丽安所相信的那种有利条件来考虑对爱德华的偏爱。有时她对他也缺乏兴致，这如果不是表示冷淡，也表明是对前途有点缺乏信心。假使他对于她是否关心自己感到了怀疑，也只不过使他不安而已，不大可能产生他平时所经常有的那种内心的沮丧。这从他所处的不允许他的感情随意放纵的从属地位可以找到更合乎情理的原因。她知道他母亲既不会让他现在就建立一个舒适的家，也不会保证在没有严格倾听她的意见的情况下，就让他提高自己的地位，给自己成立一个小家庭。知道了这一情况，埃莉诺在这个问题上就不可能平心静气了。她根本不相信她母亲和妹妹仍然视为当然的因他偏爱她而会产生的那种结果。不仅如此，而且他们越是相处得久，他的关心的性质就越是似乎值得怀疑。有时，在那么短短的令人痛苦的几分钟里，她认为那不过仅仅是友谊罢了。

尽管她的这种感觉实在是有限度的，但被范妮察觉之后，就足以使她不安，同时（这是极为通常的现象）也使得她的行为失礼。范妮一有机会便就此事冒犯婆婆，极富表情地对她谈到爱德华的远大前程，谈到弗纳斯太太自己已下决心要让两个儿子都得到满意的婚姻，任何年轻女人若想勾引他儿子都会带来危险。而达希伍德太太则既不能装作没听见，也不能尽力使自己保持平静，于是对她作了一句表示轻蔑的回答之后，便立刻离开了这间房子。她已下定决心，不管突然迁走会给她们生活上带来多大的不方便或增加多大的开支，她都决心要迁走，她的可爱的埃莉诺再也不该经受这种含沙射影的讥讽了。

达希伍德太太在这种精神状态下，收到了一封从邮局寄来的信，内容是一项特别合乎时宜的建议：她的一位在德文郡的亲戚，一位有钱有势的绅士，以极为宽厚的条件向她提供一幢小房子。这封信是绅士亲自写的，信中表示了一种对她们友好接待的热忱。他知道她现在正需要住房。他现在向她提供的虽然只是一栋小型别墅，但她要是对这种情况感到满意的话，他保证凡是她认为一切必要的东西都会完备无缺的。他热情地劝她，在他把那间房子和花园的详细情况告诉她之后，她就带着女儿们到巴顿庄园他自己的住宅去，在那里，她可以亲自判断巴顿别墅（和他的住宅在同一个教区）是否能使她感到舒适。他似乎真的渴望接待她们，他的信通篇都充满友好的语调，不能不使他的这位表妹感到愉快，特别是当她因受到自己家里人的冷酷无情的待遇而感到痛苦的时候。她不必花时间细想和打听，她在一边看信时就已经做出决定了。巴顿这地方在距离苏塞克斯那么遥远的德文郡，就在几小时以前，她也许还会认为这地方根本没有什么优点，而现在却认为这是一个理想的地方了。离开诺兰的邻居不再是一种不幸，而成了她迫切的愿望。同继续在儿媳门下寄居比较起来，这成了一件幸事。当诺兰庄园现在是由这样一个女人来充任主妇时，从这个可爱的地方搬走永远将会比住在这里或来此访问所感受到的痛苦要少一些。她立刻给约翰·米德尔顿爵士写信，对他的好意表示感激，并且接受他的建议。接着，她又赶紧把这两封信都拿给女儿们看，这样，在回信还未寄出之前，就可以保证她们会感到满意。

埃莉诺一贯认为，她们要是迁移到一个离诺兰较远的地方定居，就要更加谨慎，不像现在住在老熟人中间一样。所以，在这件事上，她不反对母亲迁往德文郡的意见。而且照约翰爵士说的，那房子规模简单，租金又异常公道，以致在这两方面都使她无权提出反对意见。因此，虽然这不是一个能给她的幻想带来任何魅力的计划，虽然从诺兰附近迁移在她愿望之外，她还是不打算劝阻母亲寄走这封表示默许的信。

第五章

达希伍德太太把回信一发走，就对她的继子夫妇宣布：她已经弄到了一所房子，等一切都准备好，可以搬进去居住时，她就将不再打扰他们了。这使她感到愉快而满足。听到这一消息，他们都感到惊奇。约翰·达希伍德太太一言不发，她丈夫则礼貌性地表示希望她不会在离诺兰庄园很远的地方安家。她带着极其满意的心情回答他说，她要迁到德文郡去。爱德华听了这话，赶忙转向她，用一种对她来说无须解释的惊异而关切的声音重复说道："德文郡！您真的到那儿去吗？那么远！是住在那个郡的哪一部分呢？"她说明了她们要去的地方的位置，那是在埃克斯特以北约四英里。

"那只是一所乡村别墅，"她继续说，"我希望能在那所别墅里会见我许多的朋友。增加一两间房子不是难事，若是我的朋友们不辞跋涉前去看我，我肯定也不难接待他们。"

最后，她十分友好地邀请约翰·达希伍德先生和太太去巴顿她的新家做客，而对于爱德华的邀请，则充满更深的感情。虽然最近她跟儿媳的谈话使得她决定不再勉为其难地留在诺兰庄园，但这并没有对她的主要倾向产生丝毫影响。跟过去一样，将爱德华和埃莉诺分开完全不是她的目的，她只是要让约翰·达希伍德太太知道：对她弟弟的这种指名的邀请，是表示根本无视她对这桩婚事的不满。

约翰·达希伍德先生一次又一次地对继母说，她租下的房子离诺兰庄园那么远，以致他无法为她运送家具，他为此感到十分遗憾。此时他也真的感到有些苦恼，他已经把履行对父亲的诺言局限在帮帮忙这一点上，而现在她的这一安排就使得他根本不可能实行他的保证了。她的家具全部是用船运的，主要是些家常的亚麻织品、金银餐具、瓷器和书籍，还有一架玛丽安的漂亮钢琴。约翰·达希伍德太太望着这些被运走的包裹时，叹了一口气。她不禁立即感到：同她们家比起来，达希伍德太太的收入是那样的微不足道，她也该有一两样漂亮一点的家具。

达希伍德太太那所房子的租期是一年。室内备有家具，她可以马上住进去，协议的双方都没有疑义。只是她在西迁以前，要等待处理她在诺兰庄园的财物，以及决定她未来的家务。由于她很快完成了她感兴趣的每一件事，上述财物处理问题不久就妥善解决了。她丈夫留给她的那几匹马，在他死后不久就卖掉了，现在只有来处理她的马车。在大女儿的热诚劝告下，她同样也同意卖掉它。要是根据她个人的意愿，为了孩子们的舒适着想，她不想把它卖掉，但埃莉诺的判断占了上风。她运用智慧将仆人的数目限定为三名——两名女仆和一名男仆，他们都是在诺兰庄园的众多仆役中就地挑选的。

男仆和一名女仆立刻被打发到德文郡去收拾房子，准备迎接女主人的来临。米德尔顿夫人对于达希伍德太太还一无所知，在这种情况下，她宁可马上就到别墅去，以便早点去巴顿庄园进行拜访。同时，她毫无疑问地相信约翰爵士关于房子情况的描述，觉得在她正式搬进去居住以前，已没有什么好奇心驱使她非得亲自去察看不可。她儿媳一心指望她迁走，因此表现出一种明显的满意神情，这种满意只是微微地隐藏在希望她能推迟行期的冷淡的请求后面，这就使她想离开诺兰庄园的热切心情一点也没减弱。现在是她的继子以一种特殊的礼节来履行他对父亲所做的诺言的时候了。既然他第一次来到庄园时忽略了执行这项任务，那么在她们离开他家时，就该视为是履行这一诺言的最合适的时机。但达希伍德太太立即开始放弃这种希望，并且从他谈话的总的倾向中，确信他的帮助不会超过给予她们住在诺兰庄园半年的生活费用。他时常谈到家务开支的增加，谈到不论是多么举足轻重的男人都需要面对超过预计资金的现实。他这些话的意思，无非是说他自己眼前需要许多钱用，而没有任何拿钱出来的计划。

从约翰·米德尔顿爵士第一次写信到诺兰庄园来那天以后没几个星期，她们未来房子里的一切事情都已安排妥帖，只等达希伍德太太和她的女儿们启程了。

当她们对一个如此心爱的地方做最后的告别时，总不免要洒下几行别离之泪。“亲爱的，亲爱的诺兰庄园！”当她们还留在那儿的前一晚，玛丽安独自在房子前面徘徊时这样说，“什么时候我才会停止对你的沉痛怀念？什么时候才会觉得在别处也跟在家里一样？啊，幸福的家！你怎知道现在我在这里见到你时心里是何等的痛苦，从此以后也许我再也见不到你了！还有你们这些见惯了的树木！你们将依然如故，不会因我们的迁走而损坏一片树叶，你们的枝条也不会临风止舞，虽然我们再也见不到你们！不会的，你们将依然如故，意识不到你们给人带来的欢乐与怀念，感觉不到在你们阴影下走过的人有任何变化！啊，谁会留下来继续欣赏你们呢？”

第六章

旅程开始的那一段，她们只是在一种沉闷和厌烦的令人伤感的心情下度过的。但是当旅程快要结束时，她们对眼前出现的她们就要在那里居住的那个乡村产生了兴趣，这就使她们的沮丧情绪得到了克服。而当她们进入巴顿山谷时，那里的景色更是使她们感到愉快。那是一个富饶的、使人愉快的地方，林木苍然，牧草丰富。围绕这个山谷行进一英里多一点，就到达了她们自己的房子。房子前面是一个小小的绿色庭院，她们从一道整洁的小门走了进去。

巴顿别墅作为一所住房来说，虽然小了一点，却倒也舒服而结实。但作为一所别墅来说，则不怎么完美了。它的建筑太一般，盖瓦的屋顶，百叶窗没有漆成绿色，墙上也没盖满常春藤。一条狭窄的通道经过房子，一直通向后花园。门口两旁各有一间约十六平方英尺的起居室，再过去是下房[①]和楼梯。其余还有四间卧室和两间阁楼。这所房子建造起来还没几年，修整得很好。同诺兰庄园比起来，它确实显得小而可怜！她们走进屋子时，由于对诺兰庄园的回忆而涌上的眼泪，很快就干了。她们到来时，仆人们的高兴劲儿使

① 指厨房、储藏室等一类房间。

她们感到愉快，而且，主仆双方都为了对方的缘故而决心要表现得欢快些。她们到达那里时正是九月初头，时节宜人。在良好的季节，初次见到这个地方，使她们得到一个在物资供应方面能长久感觉满意的印象。

房子的位置很好，紧接着房子背后和在两侧不远处都耸立着高山。有些是空旷的丘陵，另一些则种上了作物或是被葱茏的林木覆盖。巴顿村庄主要就是坐落在一个这样的山头上，从别墅的窗口望出去，可见到悦目的景色。前面的景色更为开阔。从别墅可以俯瞰整个山谷，同时还可望见更远处的乡村。环绕别墅的高山，使得整个山谷在那一方向被截断，同时，又从两座极其陡峭的山峰之间扩展开去，在另一方向形成另一名称的山谷。

达希伍德太太对房子的大小和家具设备大体上感到满意。虽然，她以前艰苦的生活作风已为后来的生活添置了不少必需品，但再增添一些东西仍是使她高兴的事，而且此时她已经为把房子弄得更加雅致些准备下了一笔足够的款子。“至于房子本身，”她说，“对我们全家来说肯定是小了一点，但就目前来说，也还算是比较舒适的了，今年已没有时间来将它加以改进。或许在明年春天，要是我有足够的钱（我敢说我会有的），我们会要考虑到建房子的问题。这两间客厅，对于我希望经常邀集朋友们在这里举行的聚会来说，都太小了。我有一个想法，将其中之一的一部分改为一条通道，剩下的那部分作为一个入口，加上一间新客厅（这很容易增加），上层是卧室和阁楼，这样就会是一栋非常舒适的别墅了。我希望楼梯要漂亮一些。虽然，我想把房子扩充一下不是什么困难的事，但一个人也不应该希望百废俱兴。明年春天我要先看看我同社交界的联系情况如何，然后再相应地做出我们的改进计划。”

这时，当一个女人一生中每年还没有节省出五百镑来完成上述所有的计划时，她们心里十分明白，对这所房子目前的情况是心满意足的。她们每个人都忙着安排她们特别关切的事，把书籍和其他什物摆在周围，以便尽力能安顿成一个家。玛丽安的钢琴还没打开包封，但被安顿到了一个恰当的地方。埃莉诺的绘画则挂到了起居室的墙上。

她们进行的这些工作，到第二天早饭后就被房东的到来打断了。他的来访，一是欢迎她们来到巴顿，二是怕她们用具不够，因此从他自己家中和花园里给她们带了好几种用具。约翰·米德尔顿爵士是个四十来岁、长得很标致的男人，以前在斯坦希尔时，他曾访问过她们家，但因为时间相隔太久，他这位当时还很年轻的表妹已无法记起他来了。他面色愉快，态度恰如他信中所说的那样友好。她们的到来似乎使他真正感到满意，她们的舒适是他所真正关心的。他说他非常希望她们和他的家庭相处在一种极其友善的关系中。他极其热诚地劝她们，在她们还没把家安顿好以前，每天就到他的巴顿庄园去吃饭。虽然他的恳求已达到了一种超乎客套的坚持的地步，她们还是不好去打搅他。他的好心不只是限于言辞上。他离开她们不到一个钟头，就从巴顿庄园送来了满满一大篮蔬菜和水果。天黑以前，又给她们送来了野味。此外，他还坚持要为她们往邮局传送信件，并且乐意每天把他的报纸送给她们看。

米德尔顿夫人通过她丈夫带去一封非常有礼貌的信，表示她在关切地等待着回音，希望她的拜访将不会给达希伍德太太带来不便。当她收到一封同样有礼貌的请柬后，第二天这位夫人就被介绍跟她们认识了。

她们当然非常想见到这位得以让她们在巴顿的舒适生活赖以维持的人物，她那雅致的外表，使她们觉得她果然名不虚传。米德尔顿夫人不过二十六七岁，面貌俊秀，身材修长，引人注目，谈吐也很优雅。她的仪态具备了她丈夫所要求的一切优美大方的因素。但她若能兼有她丈夫的那股待人坦率和热情的一部分，就更好了。而这位夫人访问的时间又过长，同时，尽管她受过很好的教养，也不免表现出了一种沉默而冷淡的态度，除了一般场合的应酬话之外，她没有什么更为亲昵一些的话可说，这就使得她们原来对她的钦佩有所减弱。

其实，她们之间的谈话是不必要的，因为约翰爵士非常健谈，同时米德尔顿夫人还采取了一项聪明的预防措施：把她的大孩子——一个大约六岁的男孩带在身边，以便在她们感到窘困的情况下，有一个现存的题目可供反复提及。她们曾问过他的名字和年龄，称赞他长得漂亮，还问了他一些问题，都一一由他妈妈替他回答了，他只是依偎在她身旁，低着头。使这位夫人感到惊异的是，他在客人面前竟是这样害羞，而平时在家里他却能闹翻天。在一般的正式拜访中，总要有个孩子作为聚会的一员，以作为谈话的预备材料。眼下她们就花了十分钟来决定这孩子是最像爸爸，还是最像妈妈，在什么特征上他两者都像。当然，每个人的看法都各不相同，而且每个人对别人的看法都表示惊异。

达希伍德一家人不久又有机会谈论巴顿庄园的其他几位孩子了，因为约翰爵士一定要她们答应第二天到他的庄园去赴宴，否则他就不离开这间屋子。

第七章

巴顿庄园离别墅约有半英里。达希伍德家的女士们沿着山谷走近这座庄园，但庄园被一片凸出的小山遮蔽着，她们竟没有发觉已经走到了。庄园的房子富丽堂皇。米德尔顿一家生活在一种平静宜人和优美雅致的气氛里，前者适合于约翰爵士的爱好，后者则适合于他的夫人。在他们家里几乎每一天都有许多朋友跟他们在一起，他们家同外界所保持的交往也比邻近其他的家庭要多。这对于他们俩的幸福来说是必不可少的，因为尽管他俩在性格和外表举止方面都不相同，但他们在完全缺乏才能和鉴赏力方面却极其相似，这就使得他们把职业限制在非常窄狭的范围内，而与社会上的职业毫无关联。约翰爵士是位运动爱好者，米德尔顿夫人则是一位女主管人。他打猎，射击；她则在家哄孩子，这就是他们唯一的消遣。米德尔顿夫人的长处是能够一年到头地宠爱孩子，而约翰爵士自己单独工作实际上只有一半时间。可是，在家里和在外面的频繁的约会活动，弥补了他们在性格和教育方面的一切不足，既给了约翰爵士一个好的性格，又给了他妻子一种关于良好教养的锻炼。

米德尔顿夫人夸耀她的酒菜精美，夸耀她家一切都安排得当。在她们家的任何一次聚会上，她都通过这种炫耀而得到最大的满足。但是，约翰爵士在社交界的娱乐却要实际得多。他欢喜把过多的青年人召集到他们家来，他们越是吵嚷得厉害，他越是高兴。邻里的青少年都把他视为福音，因为夏天他总是在野外组织聚会，吃冷火腿、冷鸡。冬天，他组织够多的私人舞会，使那些豆蔻年华的年轻女士也不致因不能满足其跳舞的欲望而感到苦恼。

乡村里来了一户新人家，他总觉得是一件乐事，而且从各方面看来，他对眼下他为巴顿别墅招来的居民简直喜欢得着了迷。达希伍德家的小姐们年轻、漂亮而且纯真，这就足以使他产生好感了。因为，纯真能使一个漂亮姑娘的内心恰如其外貌一样具有魅力。他的与人友好的性格，使他能愉快地接纳那些景况比过去倒霉的人。因此，他是以一颗赤诚的心对他的亲戚表示好意，同时，他以一个具有运动家道德的人的称心满意，将一户女性的人家安置在他的别墅里。因为一个具有运动家道德的男人，即使也尊重同样具有运动家道德的男人，却往往不想接纳女人们居住在他自己的庄园宅第里面。

约翰爵士在大门口迎接达希伍德太太和她的女儿们，他真心诚意欢迎她们光临巴顿庄园。当他陪同她们来到客厅以后，他对几位年轻的小姐们谈些先一天已经谈过的事情，说是没能找到一些机灵的年轻人来跟她们会见，除他以外只有一位绅士，那是留在庄园里的一位特殊的朋友，但他既不算很年轻，也不是一个很快活的人。他希望她们都别因这次聚会的规模太小而见怪，他保证以后再不会发生这种情况了。那天上午他曾到过好几户人家，希望尽力能使参加聚会的人数增加一些，但因那几天晚上都是月明之夜，大家都已另有约会。幸好，在最后的时刻，米德尔顿夫人的母亲詹宁斯太太来到了巴顿庄园。她是一个性情非常愉快、令人十分喜爱的女人，她希望年轻的小姐们不致感到如自己所想象的那样呆板乏味。年轻的小姐们，还有她们的妈妈，认为能有两位完全不相识的陌生人参加聚会已十分满意，没有更多的要求。

米德尔顿夫人的母亲詹宁斯太太是个肥胖的、上了年纪的女人，脾气很好，心情愉快。她富于谈吐，似乎兴致很高，却颇有些粗俗。她是一个很爱笑谈的人，筵席还未结束，她就已谈了许多关于情妇和丈夫这一类问题的诙谐事。她希望来自苏塞克斯的女士们没有把她们的心留在过去居住的地方，并且自称，不论她们是否害臊，她都知道她们会害臊的。玛丽安由于觉得姊姊受到了揶揄而对这种谈话感到十分恼火，同时把目光转向埃莉诺，想看看她是如何能忍受得了这种攻击的。她的目光中带着诚挚的感情，这就给予埃莉诺一种比从詹宁斯太太的那种平常戏弄人的话语中所受到的更大的痛苦。

约翰爵士的朋友布兰顿上校，看样子似乎并不适合于做他的朋友，跟米德尔顿夫人不适合于做他的妻子和詹宁斯太太不适合于做米德尔顿夫人的母亲一样。他沉默而庄重。然而，在玛丽安和玛格丽特看来，尽管他是一个绝对的老单身汉（因为他已年过三十五），他的出现仍然是令人不愉快的。他的面貌虽不怎么好看，其面部表情却是理智的，言谈也特别具有绅士风度。

对达希伍德家的人来说，这次聚会上是没有任何人能够与她们为伍的。然而，米德尔顿夫人的冷淡实在太令人厌恶，以致布兰顿上校的庄严乃至约翰爵士和他岳母的兴高采烈的欢笑，和这种冷淡比起来，也显得有趣了。米德尔顿夫人似乎只有在她的四个吵吵嚷嚷的孩子在饭后走进来时，才能唤起她的乐趣。他们把她拖来拖去，扯她的衣裳，阻止别人进行各种谈话，除非谈有关他们自己的事。

晚间，当大家发觉玛丽安有音乐才能时，便邀请她表演节目。

钢琴是打开的，大家都准备好好欣赏一番。玛丽安（她唱得很好）在大家的请求下，仔细翻阅米德尔顿夫人在结婚时带来的歌曲中那些最有价值的部分，那些歌曲也许打从她结婚时起就一直在钢琴上面搁着，因为这位夫人没有用音乐来庆祝她的婚礼。虽然，据她母亲说，她弹得非常之好，而她自己则说只是很喜欢音乐而已。

玛丽安的表演受到了高度赞扬。约翰爵士在每一支歌曲结束时都高声喝彩，而当每一支歌曲正在进行时，他又同样高声地同别人谈话。米德尔顿夫人时时叫他遵守秩序，不知道怎么样才能稍稍引起人们对音乐的兴趣，她要求玛丽安唱一支独特的歌，而这支歌玛丽安恰好刚刚唱完。在所有聚会的人中，只有布兰顿上校一人没有表现得入迷，他只是以注意倾听来表示赞扬。当别的人极不体面地缺乏欣赏能力而理所当然地不值她一顾时，她对他却有一种尊敬之感。同其他人的可怕的冷漠相比，他对音乐的兴趣（虽然还不能等同于她自己对音乐那样爱好得入迷）是很可贵的。因此，她有足够的理由承认：一个三十五岁的男人，一定成功地经历过一切感情的激烈冲动和极多的享乐场合。她已完全倾向于认真考虑上校的老成持重，那是人们所一致需求的。

第八章

詹宁斯太太是个寡妇，有一大笔从丈夫那儿得来的遗产。她只有两个女儿，两人都在她的照料下体面地出嫁了。因此，眼下她除了着手把世上其余的姑娘也都嫁出去以外，没有旁的什么事情可做。在促成这种事情方面，她极为积极，尽其所能，从不失掉在她认识的所有青年中张罗婚礼的机会。她能很快发现别人内心的恋情，而且善于用暗示年轻小姐们对这种年轻男人所具有的力量的办法，挑动她们的羞赧心和虚荣心。这种识别能力，使她刚刚进入巴顿庄园不久，就断定布兰顿上校很喜爱玛丽安·达希伍德。从那晚他们第一次聚会，玛丽安唱歌时他那么聚精会神地听她唱歌这一点上，她就猜测到了是这么一回事。而当米德尔顿一家进行回访，在别墅进餐时，他又一次那么认真地听她唱歌，这样事情就很清楚了。她已完全确信，定是这么一回事。这是非常好的一对：他有钱，她漂亮。詹宁斯太太自从和约翰爵士家结亲，在约翰家初次认识布兰顿上校时起，就急于想看到他娶个妻子。她也经常急于想给每个漂亮的姑娘找个好丈夫。

当然，她也绝不是不考虑到这件事给她自己带来的直接好处，这可以使她对他们双方进行无穷无尽的取笑。在庄园里，她取笑上校；在别墅里，她又取笑玛丽安。对于前者，她的戏谑也许充其量只关系到他本身，完全无关紧要；对于后者，则首先是对这种戏谑不大理解，而当她明白其目的时，几乎不知道是该嘲笑这种戏谑的荒唐好，还是该指责其无礼好。因为她觉得这种戏谑对于处在上校这种地位的上了年纪的老单身汉来说，是极其使他丢脸的事。

达希伍德太太万万没有想到，一个比她只小五岁，在她女儿的幼稚幻想面前显得非常年高德劭的男人，竟然会在詹宁斯太太面前公开表露，有人可能会在年龄上嘲笑他。

“但是，妈妈，至少你不能否认这种指责的荒唐性，虽然你不会认为那是有意、居心不良的。布兰顿上校确实比詹宁斯太太年轻，但他的年纪足够当我的爸爸，要是他也曾有精力恋爱过的话，他一定长期经受过这类事情的各种感受。真太荒唐！如果年纪大和身体衰弱还不足以保护一个男人的话，那要到何时才能使他免遭戏谑呢？”

“身体衰弱！”埃莉诺说，“你说布兰顿上校身体衰弱吗？我能很容易地猜出，他的年龄看起来比妈妈还显得大一些，比你就更不知要大多少，但他的手脚确实还灵活，这一点你几乎无法欺骗你自己。”

“你没听见他抱怨他的风湿病吗？那不是体质衰弱的人的一种极其普通的病吗？”

“我最亲爱的孩子，”妈妈笑着说，“照你这样说来，你也该为我的体质衰弱而感到恐惧了，我竟然活到了四十岁，这在你看来似乎算是一种奇迹了吧！”

“妈妈，这您就对我不公平了。我知道得很清楚，布兰顿上校的年纪还不足以使他的朋友们担心他会按正常规律死去。他还可以活二十年。但三十五岁的年纪与结婚却不相干了。”

“也许，”埃莉诺说，“三十五岁跟十七岁在一起时，最好与结婚不相干。但要是有机会碰巧有个二十七岁的女人还没出嫁的话，我是绝不会反对三十五岁的布兰顿上校娶她的。”

“一个二十七岁的女人，”玛丽安停了一刻以后说，“再也无法感受或产生爱情了。要是她家境不好，或钱财很少，我想她为了准备和保证做一个妻子，很可能会让自己去给人当保姆的。所以，他娶这样一个女人完全没有什么不相称。这是一种方便的契约，社会对此也会满意。在我看来，那完全不叫婚姻，但这也没有什么。在我看来，那似乎只是一种商业性的交换，在这种交换中，每个人都希望在对方的耗费中得到好处。”

“我知道，”埃莉诺回答说，“不可能使你相信：一个二十七岁的女人，在一切事情上都可能同情一个三十五岁的男人，直到爱他，把他当作她称心如意的伴侣。但我却要反对你那命中注定的布兰顿上校和他的妻子经常守在病房里，仅仅因为昨天（非常阴冷而潮湿的一天）他碰巧只是由于一只肩头上发生了一点轻微的风湿病痛而诉起苦来。”

“但是他谈到法兰绒马甲，”玛丽安说，“而对我来说，法兰绒马甲总是跟病痛、痉挛、风湿以及各种足以折磨老弱病人的精神失调联系在一起。”

“如果他是发高烧，那你就绝不会如此藐视他。玛丽安，坦白承认吧，是不是在那副发红的面颊上，在那双深陷的眼睛里，在那因发烧而快速跳动的脉搏中，有某种东西使你感到了兴趣？”

埃莉诺刚一离开房间，玛丽安就说：

“妈妈，我有一种关于疾病的恐惧感，这我不能对你隐瞒。我可以肯定爱德华·弗纳斯身体不舒服。我们到这儿来已有两个星期了，可他还没来。除了真正生病以外，没有什么其他原因能造成这种特殊的拖延。究竟是什么事将他缠在诺兰了呢？”

“你认为他会这么快就来吗！”达希伍德太太说，“我可没有这种想法。相反，如果在这件事情上我有什么担心的话，我倒是记起来当我对他谈到要他到巴顿来时，他有时显得有些不大乐意似的。埃莉诺已在期待他来吗？”

“我还没对她谈这件事。当然，她在期待他。”

“我认为你的想法根本错了。因为昨天我跟她谈到要在那间空房里新安一个壁炉时，她却说不必忙于做这件事，因为那间房子很可能派不上用场。”

“真奇怪！这又是什么意思呢？他们彼此之间的行为都是令人难以理解的！他们在最后告别时是何等冷淡，何等镇静自若啊！他们在最后那一晚的谈话又是何等没精打采啊！爱德华在跟埃莉诺道别和跟我道别时，根本看不出有什么区别，都只像一个充满深情的哥哥对两个妹妹的良好祝愿。在最后的那一天上午，我曾故意让他们俩在一起两次，但两次他都令人难以理解地跟随我走出房间来。而且，埃莉诺在离开诺兰和爱德华时，跟我一样，哭也没哭一声。甚至到现在，她的自制态度也还是没变。什么时候她才忧郁和沮丧呢？什么时候她才打算避开社交界，或对其表示不安和不满呢？”

第九章

达希伍德一家人现在已在巴顿安下家来，过着还算舒服的日子。房子和花园，以及其中的许多设备，她们现在都很熟悉了。在诺兰庄园时，她们美好生活的一半是从日常的事务中取得的。现在，这几姊妹又在以比她们的父亲逝世以后诺兰庄园所能给予的更大的愉快来从事这种日常事务。约翰·米德尔顿爵士在自己家里总是找不到什么消遣，在最初的两星期之内他每天都要来拜访她们，发现她们总是在忙于事务，大为诧异。

除开巴顿庄园的人以外，到她们家来的客人不多。因为尽管约翰爵士急切地恳求她们多与邻居交往，而且一再保证他的马车可以随时为她们服务，达希伍德太太的独立自主的性格还是战胜了社交界要她的女儿们参与活动的愿望，而且她坚决拒绝走访要步行很远一段路程的任何家庭。当然，像上面所说的那样的家庭是很少的，而且也不是全部都可能到达的。沿着前面所叙述过的从巴顿山谷开始的那条窄狭的、弯弯曲曲的阿仑哈姆山谷，女孩子们在最初的几次散步中，有一回发现了一座高雅的大厦。由于这座大厦有点使她们想到诺兰庄园，因此她们对它发生了兴趣，希望最好能知道一下这是哪一家的宅邸。经过询问，她们知道这座大厦的主人是一位性格很好的上了年纪的太太，不幸她身体太弱，不能与外界交往，而且从不出门。

她们周围的整个山村，有许多漂亮的散步场所。当她们觉得在下面的山谷里玩腻了时，从别墅的差不多每个窗户望出去吸引着她们去呼吸呼吸新鲜空气的丘陵顶峰，就是她们选中要去的最好的地方了。在一个难忘的上午，玛丽安和玛格丽特再也忍受不了因两天前下的那场淫雨而受的禁闭，为雨后小块天空射出的阳光所吸引，要上一个山峰去玩。尽管玛丽安声称，那一天不会再下雨了，山头上的朵朵乌云即将消散，但天气还是不太具有魅力，能将母亲和姐姐从书写和阅读中引开。于是，两位姑娘就一同出发了。

她们愉快地登上丘陵，为能够尽情地仰头细察蓝天而感到高兴。而当她们的脸上感受到那富有生气的从高山吹来的西南风时，她们真为母亲和埃莉诺由于害怕以致不能来分享这种愉快的感受而感到遗憾。

“世界上还有比待在这儿更幸福的时刻吗？”玛丽安说，“玛格丽特，我们要至少在这儿溜达两个钟头。”

玛格丽特同意她的说法。她们一边欢笑，一边顶风前进，这样约莫走了二十来分钟，云块突然在她们头上集结成团，骤雨倾泻而下，直淋到她们脸上。惊慌和懊丧迫使她们（虽然很不情愿）往回跑，因为山上没有比回自己家里更近一些的避雨处所。然而，她们心里还是有感到一点安慰之处，那就是：只要尽快地跑下这一面山的陡坡，她们就立即可以到达她们花园的门口。这就使她们在这紧急时刻也比平时显得更加从容得体。

她们开始往下跑。玛丽安开始跑在前面，但一次偶然的失足使她突然跌倒在地。玛格丽特一时无法停下来扶她，只是不自觉地一个劲儿急忙朝前跑去，直到平安地跑到山底。

有一位绅士背着枪，身边还带着两条蹦蹦跳跳的短毛大猎犬，正往山上爬。当玛丽安忽然跌倒时，他距离她仅有几码远。他丢下枪，赶忙上前去扶她。这时她已经自己从地上站了起来，但她的一只脚在摔倒时扭伤，几乎难站得住了。绅士前去搀扶她，但发现她羞怯地谢绝以她的情况而论必须得到的帮助。绅士没有作更多的迟疑，把她抱起来，走下山去。接着穿过花园（玛格丽特已把花园门打开），他抱着她径向玛格丽特刚刚进去的那间房子走去，直到把她放在客厅里的一把椅子上以后，他才松开手。

他们走进房子时，埃莉诺和她母亲都惊异地站起身来。当两人以明显诧异和暗地里赞赏的眼光注视着他时，他以极其坦率和文雅的态度说明他进来的原因，并为他的突然闯入而抱歉。他的声音和表情，使他非常英俊的外貌显得更为优美。假使他是一个年老、丑陋和粗俗的人，那么，由于他对达希伍德太太的孩子表示了关切，她也保证会对他表示感激和产生好感的。但他却如此年轻、英俊而文雅，这就具有一种影响，使她对这一打中了她的感情的行动产生了兴趣。

她再三感谢他，用她固有的亲切言辞请他坐下。他谢绝了，因为他身上又脏又湿。达希伍德太太于是请问他尊姓大名。他回答说，他名叫威洛比，目前住在阿仑哈姆。他希望得到她的允许，明天有幸能来向达希伍德小姐问候。他的请求被欣然同意了，于是他在大雨中兴致勃勃地离开了达希伍德太太的住所。

他所具有的男性美和非同一般的优雅举止，立即成了大家称誉和谈笑的话题，他对玛丽安所献的殷勤，再加上独特的外表，就让人取笑得更起劲了。对于他的风度，玛丽安自己比别人看到的少。因为当他把她抱起来时，她心中极为慌乱，两颊羞得绯红，进屋以后，她失去了仔细注视他的勇气，但她还是看到了他的英俊姿态，因此完全有可能积极参与大家对他的赞誉，她的赞誉也特别生色。他的外貌和风度，完全符合她在一个喜爱的故事中所幻想的那个男主人公的样子，而当他把她抱进屋子时，她一点也没有先前的那种拘谨了，她思想上很快就对他对她所采取的这种行动表示欢迎。他的各种条件都是令人感兴趣的。他的名字好听，他的住处就在她们这可爱的乡村里。她还很快发现，在所有的男式服装中，猎装最为合适。她不断地想象，思想反映十分愉快，简直不把扭伤当一回事了。

这天上午，刚刚雨过天晴可以出门时，约翰爵士就来访问她们了。玛丽安偶尔也跟他谈谈话。她热切地问他，他认不认识阿仑哈姆的一位名叫威洛比的绅士。

“威洛比！”约翰爵士叫喊起来，“什么，他到乡下来了？这是个好消息，明天我要骑马到他那儿去，邀请他星期四到我家吃饭。”

“这么说你认识他？”达希伍德太太说。

“认识！我当然认识他呀。他每年都要到这地方来。”

“他是一个什么样子的年轻人？”

“是一个再好不过的人，我向你保证。一个非常出色的神枪手，而且，全英国再也找不出像他那样勇敢的骑手。”

“对于他你就只能谈上这样一些！”玛丽安气愤地喊道，“他对于熟人的态度如何？他喜欢做何消遣？他的才干和天资如何？”

“我敢发誓，”他说，“在你所谈的这些方面，我对他了解得不太多。但他是个愉快的人，性情又好，他还有一条我有生以来见到的极好的小小的黑色母猎狗。今天他带它出来了吗？”

然而玛丽安并不满足于他讲述威洛比先生猎犬的毛色，而希望他能把威洛比先生内心深处隐蔽着的东西跟她谈谈。

“那么他是个什么样的人呢？”埃莉诺说，“他住在哪里？他有房子在阿仑哈姆吗？”

在这方面，约翰爵士倒是能提供许多准确的情报。他告诉她们说，他只是在拜访阿仑哈姆庄园的那位老太太时，才在这里居留。老太太是他的亲属，她的财产将要由他来继承。他又加上一句说：“对，对，我可以告诉你，达希伍德小姐，他是很值得抓住的。此外，他在萨默塞特郡还有一幢属于他自己的漂亮的小庄园。如果我是你的话，不管我妹妹怎么样在山上摔了一跤，我也不会把他让给她的。玛丽安小姐不该把所有的男人都摄为己有。要是她不小心的话，布兰顿是会要吃醋的。”

“我相信，”达希伍德太太兴致勃勃地带着微笑说，“威洛比先生并不会被我的任何一个女儿所抱有的如你所谓的抓住他的打算所惹恼。她们还没有开始这样做呢。男人们同我们在一起是安全的，让他们成为那种贵重的人吧。但从你的说话中我高兴地发现，他是个值得尊敬的青年，无论谁都有资格同他熟识。”

“我相信，他是一个再好没有的人。”约翰爵士重复说，“我记得去年圣诞节在一个庄园的小型舞会上，他从八点跳到凌晨四点，一次也没有坐下来休息。”

“他真的是那样？”玛丽安眼里闪耀着光辉，叫喊起来，“姿势优美吗？显得很有精神吗？”

“当然是优美而有精神喽。第二天上午八点，他又起床，骑马到丛林里去了。”

“我就喜欢这样的人，一个青年人就应该是这样子。不管他干什么工作，他所投入的热情应该是无节制的，自己也从没疲劳的感觉。”

“当然，当然，我知道是怎么回事了，”约翰爵士说，“我知道是怎么回事了。现在你打算要挑逗他，一点也不想到可怜的布兰顿了。”

“这是我最不爱听的一种措辞，约翰爵士。”玛丽安温和地说，“我讨厌各式各样有意进行打趣的陈词滥调，其中最令人作呕的，就是‘对男人进行挑逗’或‘想要征服他’这样的话。这种话的倾向是俗气而粗鲁的，如果其意思从前也曾被认为是机灵的话，那么，时间早已把这种机灵冲洗得一干二净了。”

约翰爵士还不太懂得这种责备的含义，但他亲切地笑了起来，好像他已懂得了一样，并且接着回答道：

“当然，我敢说，你是完全足以用一两种方法去征服他的。可怜的布兰顿！他已经在极度不安了。我告诉你，他倒是非常值得你去挑逗的，不管你在山上如何摔了跤，又如何扭伤了脚。”

第十章

第二天一早，被玛丽安的保护者玛格丽特称为“漂亮多于精确”的威洛比，来别墅进行亲自问候。他受到达希伍德太太超过一般礼节的接待。这种好意，是由于约翰爵士对他的描述和她自己的感激所引起的。在访问过程中所经历的一切，倾向于使他确信，她们理性、优美，相互爱慕，这个家庭内部是安适的，那次意外已经把他介绍给她们了。对于她们容貌的妩媚，他不需要再一次会见来加以证实。

达希伍德家的小姐肤色娇嫩，五官端正，体形非常优美，玛丽安更是温雅端庄。她的身材虽然不及她姊妹们的恰当，稍显矮一点，但却更加引人注目。她的容貌极为秀丽，用一句普通的时髦称赞语，称她作“俊姑娘”，倒也还切合实际。她的皮肤是黝黑色的，但有一种透明感，这就使得她的肤色异常鲜明。她的面貌一切都好，她的微笑甜蜜诱人，在她漆黑的眼睛里面，有一种生命，一种精神，一种渴望，而且几乎无时不带着欢乐。见到威洛比以后，由于想到他的帮助所产生的窘态，开始时他们之间的谈话是拘谨的。当这种拘谨过去之后，当她的精神镇定下来以后，当她看到这位绅士有完美的教养，既坦率又活跃，更主要的是，当她听见他说他对音乐和舞蹈有热烈的爱好时，她对他投以满意的眼光。她认为他们谈得十分投机，这就使她对他继续留下来攀谈感到很放心了。

只要谈到一些她特别感兴趣的娱乐方面的事情，就能使她参与谈话。这时，她在讨论中既不害羞，也不保持沉默。他们很快发现，他俩对舞蹈和音乐方面的兴趣是共同的，而且对两者的评论意见也往往趋于一致。这样，她就更加大胆了，又提出关于书的问题来考察他的意见。她带着极高的兴致，提出了她所最喜欢的那些作家。他们谈得那么详细，以致使任何二十五岁左右的年轻人，不能不马上改变他们对以前被自己忽视的这样好的作品的看法。他俩的爱好惊人的相似。对同样的一本书，对书中的同一段文字，他们都同样地崇拜得五体投地。有时也有见解不同的时候，也产生了异议，但那不会持续很久，只要她提出那有说服力的论证和显示出眼里欢快的神情，异议便随即消失。他对她决定的一切都予以默认，他理解她的热情，在他的访问还远没结束之前，他们已在用老相识的随便态度进行攀谈了。

“嗯，玛丽安，”他刚一离开，埃莉诺就说，“我认为你一上午都处理得很好，你已经弄清楚了威洛比先生差不多在每一件重要事情上的意见。你知道他关心考珀和司各特，你确信他定会照他所应该做的那样评价他们的优点，你有把握认为他对蒲柏的评价只不过‘循规蹈矩’而已。但是你安排这样的谈话题目，怎么能够持久交往下去！你那些最喜爱的题目很快就要用完的。另一次相会让他解释他对生动形象的美的感情就已够了，下一次相会谈谈婚姻问题上的观点，然后，你就会提不出什么进一步的问题来了——”

“埃莉诺，”玛丽安叫了起来，“你这样说公平吗？合理吗？我的思想就那样贫乏？我知道你说这话的意思了。你是认为我太无拘束了，太主动了，太坦率了。我违背各种旧礼节的陈腐见解因而犯了错误！我本应表现得沉默寡言，没精打采，呆板迟钝，而我却表现得胸怀坦率，诚恳待人。要是我跟他只谈些天气呀、道路呀之类的事，并且每次只谈十分钟之久，那这种指责也就成为多余的了。”

“我亲爱的，”她妈妈说，“你不该对埃莉诺生气，她只是在和你开玩笑呀！要是她竟想妨碍你享受和我们的新朋友谈话的乐趣的话，我会亲自来责备她的。”不久，玛丽安的火气就平和下来了。

在威洛比方面，当他们相识时，他总是多方证明他是高兴的。有了这初次的相识，双方很明显都希望能得到进一步的接触。他每天都到她们家去。起初他是以问候玛丽安的健康情况为借口，但是他每天所受到的越来越亲切的接待，使这种借口在随着玛丽安伤势的复原而不能称其为理由之前，早就变得没有必要了。她有几天被关在房子里，不让出门。被关在房子里，总是令人烦恼的事。威洛比是个才能出众，想象敏捷，精力充沛的青年，加之性格开朗，彬彬有礼，他的形象恰好能吸引玛丽安的心。而他所结交的也不仅仅是个迷人的形体，而且是一颗天生的热情的心。这颗心眼下已被她的热情激动起来，进一步激化，使她对他的爱慕之情超乎一切。

同他交往，渐渐变成她最大的乐趣。他们在一起阅读、攀谈、唱歌。他富有音乐才能，阅读时也是聚精会神，而这一点，爱德华不幸恰好缺乏。

在达希伍德太太看来，他正像玛丽安所认为的那样，是完美无缺的。埃莉诺在他身上也看不出有什么可指责之处，只是她看到了一种倾向，那就是他不顾对象和场合，想到什么就滔滔不绝地谈什么，这一点非常像她的妹妹，而且特别为妹妹所喜爱。他在仓促形成或说出自己对别人的意见时，在因为自己所专心致志的娱乐而不顾一般性的礼貌时，在轻易鄙视世俗的礼节形式时，都表现得缺乏谨慎，这一点，不管他和玛丽安怎么拥护，埃莉诺都是不能赞同的。

玛丽安现在已发觉，她在十六岁半的年纪就曾感到绝望的那种认为找不到一个满意的十全十美的男人的想法，是轻率的，不合情理的。威洛比就正是她的幻想中描绘的依恋她的那个意中人，这种形象在她忧愁和欢乐的时刻都曾经出现过。他的行为表明他对她的愿望是极为强烈的，简直是尽他所能来喜欢她。

她母亲本来没有因为他的财富而冒险想到他们的婚姻问题，但不出一个星期，她也真正产生了这种希望，暗自庆幸自己得到爱德华和威洛比这样两个女婿。

布兰顿上校喜欢玛丽安的事，他的朋友们早就发现了。现在，他们已不再把这当什么新鲜事儿来看待了，而埃莉诺却是第一次看出来，那些人把注意力和戏谑放在比他更幸运的敌手身上去了。当他的感情真正开始需要那种善意的嘲笑时，嘲笑转向了，致使另一个在还未产生偏爱之前就受到了嘲笑。埃莉诺被迫（虽然不是自愿）相信，詹宁斯太太因她自己满意而硬将他随意派定的那种想法，现在确实已被她妹妹的行为唤起。虽然，双方气质方面的一般相似，会促进对威洛比先生的爱慕，而性格上的完全不同，却不妨碍对布兰顿上校的尊重。她担心看到这一点，因为当一个三十五岁的沉默不语的男人成了一个二十五岁的生动活泼的男人的敌手时，他能希望什么呢？由于她不可能希望他成功，她只能衷心地希望他对此抱无所谓的态度。她喜欢他，不管他是那么严肃，那么冷淡，她把他看成一个有趣的人。他的态度虽然严肃，但是和蔼。他的冷淡是由于某种精神上的苦闷，而不是生来的阴郁脾性。约翰爵士曾经无意中说出他过去的创伤和失望，这就证实了她认为他是一个不幸的人的想法，她对他充满尊敬和同情。

也许正因为威洛比和玛丽安看不起他，因他既不年轻又不活泼而对他抱有偏见，似乎决心要贬低他的优点，才使她越发同情和尊重他。

“布兰顿正是那样一种人，”一天威洛比和玛丽安在一起谈论他时，威洛比说，“每个人都说他好，但却没有人关心他，所有的人都高兴见到他，但没有人想到要跟他谈话。”

“我认为他正是这样的。”玛丽安叫喊起来。

“别太自负了，”埃莉诺说，“你们两人的态度都不公正。庄园家庭的所有成员都非常尊重他，我一直就是一见到他就想耐心地和他交谈。”

“那是你庇护他，”威洛比回答说，“是他得到你的欢心。至于人家的尊重，这简直是一种耻辱。受到米德尔顿夫人和詹宁斯太太这种女人的赞许，谁甘愿受这种侮辱？任何人对于这种赞许都会受不了的。”

“也许像你和玛丽安的这种辱骂，倒反而是对米德尔顿夫人和她母亲的尊重。如果她的赞扬是指责，那么你们的指责就该是赞扬。她们还不至于比你们的那种偏见和不公正更缺乏识别能力。”

“为了保护你的门徒，你甚至可以无礼。”

“如你们所称呼他的，我的门徒是个明智的人，而理智永远对我具有吸引力。说真的，玛丽安，甚至一个三四十岁的男人的理智对我也是如此。他见过世面，出过国，读了许多书，很有头脑。我发现他在各种问题上都能给我很多的知识，他总是性情温和地、富有教养地回答我向他提出的问题。”

“那就是说，”玛丽安轻蔑地叫喊道，“他告诉过你东印度群岛的气候是炎热的，蚊子是讨厌的。”

“我不怀疑，我要是问他那样一些问题的话，他是会这样回答我的，但碰巧这样的事情我以前早听说过了。”

“也许，”威洛比说，“他的观察已扩大到印度古代的地方长官、金币和四人轿了。”

“我敢说他的观察远远超过了你的公正。但你为什么讨厌他呢？”

“我并不讨厌他，相反，我认为他是一个值得尊敬的人。每个人都说他是好人，可是却没有人注意他。他有花不完的钱，有足够他支配的时间，每年还要置两件新上衣。”

“此外，”玛丽安喊道，“他既没什么才能和爱好，也没有气派。他的理解力平平，他的感情里没有热情，他的声音缺乏表情。”

“你们这样全凭主观想象来从整体上判定他的缺陷，”埃莉诺回答道，“那么，我可能给予他的称赞就比较使人扫兴和枯燥无味了。我只能说他是个明智的人，很有教养，很有知识，谈吐文雅，而且我相信，他也有一颗和蔼可亲的心。”

“达希伍德小姐，”威洛比喊道，“你现在对我不客气了，你尽力用理智来使我缴械，要我违反自己的意志。但这是办不到的。你将会发现，我跟你一样机智而难于对付。我有三条不可辩驳的理由讨厌布兰顿上校。第一，当我希望是个晴天时，他却用下雨来威胁我；第二，他曾对我的双轮轻便马车的帷帘挑毛病；第三，我想说服他买下我那匹褐色母马，可他就是不买。然而，如果我相信他的人格在其他方面无可指责这句话会使你感到满意，那我准备承认，我是这样看的。但作为一种要使我感到厌恶的交换，你不能否认我有永远讨厌他的特权。”

第十一章

达希伍德太太和她的女儿们初来德文郡时，万没料想到会有如此之多的约会要她们立即出席，以致占去她们许多时间。也没料想到她们会如此频繁地受到邀请，或有如此多的接连不断的来访者，以致使她们简直没有空闲处理重大的事情。而事实却偏偏是这样。当玛丽安的健康恢复以后，约翰爵士先前所制订的在庄园内外进行娱乐活动的计划，就要被实行了。于是，庄园里的私人舞会又开始举办了。水上聚会，在阵雨频繁的十月，也尽量地能举行多少次就举行多少次。在每次的这类聚会上，总是有威洛比在场。在这种聚会的安适和随意的气氛中，正好使他可以与达希伍德一家日益亲密，给他机会来证实玛丽安的优点，以便于他表明对她的热烈赞美和接受她的爱慕。这种爱慕，从她对他的态度看来，显然是有把握的。

对于他们两人之间的依恋，埃莉诺没有表示惊异。她只是希望这种依恋不要弄得太明朗化了。有那么两三回，她也曾斗胆向玛丽安建议，要她适当控制自己的感情，以便在处理事情时得体一些。但玛丽安讨厌对一切并非光彩的事情进行隐瞒。对那种他们认为值得赞美的感情有意进行约束，对她来说，不仅是多此一举，而且简直就是对那种陈腐而错误的见解的一种不光彩的理性的屈服。威洛比的看法和她相同。他们的举动，就是他们的观点的说明。

只要有他在场，她就不去理会任何人。他做的每件事都是对的，他说的每件事都是优雅的。如果他们夜晚在庄园的活动是以玩牌结束，他就设法使自己和聚会的其他人都相信她是一把好手。要是晚上的娱乐是跳舞，则有一半时间是他们两人一起跳。有时必得将一对舞伴分开时，他俩便注意站在一块儿，不对别的人说一句话。他们这种行为当然要受到人家的非笑。但是，嘲笑并不会使他们害羞，而且似乎也并不能刺激他们。

达希伍德太太满腔热情地体谅他们的全部感情，并不想去妨碍他们的那种过分表现。在她看来，那只不过是一颗年轻而炽热的心灵的强烈爱恋的自然结果。

这是玛丽安的幸福时刻。她对威洛比的心是专一的，而那种她从苏塞克斯搬来时所具有的对诺兰庄园的深情眷恋，由于她的社交活动所给予她现在这个新家的可爱之处的影响，很可能比她原来所想象的要淡薄多了。

埃莉诺却没有如此之大的幸福。她的心并不感到十分舒适，在娱乐中也不感到完全满意。他们无法为她提供失去伴侣的补偿，也无法使她不带着以往那种懊丧的心情思念诺兰庄园。无论米德尔顿夫人或是詹宁斯太 太，都不能为她提供那种她已经失去了的谈话，虽然詹宁斯太太是个喋喋不休的健谈者，而米德尔顿夫人对她也很和气，跟她攀谈的时间也不少。詹宁斯太太已经向埃莉诺三番两次重述了她自己的历史，要是埃莉诺的记忆力也跟她处理家务的能力那样强的话，她应在她们最初相识时就知道了詹宁斯先生最后生病时的全部细节，以及他弥留之际对妻子说了一些什么。米德尔顿夫人比她母亲唯一令人满意的地方就是她比较沉默。埃莉诺无须过多的观察就能发觉，她的这种沉默寡言是习惯如此，而绝非理智在其中起了什么作用。她对丈夫和对母亲，也跟对她们达希伍德家的人一样沉默寡言。因此，你在她那儿找不到亲密，连想也别这样想。她要是有一天什么也不说，那定是她先一天就一言不发。她那种枯燥无味的气质永无改变，因为她的情绪总是那样的。虽然她并不反对丈夫安排的每次聚会，各种物品的供应也很得体，又有她的两个大孩子侍候她，但她总没有显得像坐在自己房子里那样感到惬意，而她的在场，一点儿也不能给别人增加愉快。在她同别人的谈话中，总离不开担心她那些讨厌的儿子，也只有在这种时候，人们才记起她还在他们中间。

在埃莉诺所有新认识的人中，她只发现布兰顿上校一人在才能方面值得她尊敬，能激起友情的趣味或给予她伴侣的乐趣。而这点威洛比却办不到。她的赞赏和关心，甚至那种姊妹般的关切心情，都是向着他的。但是，他是一个心中有了爱恋对象的人，他的全部心思都放在玛丽安身上。一个远不能令人愉快的男人，对此也该满意了。糟糕的是，布兰顿上校并没有让自己仅仅只想念玛丽安，在遭到她的彻底冷淡态度以后，他又在同埃莉诺的交谈中找到了极大的安慰。

当埃莉诺有理由猜测她的绝望的爱情的痛苦已被他知道时，她对他的怜惜之情更加增加了。这种猜测是一天晚上庄园里其余的人都在跳舞，他们俩坐在一起交谈时，她从他嘴里偶尔讲出的几句话中引起的。当时他呆望着玛丽安，沉默了几分钟后，他微微一笑说："据说，你妹妹不赞成第二次恋爱。"

"是这样。"埃莉诺回答道，"她的观点完全是罗曼蒂克的。"

"我以为，更确切地说，她认为这种恋爱根本不可能存在。"

"我认为她是这样看的。不过，我不知道为什么在她身上没有反映出我们父亲的性格，父亲就是娶了两个妻子的人。然而，要不了几年，她就会把她的一些观点置于常识和观察的合理基础之上的。那时，每个人，除了她自己，就会比现在更容易解释她的那些观点，并且认为是合理的了。”

“情形可能会是这样，”他回答说，“可是年轻人的具有偏见的心里有某种极为亲切的东西，这种偏见使她很难接受一般的意见。”

“我不同意你的这种说法。”埃莉诺说，“玛丽安的这种感情里，伴随着一些烦扰的事情，这种烦扰，哪怕是用她所有的热情或对世界的蒙昧无知，都无法进行抵偿。她的处世方法有完全轻视礼节的令人遗憾的倾向，而我对人世的一种好的看法是，盼望着她有尽可能多的优点。”

停顿片刻以后，他又说：“你妹妹不加区别地反对第二次恋爱吗？或者她认为这种感情不管发生在谁身上都是应该谴责的？难道对那些由于对象的反复无常，或由于环境的变化而使他们在第一次选择时失败了的这些人的后段生活，也同样不值得关心吗？”

“我向你保证确实是这样。我不知道她所奉行的原则的详情细节。我只知道我从来没有听她表示过任何第二次恋爱的事例是可以原谅的。”

“也不能拿这个例子做依据。”他说，“事情也有变化，一种感情上的彻底变化——不，不，别希望那样，因为当一颗年轻的心所做出的罗曼蒂克的精心安排要被迫让步时，接着来的大都是些十分平常而又危险的意见！我是从亲身经验出发说这话的。我以前认识过一位小姐，她的性情和见解很像你妹妹，她看事物和评判事物的方式跟你妹妹一样。但是，由于一种被迫的改变——由于一系列不幸的情况——”说到这里，他突然停住了。看来他似乎觉得自己说得太多了。从他的面部表情来看，他似乎在推测这些话可能并未被埃莉诺听进去。要是他不去说服达希伍德小姐，关于那位小姐的事他真不该随便说出来，那么，那位小姐的事无疑会被忽略过去的。而事实是，不需要费多少想象力，就能使他的感情同以往的温存回忆联系起来。埃莉诺不会再尝试了。但如果换成玛丽安绝对不会无所作为的。在她活跃的想象力之下，这整个故事已在迅速形成，各种事物都在这场灾难性的爱情的最使人抑郁的秩序中各得其所。

第十二章

第二天上午，玛丽安和埃莉诺一道散步时，她向姐姐传达了一条消息。尽管埃莉诺早已了解玛丽安的轻率和思考力的缺乏，仍不免对她上述两方面的缺点的明显表现而感到惊异。玛丽安带着极大的兴趣告诉她，威洛比给了她一匹马，一匹在萨默塞特郡庄园由他亲自饲养的马，这匹马正适合女人乘坐。她没有考虑到，喂马不是她妈妈计划之内的事——她如果改变决定，赞成收下这件礼品，那她就得添一名仆人，并且为仆人也买一匹马，同时还得为马匹兴建一个马厩——她毫不犹豫地接受了这件礼物，又欢天喜地地把这消息告诉了姐姐。

"他打算立刻打发他的马夫到萨默塞特郡去取那匹马。"她又加上一句，"等马来后，我们就每天骑马，你我一同分享它，在这一带丘陵上疾驰。亲爱的埃莉诺，你想象一下那种乐趣吧。"

玛丽安最不愿从她如此幸福的梦中醒过来，去认识伴随这一事件而来的所有不愉快的事实，对于这些事实，她好久以来一直都是不信服的。增加一个仆人，多一点开支，这只是件小事。她确信，妈妈对她接受礼物这件事是不会反对的。对他来说，任何一匹马都行，他可以在庄园里弄到一匹。至于马厩嘛，只要一间小棚子就足够了。埃莉诺怀疑妹妹从一个一点儿也不了解，至少是到最近才了解的男人那里接受一件这样的礼物是否得当，认为这太过分了。

“埃莉诺，你猜测我对威洛比很不了解，那你就错了。”她热情地说，“确实，我认识威洛比的时间还不长，但世上的人，除了你和妈妈以外，再没有像我了解他那样为我所了解的了。并不是由于时机使我们密切相处，而仅仅只是由于气质。有些人，七年的时间还不足以使他们彼此之间互相了解，而对另外一些人来说，七天时间就绰绰有余了。对我来说，从我的兄弟那里接受一匹马，比从威洛比那里接受一匹马还更要使我感到内疚。我和约翰虽然相处了许多年，我对他却了解得很少，但对威洛比，我心里早就做出评价了。”

埃莉诺认为，最聪明的办法是不要在这点上再谈下去。她知道妹妹的脾气，在这样一个微妙的问题上，反对的话只会使她更加固执己见。她于是用对母亲的感情去感召她，说母亲若是同意（她很可能会同意）家庭再增加开支，那就会给溺爱她们的母亲招致很多不方便。这样，玛丽安立刻就屈服了。她保证不向母亲讲出她的意愿以获取轻率的仁慈，而且，当她下次看到威洛比时，还要告诉他，她不能接受这项礼物。

她是说话算数的。当天威洛比到别墅来访时，埃莉诺听见她由于不得已放弃接受他的馈赠而向他低声表示遗憾。她同时还讲述了她改变计划的理由，在他看来，进一步提出恳求已是不可能的了。然而，他对此事的关切是很明显的。在诚恳地表示了这点以后，他用同样低的音调加上一句：“玛丽安，虽然你现在不能把它派上用场，但这匹马总归是你的。我将为你把它饲养好，直到你来领取。当你们离开巴顿去组织你们自己的永久的家庭时，马布皇后[1]会接待你们的。”

---

[1] 马布皇后为传说中的精灵接生婆。她常驾小车越过酣睡人们的鼻梁，使人们得以在梦中实现其秘密心愿。

他这些话全被埃莉诺偷听到了。从他的这整句话里，从他说这句话的方式上，从他仅仅称呼她妹妹的教名上来看，她立即知道了他们两人明显的亲密关系。这意思是直截了当的，这说明他们之间已经有了某种毋庸置疑的协议。这时，她毫不怀疑他们已经订婚了。相信这一点，使她大为吃惊。他们的性情如此坦率，她或者她们朋友们中的任何一个都会偶然发现这件事的。

第二天玛格丽特又告诉她一件事，就使事情越发清楚了。原来先天晚上威洛比曾跟她们一起消磨了一晚。有一段时间，玛格丽特到客厅去了，只剩下他和玛丽安在房里，于是玛格丽特就有机会在一旁观察。她带着一副了不起的神色告诉姐姐，他们两人在隔壁房里做了些什么。

“啊！埃莉诺，”她喊道，“我告诉你一桩关于玛丽安的秘密。我可以肯定，她不久就要跟威洛比先生结婚了。”

“自从她们在高教会派的高地上初次相遇以后，”埃莉诺回答说，“你差不多每天都说这样的话。那回他们互相认识还不到一星期，你就一口咬定说玛丽安将他的画像戴在脖子上，后来证明那只不过是我们叔祖父的一张小小画像。”

“但这次却的确是另一回事。我可以肯定他们马上就要结婚了。因为他剪下了她的一绺头发。”

“说话留神点，玛格丽特。他拿的那头发也可能只是他的某一位叔祖父的呢。”

“那的的确确是玛丽安的，埃莉诺。我几乎可以肯定，因为是我看到他剪的。昨晚喝过茶以后，你和妈妈走出了房间，他俩很快就在一块喁喁私语起来，他似乎在向她要一样什么东西。不久，他便拿起她的剪刀，剪下她的一绺长发（她的那些长发直在她背上摆动），吻了吻它，又把它折好，用一张白纸包着，放进他的笔记本里。”

这样的详情细节，又说得这样有根有据，使埃莉诺不能不相信或倾向于相信这一事实了。因为玛格丽特所说的情况，与她自己所曾见到或听到的情况完全一致。

玛格丽特的精明总是不能使她姐姐感到满意。一天晚上在巴顿庄园里，詹宁斯太太给她提出难题，要她讲出埃莉诺特别喜欢的那个青年人的名字，好久以来詹宁斯太太就对此事怀有好奇心。玛格丽特的答复只是拿眼睛望着她姐姐，并且说：“我不能说出来，是吗，埃莉诺？”

自然，这个回答使得大家都笑起来。埃莉诺也试着想笑，这种努力使她很伤脑筋。她确信玛格丽特心里已确定一个人，这个人的名字她是不能让詹宁斯太太老是用来开玩笑的。

玛丽安最真诚地同情她，对提出这类问题表示不满，她满脸涨得通红，用生气的态度对玛格丽特说：

“要记住，不管你猜测的是谁，你都没有权利说出来。”

“我从来没有过什么猜测，”玛格丽特回答，“那是你自己告诉我的呀！”

这就更助长了人群中的欢乐气氛，玛格丽特看来也很想被迫再说出一些事情来。

“呵，请说吧，玛格丽特小姐，把事情全告诉我们吧。”詹宁斯太太说，“那位绅士名叫什么？”

“我不能告诉你，太太。但我很清楚那名字叫什么，同时我还知道他在哪里。”

“对，对，我们能猜想得到他在哪里。确实，就在诺兰他自己家里。我敢说，他是教区的副牧师。”

“不对，那个他不是他。他是根本没有职业的。”

“玛格丽特，”玛丽安十分生气地说，“你知道这全是你自己虚构的，实际上这个人并不存在。”

“唔，那么他就是在最近死了，玛丽安，因为我确实知道曾经有过这么一个人，他的名字是用 F 开头的。”

正在这时，米德尔顿夫人观察到天下雨了，便说：“外面下很大的雨了呢。”这使得埃莉诺对她极为感激，虽然她知道，米德尔顿夫人的这种打岔，并不是由于关心她，而是由于这位夫人对这种使丈夫和母亲高兴的粗俗的戏弄话题感到极大的厌恶。然而，由埃莉诺开始产生的这种思想，布兰顿上校跟着也产生了，他在每一种场合都要留心别人的感情。他和埃莉诺谈话时大都是谈论关于雨的话题。威洛比打开钢琴盖，要求玛丽安坐下来弹一曲。但是，许多人都不同意他这个建议，于是他的意见只好作罢。埃莉诺好不容易才从惊恐状态中恢复过来。

由于翌日要去参观一个离巴顿有十二英里远的十分美妙的处所，当晚便举行了一次聚会。那处地方属于布兰顿上校的姐夫所有，他姐夫目前正在国外。如果上校不感兴趣，大家就无法到那里去参观，因为他姐夫在这件事情上曾留下了严格的命令。据说那里的庭园极为漂亮，对此热情称赞的约翰爵士，可以做一个见证人，因为他在最近十年中，每年夏季至少要去那里访问两次，并举行聚会。那里有一片极好的池塘，有一条船，上午大部分的娱乐活动就要在那条船上度过。他们准备好了随身携带的食物，备好了马车，凡是举行一次欢乐聚会要做的事情都做好了。

他们之中有少数几个人，鉴于选择的时序不对头，加之近两个星期来天一直下雨，认为举行这样一次活动未免有些冒失。达希伍德太太由于已患感冒，埃莉诺便劝她留在家里。

第十三章

他们打算到惠特韦尔去游览，结果与埃莉诺的愿望大相径庭。她本来准备要在这次游览中弄得浑身湿透，筋疲力尽，经历恐怖场景。但事实比这更要不幸，他们根本去不了。

上午十点钟，参加游览的人全都来到巴顿庄园集合，并在这儿吃早饭。上午过得令人惬意。虽然先天晚上下了一整夜雨，但此时云块正从天空散开，太阳不时从云隙中显露出来。大家的心情都很好，情绪高昂，热切地盼望这次能玩个痛快，并且决心忍受极大的困难和不便。

当他们正吃早饭时，送信人带来了信件，其中有布兰顿上校的一封信。他拿起信，看了看寄信地址，脸上变了色，立即离开了房子。

“布兰顿怎么啦？”约翰爵士说。

谁也说不出原因。

“但愿他没遇上什么坏消息。”米德尔顿夫人说，“布兰顿上校如此突然地从我的早餐席上离开，一定是有什么特殊原因。”

大概不到五分钟，他又回来了。

“上校，但愿没有什么坏消息吧？”他一进来詹宁斯太太就说。

“完全没有，太太，谢谢您。”

"是从阿维尼翁[1]写来的吗？但愿不会是说你妹妹的病情更重了吧？"

"不是，太太。是从伦敦写来的，只不过是一封事务性的信。"

"如果只是一封事务性的信，为什么你一看字迹就那么着慌呢？得了吧，上校，你不能这样含糊过去，把真情说给我们听吧。"

"我亲爱的太太，"米德尔顿夫人说，"想想您在说些什么。"

"或者这封信是告诉你，你堂妹范妮结婚了？"詹宁斯太太说，并没注意她女儿的责备。

"不，的确不是。"

"那么，我知道是谁给你写信来了，上校。我希望她很好。"

"您是说谁呀，太太？"他说，脸有点红了。

"啊，你知道我是说谁。"

"我非常遗憾，太太。"他说。接着又对米德尔顿夫人说："我今天应该收到这封信，因为这是一封商业事务方面的信，信上要求我立即赶到伦敦去。"

"到伦敦去！"詹宁斯太太叫喊起来，"在一年的这个时候，你到伦敦去干什么？"

"我不得已要离开这样一次令人愉快的聚会，我自己的损失也是巨大的。"他继续说，"但我更为关切的是，恐怕要有我在场，才能引你们进入惠特韦尔。"

这句话使所有的人都受到了极大的打击。

"要是你给女管家写一张字条，行不行，布兰顿先生？"玛丽安热切地说。

他摇摇头。

---

① 法国一城市。

“我们一定得去，”约翰爵士说，“我们一切都准备得熨熨帖帖了，就不该把日期再往后推。明天以前你不能到伦敦去，布兰顿，就这样。”

“我也希望事情能这么容易地处理过去，但我没有权力延迟一天往伦敦去！”

“如果你让我们知道是一件什么事，”詹宁斯太太说，“我们就可看看你是不是可以推迟一天去了。”

“你要是跟我们玩一趟回来后再进城去，”威洛比说，“也迟不了六个小时。”

“我一个小时也不能耽误。”

接着，埃莉诺听见威洛比低声对玛丽安说：“有些人经受不了一次愉快的聚会，布兰顿就是这种人。我敢说，他是害怕着凉，才捏造出这个骗局，想逃脱这次聚会。我可以赌五十个畿尼[①]，这封信定是他自己写的。”

“我也毫不怀疑这点。”玛丽安回答说。

“我早知道，布兰顿，”约翰爵士说，“当你对一件事下了决心，谁都无法劝你改变主意。但我还是劝你三思而行。你想想，这里有两位从纽顿来的凯里小姐，三位从别墅来的达希伍德小姐，还有威洛比先生，为了到惠特韦尔去，他比平常要早起两个钟头呢。”

布兰顿上校为使大家失望而再一次表示歉意，但同时他又宣称，这是不得已的事。

“唔，那么你什么时候再回来呢？”

“我希望你一旦有空便能离开伦敦，”米德尔顿夫人说，“我们就能在巴顿见到你。我们将把前往惠特韦尔的聚会推迟到你回来以后再举行。”

---

① 英国旧时金币名，1 畿尼等于 21 先令。

“您是个非常亲切的人。但我什么时候能回来很难说，确实一点也不敢保证。”

“啊！他必须回来，”约翰爵士喊道，“要是他本周末还不回到这儿来，我去追他回来。”

“对，就这样办吧，约翰爵士，”詹宁斯太太喊道，“这样你或许还能发现他去伦敦干什么。”

“我不想去打听别人的事情，我猜那定是一桩他不好意思讲出来的事。”

这时，外面通报，已为布兰顿上校的马车备好了马。

“你骑马进城，是吗？”约翰爵士加上这样一句话。

“不，我这只是去霍尼顿。到了那里再乘驿车进城。”

“唔，既然你决心要去，我就只好祝你旅途平安。但你最好还是回心转意。”

“这确实不是我的能力所能办得到的。”

接着他就向整个聚会的人告别。

“达希伍德小姐，今年冬天我没有机会在伦敦见到你和你的妹妹了吗？”

“恐怕完全没有机会了。”

“那么我就只好向你长时间地告别了。”

他对玛丽安没说什么，只是向她鞠了一躬。“喂，上校，”詹宁斯太太说，“你走以前，让我们知道你去伦敦干什么吧。”

他向她祝福了一声上午安好，就由约翰爵士陪伴着离开了房间。

他走以后，参加聚会的人原来出于礼貌而抑制着的抱怨和伤心情绪，此时全都爆发了出来。他们一致反复地说，遭到这样的失望，实在是令人恼火的事。

“我倒是知道他去伦敦干什么。”詹宁斯太太得意扬扬地说。

“您知道，太太？”几乎是所有的人同时说。

“我知道。我可以肯定，他去是为了威廉斯小姐的事。”

“威廉斯小姐是谁？”玛丽安问。

“什么！你不知道威廉斯小姐是谁？我可以肯定你以前一定听说过。亲爱的，她是上校的亲属，一个非常亲的亲属。我们不去说他们亲到什么程度，这会使年轻的女士们震惊的。”接着，她把声音压低了一点，对埃莉诺说：“她是他的私生女儿。”

“真是！”

“啊！对，她长得可像他哩。我敢说，上校定会把他所有的财产都留给她的。”

约翰爵士回来时，也跟大家一道对这桩如此不幸的事表示内心的悔恨。最后他说，既然大家都聚会在一起了，就该举行一次什么活动，也算是快乐快乐。经过商量后，一致认为，虽然只有到了惠特韦尔才会享受到乐趣，但也可用坐马车驰骋乡村的办法来勉强求得心情的平静。于是吩咐仆人备好马车。威洛比坐的是第一辆马车，当玛丽安也跨进他的马车时，脸上显出从来也没有过的高兴神情。他策马疾驰驶过庄园，很快人们就看不见他俩了，而且，直到其余的人回来之后他俩回来之前，也一直没有人见到过他们。他俩对这次乘车活动似乎都感到高兴，但又只是用普通的措辞说，其余的人都爬上了丘陵，而他们在一条狭路上停了下来。

这天晚上安排了一次舞会，这样，每个人整天都极其愉快。加上两位凯里小姐也在这里吃晚饭，他们兴致勃勃，在餐桌上坐到将近晚上八点钟。约翰爵士极为满意地观察到了这一点。威洛比跟往常一样，总是坐在两位年纪大的达希伍德小姐之间，詹宁斯太太则坐在埃莉诺的右首。他们这样没坐多久，詹宁斯太太就靠在埃莉诺和威洛比后面，用威洛比和玛丽安都完全听得见的很高的音调对玛丽安说："不管你们怎么样施展诡计，我还是发现你们了。我知道今天上午你们是在哪儿度过的。"

玛丽安脸红了，非常急促地回答说："请问，在哪里？"

"您不知道我们同坐在我的马车里外出了吗？"威洛比说。

"知道，知道，鲁莽先生，我知道得非常清楚，而且我下了决心，定要查出你们去过的那地方。玛丽安小姐，我希望你喜欢你们的房子。我知道，这房子很大，我希望在我去看你们时，你们会将房子重新布置一下。六年前我到那里去时，觉得那房子实在是需要好好布置一下哩。"

玛丽安极为窘迫地转过脸去，詹宁斯太太尽情大笑起来。埃莉诺后来才知道，詹宁斯太太为了决心要知道他们到哪里去了，便打发她的女仆去问威洛比先生的马夫。通过这种办法，她知道他们到了阿仑哈姆，在那里游览了花园，走遍了整个屋子，度过了一段惬意的时间。

埃莉诺几乎不相信这是真的，因为有史密斯太太在家，而马丽安根本就不认识史密斯太太，在这种情况下，难道威洛比会提出这种建议，玛丽安又会同意他的提议？看来这未必是真的。

她们刚一离开餐室，埃莉诺就向玛丽安问起这件事。当她发现詹宁斯太太所说的情况完全真实时，她真是大吃一惊。玛丽安对她怀疑到这件事，表示十分生气。

"埃莉诺，为什么你没料想到我们会到那里去，或是去看那座房子？你自己不也是常想去那儿看看吗？"

"是这样，玛丽安，但是当史密斯太太在家，而除了威洛比先生以外又无别的同伴时，我是不会去的。"

"威洛比先生是唯一有权领我参观那座房子的人。我们一同走进了敞篷马车，当然就无法再找其他的同伴了。我一生中还从没度过这样一个愉快的上午呢。"

“我怕你说的这种愉快并不常常表明是得体的。”埃莉诺回答说。

“恰好相反，再没有什么更能强有力地证明它是得体的，埃莉诺。因为，要是在我去参观时真有不得体的地方，那我当时就会感觉到的。每当我们做错了事时，我们往往都知道，而且确信心里不会感到愉快。”

“但是，亲爱的玛丽安，现在是有些不适当的评论在说你的闲话，难道你现在还不开始对你自己的行为是否谨慎产生怀疑？”

“要是詹宁斯太太的不适当的评论就成了一个人行为不得体的证明的话，那我们一生中每时每刻都要冒犯别人了。正跟我不理睬她的赞扬一样，对于她的指责，我也不予理睬。我不感觉到我到史密斯太太的园庭或去看她的房子这件事有什么不对头的地方。有一天这些园庭总归是威洛比先生和——”

“如果它们有一天也总归是你自己的，玛丽安，那你的行为也不能证明是正当有理的。”

这句露出口风的话使她红了脸，但她甚至仍然还是明显地感到高兴。在十分钟认真思考的间歇之后，她又走向姐姐，以极好的心情跟她说：“埃莉诺，人们对我到阿仑哈姆去一事是过于苛评了一些，其实是威洛比先生特别要领我去参观那地方。我向你保证，那是一座极好的房子，楼上有一间非常漂亮的起居室，大小正好，又很适用，摆上现代家具就更使人高兴了。那是一个僻静的房间，两边都有窗户。在一边，你通过玩滚木球戏的草坪，可以望见屋后一座漂亮的斜坡森林；在另一边，你可望见教堂和村落；再望过去，就是那些我们经常赞美的极好的陡山。我也看不出那房子有多大的优点，因为房里的家具实在太可怜了。但是如果重新配备一下，威洛比说，大概花两百镑，就会使它成为英国最舒适的消夏房子之一。”

要是旁人不打岔，让埃莉诺听她说下去，她会以同样高兴的心情将那座房屋的每一间房子都描述一番的。

第十四章

布兰顿上校突然结束对巴顿庄园的访问，又那样沉着地隐瞒原因，这个疙瘩两三天来一直在詹宁斯太太心里解不开，并引起了她的疑虑。她是一个极喜欢大惊小怪的人，跟那些对自己的熟人的行踪表现出强烈兴趣的人一样。她不断猜疑这件事情发生的原因，认为肯定有什么不好的消息，她把可能降临到他身上的各式各样的不幸都考虑过了，而且肯定认为他无法逃脱这种不幸。

“肯定是一件使他非常伤心的事，”她说，“我从他的脸色可以看出来。可怜的人！恐怕他的情况不怎么好。他在迪拉弗德的财产，每年收入估计不会超过两千镑，而他兄弟留给他的每一件事情又都是极为棘手的。我想他定是为钱的事被叫到伦敦去的，不然还会为别的什么事呢？不知道是不是这样。我愿付出任何代价来换取这件事的真相。也许是为了威廉斯小姐。顺便说，我敢说确是为了她，因为当我谈到她时，他明明也已意识到了。可能是她在伦敦生了病，这极其有可能，平时我就觉得她的身体很不好。我可以随便打什么赌，一定是关于威廉斯小姐的事。在目前的情况下，他不一定会表现得很苦恼，因为他是一个非常谨慎的人。可以肯定，他这次一定会结清财产。我弄不清到底是为了什么事！也可能是他的姊妹在阿维尼翁病情更坏了，因此叫他去。他这样匆忙地离开这里，似乎很像是这么一回事。嗯，我衷心希望他摆脱一切烦恼，而且还能找到一个好妻子。”

詹宁斯太太心里怎么猜疑，口里就怎么说，她的看法随着各种新的推测而变化。每一种想法从她脑子里升起时，她都认为似乎同样有可能。埃莉诺虽然对布兰顿上校的幸福感到真正的兴趣，却不能像詹宁斯太太那样，对他如此突然的离开产生各种各样的猜疑。此外，在她看来，那种没完没了的惊异和推测的变化，并不能证明情况是对的。她的惊疑却在别的方面。她被她妹妹和威洛比对这个问题所采取的破例的沉默态度吸引住了，照理他们是应该对这些情况特别感兴趣的。当这种沉默继续保持下去时，每天的情况都显得更奇怪，更加显得和他俩的气质不相符。埃莉诺想象不出，为什么他们不向母亲和她公开承认，他们彼此之间一贯的行为，说明他们之间的关系到底已发展到何种地步。

她很容易料想到，他们还没有力量马上结婚，虽然威洛比是独立生活了，但还没理由相信他很富有。约翰爵士估计，他的财产大概是每年收入六百或七百英镑。但他的花销很大，那点收入往往入不敷出，他自己也经常抱怨手头拮据。他们保持着的这种奇怪的秘密，与他们的婚约有关，这实际上是完全无须隐瞒的事，但她无法加以说明；这与他们平时的观点和惯常的做法完全相反，就使她思想上产生了一种怀疑，认为他们真的已经订了婚了，这种怀疑使得她根本不去向玛丽安问起这件事。

对于她们全家来说，没有什么比威洛比的举动更使她们感到喜悦的了。对玛丽安来说，这种举动具有一颗情人的心所能给予的全部富有特色的温存；对家里其余的人来说，则是对一个女婿或是一个姐夫的充满深情的关心。他似乎把这座别墅当成他自己的家来喜爱，他更多的时间不是在阿仑哈姆而是在这里度过的。如果没有聚会把他们召集到庄园去，那么，他早晨出来锻炼后几乎都要到别墅里去，在玛丽安身旁以及躺在她脚下的他的爱犬旁边消遣一天里其余的时光。

尤其是在布兰顿上校离开乡村大约一星期以后的一天晚上，他的心似乎比平常更加对周围的一切东西表示出喜爱的感情，而当达希伍德太太碰巧谈到她打算在来年春天改造这座别墅时，他激烈地反对对一个他已十分喜爱的地方进行任何改造。

"什么！"他惊呼起来，"要将一座这么可爱的别墅加以改造。不，我绝不同意这个计划。如果我的感情能得到重视的话，一块石头也不要加到别墅的墙上去，别墅的大小也别动它。"

"你别大惊小怪，"达希伍德小姐说，"这件事一定办不到，我母亲根本没有钱来办这件事。"

"这使我由衷地高兴，"他喊道，"要是她不能更好地使用她的财富，那就会永远富不起来的。"

"谢谢你，威洛比。你可以放心，我绝不会因为世上一切的改革而牺牲你的以及任何我所喜爱的人的局部爱好。毫无疑问，尽管来春我登记账目时，那笔不用的钱会要存下来，我也情愿让它闲着不用，而不会以使你感到十分痛苦的方式来处理它。但是，你是真的非常喜爱这地方，不觉得它有丝毫缺点吗？"

"是这样，"他说，"对我来说，它是完美无缺的。不仅如此，我还认为这是一种唯一可以得到幸福的建筑形式。要是我有足够的钱，我会立即推倒我在马格纳峡谷的房子，将它完全按这座别墅的设计重建起来。"

"我想，还应该有阴暗窄狭的楼梯和一座冒烟的厨房。"埃莉诺说。

“对，”他用同样热切的音调喊道，“要有这座别墅所有的每一样东西，不管那东西方便也好，不方便也好，总之要让人看不出有什么变化。这样，也只有这样，只有在这样的屋顶下面，我住在马格纳峡谷也许也能像住在巴顿一样快活。”

“我却以为，”埃莉诺回答说，“即使在有比较好一些的房子和有宽阔的楼梯这样的不利条件下，今后你也会找到你自己的像现在这样完美无缺的房子。”

“肯定有这样的机会，”威洛比说，“那将会使我大为高兴。这地方将会经常有一种我所喜爱的要求得到的东西，那不是旁的东西所能代替得了的。”

达希伍德太太高兴地瞧了瞧玛丽安，这时玛丽安的美丽的眼睛正含情脉脉地盯着威洛比，好像清楚地意味着她是多么的真正了解他。

“一年前的这个时候，”他加上一句，“在阿仑哈姆的我是多么经常地希望能住在巴顿别墅里面！每次我从看见它的地方经过时，没一次不羡慕它的位置，并且因没有人住在里面而感到伤心。当我下一回来到乡下时，怎么也没想到我从史密斯太太那儿听到的第一条新闻就是：巴顿别墅已经有人住下了！我立即对这件事感到满意并且发生兴趣，这是我会从这里感受到幸福的一种预见。难道事情不正是这样的吗，玛丽安？”他压低声音对她说了这样一句，接着又用原来的嗓音对达希伍德太太说：“而您会要损坏这座房子，达希伍德太太！您会以设想中的改造夺去它的朴素！这座我们在这里第一次认识，后来又在一起度过许许多多幸福时刻的可爱的客厅，您要把它降格，使其成为一个普普通通的入口，而每个人都渴望经过这间迄今为止比世上所能提供的任何大小最合适的其他房间更为实用和舒适的房间。”

达希伍德太太再一次要他放心，她不打算对房子进行改动了。

“您是一位好太太，”他热情地回答，“您的保证使我感到舒适。您要能进一步向我保证，那就会使我感到幸福。请对我说，不但你们的房子将保持原样，而且我将见到您和您家里的人也会跟你们的住所一样，永远不会改变，这样您就将经常以仁慈的心考虑我的意见，您的这种仁慈，曾使属于您的每一样东西都让我觉得如此可爱。”

她欣然做出了保证，于是威洛比整个晚上的举动都表明他是高兴而且幸福的。

“你明天到这儿来吃晚饭好吗？”当他离开她们时达希伍德太太说，“我不请你在上午来，因为我们上午要去庄园拜访米德尔顿夫人。”

他跟她们一起待到四点钟才离开。

第十五章

第二天，达希伍德太太带着两个女儿去访问米德尔顿夫人。玛丽安以有点事的小小借口，没有随她们一起去。她妈妈断定，威洛比昨晚一定答应过趁她们不在时前来看她，因此对她留在家里一事感到十分满意。

她们从庄园回来时，发现威洛比的轻便马车和仆人在别墅外面等候着主人，达希伍德太太便确信她的推测是正确无误的。到目前为止，一切都不出她所料。但走进屋子时，她看到的情形却并不如她所期望的那样。她们才走上走廊，就见玛丽安匆匆忙忙从客厅里走出来，显然是陷入了剧烈苦恼的样子，用手帕遮住眼睛，没有注意到她们进来，一直跑上楼去了。她们带着惊奇的神情，径直走进玛丽安刚刚离开的客厅。在那里，她们发现只有威洛比一个人，背朝她们，靠在壁炉台上。她们进去时，他转过身来。从他的面部表情看来，他显然也分担着压倒了玛丽安的那种感情。

“她出了什么事吗？”达希伍德太太走进去时喊了起来，“她病了？”

“但愿不是，”他回答说，想使脸色显得愉快些，“倒是我很希望生病——因为现在一种沉重的失望情绪在使我痛苦！”

“失望？”

“是的，因为我不可能继续和你们约会了。今天上午，史密斯太太在我的一个不富裕的、独立生活的堂兄身上行使了财产特权，而要我去伦敦办一件公事。我刚刚接到派遣，便向阿仑哈姆告别。为了使心情高兴一些，现在我来向你们告别了。”

“到伦敦！今天上午就走吗？”

“几乎是马上就走。”

“这太不幸了。但是史密斯太太谅必会开恩的，我希望她要你办的事情不会让你和我们长期分离。”

他回答下面这句话时脸红了：“您太好了，但我以为我不会立即回到德文郡来。一年之内我从不对史密斯太太进行两次拜访。”

“难道只有史密斯太太是你唯一的朋友？难道邻近只有阿仑哈姆那一座房欢迎你？威洛比，你说这话真丢脸。你能在这儿等我们招待你一次再走吗？”

他更加脸红了，眼睛望着地上，只回答说：“您太好了。”

达希伍德太太带着诧异的神态望了望埃莉诺，埃莉诺也同样感到诧异。有一会儿他们谁也没说话。最后还是达希伍德太太先开口。

“我只加上一句话，亲爱的威洛比，在巴顿别墅，你永远都是受欢迎的人。我并不强迫你立刻回到这里来，因为你只能以让史密斯太太高兴为前提。在这一点上，我将不会询问你的意见，而只是怀疑你是不是愿意来。”

“现在我对这件事的约定，”威洛比慌乱地回答，“还只是属于这样的性质——这个——我甚至不敢使自己满意——”

他住口了。达希伍德太太惊异得说不出话来，跟着又是一场沉默。结果还是由威洛比来打破这种沉默，他淡然一笑说：“像这样延挨下去是愚蠢的，我再也不想停留在已无法参与她们社交活动的朋友之间来折磨自己了。”

于是他仓促地向她们告别，离开了房间。她们见他步入马车，很快马车就不见了踪影。

达希伍德太太感到心里有许多话要说，便马上离开客厅，到一个僻静处所去发泄她的因这次突然离别而引起的挂念和惊恐。

埃莉诺的不安至少也跟她母亲一样。她以怀疑和忧虑的心情想到刚刚发生的这件事。威洛比向她们告别的举动，他的窘态，他的假装的高兴，首先是他的不愿接受她母亲的邀请，这种举动一反常态，表现得根本不像一个情人——根本不像他自己。这种想法大大扰乱了她的心境。有片刻时间，她曾担心他并没有作过严肃认真的考虑；其次，她担心他和她妹妹之间发生了某种不幸的争吵，使玛丽安悲伤地离开那间客厅。很可能就是由于争吵的原因，尽管她认为从玛丽安爱他的程度来说，几乎不可能发生争吵。

但是不管他们分别时的详情如何，她妹妹的苦恼是明显的，她以极其亲切的同情，想到了玛丽安的强烈的悲痛。对于这种悲痛，玛丽安由于各种可能性把它不仅当作一种解脱而对其屈服，而且当作一种义务而加以助长。

大概半小时左右，她母亲回来了，两眼通红，脸色很不愉快。

“埃莉诺，我们亲爱的威洛比现在离开巴顿有好几英里了。”她坐下干起活来说，“他是带着一颗多么沉重的心离开的啊！”

“一切都非常奇怪。突然就这么走了！这似乎只是一眨眼间发生的事。昨晚他跟我们在一起时还是那么高兴，那么愉快，那么充满深情！而现在，接到通知后仅仅十分钟——走了，而且还不打算再回来。肯定发生了他没有向我们承认的事，他没有说出来。他的举动跟平时的他很不一样，您跟我一样，也一定看到了这种差别。

发生了什么事呢？是他们吵嘴了？还有，他为什么又表示不愿意在这儿接受您对他的邀请呢？”

“不是他不表示同意，埃莉诺！我能清楚地知道这一点。他没有权利接受我们的邀请。我反复考虑过了，我向你保证，我完全能够说出那些开始时你和我似乎都觉得奇怪的事情的原因。”

“您真的能说得出吗？”

“说得出。我曾以最满意的方式向我自己解释过。可是你，埃莉诺，你遇事总爱怀疑——我知道是不可能让你满意的，但你也无法说服我不相信它。我相信，史密斯太太猜想他有意于玛丽安，她又不赞成这件事（也许是因为她对他有另外的看法），由于这样的原因，她就渴望将他支开，所谓派他去办理事务，只是将他支开的一个借口。这就是我所相信的事情发生的原委。然而，他是知道她根本不赞成他跟玛丽安联系的，所以他目前不敢对她承认跟玛丽安订了婚。同时，由于他处于依赖她的地位，感到自己是被迫屈服于她的计划之下，因此便让自己离开德文郡一段时间。我知道，你会对我说，事情可能是这样也可能不是这样，但除非你能指出像我所说的这样令人满意的解释这件事情的方法，不然的话，我是不会听你的那些吹毛求疵之谈的。埃莉诺，你有什么要说的呢？”

“没有什么了，因为您已经抢先为我作了答复。”

“那么你就该告诉我，事情或许是这样，或不是这样。埃莉诺，你的感情多么令人难以理解！你宁肯信任恶而不信任善。你宁肯在玛丽安身上找出不幸，在威洛比身上找出过错而不肯为后者进行辩护。你一心认为他该受到谴责，因为他向我们告别时没有表现出平时他所表现的那种感情。难道我们不该因他的疏忽或最近的失望所引起的沮丧情绪而谅解他？难道仅仅由于事情不具备必然性，我们就不承认它们也有或然性？难道这个我们有那么多理由喜欢他，而没有丝毫理由认为他坏的男人，不可能是由于某种无法回答的动机，而将事情暂时保密一段时间？可是，你到底认为他是一个怎样的人呢？”

“我也很难对您说清楚。但是，当我们亲自从他身上看到了这种改变之后，对于某些令人不快的事情产生怀疑就是一种不可避免的结果。然而，您现在催促要我谅解他，这也很有道理，以公正的态度评价每一个人，这是我的愿望。威洛比那样做可能有充足的理由，但愿如此。但他应该以他平常的那种性格，立即讲出那些理由。保密也可能是一种可取的办法，但对他来说，采取这种办法我还是不免感到奇怪。”

“别责怪他。既然是违反他的本性，出现偏差也就是免不了的。那么你真的承认我替他辩护的事是正确的了？我真高兴，这样他也就被宣判无罪了。”

“不全是这样。也许正确的情况是他们要对史密斯太太隐瞒他们的订婚（如果他们是订了婚的话）——如果情况是这样，那么目前短期留在德文郡对威洛比是极为得策之举。但是也不应该是他们对我们隐瞒情况的借口。”

“对我们隐瞒情况！我亲爱的孩子，你是指责威洛比和玛丽安隐瞒事情吗？这真奇怪，因为你的眼色一直是每天都在责备他们轻率鲁莽。”

“我不需要他们感情的证据，”埃莉诺说，“我只要他们订婚的证据。”

“我对这两方面都完全满意。”

“可是，在这个问题上，他俩谁也没有向您吐露半个字呀。”

“他的行动已能清楚地说明问题，我再不需要一个字半个字的了。至少在上两个星期，他对玛丽安以及对我们大家的举动，难道还不足以说明他是把她当作未来的妻子来爱护和关心，而把我们作为最亲近的亲戚来联系的？难道我们彼此之间不是十分了解？难道他不是用他的眼色，他的态度，他的有礼貌的、满含深情的尊敬，每天来请求我的同意？我的埃莉诺，我们怎么可能怀疑他们的订婚呢？你怎么会产生这样的念头？怎么可以设想威洛比（可以相信他定是你妹妹所爱的人）在离开她，甚至要离开她好几个月时不对她叙叙他的感情，他们在分别时不交谈一些知心话呢？”

“我承认，”埃莉诺回答说，“除开一种情况以外，每一种情况都可说明他们订了婚，而那一种情况就是他们俩对这个问题都一声不吭。在我看来，这一情况比其他各种情况要重要得多。”

“这是一种多么奇怪的想法！你真该替威洛比想想。要是他们之间的事情已被公开批准，你就可以怀疑他们在一起时关系的性质。在前一段时间内，他对你妹妹的举止行动中扮演了这样的角色吗？你猜想他真会对她冷淡？”

“不，我不认为是这样。我可以肯定，他必定会而且已经在爱她。”

“如果像你所归咎于他的那样，他会那样冷淡地离开她，那样不关心他们以后的事，那么他是以一种奇怪的温情来爱她的。”

“您应该记得，我亲爱的妈妈，我从来就不认为这件事是可靠的。我承认我曾将信将疑过，但他们现在已没有他们以前的那种勇气，他们很可能马上就会彻底告吹。要是我们能发现他们通信，那我的各种疑惧都会打消。”

“这确是一个很大的让步！要是你在圣坛上看见他们，你准会认为他们正准备结婚呢。你这不懂礼的孩子！但我不需要这种证据。在我看来，怀疑根本就是不对的。他们也没打算保守什么秘密，一切都一直是开诚布公的。你不会怀疑你妹妹的愿望，因此，你怀疑的只能是威洛比。但这又是因为什么呢？难道他不是一个诚实而富有感情的男人？是不是他的行为前后矛盾，引起了惊慌？还是他虚伪行骗？”

“我希望不是这样，我相信不是这样。”埃莉诺叫喊起来，“我喜欢威洛比，衷心地喜欢他，对他的诚实产生怀疑，对您来说不会比对我更使人感到痛苦。这种想法是不自觉的，我不会去促使它。我承认，今天上午他的态度的改变确使我大吃一惊，他不像他自己那样说话，也不用任何热诚的语言回答您的好意。但这一切都可以用您对他的情况的猜测来进行解释。他刚和我妹妹离别，看到她带着极大的苦恼跟他分离。他要是因为害怕冒犯史密斯太太而感到不得不抵制那种马上返回到这儿来的诱惑，以及意识到他曾谢绝了您的邀请，说他要离开一些时候，那么他似乎就会表现出一种胸襟狭窄和多疑的态度。还有，由于我们的家庭状况，他很可能会受到攀扯，会在经济上负债。在这种情况下，我认为，坦率而公开地声明他的困难，将会增加他的名誉，同时又能与他平时的性格相一致，但是，我将不会因别人与我自己的看法不同，或我认为对的他却认为不对，就那么气量狭小地对别人的行为提出异议。”

“你说得非常恰当。威洛比肯定不该受到猜疑。虽然我们认识他不久，但对这一带地方来说他并不是一个陌生人，谁曾经说过他的不是呢？他要是处于一种独立生活和马上就要结婚的情况下，离开我们时没有立即把一切情况告诉我，那就是奇怪的事了，但情形并非如此。从某些方面看来，这次订婚开始得不很顺利，何时结婚还很难确定。在这种情况下，即使他们保守秘密，就算一直保守下去，目前也是十分可取的。”

玛格丽特走进来，她们的谈话被打断了。这时，埃莉诺就有了时间自由地仔细思考她母亲讲的这些话，承认有许许多多的可能性，同时希望为所有的问题找出正确的答案。

晚饭以前她们根本没有见到玛丽安。晚饭时，她走进房间，一声不吭地坐在桌旁。她两眼红肿，似乎就在此刻她的眼泪也是费了很大的劲才抑制住的。她避开她们的目光，不吃也不说。过了一会儿，她母亲以极其亲切的同情，默默地握住她的一只手，这时，她那一点点坚强被彻底摧垮了。她的眼泪夺眶而出，奔出了房子。

整个夜晚，她都继续处在这种强烈的精神压制状态下。她浑身无力，也根本不想控制自己。在一段时间内，只要稍微谈及和威洛比有关的任何事情，都使她感到压抑。她家里的人虽然极其焦虑地关心她的安全，但不管她们东说西说，都不可能让她在与他有联系的问题上静下心来。

第十六章

玛丽安认为，她要是在跟威洛比分别以后的第一天晚上能安心入睡，那将是不可原宥的。第二天早上，她比才躺上床时更需要休息，但要是不早些起床，那她也会无颜见家里的人，但是，那种认为在这种时候还能镇静自若是一种丢脸的事情的感情，使她免除了遭受家里人嘲笑的危险。她通宵未曾合眼，而且大部分时间都在哭泣。起床时她头痛得厉害，无力说话，也不想吃任何东西，这就给她母亲和姊妹们随时带来痛苦，而她又拒绝让她们安慰她，她的情感是强烈的！

早饭后，她独自一人走了出去，在阿仑哈姆村庄里徘徊，沉迷在对过去欢乐的追忆中，同时也对今天早晨的倒霉心情感到悲伤。

晚上，她也沉迷在同样的感情中。她弹奏每一首经常为威洛比演奏的她最喜爱的歌曲，在那些乐曲中，他俩的声音经常混合在一起。她坐在钢琴旁，注视着他为她抄下的那每一行乐谱，直到她的心情沉重悲伤到无以复加的程度。她每天都要拿这种伤心的精神食粮来喂养自己。她整小时整小时地坐在钢琴边，一会儿歌唱，一会儿哭泣，常常泣不成声。在书籍方面，也跟在音乐方面一样，她也总是因对比今昔而感到痛苦。除了他们俩经常在一起阅读的那些书以外，其余的书她一概不读。

这种强烈的苦恼确实也不能维持很久，没有几天，便淡化为一种平静的哀愁。但是，那种成为每天例行公事的独自散步和静默沉思，仍然像先前一样，时而引起她抒发自己的忧愁。

威洛比没有来过信，玛丽安似乎也并不希望他写信来。她母亲很惊异，埃莉诺也变得忧虑起来。但只要达希伍德太太需要，她总能找到解释的理由，这至少可以使她自己感到满意。

"你还记得，埃莉诺，"她说，"约翰爵士是怎么样经常亲自从邮局给我们把信带来，并且又为我们把信带去的。我们已同意他们有必要保守秘密，但我们得承认：要是他们的通信是通过约翰爵士之手进行的话，那他们的秘密也就保守不住了。"

埃莉诺不能否认这个实际情况，她还想为他们的沉默不语找到动机。但有一个极为直接，极为简单，而且在她看来又最适宜于了解这件事情的真实情况，立即就可以解开这个谜的方法，她不禁向妈妈提出建议。

"您为什么不马上去问玛丽安，"她说，"问她是不是跟威洛比订婚了？由您这位母亲，这位这么仁慈、这么溺爱的母亲提出这个问题，是不会触犯她的。这只会是您爱她的很自然的结果。通常是无所不说的，对您尤其是这样。"

"我无论如何不会去问这样一个问题。他们也有可能还没有订婚，那这样的问话会引起她何等的伤心！至少，这样问表现了心胸极其狭窄。我要是强迫她供认了目前她还没有向任何人承认过的事，那我就不会再得到她的信任了。我了解玛丽安的心，我知道她亲切地爱我，当环境适宜于泄露这件事时，我也不会去做那个把事情泄露出来的人。我不会强迫任何人信任我，对于自己的孩子更不会这样，因为一种义务的观念将会阻止她拒绝她本来希望拒绝的事情。”

埃莉诺认为这种宽容太过度了。考虑到妹妹还很年轻，便加劝妈妈进一步追问这件事，但没有收到效果。一般的理智，一般的小心，一般的谨慎，全都陷入达希伍德太太的耽于幻想的体贴之中了。

在家里的人公开在玛丽安面前提到威洛比名字的前几天，约翰爵士和詹宁斯太太来了，他们确实不那么显得有教养，他们打趣的话语，给那很伤脑筋的几小时更增添了痛苦。这以后的一天晚上，达希伍德太太偶然拿起一卷莎士比亚作品集，高声说：“玛丽安，我们还从没读完过《哈姆雷特》。在我们还没来得及读完它之前，我们亲爱的威洛比就走了，我们只得把它搁在一边，而当他再来时……但是要等他来，或许还得要几个月哩。”

“几个月！”玛丽安十分惊异地喊道，“不会的，也不会要几星期。”

达希伍德太太很懊悔谈了刚才这些话，但这却使埃莉诺高兴，因为这使她从玛丽安那里得到了答案，从而知道她是信任威洛比的，而且知道他的打算。

一天上午，大约在威洛比离开乡间一个星期以后，玛丽安被姊妹们说服，按惯例同她们一道去散步，而不是独自漫游。在此以前，她在散步时总是避免和她们在一起。要是她们打算到丘陵上去散步，她就立即偷偷朝小径走去；要是她们要到山谷去，她就很快爬上小山，而当她们动身找她时，又见不到她的影子了。但她终于还是被埃莉诺努力追上了。她极力不赞同妹妹继续这种孤独的散步。她们沿着一条道路穿过山谷，大部分时间彼此都不说话，因为玛丽安无法控制自己的心绪，而埃莉诺则满足于终于知道了一点消息，现在已别无他求了。在山谷入口处的另一边，虽然仍是林木葱茏，但已不显得那么荒凉，而且开阔得多了。山谷那边有一条道路直通到她们面前，这就是她们初次来巴顿时走过的那条路。她们走到那里时，停下来望望周围，细看从别墅到极目所至的远方，和她们以前散步从未到过的一个地点所构成的景色。

在那些景物中，她们一下看到一个活动着的目标，那是一个骑在马上的男人，正朝她们走来。

没多久，她们就能分辨出他是一位绅士，跟着，玛丽安就狂喜地高呼起来：

“那是他，的确是他；我知道是他！”同时一边赶紧去迎接他。这时埃莉诺却喊起来：“玛丽安，我认为你的确弄错了。那不是威洛比。这人个子没有他那么高，而且也没有他那种神态。”

“他有，他有，”玛丽安喊道，“我可以肯定他有！他的神态，他的上衣，他的马。我知道他很快就要来的。”

她一边说一边焦急地往前走。埃莉诺在觉得这个人几乎可以肯定不是威洛比时，为了仔细看看玛丽安到底怎么办，便加快脚步赶上了她。她们很快距那位绅士只有三十码远了，玛丽安定睛一看，她的心凉了，突然转过身去，连忙往回走。这时，只听得她的两个姊妹叫她别走。还有第三个人，大概就是那她以为是威洛比的男人，也和她们一道请求她停下来。她转过身去，惊异地看到那个男人原来是爱德华·弗纳斯，便对他表示欢迎。

他是世界上唯一的在这种时刻被认出不是威洛比而能得到原谅的人，是唯一能从她那里得到一丝微笑的人，她驱散自己的眼泪，对他报以微微一笑。此时她在姐姐的幸福中暂时忘掉了她自己的失望。

他不再骑马，把马交给仆人，跟她们一道走回巴顿，他是特意到这里来拜访她们的。

他受到她们的热诚欢迎，特别是玛丽安，她接待他时表现出的热情关怀，甚至超过了埃莉诺自己。确实，在玛丽安看来，爱德华和她姐姐这次的会见，只不过是在诺兰时她所经常见到的他们共同表现出的那种令人难以理解的冷淡的继续。更加特殊的是，从爱德华来说，根本就没有那种作为一个情人在这种场合下所应有的表情和言谈。他显得很慌乱，似乎看不出他因见到她们而感到高兴，既不狂喜，也不欣悦。除了被迫回答一些问题以外，对其他事情谈得很少。见到埃莉诺时，也没有表现出爱情的标志。玛丽安用不断增长的惊奇看着和听着这一切，她几乎要开始讨厌起爱德华来，但这种心情在她的心思又回想到威洛比时便中止了。威洛比的态度与她姐夫所表现出的态度，形成十分明显的对比。

在初次的惊奇和会面时的寒暄以及短暂沉默之后，玛丽安问爱德华是不是径直从伦敦来的。结果不是，他来到德文郡已有两个星期了。

“两个星期了！”她重复了一遍他的话，心里奇怪他来到了跟埃莉诺同一个郡这么久的时间而没有早些来看她。他还说，他与他的几个朋友曾在普利茅斯附近待过。他说这话时，显得颇为苦恼。

“你最近到过苏塞克斯吗？”埃莉诺说。

“我大约在一个月以前到过诺兰。”

“我们亲爱的、亲爱的诺兰现在是个什么样子？”玛丽安叫喊起来。

“亲爱的、亲爱的诺兰，”埃莉诺说，“大概也还是跟每年的这时候一样，树林和走道都盖满了厚厚的落叶。”

“啊！”玛丽安喊道，“我以前曾带着那么激动人心的感觉看到那些叶子落下来！当我散步时，看到它们经风一吹，便在我身旁纷纷落下！它们具有一种什么样的感情啊！那季节，那空气，全都令人鼓舞。现在没有人管它们了，它们只是被看作一种讨厌的东西，被匆匆扫开，竟可能地倒往看不见的地方去。”

“并不是每个人都有你那种对落叶的热情。”埃莉诺说。

“是这样。我的感情并非常人所共有，也非常人所能理解的。但有时例外。”她说这句话时，陷入了片刻沉思，接着又清醒过来。

"爱德华，"她说，把他的注意力召唤到眼前的景色上来，"这里是巴顿山谷。你看看，但要尽可能保持心情平静。看那些小山！你曾经看到过跟这一样漂亮的山吗？左边是巴顿庄园，在那些树林和种植园之间，你可以看到那房屋的一角。那边，在那座富有如此壮丽景色的最远的小山下面，就是我们的别墅。"

"这是一个漂亮的乡村，"他回答说，"但这一带低地在冬天定会很泥泞。"

"在这样的景物面前，你怎么会想到泥泞呢？"

"因为，"他回答说，笑了笑，"在我面前的这些景物中，见到了一条很泥泞的小路。"

"多奇怪！"玛丽安继续往前走，心里暗自说。

"你们在这里有感到满意的邻居吗？米德尔顿一家是不是使人愉快的人？"

"不，一点也不。"玛丽安回答，"我们的处境不能再不幸了。"

"玛丽安，"她姐姐叫喊起来，"你怎么能说这种话？你怎么能这样不公平？他们一家是值得尊敬的，弗纳斯先生，对我们表现了一种最友好的态 度。你忘了吗，玛丽安，我们多亏他们才有那么多愉快的日子？"

"没有忘，"玛丽安低声说，"我也没有忘记那许多痛苦的时刻。"

埃莉诺没理她这句话，而把注意力转向她们的客人，尽力用一种像演讲的样子跟他谈她们目前的住宅和它的方便之处等等，迫使他有时也说几句话，提几个问题。他的冷漠和寡言严厉地伤害了她，使她感到恼火和有点生气了。但她又决定控制自己，用过去对他的态度而不是现在的态度待他，尽量避免表现出不满和不快，用一种从他与她们家庭相联系的这一角度来看所应该有的态度来对他。

第十七章

达希伍德太太见到他以后，惊异的心情并没有持续多久，因为在她看来，他来到巴顿是所有事情中最自然不过的事。她的喜悦和关心的表情，大大超过了她的惊异。他受到她极其亲切的欢迎，在这种亲切的接待面前，他的腼腆和冷淡早就没有立足之地了。在他走进屋子以前，她们已开始对他感到失望，而现在，她们已被达希伍德太太的这种富有强烈感染力的态度征服了。他确实不是一个能跟她的女儿中任何一个恋爱的好男人，也没有对她表现得很热情，但埃莉诺很满意见到他，而且很快就变得更加喜欢他。他对她们大家似乎也重新表现得很有感情，而且也看得出他对她们的幸福很感兴趣。然而，他并不是兴致勃勃的。他热烈地、有礼貌地赞扬她们的房子，赞美房子周围的景色，但仍然不是兴致勃勃的。这一点她们全家人都看出了。但达希伍德太太把这点归因于他母亲的心胸狭窄。当她在餐桌旁坐下来时，她对那些自私的父母感到十分愤慨。

“爱德华，现在弗纳斯太太对你的看法如何？”当吃过晚饭，他们都围坐在火炉边时，她这样说，“你是不是还是身不由己地想做个雄辩家？”

“不。我希望我母亲现在相信我除了爱好社会生活以外，没有其他方面的才能。”

“但是你怎么树立起你的名声呢？大家都知道，你要使你家里所有的人感到满意，而如果你不爱花销，不同陌生人建立感情，没有职业，没有信心，你会发现要树立你的名声是很困难的事。”

“我不希求这一点。我不希望出名。我有各种理由希望我绝不这样。感谢老天爷！我没有被迫成为天才和雄辩家。”

“我很清楚，你没有奢望，你的愿望全是中不溜秋的。”

“我相信，是跟世界上其他的那些人一样中不溜秋。像所有的人那样，我只希望完完全全的幸福；但也像所有的人那样，那必须是按照我自己的方式的那种幸福。扬名显赫是无法使我达到这一点的。”

“要是那样就真奇怪了！”玛丽安叫喊道，“财富或显赫跟幸福有什么相干？”

“显赫跟幸福没什么相干，”埃莉诺说，“但财富却关系甚大。”

“埃莉诺，你真丢脸！”玛丽安说，“只有在没有什么东西能给你幸福时，金钱才能给你幸福。超过一定的限度，它就不能给你提供真正的满足了，哪怕只是涉及个人私事，也是这样。”

“也许，”埃莉诺笑着说，“我们的论点是相同的。我敢说，你的限度和我的财富非常相似，没有它们，就像我们现在这样我俩都会同意那是不会有各种物质方面的安适的。只不过你的想法比我的高尚一些。那么，你说说，你所谓的限度是什么？”

“大概是每年一千八百或两千镑的收入，不能比这更多。”

埃莉诺笑了起来。“一年两千镑！而我所说的财富只是一千镑！我设想怎么将它用完。”

“一年两千镑只是一个中等的收入哩，”玛丽安说，“再少，一个家庭就不能很好地维持下去了。我相信我的要求并不过分，要适当雇用一些用人，要有一辆或两辆马车，还要养几只猎犬，不能比这再少了。”

埃莉诺听到她妹妹如此精确地描绘他们将来在玛格纳胡谷的生活开支时，又笑了起来。

“猎犬！”爱德华重复她的话说，“为什么你要猎犬呢？并不是所有的人都打猎的。”

“但大部分人都打猎。”玛丽安在回答这句话时脸红了。

“我希望，”玛格丽特说，她提出了一个新奇的想法，“有某个人会给我们大家每人一笔大的财产！”

“啊，会有的！”玛丽安喊道，她的眼里闪耀着兴奋的光彩，两颊也因这想象中的幸福而高兴得通红。

“我想，我们都会一致同意这种希望，”埃莉诺说，“尽管财富不足。”

“啊，天哪，”玛格丽特叫喊起来，“我将会多么高兴。我不知道该拿那笔财产做什么用！”

“要是我的孩子们无须我帮助自己就能富起来，”达希伍德太太说，“我还真不知道该怎样花销我自己的大宗财产哩。”

“您可以开始改造这座屋子呀，”埃莉诺发表意见说，“这样您的疑难就会迎刃而解了。”

“如果这样，”爱德华说，“多么宏伟的订货单将会从这个家庭飞往伦敦！那将是那些书商、音乐商和图片商多么高兴的日子！而你，达希伍德小姐，将会要全面委托别人将那些有价值的新书送到你这里来。至于玛丽安，我知道她的心灵是高尚的，伦敦的音乐将不会满足她。书籍嘛，汤姆森、考珀、司各特，她将会买了又买，我相信她会把每一本书都买来，以免那些书落入不值得读它们的人之手。她还会有那些告诉她如何赞美一棵盘曲的老树的书。不是这样吗？玛丽安？请恕我冒昧无礼。但我是想告诉你，我没有忘记我们过去的争论。”

“我喜欢回忆起过去，爱德华。不论它使人忧郁还是使人愉快，我都喜欢回忆它。你绝不会因谈论以前的情况而冒犯我。你设想我会怎样使用我的钱时，一部分钱，至少是散放的钱，你是非常正确的，我肯定会用它们来进一步收集图书和乐谱。”

“那么你的大宗财产将用来为作家和他们的继承人设置年金。”

“不，爱德华，我还要用它做别的事哩。”

“那你也许会要用它来酬谢那为你所最喜欢的格言写过最精彩的辩护的人，像是：一个人在一生中只许有一次恋爱。我想你在这个问题上的观点还没改变？”

“这是毫无疑问的。在我有生之年，我的观点总算还能固定不变。现在也没有可能使我看到或听到有什么东西能使它改变。”

“你看，玛丽安还是和过去一样坚定，”埃莉诺说，“一点也没改变。”

“她只是比过去严肃了一点儿。”

“不，爱德华，”玛丽安说，“你不用指责我，你自己也显得并不怎么愉快。”

“为什么你这样认为呢？”他叹了一口气回答说，“我的性格中从来就没有高兴的份儿。”

“我认为玛丽安的性格里也没有高兴的份儿，”埃莉诺说，“我简直不把她叫作快活的姑娘。她凡做什么事都很诚挚，很热切。有时谈话很多，而且总是很活跃，但她并不经常是真正快活的。”

“我相信你的看法是对的，”他回答说，“我还一直认为她是一个快活的姑娘呢。”

“我时常发觉我自己发生这一类差错，”埃莉诺说，“对人们的性格在这一点或那一点上完全产生误解，总是超过实际情况地认为他们是过分高兴或过分沉郁，过分机灵或过分迟钝，而我又几乎说不清是什么原因，这种差错是怎么产生的。有时一个人是听当事人自己说的为准，但最经常的却是听信别人对他的意见，自己对那些意见没有去仔细思考和判断。”

“但是我认为，埃莉诺，”玛丽安说，“完全听从别人的意见是对的。我们的判断对我们邻人的意见只有从属作用。我可以肯定，这是你所一贯信奉的主义。”

“不，玛丽安，绝不是这样。我的主义绝不意味着理解上的屈从，我一直企图让其发生影响的是行为，你可别把我的意思弄混淆了。我承认，使我感到内疚的是，我虽然经常希望你对待我们的熟人要更加关心一些，但在重大问题上，我什么时候劝告过你采纳他们的意见或听从他们的判断呢？”

“当时你无法使你妹妹转变到你的关于讲究一般礼仪的计划中来，”爱德华对埃莉诺说，“现在还无进展吗？”

“恰恰相反。”埃莉诺回答说，富有意味地瞧着玛丽安。

“我本来认为问题全在你这一方面，”他说，“但恐怕实际上更多是在你妹妹那一方面。我绝不想冒犯人家，但我是如此愚蠢地感到不好意思，当我只是由于天性笨拙而不如人家时，却经常以为似乎是自己粗心大意。我时常想，我生性本该倾向于喜欢出身卑微的同伴，在上流阶层的陌生人中间我感到一点也不自在！”

“玛丽安却不因原谅她的任何粗心大意而感到不好意思。”埃莉诺说。

“她知道她自己的价值比虚假的害羞要强得多。”爱德华回答说，“不好意思只是某种这样那样的自卑感的结果。如果我能使自己相信我的态度是适宜而又优美的，那我就不会感到不好意思了。”

“但是你仍然会表现得冷淡，而这一点更坏。”玛丽安说。

爱德华睁大了眼睛。“冷淡？我冷淡，玛丽安？”

“对，非常冷淡。”

“我不理解你的意思。”他说，脸变红了，“冷淡！怎么个冷淡法？以什么方式冷淡？我对你说了什么？你设想是个什么样子？”

埃莉诺见他激动起来，很吃惊，但打算对这个问题一笑了之，便对他说：“我妹妹的个性难道还不足以使你了解她这句话的意思？难道你不知道，凡是说话不像她那样快的人，凡是不跟她一样欢天喜地称赞她所称赞的东西的人，她都说他冷淡？”

爱德华没有回答。他又完完全全恢复了那种庄重和沉思的样子，沉默而痴呆地坐了好一阵子。

第十八章

埃莉诺看到她朋友没精打采的神情，心里非常不安。他的来访只给了她一种极不完美的满足，而他自己在这次访问中也显得并不十分高兴。显然他心里不痛快。她希望事情能同样明显地显示出，他还是以过去那种她以为无可怀疑的激动的感情对待她。但到目前为止，他那种跟从前一样的态度还表现得很不肯定，而跟现在他对她的这种冷淡态度相矛盾的是，他以前的态度表现得何等富有生气。

第二天早晨，当其他人还未下楼来吃早饭时，他走进餐室，跟埃莉诺和玛丽安坐在一起。玛丽安尽可能地促进他们两人的幸福，便立即离开，让他俩在一起。但她还没走完楼梯的一半，就听见客厅的门打开了。她转过身来，惊奇地看到爱德华一个人走了出来。

"你们的早餐还没准备好，"他说，"我去村子里看看我的马，立刻就回来。"

爱德华回来时，对周围的乡村进行了一番新的赞美。他去村子时，看到了山谷的一些有突出优点的部分。村子的地势比别墅高得多，站在上面，他就见到了一幅使他非常满意的乡村全景画面。这个话题引起了玛丽安的注意，她开始描述她自己对这些景色的赞美，并且不断询问那些特别打动他的景物。这时爱德华打断她的话说：“你别问得太远了，玛丽安。要记住，在生动、形象地形容一件东西方面我是无能为力的，如果要描述一样东西的细节，那我只能以我的无知和缺乏鉴赏能力而使你生气。我只能做到下面这样的程度：本来是山陡，我就叫它险峻；本来是山不规则、不平整，我就叫它外观奇特而荒凉；本来是透过一层雾霭模模糊糊看不清楚，我就把它叫作视线之外，隐约朦胧。对我老老实实做出的这种赞美，你一定会感到满意。我把它叫作非常好的乡村，山峰险峻，林木葱茏，山谷看起来惬意而舒适，茂密的草原，到处散布着一些整齐的农舍。这种景色准确地同我的那个‘非常好的乡村’的看法相吻合，因为它把实用跟美统一起来了。我也敢说这是一个风景如画的乡村，因为你赞美它。我能轻易相信它有许多岩石和岬角，灰色苔藓和灌木丛，但这一切都与我无缘，我对形象化的字眼一无所知。”

“我恐怕这是实实在在的话，”玛丽安说，“但你为什么又要夸奖它呢？”

“我觉得，”埃莉诺说，“爱德华为了避免某一种伪装，却又陷入另一种伪装中去了。因为他相信，许多人对于大自然的美比他们真正感受到的要说得更加美好一些。他讨厌这种做法，便装成对它们比实际更加冷淡，更少具有分辨能力。他是爱挑剔的，但对他自己也要来一番伪装。”

“一点不错，”玛丽安说，“对景色的赞美变成了仅仅是一种隐语。每个人都装作试图用最初提出什么是形象化美的人的那种鉴赏力和雅致去进行感受和描述。我痛恨各种类型的隐语，有时我只对我自己保持着我的一些感情，因为从观念和意义上来说，什么是陈旧与陈腐，在这方面我找不到语言来描述它们。”

“我相信，”爱德华说，“你从优美的景色中真正感受到了那种你承认感受到的快乐。但是，作为回报，你姐姐得要承认我所感受到的不超过我承认的。我喜爱优美的景色，但不是根据形象化的原则来喜爱它。我不喜爱弯曲、盘绕和枯萎的树，要是它们高大、笔挺而茂盛，我会更多地赞赏它们。我不喜爱坍塌、破烂的别墅。我不喜欢荨麻、蓟或欧石楠属植物的花。我对一座整洁的农舍比对一座岗楼更感兴趣。一群健康而愉快的乡下人，比一些世上最好看的歹徒更能使我感兴趣。”

玛丽安用惊异的眼光望了望爱德华，又用同情的眼光望了望她姐姐。埃莉诺则只是笑笑而已。

这个话题没有继续谈下去。玛丽安陷入了沉思，直到一件新的东西吸引了她的注意。她坐在爱德华旁边，爱德华从达希伍德太太那里接茶时，他的手正好从她面前伸过。她发现他的一个指头上非常引人注意地戴着一个戒指，戒指中间安着一绺头发。

“以前我从来没见你戴过戒指呀，爱德华，”她叫喊起来，“那是范妮的头发吗？我记得她答应过给你一点头发的，但我觉得她的头发好像要黑一些。”

玛丽安心里想到什么，就随便说了出来。但当她看到她这句话多么刺痛了爱德华时，想到自己缺乏思考而产生的苦恼，也就不亚于他的苦恼了。他的脸变得绯红，朝埃莉诺很快瞥了一眼，回答说：“对，那是我姐姐的头发。你知道，由于背景投光的不同，头发的浓淡程度变得不同了。”

埃莉诺遇到了他的目光，看来她也意识到了。那绺头发是她自己的，她立刻也像玛丽安一样心里感到满意。她们结论的不同，只在于玛丽安以为是她姐姐送给他的一样随便的礼物，而埃莉诺却以为定是他在她不知道的情况下，用偷窃或要诡计的手段从她那儿得到的。然而，她却不把这当成一种有意的冒犯，只是用立即谈到一件别的事情的办法，装作她对所发生的事情并不关心，而内心却决定以后寻找各种机会看看这绺头发。她感到很满意，因为毫无疑问那绺头发正是她的那种发色。

爱德华的困窘持续了一些时候，但一种更为常有的心不在焉的状态终止了他的这种困窘。整个上午他都显得特别阴沉。玛丽安因为自己说了那些话而严厉责备自己，但她要是知道她的话一点也没有使姐姐生气，那她也就会很快原谅自己了。

中午以前，约翰爵士和詹宁斯太太前来拜访她们。他们听说来了一位绅士，便来看看这位客人。在岳母的帮助下，约翰爵士很快就发现弗纳斯这个姓氏是用 F 开头的，这就为他们以后戏弄忠厚的埃莉诺准备下了话柄，只是由于他们跟爱德华新近认识，才没有马上开始这种戏谑。但事实上，根据玛格丽特的提醒，埃莉诺却是从他们那种意味深长的脸色中看出了他们不会善罢甘休的。约翰爵士每次到达希伍德家来，都必定要邀请她们一家第二天到庄园去吃饭，或是当晚去饮茶。他相信他能很好地款待客人，又能使他们玩得痛快。这一回，他就是以这两方面的原因来约请客人的。

“你们今晚一定得来同我们一起喝茶，”他说，“因为我们会十分孤独。而明天你们绝对必须来跟我们一起吃饭，因为那将是一次大型的聚会。”

詹宁斯太太强调了前去的必要性。“谁知道你们会不会再组织一次舞会呢？”她说，“而这对你会是很有吸引力的，玛丽安小姐。”

“跳舞！”玛丽安叫喊起来，“这不可能！谁去跳呢？”

“谁？嗨，你们自己呀，肯定还有两位凯里小姐和惠特克夫妇。什么！你以为那个我们不提名字的人走了以后就没有人跳舞了吗！”

“我衷心地希望，”约翰爵士喊道，“威洛比重新回到我们中间来。”

这句话，以及玛丽安变得红起来的脸，使爱德华产生了新的猜疑。“威洛比是谁？”他向坐在他身旁的达伍希德小姐低声询问。

她简单地回答了他。玛丽安表现得更爱说话了。爱德华不仅从别人的意思中，而且也从先前使他迷惑不解的玛丽安的表情中充分了解到个中奥秘。当来访者离开以后，他立即走到玛丽安身边悄声说：“我猜中了。要我告诉你我的猜测吗？”

“你这是什么意思？”

“要我告诉你吗？”

“当然要。”

“哦，那么，我猜那个威洛比喜欢打猎。”

玛丽安显得惊奇而慌张了，但对他这种文静的调皮态度仍不禁微微一笑。沉默片刻之后，她说：

“啊！爱德华！你怎么知道？但我希望那个时刻会要来的……我可以肯定你会喜欢他。”

“我不怀疑这点。”他回答说，对她的诚恳和热情感到惊奇。因为要不是他认为这只不过是她的熟人根据威洛比先生和她之间的某一件事或根本没有的事开的一个一般的玩笑，他是没有勇气说这句话的。

第十九章

爱德华在别墅逗留了一个星期。达希伍德太太热切地留他多住一些时候，但他好像是只集中精力自我约束，在与朋友们之间玩得正欢的时候，却似乎决定要走了。最后两三天，他的情绪虽然仍不那么稳定，但已大有改进。他对这座房子及其周围的环境越来越感到偏爱，一说到要离开就唉声叹气，声称他的时间是完全空闲的，甚至还不知道在离开她们以后要往何处去。但他还是要走。从来没有任何一个星期过去得如此之快，他几乎不相信它一下就过去了。他总是一再说起这件事，他也谈了其他表明他感情的变化和他行动的虚假的事情。他对诺兰不感兴趣，他厌恶住在伦敦。但不论是诺兰或是伦敦他还是得去。他把她们待他的好意估量得高于一切，他的最大的幸福就是跟她们在一起。虽然在时间上并无任何制约，而在一周的时间结束时他还是得离开她们，不顾她们的以及他自己的意愿。

埃莉诺把他所有这些令人惊异的表演归因于他母亲，认为他有一个她不完全了解其性格的母亲，对儿子所做的每一件她不熟悉的事情一般都采取原谅态度，这对她来说是一件高兴的事。然而，即使像埃莉诺这样感到失望和苦恼，有时还对他对她的那种模棱两可的态度感到不悦，但总的说来，她还是倾向于以公正的认可和宽宏大度的限制条件来关心他的行动。以前她对待威洛比也曾是这种态度，但那是她母亲违反她的本意迫使她采取这种态度的。他的缺乏兴致，缺乏坦率，缺乏言行一致，极其通常是由于他的缺乏独立和他对弗纳斯太太的性情和计划有较好的了解。他这次来访问的时间这么短，要离开她们时意志又这么沉着，同样是由于他那种被束缚的倾向和必须对母亲进行的妥协。古老的、既定的那种责任与意志相对抗，双亲与孩子相对抗的抱怨，就是这一切的原因。要是这些反对停止了，反抗让路了，弗纳斯太太改变了，她儿子有权得到幸福，那她就高兴了。为了安慰自己，她被迫从这种徒然的愿望转向恢复她对爱德华感情的信任，转向回忆他在巴顿期间对她用言语或神色表示出的每一种关切的征候，首要的是转向他那经常戴在手指上的惹人喜爱的物证。

爱德华在别墅逗留的最后一天的早晨，在吃早饭时，达希伍德太太说："爱德华，我认为你要是有一门职业让你去消磨，或是关心一下你的计划或行动，你将会是一个更幸福的人。确实，你的朋友们的一些不便之处就是从这点产生的，你不可能给他们够多的时间。但是，"说到这儿她微微一笑，"至少在一点上你会大大有利，你要知道离开他们以后到哪里去。"

"我向你保证，"他回答说，"在这点上，好久以来我就是像你现在这样认为的了。我没有必要的事业，没有工作或向我提供独立这类东西的职业，对我来说，过去、现在也许永远都将是一个沉重的不幸。而且不幸的是，我自己的以及朋友们的拘泥，已使我成为这样一个懒散无能的人。我们从来不能在选择职业上意见一致。我总是喜欢牧师的职业，现在也还是这样。但那种职业还不够使我的家庭显得时髦。他们推荐当兵的职业。那对我又太时髦了一些。律师是够绅士派头的了，许多在教堂里有单人套间的年轻人，在上流阶层中很显眼，坐上非常时髦的轻便双轮马车在城市周围疾驶。但我不打算去干律师，甚至它并不难学，家庭也满意，我也不干。至于海军，那是很时兴的，但我的年龄对于开始这一行已是太大了。最后，由于完全没有必要找个职业，由于我不穿红色上衣也跟穿红色上衣一样可以打扮漂亮和奢侈挥霍，无所事事便大体上被宣布为最有优点和最光荣的了，而一个十八岁的青年一般是不那么认真集中精力去急急忙忙抵制朋友们的那种无所事事的诱惑的。所以我就进了牛津，严格地说，从那时起我就是无所事事的了。”

“我想，其结果将是，”达希伍德太太说，“因为悠闲没能使你自己幸福，那么你的儿子们将会被培养成像科纽默拉[①]那样有许多事务、许多工作、许多职业和交易的人。”

“他们将会培养得尽可能不像我自己，在感情、行动、条件和各方面都不像我自己。”他用一种严肃的音调说。

“得啦，得啦，这一切都是一种直觉到缺乏兴致的倾诉，爱德华。你现在心情忧郁，设想凡是跟你不一样的人都是幸福的。但你要记住，每个人在与朋友们分别时都会要感到痛苦的，不管他所受的教育和社会地位如何。你该知道你自己的幸福。你什么也不缺，只缺耐心，或者给它一个迷人的名称，叫作希望。总有一天，你母亲会保证让你得到你那么焦急想得到的独立的，这是她的责任。她防止你的整个青年时代在不满意的情况下虚度过去，这件事不久之后将会而且必定会变成她的幸福。这不是几个月的时间所能做得到的！”

“我认为，”爱德华回答，“我倒不在乎几个月就能使我得到什么好处。”

---

① 英国作家理查德·格雷夫斯(1715—1804)的小说《科纽默拉，苦恼的隐士》中男主人公的名字。

这种沮丧的心理状态，在接着发生的分别中虽然未能感染达希伍德太太，但却给了女儿们额外的痛苦，特别在埃莉诺的感情上留下了一种不安的感觉，要克制这种感觉是有困难而且需要时间的。但她决心要克制这种感觉，在他离开时不让自己表现得比家里其他的人更痛苦，她便没有采取玛丽安在同样场合下很明智地采取的那种办法，即用寻求沉默、孤独和闲散来增加和固定她的哀愁的办法。她们的目的不同，方法也不同，但她们的哀愁的增长却是相同的。

他一走出屋子，埃莉诺就在画桌前坐下来，整天忙于作画，不故意也不回避提到他的名字。在对家庭成员一般的关切上显得几乎跟平时一样。这种行为如果没有减轻她的悲伤，至少防止了它不必要的增长，同时又使得她的妈妈和妹妹们省去了因她而引起的许多焦虑。

这种与自己的性格正好相反的举动，显得跟玛丽安一样不值得称赞，在她看来似乎是一种过失。她平时很容易做到自制，但带着强烈的感情时不可能做到，感情平静时做到又不能算什么优点。她不敢否认，她妹妹的感情是平静的，虽然她不好意思承认这一点，同时她对自己的力量也给予非常明显的证明，但她仍然喜欢和尊敬她的妹妹，虽然她对克制自己这一套全不理会。

埃莉诺没有把自己关在房里同家里人隔绝，或是决心孤独地离开屋子以回避她们，或是躺在床上，彻夜不眠，尽情深思。她发现每天有足够的空闲时间供她想念爱德华，想念她在不同的时间所产生的不同的精神状态里所能引起的爱德华的各种各样的举动，带着温存、同情、满意、指责和怀疑。当母亲和妹妹们不在，或至少是由于她们在进行工作时，她有的是时间。工作时她们之间不准交谈，结果便产生了孤独。她的心无疑是自由的，她的思想不可能被束缚在别的地方，过去和将来的使她感兴趣的问题就必定会出现在她面前，迫使她去注意，吸引她去回忆、思考和幻想。

爱德华离开她们之后不久的一天上午，当她坐在画桌旁出神地沉思着这类问题时，被一群客人的来到唤醒。碰巧她独自一人在屋子里。屋子前面绿色庭院入口处小小的篱笆门是关着的，她便朝窗口望去，看到一大群人正朝门口走来。他们中间有约翰爵士、米德尔顿夫人和詹宁斯太太，但另外还有两个人，一位绅士和一位太太，她根本不认识他们。她挨近窗户坐着，约翰爵士很快就发现了她，他便离开那些按礼节前去敲门的人，走过草地，强迫她打开窗户跟他说话，虽然门窗之间的距离是那样近，以致跟一个人谈话几乎不可能不被另一个人听到。

“哦，”他说，“我们给你们带来了生客，你喜欢他们吗？”

“嘘！他们会听见你说的话的。”

“听见了也没关系，那只是帕尔默夫妇俩。我可以告诉你，夏洛特非常漂亮哩。你朝这边望去就可以看到她。”

埃莉诺认为，不采取这种失礼的方式，一两分钟后肯定也可以见到她，因此她求他别见怪。

“玛丽安到哪儿去了？她因为我们到来便跑开了？我看到她的钢琴是打开的。”

“我相信她散步去了。”

这时詹宁斯太太也加入他们一起来了，她没有耐心等开门以后再讲她的故事。她朝窗户喊道：“亲爱的，你好？达希伍德太太好？你妹妹到哪儿去了？什么！就你一个人！有几位客人来你们这儿坐坐你将会感到高兴。我带了我的另一个女婿和女儿来看你们。你只要想想，他们来得多么突然！昨晚我们正在喝茶，我听到了马车声，但我怎么也没想到会是他们。我认为布兰顿上校不是因为别的，只是因为天气关系不可能再回来，因此我对约翰爵士说：‘我认为我听到了马车声，也许是布兰顿上校又回来了——’”

这时，其余的一批客人已走进屋子，埃莉诺只好被迫在詹宁斯太太的故事讲到中间时离开她，转身去接待他们。米德尔顿夫人把两位生客介绍给她。这时，达希伍德太太和玛格丽特也下楼来了。大家一齐坐下来，互相用目光打量着。当詹宁斯太太由约翰爵士陪伴着，从过道走进客厅后，继续开始讲她的故事。

帕尔默太太比米德尔顿夫人年轻几岁，在各方面都完全不像她姐姐。她矮而丰满，面貌十分俊秀，脸上的表情说明她可能有极好的脾气。她的举止并没有她姐姐那么文雅，但却更给人好感。她带着微笑走进来，在来访的整个时间里都带着微笑（除了大笑以外），离开时还是带着微笑。她丈夫是个二十五六岁，看起来很严肃的青年，样子比他妻子更合乎时尚和更有理智，但很少表示喜欢别人或讨人喜欢。他带着一种妄自尊大的表情走进房子，向女士们微微鞠了一躬，没有说一句话。在朝她们和她们的房间简短地环视一圈以后，便从桌上拿起一张报纸看起来，他在这里待了多久，就看了多久。

与此相反，帕尔默太太却有一种天生的始终如一的谦和愉快的性格，还未等坐定，她就赞不绝口地对客厅和客厅里的各种东西称赞一番。

“啊！这是一间多么惹人喜爱的房子！我从来没有见过什么东西有这样可爱！你只要想一想，妈妈，自从我上次到这里以后，它改进了好多啊！我一直认为它是这样一个可爱的地方，妈妈，”她转向达希伍德太太，“是你把它弄得这么惹人爱的！你来看一看，姐姐，这里的每一样东西都多么令人高兴，我多么想自己有这样一座房子。你不想吗，帕尔默先生？”

帕尔默先生没有回答她，甚至连眼睛也没有从报纸上抬起来一下。

“帕尔默先生没听见我的话，”她笑着说，“有时候他根本不听。真荒谬！”

达希伍德太太认为这是一种十分新颖的念头，她从不惯于在任何人的漫不经心中发现妙语，因此她不禁惊异地望着他俩。

这时詹宁斯太太还在用尽可能高的声音谈话，继续讲述头天晚上看到客人到来后他们惊异的情景，直到把每一件事讲完以后才停止。帕尔默太太回忆起他们的惊愕时，发出由衷的笑声，大家也一再同意那令人愉快。

“你们该相信，我们大家见到他们是何等高兴，”詹宁斯太太加上一句，把身子朝前倾向埃莉诺，用一种很低的声音说话，好像是不让她的话被别的人听到，尽管她俩不是坐在房子的同一边，“但是，我还是不由得希望他们没有赶路得太快，也没赶路得太远，因为他们是为了某一件公事而来到伦敦周围的，而你们知道，”她意味深长地朝她女儿点点头，“在她目前的情况下这样做是错误的。我要她今天上午留在家里休息，但她要跟我们一起来，她极其渴望要来看你们大伙儿！”

帕尔默太太笑了起来，说这对她一点妨害也没有。

“她预计在二月份分娩。”詹宁斯太太继续说。

米德尔顿夫人再也受不了这种谈话了，因此尽力问帕尔默先生报纸上有没有什么新闻。

“没有，什么也没有。”他回答说，又继续看他的报纸。

“玛丽安来了，”约翰爵士叫喊道，“喂，帕尔默，你将会看到一个极其漂亮的姑娘。”

他立即走向通道，打开前门，亲自去迎接她。她走进来时，詹宁斯太太问她是不是还没去过阿仑哈姆。帕尔默太太对这个问题发出由衷的笑声，这表明她了解这件事。玛丽安进来时，帕尔默先生抬起眼来注视了她片刻，然后又去看他的报纸。这时，帕尔默太太的眼睛接触到了挂在房子周围的那些画，便站起身仔细观看。

“啊！天哪，这多么漂亮啊！？多么讨人喜欢！妈妈，你来看，多么可爱！我可以断言它们是十分迷人的，我可以一直看下去。”然后她坐下来，很快就忘掉房子里还有这些东西存在。

当米德尔顿夫人起身离开时，帕尔默先生也站起身来，放下手中的报纸，伸了伸懒腰，环视了大家一圈。

“亲爱的，你睡着了吗？”他妻子笑着说。

他没回答她，只是在重新审视了一下房子以后说，屋顶的坡度太小，天花板都歪了。然后，他鞠了个躬，就随着其余的人离开了。

约翰爵士曾强求她们全家第二天到庄园去做客。达希伍德太太想到自己不能老是到庄园去吃饭，而他们却很少到别墅来进餐，便坚决拒绝去，要是女儿们高兴，则可以去。但她们没有兴致去看帕尔默夫妇如何进餐，也不希望以任何其他方式从他们那里得到快乐，所以同样不想去，说什么天气不定，不像会放晴。但约翰爵士不肯罢休，说他会派马车来，她们一定得去。米德尔顿夫人虽然也不强迫她们的母亲去，但却逼迫她们去。詹宁斯太太和帕尔默太太也跟他们一起请求她们去，所有的人似乎都同样渴望避免只是他们家庭成员的聚会，几位年轻的小姐只好被迫服从。

“他们干吗要请我们？”他们刚走，玛丽安就说，“别墅的租金低，但我们是在艰难的条件下租的。是不是凡是有人既同他们也同我们在一起待过一些时候，我们就该到庄园去吃饭。”

“目前他们时常邀请我们时所表现出的礼貌和好意，并不比几星期以前他们邀请我们时表现得差。”埃莉诺说，“如果他们的聚会总是那么单调乏味，他们本身是不会有什么改变的。我们得从别的地方寻找这种改变。”

第二十章

第二天，当几位达希伍德小姐从一个门口走进庄园的客厅时，帕尔默太太从另一个门口跑了进来，看起来像先前一样心情舒畅而愉快。她充满深情地和她们握了手，对于再一次见到她们表示极大的高兴。

“见到你们真高兴！”她说，在埃莉诺和玛丽安之间坐下来，“因为我怕你们不来，那这一天就真令人不愉快了，而且当我们明天离开时，还会感到这是一件很糟糕的事。我们得走，因为韦斯顿夫妇下周要到我们家去。我们到这里来完全是件意外的事，直到马车到了门口，帕尔默先生问我是否愿意跟他一起到巴顿去，我才知道。他是那样古怪！他从来不告诉我任何事情！我真遗憾我们不能久待一些日子，然而，我希望不久我们又会在伦敦会面。”

她们只得打消她这种期望。

“不到伦敦去！”帕尔默太太笑着喊道，“你们要是不去我将十分失望。我能为你们在我们家隔壁弄到世界上最好的房子，就在汉诺弗广场。你们确实应该来。我可以肯定，如果达希伍德太太不喜欢在公众面前露面，我在分娩前的任何时候都将非常乐意陪伴你们。”

她们感谢她，但不得不谢绝她所有的请求。

“啊！亲爱的，”帕尔默太太朝她丈夫喊道，他刚刚走进房里来，“你得帮助我说服这几位达希伍德小姐今年冬天到伦敦去。”

她的亲爱的没回答她，只是在向小姐们稍稍一鞠躬之后，开始抱怨起天气来。

“真讨厌！”他说，“这种天气使得每一样东西、每一个人都令人生厌。由于下雨，在屋里跟在外面一样单调。这使得每个人都对自己的熟人感到讨厌。约翰爵士究竟为什么不在屋子里设一间弹子房呢？懂得舒服的人真少！约翰爵士就跟天气一样乏味。”

其余的人不久也进来了。

“玛丽安小姐，”约翰爵士说，“恐怕今天你没有按老规矩到阿仑哈姆去散步吧。”

玛丽安样子显得很严肃，没有说话。

“啊！在我们面前别这么狡猾，”帕尔默太太说，“因为这一切我们都知道，我向你保证。我非常赞赏你们的审美力，我认为他一定极其漂亮。你知道，在乡村我们住得离他并不太远，我敢说不超过十英里。”

“将近三十英里。”她丈夫说。

“啊！呃，这没多大区别。我从没到他屋里走过，但人家说那是一个可爱的、漂亮的地方。”

“是我一生中看到的糟糕透顶的地方。”帕尔默先生说。

玛丽安还是完全保持缄默，尽管她脸上的表情透露出她对这些谈话很感兴趣。

“很糟糕吗？”帕尔默太太继续说，“那么，我想那非常漂亮的就是另一处地方了。”

当他们在餐室里坐下后，约翰爵士遗憾地观察到，他们一共才不过八人。

“亲爱的，”他对夫人说，“只有这么几个人真使人烦恼。今天你为什么不请吉尔伯特夫妇来我们这儿吃饭呢？”

“约翰先生，在你跟我谈这件事以前，我没有告诉你不能请他们吗？他们昨天才跟我们一起吃过饭哩。”

“约翰爵士，”詹宁斯太太说，“你和我不必讲这种礼节。”

“那你就会显得没有什么教养了。”帕尔默先生叫喊起来。

“亲爱的，你总是顶撞每一个人，”他妻子带着她常有的笑容说，“你知道你这样是很粗鲁的吗？”

“我不知道我说了你母亲没有教养就顶撞了什么人。”

“当然，只要你高兴你可以侮辱我，”这位好脾气的老太太说，“你从我手里带走了夏洛特，你再不能把她送回来了。在这点上我处于优势地位。”

夏洛特想到她丈夫无法摆脱她时，便衷心大笑，并且高兴地说，因为他们要在一起生活，因此她不在乎他对她脾气不好。不可能有任何人脾气比帕尔默太太还要好，命定比她还要幸福的了。丈夫对她的故意冷淡、傲慢和不满并不使她感到痛苦，他责骂和凌辱她时，她还十分高兴。

“帕尔默先生真是古怪！”她对埃莉诺悄声说，“他经常情绪不好。”

埃莉诺在经过一段很短时间的观察之后，并不称赞他所希望表露出的那种如此坦率而自然的坏脾气和缺乏教养。也许他的脾气有些变坏是由于他跟其他许多男人一样，想通过某种无法解释的爱美的癖好去追寻什么，他是一个糊涂女人的丈夫。但她知道，任何一个聪明人通常都要被这种大错长期伤害。她相信，正是那种对荣誉的企望，才使得他傲然对待每一个人和辱骂出现在他面前的每一样事物。那是一种想使自己显得比别人优越的企望。这种动机是不足为奇的，但这种手段（虽然它可能在缺乏教养的人方面树立他的优势而得到成功）是不大可能叫任何人买账的，除他妻子以外。

“啊！亲爱的达希伍德小姐，”过了不久帕尔默太太说，“我曾非常乐意询问你和你妹妹，愿不愿意在今年圣诞节到克利夫兰来消遣一些时日。我想现在就请你们去，趁韦斯顿夫妇同我们在一起的时候去。你们想不到我会如何愉快！那真十分令人高兴！亲爱的，”她询问她丈夫，“你不是早就想要达希伍德小姐们到克利夫兰来吗？”

“当然，”他带着冷笑回答，“我来到德文郡没有别的意图。”

“你们看，”他太太说，“帕尔默先生也希望你们去，所以你们不能不去。”

她们俩热切而坚定地谢绝了她的邀请。

“真的，你们一定得来。我可以肯定你们将会喜欢那里的一切东西。韦斯顿夫妇将和我们在一起，那将是非常令人高兴的事。你们想不到克利夫兰是个多么可爱的地方。我们现在也很高兴，因为帕尔默先生经常为了选举而到各处乡村游说。还有许多我从未见过的人常来跟我们一起进餐，真好极了！但是，可怜的家伙！他太疲劳了！因为他得被迫使每个人喜欢他。”

当埃莉诺内心同意这种责任的艰巨时，她几乎不能控制住她面部的表情。

“当他进入议会时，那就真是太好了！不是吗？”夏洛特说，“我将会乐得大笑不止！看到那些直接寄给他的写有‘下院议员’字样的信，真令人感到滑稽。但是，你知道吗，他说他从来不会对我说老实话，他就是这么说的。你不是这么说的吗，帕尔默先生？”

帕尔默先生没理她。

“你知道，要他写东西他可忍受不了，”她继续说，“他说那是一件十分讨厌的事。”

“不，”他说，“我从没说过这种荒谬的话，别把你那些侮辱性的话硬往我身上塞。”

“你看，他是多么古怪。他总是这个样子！有时候我们在一起他半天不跟我说一句话，然后便为了一件什么古怪的事——只要是世上有的任何事情都行——走了出去。”

当她们回到客厅，她问埃莉诺是不是很喜欢帕尔默先生时，她对她的回答大吃一惊。埃莉诺说：“当然，他似乎很令人愉快。”

“哦——你是这样看的我很高兴。我料想你也会是这样看的，他是这样的使人愉快。我告诉你，帕尔默先生也很喜欢你和你妹妹，你想象不到，要是你们不去克利夫兰，他会多么失望。我真想象不出你们不愿意到那里去的原因。”

埃莉诺不得不再次谢绝她的邀请。同时，为了防止她继续的请求，她要改变一下话题。她认为帕尔默太太既然跟威洛比住在同一个郡，她就很可能能对他的性格做一些更为详细的描述，而不像从米德尔顿夫妇那里得来的那种不完全的介绍，米德尔顿夫妇到底对他还是不完全了解的，而她又极想从任何人那里得到关于他的优点的证实，以便为玛丽安免除那种担忧的可能性。她便开始询问他们是否常常在克利夫兰见到威洛比先生，跟他是不是非常熟悉。

“啊！亲爱的，经常见到他，我跟他很熟哩。”帕尔默太太回答，“真的，我不但时常跟他说话，而且总是在伦敦见到他。不知怎么，当我留在巴顿时，他却总是不在阿仑哈姆。以前妈妈在这里见过他一次，但那时我却跟我叔叔在韦茅斯。然而我敢说，要不是凑巧我们没有一起住在萨默塞特郡，我们将会经常见到他的。他很少住在峡谷，我相信，即使他经常住在那里，我认为帕尔默先生也不会去拜访他，因为你知道，他是属于反对党的，此外，我们跟他家的距离又远。我非常清楚你为什么要问他，你妹妹打算嫁给他。我对这件事极其高兴，因为你知道，那时我就将会有她这个芳邻了。”

“我向你保证我说的是真话，”埃莉诺回答说，“要是你有任何理由希望这桩婚事成功的话，你对这件事的情况比我要清楚得多。”

“别装蒜了。你知道现在人人都在谈论这件事。我向你保证我就是经过伦敦时听到这个消息的。”

“亲爱的帕尔默太太！”

“我以荣誉向你担保我是这样听来的。星期一上午离开伦敦前我见到了布兰顿上校，是他直接告诉我的。”

“你的话使我大吃一惊。是布兰顿上校告诉你的！这你肯定弄错了。让这样一个对这件事情不感兴趣的人当报信人，即使真是这样，我也不希望是布兰顿上校做的。”

“但我向你保证这一切都是真的，而且可以告诉你这件事的发生经过。当我们遇见他时，他回转身来，跟我们走在一起，就这样我们开始谈论我的姐夫和姐姐的事，谈了一件又一件。我对他说：‘上校，我听说巴顿别墅住进了一户新的人家，妈妈写信告诉我，她们家的几位小姐长得非常漂亮，其中有一个打算跟住在马格纳峡谷的威洛比先生结婚，请问这是真的吗？前不久你还在德文郡，当然应该知道这件事。’”

“上校怎么说？”

“啊！他没有说好多，但从他的样子看来，好像他知道这是真事。所以从那时起我就认为这事是肯定无疑的了。我声明这是一件十分令人高兴的事！他们什么时候结婚？”

“布兰顿先生很好吧？我希望。”

“啊！他很好，他说了许多表扬你的话哩。他除了说你的好处之外，没有说旁的什么。”

“他的称赞使我感到满意。他似乎是个很好的人，我认为他使人非常高兴。”

“我也是这样认为。他是个极好的人，但令人十分遗憾的是他是那样严肃和呆板。妈妈说他也爱上你妹妹了。我向你保证，如果他真是这样，那倒是一种很大的崇敬，因为他几乎还没有爱过什么人。”

“据你看来，威洛比先生在萨默塞特郡很有名望吗？”埃莉诺说。

“啊！是很有名望。虽然，我不相信许多人都跟他很熟，因为马格纳峡谷那地方离得很远，但我向你保证，他们都认为他是一个使人非常愉快的人。所以你可以告诉你妹妹，无论到哪里，都再也没有人比他更受别人爱戴的了。我以荣誉作担保。能得到他，她就是一个极其幸运的姑娘。虽然能得到她，他也更加幸运，因为她是那样温雅端庄而又叫人喜爱，没有什么东西比她更为完美的了。然而我向你保证，我认为她不会比你还温雅端庄，因为你们两人都美极了，我可以保证帕尔默先生也是这样看的，虽然昨晚他还没向我承认这点。”

帕尔默太太关于威洛比的消息并不很带实质性，但任何赞扬他的证据，哪怕很小，都使她感到愉快。

“我真高兴我们终于相识了，”夏洛特继续说，“现在我希望我们将永远成为真正的朋友。你想不到我是多么渴望见到你们！你们住到别墅里来真令人高兴！确实，什么事情也没有这样令人高兴！

我也很高兴你妹妹将有一桩美满的婚姻！我希望你们多去马格纳峡谷，据大家说那是一个可爱的地方。”

“你跟布兰顿上校认识很久了，不是吗？”

“是的，很久了，从我姐姐结婚时起就认识他了。我相信，他是约翰爵士的一个特殊的朋友。”她用很低的声音加上一句，“如果可能的话，他曾很想得到我。约翰爵士和米德尔顿夫人也很想这样做。但妈妈认为对我来说不是一桩理想的婚事，否则，约翰爵士就已经向那位上校说明这件事，我们也就会马上结婚了。”

“在约翰爵士向你母亲提出他的建议之前，布兰顿上校知道这个建议吗？他从来没有向你自己承认过他对你的爱慕吗？”

“啊！没有。但要是妈妈不反对这件事，我敢说他会第一个喜欢我的。当时我还没有离开学校，他跟我见面还未超过两次。然而，我毕竟更加幸福了，像我目前这样。帕尔默先生正是我喜欢的这种男人。”

第二十一章

第二天，帕尔默夫妇回克利夫兰去了，巴顿的这两个家庭便又落得只好互相请客。但这种情况并没有持续多久。埃莉诺脑子里还没完全驱走新近来访者的影子，还没完全结束对下列事情产生的惊奇：何以夏洛特会如此没来由地感到幸福，帕尔默先生有很好的才能何以又表现得那么简单，何以夫妻之间总是存在着那种奇怪的不相称。而现在约翰爵士和詹宁斯太太在社交方面的积极热情又要使她去会见和观察另外一些新相识的人。

一天上午，他们到埃克斯特去游览时，遇见了两位小姐。詹宁斯太太满意地发现，她们跟她还是亲戚。这就使约翰爵士找到了足够的理由，埃克斯特的约会一过去，就立即邀请她们到巴顿庄园去。在这样一种邀请面前，埃克斯特的约会当然就要大为逊色了。不过约翰爵士回来后，米德尔顿夫人听说，很快她就将接受两位她一生从未见过的小姐的拜访，感到很惊奇，而且她又无从证明这两位小姐是很雅致的人物，甚至连她们是否有较好的教养也无法证明。因为在这个问题上，她丈夫和她母亲的保证都被认为是完全没有用处的。她们是她的亲戚，这就更加糟糕，而且詹宁斯太太还劝她女儿对她们那种赶时髦的样子别去理睬，因为她们是她的表姊妹，应该互相容忍，这样，她的劝说就不幸成为一种安慰的企图了。

现在要想阻止她们来是不可能的了，米德尔顿夫人便以一个受过良好教养的女人的全部哲学去顺从这件事，并且满足于在这个问题上每天只是给丈夫五六次温和的谴责。

年轻的小姐们到来了，她们的外表绝不是无教养或不入时的。她们的衣着非常漂亮，她们的态度十分有礼，她们很喜欢这幢房子，极爱房子里面的家具，而且她们碰巧又极其偏爱那些孩子，这样，她们来庄园还不到一个小时，就得到了米德尔顿夫人的青睐。她宣称她们确是值得受到热情表扬的极其令人愉快的姑娘。约翰爵士判断的自信也随着这种赞扬产生了，他立即出发到别墅去，将两位斯蒂尔小姐到来的消息告诉几位达希伍德小姐，并向她们保证这两位小姐是世界上最可爱的姑娘。然而，像这类表扬实在并无多少可取之处。埃莉诺知道得很清楚，所谓可爱的姑娘在英国到处都是，只是身材、脸相、性情和理解力不同而已。约翰爵士要她们全家都到庄园去看他们的客人。这个乐善好施的慈善男人！甚至于只是远房表妹，也这么辛勤跑腿。

“你们要到我家去，”他说，“请你们去，你们得去，我说你们会愿意去的。你们想不到会怎么样喜欢她们。露茜是出奇地漂亮，性情好令人喜欢！我的孩子们都围在她身边不肯走开，好像他们是老相识一样。她们俩首先很想见到你们，因为她们已在埃克斯特听说你们是世界上最漂亮的，我也告诉过她们这是千真万确的，而且比人家讲的还要漂亮得多哩。我可以肯定，你们见到她们会很高兴的。她们的马车上装满了给孩子们买的玩具。你们怎么可以不去呢？哦，你们知道，她们也勉强算得上是你们的亲戚呀。你们是我的亲戚，她们是我妻子的亲戚，你们还是有亲戚关系的。”

但约翰爵士并未说服她们立刻就去。他只是得到保证说，过一两天她们将去到庄园进行拜访。于是他只好带着对她们的冷淡感到诧异的心情离开。步行回家，却对两位斯蒂尔小姐吹嘘说，达希伍德家的小姐们非常想见到她们，正如他曾向达希伍德家的小姐们说两位斯蒂尔小姐很想见到她们一样。

当达希伍德小姐们实践了她们拜访庄园的诺言，并且随后被介绍给那两位年轻小姐时，她们发现那位年近三十的大小姐相貌平平，显得不怎么明白事理，没有什么可值得赞扬的。但她们承认，另一位年纪在二十二三岁的小姐却是相当漂亮。她容貌俊美，眸若流星，敏锐机灵，虽然这实际上并不给人一种雅致的印象，但却显出一种与众不同的风度。两位年轻小姐的态度显得特别有礼貌。当埃莉诺以其惯有的审慎观察到她们正在讨得米德尔顿夫人的欢心时，她立刻相信她们有某种理智。她们对米德尔顿夫人的孩子们喜爱备至，夸他们长得漂亮，设法吸引他们的注意力，尽量满足他们的各种怪念头。在由于礼貌周到造成孩子们纠缠不休之外，她们有空余时间便赞扬米德尔顿夫人的所作所为（如果她碰巧也做点什么的话），或是谈论先天晚上曾引起她们极大兴趣的她穿的某件雅致的新服装。一位溺爱孩子的母亲，虽然追求别人对自己孩子的赞扬，这是人类一种最贪得无厌的天性，但同时她又最容易轻信人家，这一点对于那些利用这种偏爱来献殷勤的人来说是幸运的。她要求过高，但对任何事情又往往轻信，因此，两位斯蒂尔小姐对她子女的过分喜爱和容忍，在她看来也就不会有丝毫惊异和不信任了。她带着母性的自鸣得意看着她的表妹们忍受着孩子们所有的无礼和恶作剧。她看到她们的饰带被解开，头发被扯得披在耳旁，针线包被翻乱，小刀和剪子被偷走，认为这无疑只是一种相互的娱乐。令人奇怪的是，埃莉诺和玛丽安竟会对所发生的这些事安之若素，不闻不问。

“约翰今天的情绪真好！”当他正从斯蒂尔小姐口袋里拉出一条手帕丢到窗外去时，她说，“一个猴子精，诡计多端的家伙。”

不久，当她的第二个孩子用力猛捏那位小姐的手指时，她天真地说：“威廉真顽皮！”

“这是我可爱的小安娜玛利亚，”她轻轻地爱抚着一个在前两分钟没有吵闹的三岁女孩，加上一句，“她总是这样文雅、沉静，从来没见过这样安静的小家伙！”

但不幸的是，当这位夫人对女儿进行搂抱时，她头巾上的一根别针轻微地擦伤了孩子的颈部，夫人的这种文雅的动作竟引起了一种无论什么吵闹的音响都比不过的猛烈的尖叫声。做母亲的对此当然感到极度惊恐，但也没超过两位斯蒂尔小姐的惊恐。在这危急的突然事件中，她们三人想尽了各种法子。后来她们想到，让这小小的受难者充分得到疼爱，兴许能减轻她极度的痛苦。小女孩被安放在妈妈的膝上，得到不断的亲吻，伤处由一位正在深切关心她的斯蒂尔小姐用熏衣草香水洗过了，另一位斯蒂尔小姐则将糖果塞满她的小嘴。这小女孩也够聪明，既然她的眼泪换来的是这种报偿，她当然就不会止住啼哭，而是一味地尖叫哭闹，还用脚乱踢两个想接近她的哥哥，她们的共同抚慰都全然无效。后来，幸而米德尔顿夫人想到了上周跟这相同的不幸事件的情景，那次在擦伤的太阳穴上敷上杏子果酱很见效，便热切地提议这次也敷用同样的药物。年幼的小姐听说是用这种药物，尖叫声便稍微停了一下，这就使她们有理由希望她不会抵制这种药物。因此，小女孩便被她妈妈抱到房子外面去找药。两个男孩也要跟着去，虽然他们的妈妈认真地要他们留下来，这样，四位年轻的小姐便被留下来，处于好几个钟头以来这间房子没有过的沉寂中了。

“可怜的小家伙！”她们刚一离开，一位斯蒂尔小姐便说，“这是一次令人非常悲伤的意外事件。”

“我却几乎看不出有多少值得悲伤的地方，”玛丽安叫喊道，“除非在完全不同的情况下。但这实际上是一种丝毫不值得小题大做的惊慌。”

“米德尔顿夫人是个多可爱的女性。”露茜·斯蒂尔说。

玛丽安沉默不语，哪怕是在极不重要的场合，她都不可能说那种违心的话，而埃莉诺则往往出于礼貌的需要而说些谎话。譬如这时她就违心地用极大的热情来谈到米德尔顿夫人。虽然，她的热情同露茜小姐的比起来要差得远。

“还有约翰爵士，”露茜的姐姐喊道，“他也是一个多好的男人！”

对约翰爵士这个人，达希伍德小姐的赞扬也只是朴实而公正的，并不带什么喝彩的成分，她只是认为他性情好，待人友爱。

“他们有一个多么可爱的小家庭！我一生中从未见过这样好的孩子们。我声明我已经过分喜爱他们了。的确，我总是发狂地喜欢孩子们。”

“我认为是这样，”埃莉诺说，微微一笑，“今天上午发生的事情就可做证。”

“我有一种看法，”露茜说，“你们认为对年幼的米德尔顿颇为娇纵了些。也许他们只是外表上看来如此，但米德尔顿夫人对孩子是很正常的。至于我，我喜欢见到孩子们富有生命和精力，他们要是沉默寡言，无精打采，倒是不能忍受的。”

“我承认，”埃莉诺回答说，“当我在巴顿庄园时，我从不以憎恶的心情去看待那些无精打采和沉默寡言的孩子。”

在这几句谈话之后，停顿了一刻。后来还是斯蒂尔小姐先开口打破沉寂，她似乎很想交谈。她颇为突然地说："达希伍德小姐，你觉得德文郡怎么样？我猜想你离开苏塞克斯以后感到很难过吧。"

埃莉诺对于这个问题，或者至少对谈这问题时的放肆的态度感到有些吃惊，但她还是回答说，她是有些难过。

"诺兰是个非常漂亮的地方，不是吗？"斯蒂尔小姐加上一句。

"我们曾听到约翰爵士极度赞扬过它。"露茜说，她似乎认为有必要为她姐姐的放肆进行道歉。

"我认为每一个人只要看到这地方，都会称赞它的，"埃莉诺回答说，"虽然他不可能像我们这样尊重它的美。"

"那么你在那儿有很多漂亮的情人吗？我猜想你在此地不会有很多。对我来说，我总认为那是一个很重要的附加条件哩。"

"为什么你认为德文郡不像苏塞克斯一样有许多时髦青年呢？"露茜说，看样子有些为她姐姐感到害羞。

"不，亲爱的，我肯定不会自称没有。我可以肯定埃克塞特有大量的漂亮情人，但是你知道，我怎么能说清诺兰的漂亮情人是什么样子呢？而且我只是怕达希伍德小姐们在巴顿可能要感到单调，要是她们在这里没有原来那么多情人。但也许你们年轻小姐们可能对情人不那么关心，有无都一样安心乐意。对我来说，我认为如果他们穿着漂亮、举止文明，倒是非常令人愉快的，但我却受不了他们那肮脏、下流的样子。在埃克塞特就有个罗斯先生，一个非常漂亮的青年，一个很不错的情人，他是辛普森先生的办事员。而你只要和他相处一个上午，就可知道他是个不适于会见的人。我猜想你哥哥在结婚以前定是个相当不错的情人，达希伍德小姐，因为他是那样的富有？"

“我向你保证，”埃莉诺回答，“我无法答复你，因为我还不完全了解你这句话的意思。但有一点我可以告诉你，如果他在结婚以前曾经是个情人的话，那么他现在仍然是，因为在他身上并未发生丝毫变化。”

“啊！亲爱的！人们从没想过要结了婚的男人做情人，他们要去忙自己的事哩。”

“天哪！安妮，”她妹妹喊道，“除了情人之外你就不能谈点儿别的，这样你会使达希伍德小姐相信，你除了情人之外再不想别的什么了。”接着，为了改变话题，她开始称赞这间房子和里面的家具。

斯蒂尔小姐们样板的模样是令人够受的了。大小姐的粗俗放肆和愚蠢使她一无是处。同时埃莉诺也并未被那位二小姐的美貌和机灵的外表蒙蔽，知道她缺乏真正的雅致和朴实，于是她怀着不想对她们做进一步了解的心情离开了这座房子。

两位斯蒂尔小姐却不是这样。她们从埃克塞特来，充分准备了对约翰·米德尔顿爵士、他的家庭以及他所有亲属的赞扬，而且一点也没有吝啬对他的亲戚进行赞扬，宣称是她们见过的最美丽、最文雅、最有才艺和令人喜爱的姑娘，两位小姐很想能进一步同她们认识。这样，埃莉诺很快发现，和她们交往是无可避免的。由于约翰爵士完全站在两位斯蒂尔小姐一边，他们坚决要举行聚会，几乎每天都得在同一间房子里一起坐上一两个小时。这之后，约翰爵士没有能再这样做了，他不了解再安排一下这样的会面是有必要的。在他看来，在一起了，就亲密了，既然他给她们安排的一连串的会面收到了效果，他对她们成为朋友这一点也就并不怀疑了。

说句公道话，他还是尽力做了一切事情来促进她们开诚布公地相处。他让两位斯蒂尔小姐了解他所知道或猜测的有关他亲戚的最细微的情节。在斯蒂尔大小姐希望埃莉诺为她妹妹来到巴顿以后很幸运地征服了一个非常漂亮的情人一事表示高兴之前，埃莉诺只跟她们见过两次面。

“确实，能使她这么年轻就结婚是一件很好的事，”她说，“我听说他是一位相当不错的情人，非常漂亮。我希望不久你自己也能交上好运，不过也许你私下里已经有了朋友了。”

埃莉诺猜想不到，约翰爵士会比关心玛丽安的事更为糟糕地宣布他怀疑她关切爱德华。这确实是他对她们俩最爱开的一种颇为新鲜的和更带推测性的玩笑。自从爱德华拜访以后，他们在一起吃饭时，他每次都要意味深长地点头挤眼，为她幸福的爱情干杯，弄得大家都注意到他的行动。他还总是提出“F”这个字母来，不断地寻求这个字母表中极诙谐的字母老是跟埃莉诺连在一起的这种乐趣。

如她所料想的那样，两位斯蒂尔小姐现在已从这些取乐中得到许多好处，那位大小姐更是从中生起了一种好奇心，想知道上面提到的那位绅士的名字，这种好奇心经常不礼貌地表露出来，完全是想打听她们家事的欲望的一部分。但约翰爵士随兴引起的好奇是不能长久保持的，因为他想把这名字说出来的兴趣，至少跟两位斯蒂尔小姐想听到这名字的兴趣一样浓。

“他姓弗纳斯，”他用一种大家都听得见的声音悄悄说，“但请别说出去，因为这是一个极大的秘密。”

“弗纳斯！”斯蒂尔小姐重复道，“弗纳斯先生是个走运的男人，是他？什么！是你嫂嫂的兄弟，达希伍德小姐？不用说，是个令人非常喜悦的年轻人，我非常了解他。”

“安妮，你怎么能这样说？”露茜喊道，她经常要对她姐姐的意见进行修正，“虽然我们在叔父家里见过他一两面，但因此就说非常了解他未免太言过其实了。”

埃莉诺留心和惊异地听着这番话。“这位叔父是谁呢？他住在哪里？他们怎么会认识的！”她很想这场谈话继续下去。虽然她不想插嘴，但她们不再谈这件事了。同时，她生平第一次认为，詹宁斯太太对于微不足道的消息既缺乏好奇心，也不想去传播它。斯蒂尔小姐谈到爱德华的那种态度也增加了她的好奇心，因为在她听来，她的口气好像是怀着恶意的，这就使埃莉诺怀疑这位小姐知道(或者设想她知道)某些对他不利的事情。但她的好奇是徒劳的，因为当约翰爵士提到或公开宣布弗纳斯的名字之后，斯蒂尔小姐就不再对这个名字进一步加以注意了。

第二十二章

玛丽安对于无礼、粗俗、才能低下或者甚至与自己的爱好不相同这类事情都是不大能容忍的。此时，她情绪上很不满意两位斯蒂尔小姐，对她们的友好表示也不予理睬。她对待她们的那种不变的冷淡态度，阻碍了来自她们那一方的表示亲密的各种努力。埃莉诺则把自己的那种不久就变得很明显的偏爱归因于她们两人，特别是露茜的态度，她从不放过每一次能参与交谈或者无拘无束、坦率表达感情来增进她们相互了解的机会。

露茜天生聪明伶俐，她的谈话往往是恰当的，逗人发笑的。作为一个并不知心的伴侣，埃莉诺往往觉得她倒也使人愉快。但她的才能没能得到教育的帮助，她蒙昧无知。她思想的贫乏，无法瞒过达希伍德小姐的眼睛，尽管她不断努力表现出她有许多优点。埃莉诺看到并且怜惜她的才能遭到了忽略，如果她受了教育，本可以变得很高雅。埃莉诺并不体贴地看到，她的彻底缺乏雅致，缺乏正直和心灵上的诚实，已由她在巴顿庄园所表现的那种关切、殷勤和捧场暴露出来了。埃莉诺对同伴中那种将伪善和无知结合在一起的人永远不会满意，她的缺乏教育妨碍她们在会面时以平等的地位谈话，而她对待别人的行为也使得一切对于她本人的关心和敬重变得完全没有价值。

“我敢说，你会认为我问的是一个古怪的问题。”一天，当她们两人一道从庄园往别墅走时，露茜对她说，“但是，请问，你亲自见过你嫂嫂的母亲弗纳斯太太吗？”

埃莉诺确实认为这是一个古怪问题，当她回答说她从未见过弗纳斯太太时，她的脸色表明了这一点。

“真的！”露茜答道，“我对这点感到惊奇，我还以为你在诺兰时会在什么时候见过她。这样说来，你也许无法告诉我她是哪一类女人喽？”

“无法告诉，”埃莉诺回答说，留心不把对爱德华的母亲的真正意见告诉她，不大想满足她那种似乎是没有礼貌的好奇心，“我对她一无所知。”

“我可以肯定你认为我非常奇怪，用这样一种方式问到她。”露茜说，一边拿眼留心地注视着她，“但也许其中有缘故哩。但愿我可以冒这个险，无论如何我希望你公平待我，相信我并非无礼。”

埃莉诺给了她一个有礼貌的回答。她们默默地向前走了几分钟。还是露茜打破了沉默，她重新提起这个问题，有几分犹豫不决地说：

“你要是认为我是无礼地好奇那我可受不了。我可以肯定，我宁愿做世上的任何事情，也不愿被一个像你这样有好的意见值得我听取的人对我产生这种看法。我也可以肯定，可以不存丝毫戒心地信任你。确实，在像我这样不顺意的景况下该如何处理事情才好，真该非常高兴地听听你的劝告，但总是找不到时机来烦扰你。你没能碰巧认识弗纳斯太太我很遗憾。”

“如果知道我对她的意见对你有一点用处的话，我真遗憾没能认识她。”埃莉诺带着极大的惊异说，“但是，真的，我从来不知道你跟这个家庭一直有联系，所以，我承认，我对你这样认真地询问她的性格一事感到有些惊奇。”

“我敢说你对此会感到惊奇，而我肯定对此一点也不奇怪。但我要是敢于把一切都告诉你，那你也就不会感到如此惊奇了。弗纳斯太太现在对我来说肯定没有什么关系，但有关系的时候会要来的，多久来那就要取决于她本人了，当我们可以非常亲密地联系在一起的时候。”

她说这些话时眼朝下望着，亲切地忸怩作态，眼睛斜视望着埃莉诺，以观察她刚才这些话所产生的效果。

“天哪！”埃莉诺叫喊起来，“你这些话是什么意思？你跟罗伯特·弗纳斯先生很熟？是这样吗？”她一想到自己将会有这样一个妯娌，心里就感到不那么高兴。

“不，”露茜回答说，“不是跟罗伯特·弗纳斯先生熟，我一生还从没见到过他，但是，”她用眼盯住埃莉诺，“是跟他哥哥认识。”

这时埃莉诺是什么感觉呢？她如果不是当时就对这话立即产生不相信的思想，那该会是一种强烈的痛苦。她用一种默默的惊奇态度转向露茜，无法推测她宣布这件事的原因和目的。虽然，她的气质起了变化，但她还是坚持采取不相信的态度，并且感到并无癔症发作或昏厥的危险。

“你可能会大吃一惊，”露茜继续说，“因为，真的，你以前没有想到过这点，而且我敢说，他也并未向你或你家里的任何人透露过一点点口风，因为这是一桩极大的秘密，我可以肯定，直到此时我还忠实地保守着这个秘密。除了安妮，我的亲属中没有一个人知道这件事，要不是我感到你是世界上最可靠的能保守秘密的人，我也本不打算对你说的。现在我真的认为，我为什么要向你问那么多关于弗纳斯太太的似乎是很古怪的问题，这一点应该已经解释清楚了。我不认为弗纳斯先生听到我信任你的消息以后会不高兴，因为我知道，他对于你们家庭的看法是世上最上等的，而且待你和其他几位达希伍德小姐也跟亲姊妹一般。”说完就停了下来。

埃莉诺沉默了一会儿。她听到的这些话，起初使她惊讶到无法说出话，但终于还是迫使她说了话，迫使她慎重地说话。她用一种平静的态度说话，这样就可勉强隐藏她内心的惊异和焦虑，“我可不可以问一句，你们是不是早就订婚了？”

“我们订婚已有四年了。”

“四年？”

“不错。”

埃莉诺虽然极为震惊，但仍然感到不能相信这件事。

“几天以前我甚至还以为你们不认识呢？”她说。

“然而，我们却相识多年了。你知道，在相当长的一段时间内，他是由我叔父照管的。”

“你叔父！”

“对，就是普拉特先生。你从没听到他谈起过普拉特先生吗？”

“我认为听到过。”埃莉诺很有精神地说，她的精神随着她感情的增长而提高了。

“他跟我叔父一起住了四年。我叔父住在朗斯达普尔，挨近普利茅斯。我们就是在那儿开始相识的，那时我和姐姐经常待在叔父家里，我跟他也是在那里订婚的。虽然不到一年，他就像个小学生逃学似的离开了，但以后他还是经常跟我们在一起。如你所能想象得到的，由于对他母亲不了解也不满意，我也很不愿意保持这个婚约，但由于我太年轻，同时又爱他爱得太深，以致不能保持我应有的谨慎。达希伍德小姐，虽然你不如我那样十分了解他，但你也该看得很清楚，能察觉到他是非常有能力使一个女人衷心喜爱他的。”

“当然。”埃莉诺回答说，自己也不知道在说些什么。但在思考了一会儿之后，她对爱德华的信誉和爱情有了清醒的把握，同时认为她的同伴在撒谎，她加上一句，“跟爱德华·弗纳斯先生订婚！我承认我对你告诉我的这些事感到甚为惊讶，真的——请你原谅，但这里肯定是将人或将名字弄错了，我们不可能指的是同一个弗纳斯先生。”

“我们不可能指另外一个弗纳斯，”露茜微笑着喊道，“爱德华·弗纳斯先生，住在帕克街的弗纳斯先生的大儿子，你嫂子约翰·达希伍德太太的弟弟，我指的就是这个人。你得承认，我不可能将一个把一切幸福寄托在他身上的男人的名字弄错。”

“这就奇了，”埃莉诺陷入一种最难解的困惑中回答说，“我甚至未曾听到他提起过你的名字。”

“没有。考虑到我们的情况，这并不奇怪。我们首先注意到的就是要对事情保密。你对我和我的家庭一无所知，所以他就没有必要向你提到我的名字，同时，他又往往特别害怕他姐姐怀疑任何事情，这就足够有理由使他不谈这件事情了。”

埃莉诺一言不发。她的把握告吹了，但她的自制并没有一起告吹。

“你们订婚四年了。”她用一种坚定的声音说。

“对。但是天知道我们得要等多久。可怜的爱德华！这件事使得他垂头丧气。”她从口袋里拿出一幅小小的画像，接着说，“为了防止有可能弄错，请你看看这张脸庞。这画得肯定不大像他，但我认为你是不会弄错这画里的人的。我带着它已超过三年时间了。”

她一边说一边把画像放在埃莉诺手里。当埃莉诺看见那个画像时，不管有什么其他的怀疑，她的害怕仓促做出决定和希望发现是扯谎这两种想法痛苦地在心里徘徊，如果是爱德华的像，那他就失去了一切。她几乎立即就把小小的画像还给露茜，承认这像画得很像爱德华。

“我从来没能把我的画像回赠给他，”露茜继续说，“这使我非常烦恼，因为他总是那么迫切地想得到它！但我还是决定等一有机会就给他弄一张。”

“你做得完全正确。”埃莉诺镇静地说。接着她们又继续默默地走了几步。还是露茜先开口。“可以肯定，”她说，“我不怀疑你会忠实地保守这个秘密，因为你要知道，不让他妈妈晓得这件事，对我们是多么重要。我敢说，她是绝不会赞成这件事的。我将不会有好运，我想她是一个极其骄横的女人。”

“我当然不会去追索你的私房话。”埃莉诺说，“你认为我可以信得过，只不过认为我公正。你的秘密说给我听是安全的，但如果我对你为什么把这个秘密向我作没有必要的传达表示有些惊奇，则请原谅我。你至少应该感觉得到，这件事情被我知道以后，不会使它更加安全保险。”

她说这些话时，一边热诚地望了望露茜，希望在她的面部表情中发现某些东西。也许想找出，她刚才说的这许多话大部分是谎言，但露茜的脸色并没有起什么变化。

“我怕你会认为我对你说的这许多话是在你面前放肆。”她说，“确实我们认识还不久，至少对我个人来说是如此，但是在和你交谈这么久之后，我已完全了解你和你的家庭，而且我一见到你，就感到好像你是一个老相知了。此外，在目前的情况下，我确实认为你对我提出的那个有关爱德华的母亲的问题，该做出一些解释了。我很不幸，竟然找不到一个能倾心相谈的人。安妮是唯一知道这件事的人，但她一点也不公正。真的，由于我一直害怕她出卖我，她总是害我而不帮我。像你所见到的，她藏不住半句话。几天以前，当约翰爵士说出爱德华的名字时，我真害怕万分，生怕她会把事情一股脑儿端出来。使我感到奇怪的是，在最近这四年里，我因爱德华的缘故而遭受了那么多痛苦之后，竟然还能够活下来。一切事情都是那样悬而未决，捉摸不定，又那样难得见到他，我们一年之中难得能碰面两次以上。我真奇怪我的心还没有完全破碎。”

说到这儿，她掏出手帕来，但埃莉诺并不感到十分同情。

“有时我觉得，”露茜擦干眼泪说，“让事情彻底告吹，是否会对我们俩更没有好处。”她说这话时，两眼直视她的同伴。“但是后来，另外的时候，我又没有充分的决心这样做。当我想到我把这件事说出口来将会使他十分痛苦时，我便忍受不了。并且为了我自己的利益——他是我至爱的人——我也不能这样做。达希伍德小姐，在这种情况下，你说我该怎么办？要是你自己遇上这种情况，你该怎么办？”

“请原谅，”埃莉诺对这个问题感到大为吃惊，回答说，“在这种情况下，我无法为你提供建议，你自己的判断会指引你怎么办的。”

“确实，”双方沉默了几分钟之后，露茜继续说，“他母亲应当给他一些时间，可怜的爱德华为这件事感到十分沮丧！他在巴顿时，你没看出他的情绪极其低沉吗？当他在朗斯达普尔离开我们到你们那里去时，心里十分痛苦，我怕你会以为他是生病了哩。”

“他到我们这儿来访问时，是从你叔父家来的吗？”

“啊，是的，他跟我们一起待了两个星期。你以为他直接从伦敦来的吗？”

“不，”埃莉诺回答，最富感情地敏感觉察到，每一个新的细节都表明露茜说的是真话，“我记得他曾告诉我们说，他曾在普利茅斯附近跟几位朋友一块儿待了两个星期。”她还记起当时他并没有进一步谈到他朋友们的情况，甚至对他们的名字也完全守口如瓶，她对此极为惊异。

“你没感觉到他当时完全是一副没精打采的样子吗？”露茜重复说。

“我们的确感到是这样，特别是在他刚到的时候。”

“我求他尽力避免让你们猜出这件事，这就使得他意气消沉，无法同我们一起待到两星期以上，见到我时也很不自然。可怜的人！我怕他现在也仍然是这样，因为在他写给我的信中还有着那种悲伤的情绪。我正好在离开埃克塞特之前接到他的信。”她从口袋里掏出一封信，漫不经心地把信上的姓名和地址亮给埃莉诺看。“我敢说，你熟悉他的字迹，他写得一手漂亮的字哩，可这封信上的字却没平常那么写得好。我敢说，他写累了，因为他给我写了这么满满的一整页信纸。”

埃莉诺看到那是他的手迹，她再也不怀疑了。原来她认为那张画像只不过是露茜偶然得到的，并不是爱德华送给她的礼物。可他们之间有书信往来，这就只能被理解为他们已有确定的婚约，而不可能是别的关系。她的内心极度消沉，差点儿站立不稳，不久才稍稍恢复过来，作了很大的努力。她使尽全力抵抗感情对自身的压抑，很快收到效果，终于她完全恢复过来了。

“在长久的分离中，”露茜一边将信放回口袋里一边说，“互相写信就是我们所能有的唯一的安慰。当然，我还能从他的画像上得到另一种安慰，可是可怜的爱德华甚至连一张画像也没弄到手。他说，只要能弄到一张我的画像，他也就心安理得了。在他离开朗斯达普尔之前，我把我的一小绺头发缠在戒指上送给了他，他说，这虽然不等于画像，却也能给他一些安慰。你见到他时，也许曾注意到了那只戒指。”

“我看见过。”埃莉诺用一种沉着的音调说，在这种沉着后面，隐藏着一种她以前从未经历过的痛苦和激动。她感到侮辱、震惊、惶惑。

幸好这时她们已经来到别墅，谈话可以不再继续下去了。斯蒂尔小姐在她们家坐了不久便回庄园去了，这时埃莉诺便纵情浮想，痛苦万分。

第二十三章

不管埃莉诺对露茜的诚实平时是怎样的不信任，在眼前的情况下，她可真的不能对它采取怀疑态度了。现在，绝不能说她所讲的那些话都是些捏造出来的愚蠢的谎言，是用来进行诱惑的。所以，露茜说那些事情是真的，埃莉诺就再不能也再不敢加以怀疑。明摆着的许多可能性和证据，都从各方面证实事情是真的，除了她自己的愿望以外，再也没有什么东西能否认它。他们在普拉特先生家里相识的机会，为他们以后的一切活动打下了基础，这一点毋庸置疑，又使人感到惊恐。爱德华在普利茅斯附近的拜访，他心情的那种抑郁状态，他对他自己前途的不满，他对待她的那种捉摸不定的态度，两位斯蒂尔小姐对诺兰庄园和对她们家亲属的情况那样熟悉，这些情况本已使她感到惊奇，而现在那张画像，那封信，那枚指环，凑合在一起，构成了一种正式的证据，使她克服了那种生怕不公正地指责他、苛待他的思想，而实际上她已确认他对她是不公正的了。她对这种行为的怨恨，她因曾受他愚弄而感到的愤慨，使她在短短的一段时间内只同情她自己。但不久她脑子里又升起了另外的念头和考虑。爱德华曾经故意欺骗过她吗？他曾对她假装出过一种虚伪的关心吗？他跟露茜订婚是由衷的吗？不，尽管她曾一度这样相信过，但此刻她却不能相信是这样。他的爱情完全跟她自己的一样，她不可能在那上面受欺骗。在诺兰时，她母亲，妹妹们，还有范妮，全都意识到了他对她的关心，那不是她自己的虚荣心造成的错觉。他肯定爱她。她这样一劝说自己，顿觉心头热乎多了！宽恕他的思想在她心里也占了上风。当他第一次感到她在他身上产生了不该有的影响而在诺兰待下来时，他就该受到大大的责备。在这件事情上他是无法为自己辩护的。但他要是伤害了她，他也就更加严重地伤害了他自己！要是她的景况是可怜的，那他的景况也就没有希望。他的轻率在一段时间内曾使她痛苦，但这似乎已剥夺了他自己不这样做的一切机会。她到头来可以恢复宁静，可是他呢，他能盼望得到什么？他跟露茜·斯蒂尔在一起能得到还算勉强过得去的幸福吗？要是把他对她的感情除开不说，那么，以他的诚实，他的脆弱，和他那样一颗有知识的心，他会满足于像露茜那样的无知、狡诈而又自私的妻子吗？

十九岁时富于青春活力的迷恋，自然会使他除了她的美貌和良好性情之外什么也看不到。但是接下去四年，这一段时间如果理性地度过，就会使他对她有进一步的了解，知道她缺乏教育。她在那四年中是在下层社会中的一些琐屑事务上度过的，这样也许就夺去了那种曾一度增添在她美貌上的有趣性格的纯真感。

如果他追求和她本人结婚这件事从他母亲那里就遇到了很大困难的话，那么，当他的订婚对象的亲戚无疑是低下的，而且她本人的财产或许也不及他的时候，目前的困难还会要大得多！确实，对于一个在思想上和露茜很疏远的人来说，这些困难对其耐心不会是非常沉重的压力。但这个人目前的思想状态是忧郁的，家庭反对和不体谅的想法，只会使其感到一种宽慰！

当她连续痛苦地产生这些想法时，她为他而哭泣的成分要多过为她自己。在确信她并没有做什么事使得她应该得到目前的不幸这种思想的支持下，在相信爱德华也并没做什么事乃至失去她的尊敬这种思想的安慰下，她认为即使在目前她有生以来第一次经受到严重打击的痛苦情况下，也应充分控制自己，防止母亲和妹妹们对目前的真实情况产生怀疑。她的这种想法如愿以偿了。在她初次经受到一切愿望都归破灭的痛苦之后仅仅两小时，当她和她们一起吃晚饭时，没有人会从她们几姊妹的外表上猜测出，埃莉诺正在暗地里伤心有不少阻碍会将她同她的恋爱对象永远分开；同时，玛丽安此刻又正在暗自思量令她彻底着迷的那个男人的优点，想从驶过她家附近的每一辆四轮马车里发现他。

必须对母亲和玛丽安隐瞒自己已经坚信的事，虽然这要迫使埃莉诺不断努力，但却不致加重她的苦恼。相反，这对她还是一种宽慰，免得把那些会给她们带来苦恼的事说给她们听，同样也免得听到她们也许是出于对自己的过度偏爱而发出的对爱德华的谴责，这种谴责使她觉得比自己亲身经受还有过之而无不及。

从她们的谈话和议论中，她知道自己不可能得到她们的帮助。她们的体贴和伤心会要增加她的苦恼，而她的自制能力又既不可能从她们的示范，也不可能从她们的赞扬中受到鼓励。她独自坚强地承受着这一切。她自己的良好感觉有力地支持着她，她的坚定像是不可动摇的，她的欢快的外表像是永不改变的，而她们在遇到这样深刻而新奇的悲痛时，则好像可能会受不了。

当她第一次和露茜谈这个问题而感到十分痛苦之后，很快她又感到有一种要求重新谈这件事的热切愿望，这不仅是出于一个原因。她想要再一次听到她重述关于他们订婚的许多详细情况，她想要更清楚地了解露茜对爱德华真正的感情如何，她所谓对他的体贴关心，其中是否有诚意。她特别想要以她想重新开始谈论这件事的愿望和她在谈话时的沉着来说服露茜，她只是以一个朋友的立场来跟她谈这件事，而没有其他的兴趣。她生怕她在她们上午的谈话中无意表现出的激动不安，会留下可疑之处，这样，露茜看来很可能就要对她产生妒忌。很明显，爱德华平时对她有过很高的赞扬，这不仅可以从露茜的谈话中看出，而且可以从她在这样短的一次相识的时间里就信赖她，敢于将一个显然是很重要的秘密说给她听这一点看出来。甚至连约翰爵士开玩笑提供的消息也有些分量。确实，当埃莉诺自己感到十分有把握爱德华是真正爱她时，就无须乎去考虑露茜在正常情况下会要妒忌的可能性。她不会这样的，她对埃莉诺的信任就是明证。还能有什么别的原因使事情泄露，以致使埃莉诺知道露茜优先要求得到爱德华，而她则被告诫以后要回避他呢？当她坚决要在荣誉和诚实的原则指导下行事，与自己爱慕爱德华的思想做斗争，并且尽可能少去看他时，她并不难了解她对手的那些打算。她不能否认，由于她尽力使露茜相信她的心并未受到伤害，她感到很舒适，现在在这件事情上，除了已经谈过的那些以外，再没有什么会使她听到以后感到更加痛苦了，她不怀疑自己有沉着经受重述那些详细情况的能力。

虽然露茜跟她一样，同样也很想利用已发生的情况，但却无法得到马上就能这样做的机会，因为天气总是不怎么好，使她们无法一同去散步，以便避开其余的人。虽然她们至少每隔一晚就要在庄园或别墅（主要是庄园）见一次面，却不是为了谈话而见面的。约翰爵士或米德尔顿夫人怎么也不会想到这一点，所以他们很少给她们安排聊天的空闲时间，谈话时间就根本没有安排了。他们在一起只是为了吃喝玩乐，打牌，推断事物或其他热闹喧天的游戏。

像这样的会见有过一两回，都没有给埃莉诺提供同露茜私下相会的机会。后来，有一天上午，约翰爵士到别墅拜访，他以爱的名义，要求她们全家那天都去他家跟米德尔顿夫人一道进餐，因为那天他必须到埃克塞特俱乐部去，家里只有她母亲和两位斯蒂尔小姐，她会感到十分寂寞的。埃莉诺听说能参加这样一次聚会，预见到有可能得到机会，因为在米德尔顿夫人的安静而有教养的主持下，她跟她们可以更为自由自在地相处，不像她丈夫那样，把她们召集聚拢来的目的只是为了热闹，于是她立即接受了这一邀请。在妈妈的许可下，玛格丽特也跟着同去。玛丽安虽然一般不愿意参加她们的聚会，但在母亲的劝说下，也答应同去。她母亲不想让她跟任何娱乐的机会绝缘。

年轻的小姐们去了，于是米德尔顿夫人便得以躲过那种曾经威胁过她的可怕的寂寞。聚会正如埃莉诺所预料的那样枯燥无味，它在思想和言谈方面都没有表现出任何新颖之处，她们在餐厅和客厅里面的所有谈话都是极乏味的。在客厅里时，孩子们总是围在她们身边，她完全相信没有可能把露茜的注意力引到她这方面来试图跟她一起去谈话。他们在撤去茶具时才离开客厅。接着又摆好了牌桌，这时埃莉诺开始对自己原来曾抱有的在庄园内寻找时间谈话一事感到无望了。她们全都站起身来，准备玩一种轮庄牌戏[①]。

“我很高兴，”米德尔顿夫人对露茜说，“你今晚不打算去织完可怜的小安娜玛利亚的那只篮子。我可以肯定，在烛光下缠那种金丝细工织品，是会损害你的眼睛的。明天我们可以因为这可爱的小家伙的失望而向她赔罪，这样我想她也就不会太介意了。”

有这一句暗示的话就足够了！露茜马上记起她忘掉了的事，回答说：“您确实完全弄错了，米德尔顿夫人，我只是正在这里等候，想知道你们的聚会是否可以不需要我参加，否则，我早就已经在织

---

① 一种多人参加的、不要搭档而自决胜负的牌戏。

那只篮子了。我完全不会让这位小天使失望。如果您现在要我陪大家一起打牌，那我就决心在晚饭后织完那只篮子。”

“你太好了。我希望这不致伤害你的眼睛。你要不要按铃叫仆人拿几支蜡烛来？我知道，要是篮子明天不能织成的话，我的小女儿会要非常失望的，虽然我告诉过她明天肯定不能织成，我可以肯定她还是相信能够织成的。”

露西立即把工作台拉近自己，满心欢喜地坐下来，似乎意味着再也没有什么事情比为一个宠坏了的孩子织花边细工篮子更使她感到高兴的了。

米德尔顿夫人向大家建议玩一种卡西诺纸牌[①]。除玛丽安以外，旁的人都没有不同的意见。玛丽安以其惯有的忽视通常礼节的态度大声说："请夫人原谅我，你知道我讨厌打牌。我去弹钢琴，自从这架钢琴调准调以后我还没碰过它呢。”于是她再不拘什么礼节，便掉转身朝钢琴走去。

米德尔顿夫人看来似乎感谢上苍她从不曾说出过这种粗鲁的言辞。

“玛丽安从来就忍不住长久不弹钢琴，这你知道，夫人。”埃莉诺说，尽力消除对她的冒犯，“我对她这种举动并不感到十分奇怪，因为这架钢琴是我所曾听到过的音质最好的一架。”

留下的五个人开始打牌。

“也许，”埃莉诺继续说，“要是我碰巧得突然离开，我对露茜·斯蒂尔小姐可能有些用处，我可以帮她卷卷纸条。要把篮子织成，还得要费许多功夫哩，我认为她一个人今晚是不可能织成的。要是她允许我也加入的话，我倒是非常喜欢这个工作。”

① 一种由连续三盘或五盘等成单的盘数构成一局的牌戏。

“我确实非常感激你来帮助我，”露茜喊道，“因为我发现这工程比我所想的要大。让亲爱的安娜玛利亚失望毕竟是一件很糟糕的事。”

“啊！说得对极了。”斯蒂尔小姐说，“亲爱的小宝贝，我多么喜爱她！”

“你太好了，”米德尔顿夫人对埃莉诺说，“既然你真心喜欢干那活，你是否高兴下一局再来入座，或者你现在就来碰碰运气看？”

埃莉诺高兴地接受了前一种建议，她只用短短几句玛丽安历来不肯屈尊说出的话，就使自己达到了目的，同时又使得米德尔顿夫人满心欢喜。露茜敏捷又带关心地给她空出座位，两位漂亮的情敌便肩并肩地在同一张桌子旁坐下来，用极其协调的动作加快进行同一工作。这时，玛丽安正坐在钢琴旁全神贯注于她自己的音乐和思想，除她自己以外，她已忘掉房里还有任何其他人了。那架钢琴幸好离她们不远，达希伍德小姐判断，在钢琴的嘈杂声掩护下可以安全地提出使她感兴趣的问题而不会有被牌桌上的人听到的危险。

第二十四章

埃莉诺以一种坚定而带谨慎的语气开始了谈话。

“如果我不想继续保持你对我的信任，或者对那件事没有进一步的好奇心，那我就不配领受你对我的信任。所以，我也就不为重提这件事而感到抱歉了。”

“谢谢你打破沉寂，”露茜热情地喊道，“这样你就使我感到放心了。不怎么的，我生怕星期一那天我对你说的那些话冒犯了你。”

“冒犯了我！你怎么这样想呢？相信我，”埃莉诺带着千真万确的诚恳态度说这句话，“我根本不会对你有这种看法。难道你对我的信任中也有不正直或讨好我的成分吗？”

“然而我可以向你保证，”露茜回答说，她的锐利的小眼睛里充满了深意，“在我看来，你的态度似乎表现了一种冷漠和不满，这使我十分不安。我感到你确实生我的气了，并且那天以来，我就一直在埋怨自己，不该那么放肆拿我的私事来麻烦你。但是我很高兴地发现，那只是我自己的设想，你其实都在真的责备我。我确信，你要是知道，我把一生中每时每刻都在思念的事情对你说出来，以解除我内心的痛苦，这对我是一种多么大的安慰，你的同情心则将使你对每一桩事情都采取宽容态度。”

“确实我毫无疑问地相信，你把你的情况对我讲出来，对你是一种很大的宽慰。我也确信你绝没有理由为此后悔。你的处境非常不幸，在我看来，你简直是叫困难包围住了，在这种形势下，就需要你们相互的爱来支持。我相信，弗纳斯先生是完全由他母亲来做主的。”

“他自己只有两千镑，靠这点财产结婚那简直是发疯，虽然就我自己来说，我可以不叹一口气地放弃比这更多的指望。我经常也只有很少的收入，我却可以为他而同任何种类的贫困做斗争。但我太爱他了，不会用那种自私的手段去剥夺他母亲也许由于满意他的婚姻而给予他的全部财产。我们必须等待，可能要等待好些年。如果我等的是世界上任何其他的男人，那前景会是令人不安的，但是我知道，爱德华的爱和坚贞，绝不会使我失去什么。”

“这种深信对你来说就是一切。毫无疑问，他也是被一种像你所有的那种同样的信赖支持着。如果你们相互爱慕的这种力量消失了，像其他许多人，在许多环境下，经历了四年之久的婚约自然会要消失掉这种力量一样，那你的处境确实就会是非常可怜的了。”

露茜此时抬起眼来，但埃莉诺仍小心地保持镇定，避免在话语中流露出种种会引起怀疑的倾向。

“爱德华对我的爱，从我们初次订婚后的长时间分离中受到了相当的考验。”露茜说，“这种考验是如此之好，以致我现在要对它产生怀疑都是不可原宥的了。我可以有把握地说，就由于这个缘故，他从一开始就从没使我受过片刻的担心和惊恐。”

对于她的这种断言，埃莉诺真是感到啼笑皆非。

露茜继续说：“我生成一副颇爱妒忌的脾气，加上我们的生活处境不同，他见的世面比我多，我们又继续分处两地，因此我们相会时，他对我的态度哪怕有极其轻微的改变，或者他的情绪有任何说不出原因的低落，或者他对一个女人比其他的女人谈论得多一些，或者他在朗斯达普尔时在任何方面表现得不如平常那样欢快，都足以使我产生怀疑，而且马上要弄清事情的真相。我不是说我平时就眼睛很尖，观察力敏锐，但在这种情况下，我肯定是不会受骗的。”

“她讲的这些话非常有趣，”埃莉诺心想，“但我们谁也不会上当。”

沉默片刻以后，她说：“你的看法如何呢？或者你只好等候弗纳斯太太寿终正寝？那可是个令人伤感和震惊的结局。她儿子是否会忍受这种情况？是否会忍受那种好多年悬而不决的事情所带来的沉闷乏味？老是悬而不决只会拖累你，倒不如干脆承认事实而冒引起她一时不悦的风险。”

“要是我们能肯定她只是一时的不悦就好了！弗纳斯太太是个任性而傲慢的女人，她听到消息之后，一怒之下，很有可能会把一切财产都给罗伯特的。为爱德华着想，上述想法便把我仓促行事的打算赶跑了。”

“也是为你自己着想，不然你采取这样冷漠的态度就显得不合乎情理了。”

露茜又望了埃莉诺一眼，只是沉默不语。

“你认识罗伯特·弗纳斯先生吗？”埃莉诺问。

“根本不认识，我从没见到过他。但我料想他跟他哥哥完全不同，傻里傻气，一个十足的花花公子。”

“一个十足的花花公子！”斯蒂尔小姐重复说。由于玛丽安的音乐声突然停顿了一下，她的耳朵恰好听到了这几个字：“啊！我敢说她们正在谈她们最喜爱的情人哩。”

“不对，姐姐，”露茜喊道，“这你就弄错了，我们最喜爱的情人可不是十足的花花公子。”

“我能够回答这个问题，达希伍德小姐的情人不是十足的花花公子，”詹宁斯太太亲切地笑着说，“因为他是我所见过的最为谦虚而且举止优雅的青年人之一。至于露茜嘛，她是这样一个狡猾的小家伙，你简直猜不出她喜欢谁。”

“啊！”斯蒂尔小姐喊道，掉转头意味深长地看了看她们，“我敢说露茜的情人跟达希伍德小姐的一样，是最为谦虚而且举止优雅的。”

埃莉诺不由得脸红了。露茜咬着嘴唇，生气地瞧着她姐姐。大家沉默了一会儿。后来还是露茜最先打破这种沉默。虽然这时玛丽安正在弹奏的一首宏伟壮丽的协奏曲给了她们有力的保护，但露茜还是用很低的声音说：

“我要诚恳地告诉你一个我最近才想出的使事情得到成功的计划。确实，我决心让你知道这个秘密，因为你是有关的一方。我敢说你和爱德华已熟悉到了足以了解他对于教堂的职务比其他职业更为喜欢的程度。好，我的计划就是他应该马上尽可能地成为牧师，然后，通过你的关心（我相信，出于你对他的友谊，而且，我希望也出于对我的某种关切，你会有足够的仁慈来关心这事），劝你哥哥给他诺兰教区的职位。据我了解，那是个肥缺，现在的那个教区牧师可能活不了多久了。那样就足以维持我们的结婚生活，其余的事我们就只好依靠时间和机会了。”

“能显示我对弗纳斯先生的尊敬和友谊的任何表示，我总是感到愉快的。”埃莉诺回答说，“但是难道你看不出，在这种场合，我的关心完全是不必要的吗？他是约翰·达希伍德太太的兄弟，这对她丈夫来说就是一种足够的推荐了。”

“但是约翰·达希伍德太太不会太赞成爱德华去当牧师。”

“那么我就更加怀疑我的关心到底能起多少作用了。”

她们重新又沉默了好几分钟。最后露茜深深叹了口气，大声说："我相信，解除婚约会是马上结束这件事的最聪明的办法。我们似乎在各方面都困难重重。虽然，这种困难在一段时间内会给我们带来不幸，但到头来我们也许会是比较幸福的。达希伍德小姐，你不给我提提意见吗？"

"不，"埃莉诺回答说，带着一种隐藏着非常焦虑不安的感情微笑，"在这类问题上我肯定不会提意见。你知道得很清楚，我的意见对你不会有多大重要性，除非它符合你的愿望。"

"这你就确实冤枉了我。"露茜极其严肃地回答，"我对你判断事情的能力评价是极高的，没有人能像你这样叫我信得过。我确实相信，要是你对我说：'你一定得结束跟爱德华的婚约，这样做对你们两人都更为幸福。'那我就会决心马上这样做。"

埃莉诺替爱德华未来的妻子的不诚恳感到害臊，回答她说："要是我对这个问题有什么意见的话，你的这种赞扬也就真的把它给吓跑了。你把我的影响估量得太高。对于一个无关紧要的人，说她有力量把两个如此亲密联结在一起的人分开，这太过分了。"

"正因为你是一个无关紧要的人，"露茜有点生气地说，把这几个字说得特别响，"你的判断对我就正好重要。要是我猜想你的感情是偏于任何一方的话，那你的意见就不值得我听取了。"

埃莉诺认为，最聪明的办法就是对此不作答复，以免增加彼此间那种毫无拘束、毫无保留的情绪，甚至在一定程度上决心以后再不谈论这个问题。所以在露茜说了上面那些话以后，接着又是持续好几分钟的沉默。后来还是露茜先打破沉寂。

"今年冬天你会到伦敦去吗，达希伍德小姐？"她用那种习惯性的自鸣得意的神情说。

"肯定不会去。"

"真遗憾，"露茜说，而听到这消息后她眼里却露出和蔼喜悦的光芒，“你要是去该有多好啊！但是我敢说，尽管这样，你还是会去的，你的哥哥和嫂嫂肯定会要你到他们那里去。”

“如果他们真的邀请，那我也没有权利接受呀。”

“这多么不幸！我十分指望在伦敦见到你。我和安妮在一月底要去拜访几位亲戚，这些年来他们一直要求我们去拜访他们！但我却只是为了看爱德华而去的，二月份他会去那里。不然的话，我并不觉得伦敦可爱，我对它没有什么兴致。”

第一局牌结束后，埃莉诺被叫到牌桌边。两位小姐的秘密交谈便到此结束。这样结束并没有任何勉强之处，因为她们双方所说过的话，都无以复加地造成了彼此之间的互相厌恶。埃莉诺在牌桌旁坐下来，怀着一种忧郁的信念，认为爱德华不仅对要成为他妻子的人没有感情，甚至结婚这件事本身也不可能使他得到勉强的幸福。当然，在这场婚姻中她是可能付出真实感情的，因为只是自私自利就能使一个女人缠住一个男人直到订婚，而她似乎也完全清楚他对这件事是厌倦的。

从这次以后，埃莉诺就不再回想这个问题了。当露茜提到这件事时（她是很少错过介绍这件事的机会，无论何时只要她收到爱德华的信，就特别仔细地向她的知心好友报告她的幸福），她只是报以沉静和谨慎的态度，在不失礼节的情况下，她就赶快离开，因为她感到这种谈话只是一种迁就，露茜不配，而对她自己来说则又很危险。

两位斯蒂尔小姐对巴顿庄园的拜访时间大大超过了原来邀请她们时所暗示的时间。她们的宠爱与日俱增，变成了庄园不可或缺的人。不能向约翰爵士提起她们要走的事，虽然她们在埃克塞特有许多早就安排好了的约会得马上回去赴约，每到周末她们就坚持要走，但她们还是在庄园逗留了近两个月时间，以便协助好好庆祝圣诞节，那需要有比平常更为大型的私人舞会和宴会，才能显示出其重要性来。

第二十五章

虽然詹宁斯太太有在孩子们和朋友们家里度过一年中大部分时间的习惯，但她也还是有自己固定的住处。她丈夫生前曾成功地在城里一处不太繁华的地区做生意。丈夫死后，她每年冬季都要到波特曼广场附近的一条街道去住。快要到一月份时，她想到了她的那个家。一天，出乎达希伍德小姐们所料，她突然要求两位达希伍德小姐去那里与她做伴。埃莉诺没有注意到她妹妹变化的脸色，和那种表现得对这个主意较为关心的生气勃勃的神色，立即代表她们两人向詹宁斯太太表示了感激的但是绝对的谢绝。她相信她这个举动表达了她们两人的共同意愿，理由是她们曾经做过决定，在一年中的这个时候不离开母亲。詹宁斯太太遭到拒绝后感到有些惊讶，立刻又再一次提出邀请。

“啊，天哪！我可以肯定你母亲没有你们在身边也会很好的。我求你们跟我去做伴，因为我已经下了决心了。不要以为你们会给我带来什么不方便，我只会跟平常一样，不会给你们特别的招待。只是要用四轮马车送送贝蒂，我希望这个方便能由我来提供。我们三人坐我的轻便马车将会很舒服的。到了伦敦以后，要是你们不喜欢到我去的地方去，那也好，你们就跟我的一个女儿一起行动吧。我可以肯定你母亲是不会反对的，因为我有这样的好运，我的孩子都不在身边，她会认为我照管你们非常合适。如果在我尽全力为你们进行各方面的活动之前，没有至少使你们中的一个体面地结婚，这也不是我的过错。我会向所有的青年人说你们的好话的，你们可以相信这一点。”

“我有一个看法，”约翰爵士说，“只要她姐姐同意，玛丽安是不会反对这个计划的。事情也真难，因为达希伍德小姐不愿去，她妹妹也就没有一丝兴趣了。因此我劝你和玛丽安两人动身到城里去，你们都厌倦巴顿了，去时不必跟达希伍德小姐谈到这件事。”

“不。”詹宁斯太太喊道，“当然，不管达希伍德小姐是否愿意去，只要有玛丽安小姐与我做伴，我将会特别高兴。不过俗话说，人越多越有趣，我看还是她们两人都去更令人满意，这样，她们对我感到厌倦时，就可互相谈谈话，还可背着我取笑我的古怪的生活方式。但如果她们两人不能都去，那也总得有一个陪我去呀。老天保佑我！你想，像我这样一个除今年冬天以外平时经常都有夏洛特与我做伴的人，怎么能独自一人蛰居斗室呢？行啦，玛丽安小姐，让我们就这样谈妥吧，要是达希伍德小姐不久也会改变主意，嗨，那就太好了。”

“我感谢你，太太，真心诚意地感谢你，”玛丽安热情地说，“您的邀请使我对您永远感激，而且它会给予我这样的幸福——几乎是我所能接受的最大的幸福。但是我母亲，我的最亲爱、最仁慈的母亲——我感到埃莉诺主张不去是正确的，要是她因为我们不在她面前而不高兴，不适意——啊！不，什么也不能引诱我离开她。这不该也不必在我思想上有什么其他选择。”

詹宁斯太太再一次说，她可以肯定，她们不在达希伍德太太跟前时她也会过得很好。埃莉诺现在理解了妹妹的心理，注意到由于她渴望同威洛比重新在一起而几乎对每一件事情都很冷漠，因此就不再进一步直接反对这个计划，而把它留给母亲去决定。对于这次访问，她不赞成玛丽安去，同时为了自身的利益，她自己也有特殊的理由避免去，因此她是极力阻止的，但她却几乎没有指望能得到任何支持。不管玛丽安怎样希望妈妈会在这件事情上采取热切的支持态度，她却不希望去影响妈妈对于一件绝不能唆使其不信任，同时自己又不敢说明不愿意去伦敦的动机的事采取谨慎行动。玛丽安跟她一样爱挑剔，完全知道詹宁斯太太的生活方式，而且总是厌恶这种方式，她去的话就该忽略那一类不便之处，就该无视那最伤害她，使她产生易怒的感情的东西。在她追求一个对象时，这快乐对她是一种极其重要的强烈而全面的考验，像埃莉诺一样，尽管一切已经过去了，却还没有准备证实这一点。

达希伍德太太在听到这个邀请的消息时，相信了别人的劝告，这样的短途旅行会带给她的两个女儿很多的快乐。同时，从玛丽安对自己的深切关心中，看出了她非常想去，不会为了妈妈的缘故而谢绝这一提议。因此她坚持要两个女儿立即接受这一邀请，并且以其惯有的愉快情绪预见到，这次母女们分开的一段时间，对大家来说都有种种好处。

“我喜欢这个计划，”她喊道，“这正是我所希望的。我和玛格丽特也会跟你们一样从这个计划中得到许多好处。你们同米德尔顿母女们走了以后，我们跟书籍和音乐在一起，生活将过得愉快而安宁！等你们回来时，你们将发现玛格丽特大有进步哩！而且，对于你们的卧室，我也有个小小的改造计划，目前无论哪个都还不便于实行。你们应该到伦敦去，这是完全正确的。我真想使每一个类似你们这样的生活条件的年轻妇女都能熟悉伦敦的生活方式和娱乐活动。你们将受到一位慈母般的好心女人的照顾，她对你们的慈爱我是不用怀疑的。很可能你们还会见到你们的哥哥。不管以往的事情错在他还是他妻子，只要考虑到你们毕竟是同父所生，我就不能让你们彼此保持这样疏远的关系。”

“虽然您总是为我们的幸福操心，”埃莉诺说，“您也曾为您现在想到的这个计划排除各种障碍，但在我看来，还是有一不易消除的障碍。”

玛丽安的脸色消沉下来。

“我的亲爱的、谨慎的埃莉诺又有什么提议？”达希伍德太太说，“又要提出什么难以克服的困难？我可不愿听到要我花钱的事。”

“我的异议是这样：虽然我认为詹宁斯太太的心地是非常好的，但她的社交活动不能给我们带来愉快，她的保护对我们也没多重要。”

“确实是这样，”她母亲回答说，“她的社交界同旁的人隔绝开来，使你几乎根本不可能从那里得到什么，而你们同米德尔顿夫人一起，则又会老是出现在大庭广众之下。”

“如果埃莉诺由于不喜欢詹宁斯太太而被吓跑，”玛丽安说，“至少不该妨碍我接受她的邀请。我没有她那种顾虑，我可以肯定不用费多大力量就能忍受那一类不愉快事件。”

平时埃莉诺很难说服玛丽安对詹宁斯太太保持一种起码的礼节，而现在玛丽安却夸口说她不计较詹宁斯太太的生活方式，埃莉诺禁不住微微一笑。她暗自决定，要是妹妹坚持要去，那她也同样得去。因为她觉得，让玛丽安独自一人去判断事情，或者詹宁斯太太把留在家里的舒适时间全都任玛丽安摆布，这都是不恰当的。另外，她还记起露茜说过，爱德华·弗纳斯在二月以前不会到伦敦去，到那时她们的这次访问也早已结束了，这一点也更容易与上述她的内心决定相一致。

“我要你们俩都去，”达希伍德太太说，“这些反对意见毫无意义。你们到伦敦去，尤其是两人一道去，将会得到很大的乐趣。如果埃莉诺也曾预期能得到乐趣，她在那里可以从多方面感受到，此外，也许还能在增进对她嫂嫂家庭的了解中得到一些。”

埃莉诺原来总希望有机会能减少母亲对爱德华和她的爱情的信赖，这样，当真实情况暴露出来以后，她所受到的震惊就会要少一些。现在她受到了这样的打击，几乎没有成功的希望了，她还是强迫自己开始她的计划，因此她尽可能镇静地说：“我非常喜欢爱德华·弗纳斯，见到他我总是高兴的。至于他家里其余的人，不管我认不认识，对我都是完全无关紧要的事。”

达希伍德太太没说什么，只是笑笑。玛丽安惊异地抬起眼来，埃莉诺猜想她同样也不会说什么。

她们没有谈论更多，最后便决定完全接受这次邀请。詹宁斯太太听到这消息十分高兴，心里充满慈爱，一再保证好好关照她们。这消息还不仅使她高兴，约翰爵士也很高兴。因为对于一个主要的顾虑是寂寞的人来说，在人数众多的伦敦能够得到她们两人做伴，就算是蛮不错的了。甚至米德尔顿夫人也不嫌麻烦地高兴起来，这在她是颇为例外的事。至于两位斯蒂尔小姐，特别是露茜，听到这个消息后更是感到从来没有的高兴。

埃莉诺带着原就预料到的勉强情绪，接受了这个违背她的意愿的安排。从她自己来考虑，去不去伦敦都无所谓，当她看到母亲对这个计划如此高兴，从妹妹的脸色、声音和态度来看，也是为这个计划所振奋，恢复了原有的活跃，比平常显得更加快活，她就不能对此表示不满，而且也几乎不容许她自己对这一计划的后果产生怀疑了。

玛丽安的高兴几乎超过了幸福的程度，她的情绪极为不安，亟不可待。唯一能使她恢复平静的，是她不愿离开母亲的情绪。在这分离的时刻，她感到过度的悲痛。母亲的苦恼也不比她少。她们三人中只有埃莉诺一人似乎把这次分离看作是永恒中短暂的一瞬。

她们在一月份的第一个星期启程。在一周之内，米德尔顿夫妇也要跟着去。两位斯蒂尔小姐暂留庄园，将和这个家庭其余的人一道离开。

第二十六章

埃莉诺对于自己目前跟詹宁斯太太一起坐在马车里，作为她的客人，在她的保护之下开始去伦敦旅行的这种处境不能不感到惊奇，因为她和这位太太相识的时间还这么短，她们在年龄和气质方面又如此完全不相称，而且仅仅在几天以前，她对于来伦敦这件事还表示了那么多的反对意见！她所提的那些反对意见全部被玛丽安和母亲同样具有的那种青春的热情压倒或忽略。埃莉诺尽管偶尔也怀疑威洛比是否能忠贞不变，但她目睹充满在玛丽安整个心灵中和闪烁在她眼睛里的那种愉快的期待的入迷状态，不能不感到她自己的指望是何等空虚，对比起来她的心情是何等郁郁寡欢，她要是也和玛丽安那样有个期待的生气勃勃的对象，有她那种希望的可能性，那该多高兴。不过，在很短很短的时间内就可以判断出威洛比的意图是什么，十有八九他已在伦敦。玛丽安之所以热切地要到伦敦去，就说明她相信能在那里找到他。埃莉诺则不仅决定从自己的观察和别人提供的情报中得到有关他的性格的新见解，而且同样决定在许多次的会晤之前就积极地注意监视他对她妹妹的一举一动，来弄清他到底是个什么人，他的意图是什么。要是她观察的结果不利，她就决定在一切事情上提醒她妹妹要擦亮眼睛看人；要是情况相反，她的努力自然就有不同的性质了，那时她就该学会避免各种自私的比较，排除各种在玛丽安的幸福中足以减少她的满意情绪的悔恨。

她们的旅途有三天。旅途中，玛丽安的举动是她将来有希望得到詹宁斯太太的殷勤和友好表示的一个愉快的模范。几乎在整个旅途中她都是默坐无语，陷入沉思，除了看到车窗外如画的美景时向姐姐发出唯一的赞叹声外，几乎很少主动说话。为了补偿妹妹的这种行为，埃莉诺便立即采取她决定要采取的礼貌态度，对詹宁斯太太表示极大的关心，跟她一起谈谈笑笑，有时间还注意听她谈话。詹宁斯太太呢，也是尽可能慈爱地对待她们俩，担心她们是不是舒适和愉快。唯一使她感到不安的是她不能让她们在旅店里随意挑选饭菜，也不能迫使她们表白她们究竟是喜欢吃鲑鱼而不喜欢吃鳕鱼，或是喜欢吃炖禽肉而不喜欢吃小牛肉片。第三天下午三点钟，她们到达伦敦。在长途的旅途劳顿之后，大家都为从马车的禁闭中解脱出来而感到高兴，准备好好地烤一顿火来舒服舒服。

房子很漂亮，设备也很讲究。两位年轻的小姐立即被带进一间非常舒适的房间里。这房间原来是夏洛特住的，壁炉台上方还悬挂着一幅彩色丝质风景画，这是她的成绩，用来为她曾在伦敦一所显贵学校读过七年书做证明，装门面。

因为晚餐在她们到达后的两个钟头之内还没有准备好，埃莉诺便决定利用这个间隙给妈妈写信，她坐了下来。不久，玛丽安也坐下来写信。“我正在给家里写信，玛丽安，”埃莉诺说，“你的信是不是最好推迟一两天再写？”

“我不是给妈妈写信，”玛丽安急躁地回答，似乎希望避免任何进一步的询问。埃莉诺不再说什么，立刻想到她这是跟威洛比写信，跟着就下了这样的结论：不管他们把事情弄得多么神秘，反正他们已经订了婚了。这个确信虽不十分令人满足，但却使她高兴，于是她带着更大的愉快继续写信。玛丽安的信只用几分钟就写完了，论长短，只不过一张便条那么长。接着便把它折好，封上，想尽快寄出去。埃莉诺认为她可以在写姓名和地址的地方看到一个很大的“威”字。信一封好，玛丽安就按铃要男仆为她把信送到发本市的邮局去。就这样立即决定了这件事。

她的情绪仍然处于持续高涨状态，但又有些焦虑不安，这就不能使姐姐感到更大的快乐。临近夜晚时，她的这种激动不安情绪更加增长了，几乎无法吃下一点东西。后来她们回到客厅里，她似乎焦急地注意听每一辆驶过的马车声。

詹宁斯太太由于一直在她自己的房子里忙着，没能看到发生的这一切情况，埃莉诺对此感到甚为满意。房子里摆上了茶具。玛丽安已经不止一次对隔壁的敲门声感到失望，突然又听到一记很重的敲门声，这次不会弄错，不是敲别人家的门。埃莉诺认为肯定是威洛比来了。玛丽安则突然站起来，朝门边走去。一切又归于沉寂。这种情况下是不能久等的，她将门打开，对着楼梯口朝前走了几步，凝神听了约半分钟，又极其激动不安地回到房间里来，她确信已经听到他来了。当时她在一阵狂喜中，不禁高呼：“啊，埃莉诺，是威洛比，肯定是他！”当布兰顿上校出现在她面前时，她差点投身到他的怀抱中去了。

这是无法平静忍受的一次巨大的打击，她立即离开房间。埃莉诺也十分失望，但这时她对布兰顿上校的尊敬使得她对他表示欢迎。她特别感到一种自尊心受到损害的心情：一个男人这样过分地错爱她的妹妹，应该看得出她见到他时，感受到的只有痛苦和失望。但她立即发现他也并不是没有察觉到这一点，当玛丽安离开房间时，他甚至还带着极为惊讶和关切的态度观察她，乃至对埃莉诺几乎都要顾不上必须的礼貌了。

“你妹妹病了？”他说。

埃莉诺忧伤地回答说她是病了，接着还谈到了她的头痛、情绪低沉和过度疲劳，以及各种能解释她妹妹当时行为的原因。

他聚精会神地认真听她讲述这一切。后来他似乎想起了什么，不再谈这件事情，立即开始谈他很高兴在伦敦见到她们，同时问一些普通的关于她们旅途所见以及留在巴顿的朋友们的情况等问题。

他俩用这种平静的方式继续谈话，双方都感到极其扫兴，两人都没精打采，心不在焉。埃莉诺很想问他威洛比这时在不在伦敦，但她恐怕由于询问他的对手的情况而使他痛苦。后来为了没话找话，她问他自从最后一次见面以后，他是不是在伦敦。他略带窘迫地回答说：“是的，几乎从那以后就在伦敦。有一两次我到迪拉弗特去过几天，但我绝无权利回到巴顿去。”

这句话，以及他说这句话的态度，立即使她回忆起他离开巴顿时的全部情景，以及由此而引起的詹宁斯太太的担心和猜疑。她怕她心中的疑团所暗示的她在这个问题上的好奇心，比他原来所感觉到的还要大，但她并无此意。

不久詹宁斯太太进来了。“啊，上校！”她带着平时那种热热闹闹的愉快心情说，“见到你我高兴极了。我为没能早点出来感到抱歉，请你原谅，我被迫花了一点时间查看我周围的事物，处理一些事情。我有好久没在家里住了。你知道，一个人任何一次离开家再回来，总有许多鸡毛蒜皮的小事要做，而且我还要给卡特赖特算工钱。天哪，从晚饭以后起我就一直跟一只蜜蜂一样地忙着！但是请问，上校，你怎么能算出我会今天到伦敦来呢？”

“是我到帕尔默先生家吃饭时听到这个消息的。”

“啊！你到他家吃过饭。唔，他们全家都好吗？夏洛特好吗？

我可以担保她这时定是大腹便便了。”

“帕尔默太太看来很好。她托我告诉你，你明天一定可以见到她。”

“是呀，那当然，我也这样想。噢，上校，我带来两位年轻小姐跟我一起住，你看，那就是。现在你只见到其中的一位，还有一位不知到哪儿去了。你的朋友玛丽安小姐也来了，你听到后别难过。你们跟她的关系，我不知道你和威洛比先生怎么处置才好。是呀，年轻美貌真是好事情。嗨！我也曾一度年轻过，可我从来不曾十分美貌过。我真不走运。可我有个非常好的丈夫，因此我不知道天姿国色还有什么用处。啊！可怜的人！他死了快九年了。可是，上校，自从我们分手以后你上哪儿去了呢？你的事业还兴旺吗？好啦，好啦，咱们朋友之间就别保守什么秘密了。”

他以其一贯的温和态度回答她的所有提问，但一点也不能令她满意。埃莉诺开始沏茶，玛丽安也被迫重新出现了。

她进来以后，布兰顿上校变得比以前更加深思和沉默了。詹宁斯太太无法说服他逗留得更久一些。那天晚上没有其他的客人来访，两位小姐一致同意早点安歇。

第二天早晨，玛丽安起床时已恢复了精神，恢复了欢乐神态。先天晚上使她失望的事，似乎已在对白天的期待中忘怀了。当帕尔默太太的四轮马车在门口停下时，她们刚刚吃完早饭不久。几分钟以后，她一路笑着走进房间。见到她们她感到非常高兴，但很难说她是见到了母亲最高兴呢，还是和两位达希伍德小姐重逢最高兴。她对她们来到伦敦感到惊奇，虽然她一直盼望她们来，她对她们在谢绝了自己的邀请之后又接受她妈妈的邀请表示生气。虽然她同时又说，如果她们不来，她也不会忘记她们！

“帕尔默先生见到你们将会多么高兴。”她说，“你们猜他听说你们跟妈妈一起来到伦敦时讲了一句什么话？那句话我现在已记不清了，但那是一句非常滑稽可笑的话！”

在她母亲称之为“舒舒服服的聊天”，或者换句话说，就是在她们对詹宁斯太太家系中的所有熟人作各式各样的询问，以及无缘无故谈些帕尔默太太家系中的好笑的事这样消遣了一两个钟头之后，帕尔默太太提议大家陪她到商店去走走，那天上午她要去买点东西。对于这个提议，詹宁斯太太和埃莉诺欣然同意，因为她们自己同样也要去买东西。玛丽安一开始谢绝前往，后来还是被劝说一同去了。

无论她们到哪里，玛丽安都明显地在留心观察。特别是在邦德街，她们在那里购买东西时，她的目光不停地探寻。无论在哪家商店，当同来的人都显得目不暇接时，她的心却从实际摆在她面前的东西上，从使同去的人感兴趣而且占领了她们的头脑的东西上转移了。每到一处她都感到烦躁和不满足。她姐姐无法得知她想买点什么，这就可能要牵涉到她们两人都没有好好考虑买东西这件事了。她对任何东西都不感兴趣，只是忍受不了老是待在家里才出来的。对于帕尔默太太的乏味，她也难于控制她的厌恶情绪，帕尔默太太的眼睛总是被那些漂亮、昂贵或者时新的商品吸引住，她渴望买所有东西，却又一样也决定不了，只是在着迷和犹豫不决中闲混时间。

她们回家时已约莫中午了。大家一走进屋子，玛丽安就急切地飞步走上楼去，埃莉诺跟在她后面，发现她带着伤心的神色从桌子边转过身来，这说明威洛比不曾来过。

“我们出去以后没有人给我留信吗？”她对拿着一个小包裹进来的男仆说。回答是否定的。“你十分有把握是这样吗？”她又问，“你能肯定没有仆人、没有门房留下任何信件或便条吗？”

男仆回答说没有。

“真奇怪。”当她转身走向窗口时，用一种低沉而又失望的声音说。

“确实奇怪！”埃莉诺不安地注视着妹妹，在内心里这样说，“她要是不知道他来到了伦敦，她就不会给他写信。也许她是写往马格纳峡谷去的。要是他在伦敦，他一不来访，二不写信，那就真奇怪！啊，亲爱的妈妈，你怎么会允许你的这样年轻的女儿跟一个了解得那么少的男人，用那样可疑的、神秘的方式订婚，在这件事情上你是真的错了！好多次我都想问清情况，可是她怎么会容忍由我来干预！”

考虑了一阵之后，她决定：要是他们目前的这种不愉快的处境要继续好些天，她就要以强烈的态度主张母亲有必要认真过问这件事。

帕尔默太太和两位上了年纪的太太跟她们一道吃饭。那两位太太是和詹宁斯太太关系很密切的老相识，上午詹宁斯太太遇见她们，便邀请她们来吃饭。用过茶不久，帕尔默太太便离去了，她要去赴她的晚间约会，埃莉诺被迫跟其余的人一起玩惠斯特牌戏[①]。在这种场合玛丽安是没有什么用处的，她绝不会学这种游戏。虽然她能随心所欲安排自己的时间，但这一晚对她来说绝不会比埃莉诺过得愉快，因为她是在焦急的期待和痛苦的失望中度过这一晚的。有时她力图看一会儿书，但不久就把书抛开，恢复她更感兴趣的那种在房中来回踱步的活动。她走到窗前时总要停一会儿，希望能辨别出那久久期待的敲门声。

① 一种类似桥牌的四人玩的牌戏。

第二十七章

“要是这种暖和天气长此保持下去，”第二天上午她们吃早饭时詹宁斯太太说，“约翰爵士在下周是不会离开巴顿的。失去一天的愉快对于爱好打猎的人来说是一件伤心的事。可怜的人们！我总是可怜他们这样做，他们似乎对这件事太耿耿于怀了。”

“这是真的，”玛丽安用欢快的声音叫喊起来，边说边走向窗口，观察天色，“我没想到这一点，这样的天气会要把许多爱好打猎的人留在乡间呢。”

想到这一点是很幸运的，她的一切好的情绪都由此而恢复了。“对于他们来说这种天气确实再好不过了，”她坐下来带着愉快的表情吃早饭时继续说，“他们真要享受个够哩！但是，”这时她又重新有些焦虑了，“这种天气不可能维持好久，在一年的这个时候，又是在一连串雨天之后，我们肯定不可能希望有更多暖和的日子。严寒很快就要来到，很可能还会是一种凛冽的严寒哩，也许再过一两天就会来，这种极其暖和的天气几乎是无法维持好久的，不，也许今晚就会结冰哩！”

“无论如何，”埃莉诺说，希望不让詹宁斯太太跟自己一样清楚地看出妹妹的心思，“我敢说下星期末我们将会在伦敦见到约翰爵士和米德尔顿夫人。”

“是，我亲爱的，我可以保证我们能在下周见到他们。玛丽安总是有她自己的生活方式。”

“现在，”埃莉诺暗自推测，“玛丽安将会写信通过今天的邮班寄到峡谷去。”

如果她写的话，写信和寄信都会在私下里进行，以避免埃莉诺的注意，免得她把事实都查得一清二楚。不管事情的真实情况如何，不管埃莉诺对此事并不感到十分满意，当她看到玛丽安是那样兴致勃勃时，她自己就不可能表现得非常不安了。玛丽安确实兴致勃勃，暖和的天气使她高兴，想叫天气快点转冷的期望更加使她高兴。

上午的时间主要消耗在往詹宁斯太太熟人的家里留名片，通知他们她到伦敦来了。玛丽安则一直忙于观察风向，注意天色的变化，幻想来一次空气的对流。

“埃莉诺，你没有发现现在比早晨还要冷一些吗？我似乎觉得有明显的不同。我戴上皮手笼甚至也无法让手暖和起来。我认为昨天没有今天这样冷。现在云似乎在散开，不久太阳就会出来，下午将会是个晴天。”

埃莉诺心里交替出现欢乐和痛苦的心情，玛丽安则从每晚的火光和每天的晨雾中坚持认为那肯定是严寒临近的征候。

两位达希伍德小姐没有更大的理由对詹宁斯太太的生活方式和她的一批熟人，比她待她们的那种一贯和蔼的态度更为不满意。她的一切家务安排都是采取最随便的方式，除非是对少数几个年纪大的都市里的朋友，对于她们，米德尔顿夫人常常遗憾怪她不顺便进行拜访，她从不去拜访任何一经介绍就足以使她的年轻伙伴在感情上感到厌烦的人。埃莉诺高兴地发现她处于一种比自己所期望的更加特殊的地位，为了更多真正欢乐的需要，她极愿对她们的那些夜间聚会采取妥协态度，那些聚会无论在本地或是在别处都只是为了玩牌而组织的，不能给她丝毫乐趣。

布兰顿上校是家中的常客，几乎每天跟她们在一起。他来看玛丽安，和埃莉诺攀谈，这种谈话往往能使她获得比那种从日常事务的谈话中更大的满足。但同时她也看到他继续关心她妹妹，恐怕这种关心比以前更强了。她伤心地看到他带着一种挚诚望着玛丽安，而他的情绪则肯定比在巴顿时更坏了。

在她们到达大约一周以后，可以肯定威洛比也到伦敦来了。她们上午乘车外出回来时，在桌上看到了他的名片。

“天哪！”玛丽安叫喊起来，“我们出去以后他到这儿来过了。”埃莉诺知道威洛比确实来到了伦敦，也很高兴，大胆地说：“毫无疑问，他明天会再来拜访的。”但玛丽安似乎根本没有听到姐姐说的话，当詹宁斯太太走进来时，她便带着那张宝贵的名片跑开了。

这件事使埃莉诺提高了情绪，而她妹妹则更是整个情绪都恢复过来。不仅如此，连她们以往的那种激情也恢复过来了。从这时起，玛丽安的心就得不到安宁了。每时每刻想见到他的那种期望，使得她对任何事情都感到不如意。第二天上午别的人出去时，她坚持要留下来。

埃莉诺脑子里老是想着她们不在时伯克利街[①]可能正在发生的事情。但是当她们回来时她朝妹妹望了一眼之后，就足以知道威洛比并没有做第二次拜访。这时正好外面送进来一张便条，放在桌子上。

“是写给我的！”玛丽安喊道，急忙走上前去。

---

① 詹宁斯太太的房子坐落的街道名称。

“不是，小姐，是写给我的女主人的。”

可是玛丽安不相信，连忙拿起纸条来看。

“真的是给詹宁斯太太的，真伤脑筋！”

“你是在希望得到一封信？”

“对！有一点儿想，不是太想。”

在一阵短暂的停顿之后，埃莉诺说：“你不信任我。玛丽安。”

“不，埃莉诺，你还用这种话来责备我哩！你就是对谁也不信任！”

“我！”埃莉诺有些慌张地回答，“确实，玛丽安，我没有什么可以告诉别人的。”

“我也没有。”玛丽安生气勃勃地说，“看来我们的情形是一样的，我们都没有什么事情可以告诉别人。你是因为你不告诉人家，我却是因为我什么也不隐瞒。”

埃莉诺为这种说她守口如瓶的指责所苦恼，而这一点她又不能随便去掉，在这种情况下，她就不知道如何强迫玛丽安做更多的内心坦白了。

不久詹宁斯太太来了，她拿到那张便条，大声念起来。那条子是米德尔顿夫人写来的，条子上说她们一家已于昨晚抵达孔兑街，要求母亲和表妹们明晚到她家去走走。由于约翰爵士忙于事务，她自己待人又极度冷淡，所以他们没有能到伯克利街来拜访。这次邀请被接受了。在临近约定的访问时间时，詹宁斯太太遇到一个礼貌性问题，那就是她需要带两位达希伍德小姐同去参加拜访，而埃莉诺却难以说服她妹妹同去，因为她现在一直还没见到过威洛比，她倒不是不愿意到外面去消遣，而是不愿冒她不在家时他再一次前来访问的危险。

那一晚的访问过去之后，埃莉诺发现，约翰爵士家的住处虽然改变了，但布置并未变样。虽然约翰爵士很少住在伦敦，他还是设法邀集来约二十个年轻人，并且举办了一个舞会为他们凑兴。然而，这件事米德尔顿夫人是不赞成的。在乡村里，未经事先计划的舞会是容易得到同意的，可是在伦敦，雅致的声名更为重要，又不容易获得。为了使少数几位小姐满意，让大家知道米德尔顿夫人举行了一次只有八九对舞伴、只用两把小提琴伴奏和仅有一个餐具柜提供小吃的小小舞会，那太冒险了。

帕尔默先生和太太也出席了这次聚会。她们来到伦敦后，还没见到过帕尔默先生，由于他小心翼翼地避免显露出对岳母的任何关心，所以从不走近她。他们进来时，没有谁跟他们打招呼。帕尔默先生无礼地直看着她们，似乎没认出她们是谁，他只是在房子的那一边跟詹宁斯太太点了点头。玛丽安进来时朝房子四周望了一眼，他没有上这儿来，这就够她受得了。于是她坐下来，感到既不想自寻趣味，也不想与别人搭话。人们到齐后约一个钟头，帕尔默先生信步走向两位达希伍德小姐，对于在伦敦见到她们一事表示惊异，虽然布兰顿上校先前在他家里就已经对他说过她们来了的事，而且他本人听说她们来了以后，也还讲过一句非常滑稽可笑的话。

“我还以为你们两人都在德文郡哩。”他说。

“您这样认为吗？”埃莉诺回答说。

“你们什么时候再回去？”

“我不知道。”他们的谈话就这样结束。

玛丽安一生中还从来没有像这天晚上一样不愿意跳舞，跳舞之后也从来没有像这样感到疲倦过。当她们回到伯克利街以后，她对这次聚会抱怨起来。

“是呀，是呀，”詹宁斯太太说，“我们对这一切的原因知道得很清楚，要是某一个故隐其名的人物今天到那儿去了，你就会一点也不疲倦了。说实在话，这次聚会邀请了他，他却不来会你一面，也未免太不恰当了。”

“邀请了他！”玛丽安叫喊起来。

“这是我女儿米德尔顿对我说的，今天上午约翰爵士似乎在街上某处地方碰见过他。”

玛丽安再没说什么，但看来她深深地受到了伤害。在这种情况下，埃莉诺急于要做点什么使她妹妹能得到宽慰，于是她决定在第二天上午写封信给母亲，希望能提醒她对玛丽安健康的关注，并且实现那个耽误了许久的询问计划。第二天早饭后，当她觉察到玛丽安又在给威洛比写信，因为她不会怀疑妹妹是给别的任何人写信，就更加热切地决定要这么办了。

约莫中午时分，詹宁斯太太有事自个儿出去了，埃莉诺立即开始写信。玛丽安则由于过度烦躁不想工作，过于焦急不想谈话，只是从一个窗口走到另一个窗口，或是在火边坐下来陷入忧郁的沉思。关于过去所有发生的事，埃莉诺都在诚挚地向母亲陈述她对威洛比反复无常的怀疑，极力主张不论她出于责任还是慈爱，都要她如实说出她跟他的真实情况。

她的信刚刚写完，就听到了敲门声，预告有客人来访，接着门房通报布兰顿上校来了。玛丽安已经从窗户里看见了他，她此刻讨厌任何一类的客人来，因此在他进来以前就离开了房间。他看起来显得比往常更加严肃，但当他发现只有达希伍德小姐一人在房子里时，却表现很满意，好像他有某件特别的事情要告诉她似的。可他坐了一会儿，却一句话也没说。埃莉诺相信他一定有一些关于她妹妹的情况要告诉她，急切地期待着他开口。她确信有这种想法已不是第一次了，因为不止一次他一开口就是这样一些话：“你妹妹今天看起来好像不舒服。”“你妹妹似乎情绪不高。”现在他的样子看来又是要谈关于她的什么特别的事情，或者是揭露秘密，或者是打听情况。在停顿了几分钟之后，他们之间的沉默局面被他的带有一些激动语调的问话打破了。他问她：什么时候他可以向她祝贺得到一位妹夫？埃莉诺没有想到他会问这样一个问题，也没有准备这样的答话，只好采取简单而普通的权宜之计，问他这句话是什么意思。他勉强笑着说："你妹妹跟威洛比订婚是众所周知的事。"

"这不可能是众所周知的事，"埃莉诺回答，"连她自己家里的人都还不知道哩。"

他显得很惊奇，说："请原谅，恐怕我问这件事有些不大恰当，但我以为这并不是什么秘密了，因为他们已经公开通信，大家都在谈论他们结婚的事哩。"

"那怎么可能？你是听谁说的？"

"听见许多人说过——有些人你不认识，有些人同你关系还很密切——詹宁斯太太、帕尔默太太，以及米德尔顿夫妇。但是我还是不会相信这件事的——因为只要心里或许还颇不愿意相信一件事，往往总要找件事来支持他的怀疑。如果今天仆人让我进来时，我没有碰巧在他手上看到一封信的话。那信封上是你妹妹的笔迹，信是直接写给威洛比先生的。我本来是来问问这件事的，但是在我提问之前，我就已经相信了。一切都最后定下来了吗？是不是不可能跟——但我却没有权利也不可能有机会去接替。原谅我，达希伍德小姐。我相信今天我说这许多话是不适当的，但我几乎不知道该怎么办才好。你是一个谨慎的人，这就可以使我放心了。告诉我，是一切都已经决定了，还是打算在短期内隐瞒。如果隐瞒是可能的话，或者是一切都还未定。"

这些话无异于向埃莉诺直接供认他对她妹妹的爱情，供认他非常爱慕她。埃莉诺不可能立即说什么，甚至当她的情绪恢复之后也不能立即回答他。她思考了一会儿，寻找最适当的回答。威洛比和她妹妹两人事情的真相她知道得非常少，在尽力说明这件事情时，很容易把情况估计不足或者估计过分。由于她相信玛丽安对威洛比的爱恋（不管这种爱恋的结局如何）不可能给布兰顿上校留下希望，同时还希望掩盖她的举动以免受到指责。经过一番考虑之后，她认为把情况说得比她所知道的或相信的还过头一些最为谨慎，也最能对他表示友爱。所以她向他承认：虽然她未曾听到他们亲口说过他们目前所维持的关系的程度，但她对他们之间的爱恋并不怀疑。听到他们通信的消息后也不感到惊异。

他默默地注意听她讲这些情况。当她停下来时，他立即从座位上站起身来，用带感情的声音说了一句“对于你妹妹，我祝愿她得到意料中的幸福；至于威洛比，但愿他能努力配得上她”这样的话之后，便告辞离开了。

埃莉诺没有从这次谈话中得到宽慰，以减少她心中的不安。相反地，布兰顿上校的不幸给她留下了一种忧郁的印象，这种印象她想消除掉也不行，因为她所担心的那件事不但妨碍了她，而且加强了这种印象。

第二十八章

往后的三四天内，没有发生什么事情使埃莉诺对向母亲提出要求的事后悔，因为威洛比既没有来访，也没写信来。这几天她们都在忙着准备陪米德尔顿夫人参加一次聚会。詹宁斯太太因为她最小的女儿偶染小恙，不能去参加。玛丽安对于这次聚会完全不感兴趣，不高兴去参加，似乎认为她去与不去都无所谓，虽然她也做好了准备，却没有期待的神色和愉快的表情。用过茶点之后，她坐在客厅的壁炉旁边，直到米德尔顿夫人到来，她还坐着未动，也没改变她的姿势，她已沉迷在自己的思考中，竟没有觉察到姐姐已走到她身边。最后仆人通报她们，米德尔顿夫人已在门口等她们俩，她才惊起，好像忘了是在等人似的。

她们准时到达目的地。当她们以及她们前面的一串马车上的赴会者从车上下来，刚一登上楼梯，就听见有人从这个楼梯平台到那个楼梯平台用不太大的声音通报她们的姓名，接着她们便走进一间灯烛辉煌、宾客满座却又闷热难堪的房子。向女主人屈膝行礼殷勤致意之后，她们便混入客群中去分享那份因她们的到来而必然会增加的闷热和不便。无所事事地坐了一会儿之后，米德尔顿夫人坐下来玩卡西诺。玛丽安没有兴致动弹，她和埃莉诺幸好找到了两个空缺的座位，在离桌子不远的地方坐下来。

不久，埃莉诺发现威洛比站在离她们只有几码远的地方，正在跟一个看起来非常时髦的年轻女人热切地谈话。不久威洛比也看见了她，他立即向她鞠躬，但并没有同她谈话或走近玛丽安的打算，尽管他不会没有看见她，然后他又继续和那位女士谈话。埃莉诺偶然回头看看玛丽安，看她是不是没有看到这个情景。其实当时她最先发现他，她的整个面部表情都由于突然的高兴而容光焕发，要不是她姐姐抓住她，她也许立即就走到他面前去了。

“天哪！”她叫喊起来，“他在那儿——他在那儿。啊！他为什么不看我？我为什么不能跟他说话？”

“请镇静一些，”埃莉诺喊道，“别把你的感受现在就在大家面前暴露，也许他还没看见你哩！”

然而，这话连她自己也不相信，在这样的时候要她镇静下来，不仅超出她的能力，而且也违背她的愿望。她急躁痛苦地坐着，满脸焦躁不安。

他终于再一次转过身来，注视着她们俩。她蓦地站起身来，用一种爱慕的声音叫他的名字，并向他伸出手去。他走过来，同埃莉诺而不同玛丽安谈话，似乎想避开她的目光，决定不去观察她的态度，只是匆匆忙忙地问起达希伍德太太的健康情况，以及问她们是多久前来到伦敦的。埃莉诺被他说这样一些话震惊得完全失去了镇定，一句话也说不出来。但是她妹妹的感情却立即表达出来了。她面色通红，用极其激动的声音高喊道：“天哪！威洛比，你这是什么意思？你没接到我的信？你不想跟我握手吗？”

这时他不能不跟她握手了，但是她的手触到他时似乎使他感到痛苦，他只是握了很短的时间。在这段时间内，他尽力保持着镇静。埃莉诺注视着他的脸色，看见他的表情正在变得更加平静。

停了片刻之后，他沉着地说：“上星期二，我为了表示敬意，曾亲自拜访伯克利街，非常遗憾的是，我未能在家里见到你们和詹宁斯太太。我希望我的那张名片没有遗失。”

“但是你没收到我写的便条吗？”玛丽安以一种难以控制的焦急口吻喊道，“一定是出了差错，我可以肯定——是某种可怕的差错。这意味着什么呢？告诉我，威洛比，看在上帝的份上，告诉我，出了什么事儿？”

他没有回答。他的脸色变了，所有的窘态又出现了。但是，当他的目光接触到先前跟他谈话的那位年轻女士的目光时，他仿佛立刻觉得克制的必要，于是重新恢复常态，说了一句“是的，我高兴地收到了你好意送给我的通知，告诉我你们来到了伦敦”之后，微微鞠了一躬，便匆忙转身到他的朋友那里去了。

玛丽安的脸色此时显现可怕的苍白，站立不住，晕倒在椅子上。埃莉诺随时都在防备着妹妹晕过去，现在她便用身体把玛丽安挡住，不让旁的人观察到这种情景，并用熏衣香草水使她苏醒过来。

“埃莉诺，你到他那儿去，”她刚一能说话就说，“强迫他到我这里来。告诉他我必须再见到他，必须马上跟他谈话。我不能休息，不把这件事解释清楚我不会有片刻的平静，这里面可能有某种可怕的误会还是怎么的。啊，现在就到他那儿去吧。”

“怎么可以那样做？不，我最亲爱的玛丽安，你必须等待。这里不是解释事情的地方。到明天再说吧。”

埃莉诺费了很大的力气才阻止她没有自己跑到他那儿去。然而，要劝她抑制住自己的激动——等待，至少表面上要装得镇静，一直到她有机会能跟他私下里作更有效果的谈话。这是办不到的，因为玛丽安继续悲痛不已，低声叹息自己的不幸。不久，埃莉诺看到威洛比从门口走出房间，向楼梯间走去。她便力劝玛丽安说，他已经走了，今天再找他谈话已不可能，劝她沉着下来。她立即求她姐姐恳求米德尔顿夫人带她们回去，因为她过于伤心，一分钟也不能在这里多待下去了。

米德尔顿夫人虽然一局牌才打到一半，听说玛丽安不舒服，便很有礼貌地表示愿意和她们一起离开，随即把手上的牌转给一位朋友。她们在门口一找到马车，便离开了。她们回到伯克利街时，几乎没有说一句话。玛丽安默默地陷入极度的痛苦之中，极度压抑自己，甚至忍住眼泪不让它流出。由于詹宁斯太太不在家，她们可以径直回自己的房间去。在她们自己房里，玛丽安闻闻氨水，刺激一下，使自己稍稍恢复了精神。她立刻脱下衣服，躺在床上。由于她渴望一个人躺着，她姐姐便离开，到外面等候詹宁斯太太回来。这段时间里，她有足够的空闲回想过去的事。

威洛比同玛丽安之间存在着某种婚约，这是没有疑问的；威洛比对这个婚约厌倦了，这同样是很清楚的事。虽然玛丽安仍然可以满足她自己的愿望，但她却不能把他的这种行为归咎于任何一类的差错或误会。唯一的解释就是他完全变了心。要不是埃莉诺亲眼见到过威洛比的那种窘态，她对他产生的愤慨也许比现在还要强烈。那种窘态说明他对自己的不端行为有所悔悟，而且也防止了她产生这样的看法：认为他对她妹妹的感情开始就采取逢场作戏的态度，根本没有经过任何负责的考虑，太不道德了。两人不在一起，可能要减弱他的感情，而贪图享乐又使他根本抛弃了这种感情，但以前这种感情确实存在过，这一点她也是毫不怀疑的。

至于对玛丽安在那次不愉快的聚会上所遭受到的精神上的极度悲痛，以及那些正在等待着她的很可能是更为严重的后果，她是不能不表示深切关怀的。从这件事情的对比中，她也能看到她自己的处境。因为尽管她对爱德华的评价仍然一如既往，但他们将来还是得分开，到那时她也就能经受得住了。但是能够加重这种痛苦的各种事件，似乎都连在一起，在玛丽安最后和威洛比分开——一种当机立断的、势不两立的决裂——时，增加她的痛苦。

第二十九章

在第二天女仆还未点燃火炉的时刻，或者说在阳光仍然无力对付一月中寒冷阴暗之晨的时分，玛丽安衣着不整地跪在窗边的一个座位上，以求获得从窗口透进室内的微弱光线。她以泪流不止的状态所能容许的最快速度进行书写。埃莉诺为其骚动不安与啜泣声所惊醒时，最先发现她处于这种状况。埃莉诺怀着焦虑但不动声色地对妹妹注视了一阵，然后以体贴温柔到无以复加的语调说道："玛丽安，我是否可以问你——"

"不行，埃莉诺。"她答道，"别提问题。你很快就会知道一切。"

玛丽安说话时的这种拼命假装的镇定态度仅仅延续到她把话说完为止，接踵而来的是先前那种过度的哀伤。几分钟后，她才能继续写信，仍然紧紧攫住她的那种频频爆发的悲恸，迫使她一次次止笔，这足以证明，她的感情远不止于她给威洛比写完这封信便永远作罢的深度。

埃莉诺向妹妹奉献她力所能及的种种稳静适度的关心。若非玛丽安待她以暴烈的冲天怒气，对她的话不予搭理，她本来是要努力安慰妹妹并使之复归于平静的。在这种情况下，她们应该避免长时间共处一室，这样对双方都更适宜。玛丽安那种动荡不安的精神状态不仅阻止她于梳妆停当后在房间里停留片刻，而且要求她立刻只身独处，并不断变换场所，于是早餐前她一直在住宅里东游西荡，躲避大家的视线。

在餐桌上，她不吃也不想吃任何东西。此时，埃莉诺对她的照顾充分发挥了作用，她没有催劝妹妹进食，没有对妹妹表示同情，也没显露对妹妹的关注，她只是致力于把詹宁斯太太的注意力吸引到自己身上。

这样一来，詹宁斯太太这顿饭吃得很香，进餐时间延续了相当之久。餐毕，大家刚刚在公用的台桌边团团坐下，仆人便给玛丽安送来了一封信。玛丽安急不可耐地接过信件，面如死灰，立刻跑出了房间。埃莉诺看得一清二楚，知道那封信一定是出自威洛比之手，仿佛她已瞥见了信封上所写的发信地址。她立刻感到一阵恶心，以致几乎晕倒，她在座位上浑身抖颤，担心被詹宁斯太太发觉。然而，那位善良的太太仅仅看出玛丽安收到了一封来自威洛比的信，这在她看来是个非常称心的笑柄，于是她对此事发出一串笑声，希望看到它投合自己的兴趣。她忙于度量用于编织桌毡的绒线长度，根本未曾发现埃莉诺精神上的灾难。她继续平静地谈话，当玛丽安的身影刚刚消失，她便说："哎呀，我一生中从未见过爱得如此痴狂的年轻女子！我的两个姑娘和她比起来相形见绌，而她们过去也够傻的了。不过玛丽安小姐是个奇人。我竭诚地希望，威洛比先生不会让她长久等待，要知道，眼见她这么伤心这么失望，叫人怪难过的。喂，他们准备几时结婚？"

埃莉诺一生中唯有此刻最不愿开口说话，但她强求自己回答这样的突然发问，于是她强作笑颜，答道："太太，难道你真的说服了自己，相信我妹妹和威洛比先生已定终身了吗？我原以为这不过是个玩笑，然而你提出一个如此严肃的问题，其含意似乎超出了玩笑的范围，所以，我要请求你不再自欺。我向你担保，没有任何事情会比听说他们打算结婚更令我吃惊的了。”

“可耻，可耻，达希伍德小姐！你怎能这样说话！他们是天生一对——从他们初次见面的那一刻起，他们便彼此深深相爱，迷恋而不可自拔，难道这不是众所周知的吗？难道我不曾在德文郡看见他们每天从早到晚形影相随？难道我不知道你妹妹随我来到伦敦是为了购买结婚礼服？嘻嘻，这不行！只因你自己把这事瞒得严严实实，你就以为别人都毫无头绪。然而我可以告诉你，事与愿违，全城的人早就知道了此事，我逢人便告诉，夏洛特也见人便说。”

“太太，”埃莉诺十分认真地说，“你的确是误会了。你散布这个消息，的确是在做一件缺德事。你现在不信我说的话，但你会发现事实的确如此。”

詹宁斯太太又发出一串笑声，然而埃莉诺没有兴致再往下说。无论如何，她切望了解威洛比书信的内容，于是起身向她们的房间匆匆走去。走到房前，推开门，她看见玛丽安瘫倒在床上，几乎为悲恸所窒息。她手中握着一封信，另有两三封信散落在她身旁。埃莉诺默默地走近几步，在床沿坐下，拿起妹妹的手，留下一串深情的亲吻，然后泪水横流，其哀恸之切绝不亚于玛丽安。玛丽安虽然说不出话，但她似乎体会到了姐姐这番举动中的万般柔情。在共同的悲哀中度过若干时间之后，她把几封信全数塞进埃莉诺手中。然后，她用手绢蒙住面孔，苦恼得差一点尖声叫喊起来。埃莉诺知道这种悲痛是沉重的，它必须有一个发泄的过程，于是她守护着妹妹，直到这过度的痛苦本身减低了几分锐力。然后，她急切地把威洛比的来信拿到眼前，内容如下：

邦德街，一月

亲爱的小姐：我刚才荣幸地收到你的来信，我渴望报之以衷心的感谢。我潜心苦思，极欲发现我昨晚的行为中有何不称芳心之处。尽管我困惑不解，实不知我为何如此倒霉，竟至冒犯尊意，但我仍然恳求你宽恕我确是完全出于无心而犯下的过错。我将永远怀着感恩的愉快心情，回顾我从前于德文郡与你们一家人的交往，并自以为我们之间的关系不会因为对我的行为产生的误会或误解而遭到破坏。我对你们全家的尊敬是十分真挚的。不过，倘使我如此不幸，竟至诱使你过高估价了我心中的真实感情和我企图表达的情意，那么我会因为表达那种敬意时未曾更加谨慎小心而深深自责。你既已明白我的爱情早已另有所属，你应当承认，我的真意是绝不可能逾此限度的。我相信，不出几个星期，我的婚约便会圆满实行。我万分遗憾地遵命将我曾有幸蒙赐的信件以及你惠赠予我的那一束秀发如数奉还。

亲爱的小姐，我是你最最谦恭忠顺的奴仆

约翰·威洛比

可想而知，达希伍德小姐读罢这样一封信，心中是何等气愤。在读此信之前，她已经想到这无非是他那轻薄行为的招供，以及他们永别的判决，然而她未曾料到，威洛比竟会容许自己以这种语言作此宣告！她也未曾料到，威洛比竟敢不要任何优雅得体的感情粉饰自己，不顾一名绅士的普通礼仪，厚颜无耻地寄来一封如此残忍无情的信。这封信非但没有表示悔恨的愿望，非但没有承认他的背信弃义，反而否认了他的任何特殊感情。信中的每一行都是一份侮辱，表明写信人是一个奸恶卑鄙、冷酷无情的恶棍。

她对此又吃惊又气恼地想了一阵，然后一遍又一遍地读信。然而每阅读一次，就使她增添一份对那个男人的厌恶。她对威洛比如此深恶痛绝，以致她不敢让自己开口讲话，她担心谈论婚约的解除会更深地伤害玛丽安的心，因为她并不认为妹妹由此而损失了任何可能得到的利益。将妹妹借此逃脱了一场苦难和无可挽回的厄运，避免了与一个无赖小人的结合当做是不折不扣的解脱，是至关紧要的福音。

她认真地思考这封信的内容，思考构想这封信的心智的邪恶，或许还思考着另一个大不相同的人的完全不同的灵魂，那个人与此事毫无关系，只是埃莉诺的心因过去发生的一切而将他与此事联系在一起。由于沉思默想，埃莉诺忘记了妹妹当前的苦恼，忘记了她还有三封信搁在膝头上尚未启读，完全忘记了她在房间里待了多久。当她听见一辆马车驶到住宅门口时，她便走到窗口看看是谁不合情理地在这么早的时候前来做客。她惊诧万分地认出了詹宁斯太太的轻便马车，她心中有数：这辆车要到一点钟才会被唤来使用。她决定不离开玛丽安，尽管她眼下毫无指望为妹妹消除痛苦。她急忙赶去向詹宁斯太太道歉，解释不能陪她出门的原因，说她妹妹身体不适。詹宁斯太太对这一说明表示轻松愉快的关心，就欣然答应了。埃莉诺目送她乘坐的马车走远，又回到玛丽安身边，她发现妹妹正挣扎着从床上起来，她来得十分及时，正好可以搀住妹妹使她免得因长时间休息不足和进食甚少导致的虚弱头晕而跌倒在地。玛丽安已有许多天未吃什么东西，已有许多夜不曾熟睡，而现在，她的精神不再为狂热的紧张情绪所支持，缺食少睡的结果便表现为头疼、胃虚和一般性神经衰弱。埃莉诺立刻为妹妹拿来一杯酒，让她喝下去，这使得玛丽安感觉有所好转，终于深情地说道："可怜的埃莉诺！我使你多么不愉快啊！"

"我只希望，"她姐姐答道，"我能做点儿使你得到安慰的事情。"

这句话，如同其他任何言语一般，是玛丽安忍受不了的。她烦恼至极，只能叫喊道："哦！埃莉诺，我的确很不幸！"她的声音随即为抽泣所吞噬。

眼见这不可遏止的悲恸勃然爆发，埃莉诺不可能保持沉默了。她喊道："坚强些，亲爱的玛丽安，如果你不想毁掉自己和所有爱你的人。想想你的母亲，想想当你受苦时她是多么悲伤！为了她的缘故你必须坚强起来。"

"我不能，我做不到！"玛丽安哭喊道，"既然我的痛苦连累了你，你走开吧，撇下我吧！撇下我，恨我，忘掉我，可是不要这样折磨我！那些自己没有悲哀的人谈论坚强勇敢时多么轻松！幸福的、快活的埃莉诺，你根本不理解我的痛苦。"

"你说我快活，玛丽安？啊，如果你知道的话！你竟然相信，眼睁睁看着你受罪，我心中快活！"

"原谅我吧，饶恕我吧！"玛丽安伸出双臂搂住姐姐的脖子，"我知道你为我难过，我了解你的心肠，可是你仍然——你一定是快活的，爱德华爱你——有什么，哦！有什么力量能够驱走这样的幸福之感！"

"有许多许多复杂的情况。"埃莉诺庄严地说道。

"不，不，不！"玛丽安狂喊道，"他爱你，只爱你！你不可能悲伤。"

"见你处于这种状况，我不可能愉快。"

"你将永远看不到我处于别的状况。我的不幸是根深蒂固的，已经毫无办法了。"

"你不能这么说，玛丽安。难道你没有慰藉？没有朋友？难道你的损失没有补偿的余地？你现在深受其苦，可是你想想，如果他品性的暴露继续往后推延一个时期，如果你们的婚约月复一月地延续下去，就像很可能发生的那样，直到他做出废除婚约的抉择，想想你的痛苦该会有多大！你对他的倒霉的信赖每延续一天，你所受可怕的打击程度就会加重一分。”

“婚约！”玛丽安嚷道，“我们没有婚约！”

“没有婚约！”

“是的。他不像你所想象的那样卑劣。他并未失信于我。”

“可他总对你说过他爱你吧？”

“说过——不——从来没有——绝对没有。每天都有暗示，但从没有明说。有时我认为已经——然而这话从未说起。”

“可是你给他写过信吧？”

“写过。既然已有了过去的一切，那样做难道有什么错？可我不能多谈。”埃莉诺不再言语，注意力又回转到那尚未看过的三封信，此刻这些信引起了她比以前更强烈的好奇心。她立刻把三封信一气读完。第一封信，是她妹妹在她们到达伦敦时写给威洛比的。内容如下：

伯克利街，一月

威洛比，收到此信你会大吃一惊！我想，当你得知我现在在伦敦，你的感觉会不止于惊奇吧。一个前来此地的良机，是我们无法抗拒的诱惑，尽管是同詹宁斯太太一道。愿你及时收读此信，于今晚赶来，不过我不作指望。无论如何我盼你明天到来。眼下且说声“再见”。

玛·达·玛丽安

她的第二封书信，写于在米德尔顿家参加舞会的次日早晨。内容如下：

前天错过了你的来访，我的失望无法用言语形容。一个多星期以前我寄给你的一封信至今未得回音，使我惊讶不已。我一直盼你来信，更盼着与你相见。我每时每刻都在盼望。请尽快再次来访，解释我希望落空的原因。下一次你最好早些来，因为我们一般在一点钟出门。昨晚我们在米德尔顿夫人家做客，她家举办了舞会。我听说主人曾邀请你出席这个晚会。然而这是可能的吗？如果这是事实，而你没有应邀出席，那么，自从我们分别，你一定大有改变。但我不相信有这种可能，但愿你很快便会亲自向我保证，事实并非如此。

玛丽安给威洛比的最后一封信如下：

威洛比，我应当怎样揣测你昨晚的行为？我再次要求你做出解释。我怀着喜悦的心情和亲切的感觉准备着与你相见。这喜悦的心情，是我们的别离自然形成的结果。这亲切的感觉，有我们在巴顿的亲密交往作为凭证。我竟遭到了无礼拒绝！我度过了一个悲惨的不眠之夜，竭力为一种很难说不是侮辱性的做法寻找理由。不过，尽管我尚未能为你的行为寻得合理的辩解。我仍然心甘情愿地听你为此做出说明。也许你是听取了误传或误信了谗言，对我产生了某种误会，这可能使我在你心目中降低了地位。告诉我原因何在吧，向我说明你那种行为的背景吧，我会以能够使你满足为快。如果我被迫将你往坏处想，我的确会十分难过。但是如果我应该这样做，如果我了解到你辜负了我们至今为止对你的信任，了解到你对我们的关心全是虚情假意，了解到你对我的所作所为仅仅是旨在欺骗，那么你就尽快明言吧。我的感情目前处于可恨的游移状态。我愿意为你开脱，不过正反两面的确定都会减轻我现在所受的痛苦。

倘使你的情感不再和从前一样，便请你退回我的信件，以及现在为你所有的我的那束头发。

玛·达·玛丽安

为威洛比着想，埃莉诺不愿相信，这几封浸透了爱情与信任的书信，竟会得到这样的答复。不过，她对威洛比的谴责，并未蒙蔽她的眼睛，致使她看不出玛丽安写这些信根本是错误的。她默默地为这种轻率之举而痛心。这种缺乏谨慎的做法，冒着自作多情、向人表白爱情的风险，得不到任何前提的保证，结果被严峻的事实证明是行不通的。这时，玛丽安察觉到姐姐已经读完了信件，便说出自己的看法，她认为这三封信的内容无非是任何人处在同样的情况下都会写出来的。

"我自己认为，"她补充说，"我已经正式许终身于他，好像有最严格的合法誓约使我们互相约束。"

"这我相信，"埃莉诺说，"可是很不幸，他并没有这种想法。"

"他曾经有过这种想法，埃莉诺——他有好几个星期是这么想的。我知道他有过。无论是什么力量把他改变成现在这个样子（能起这种作用的无非是和我作对的最最阴险的奸计），都不可否认我曾如己所愿地得到过他的爱情。这束头发，如今他能满不在乎地放弃，当初却是通过百般恳求从我这里要去的。要是你当时看到他的表情和动作、听到他的声音就好了！难道你忘了我和他在巴顿度过最后一晚时的情景？还有我和他分别的那个早晨！当他对我说我们要在几个月后才能重逢时——他的悲伤——我绝不会忘记他的悲伤！"

她说不下去了，沉默了片刻。不过，在这一阵冲动平息之后，她以较为坚定的语调补充说："埃莉诺，我受到了冷酷的对待，但过错不在威洛比。”

“最亲爱的玛丽安，除了他还有谁呢？难道谁会唆使他这么做？”

“谁都可能，但唯独他的心不会唆使他这么做。我宁愿相信，我的所有熟人都串通一气要在他心中贬低我，而不愿相信他的天性容得下这种残忍。他信中提到的这个女人——不管她是谁——总之任何人，只有你自己和妈妈以及爱德华除外，都可能这么无情地和我作对。除你们三人以外，有什么人能使我宁愿怀疑威洛比居心不良而不能怀疑他呢？要知道我对威洛比的心地了如指掌！”

埃莉诺不以为然，她只是答道：“亲爱的妹妹，无论是谁如此可憎地与你为敌，就让他们居心险恶地自以为得计吧，让他们瞧瞧，你的精神支柱——你对自己的纯真和良好意愿的自觉，是十分高尚的。这是适度而可嘉的骄傲，它会抵挡住别人对你的陷害。”

“不，不！”玛丽安喊道，“我的苦难没有骄傲可言。我不在乎有谁知道我是不幸的。不妨让全世界的人看见我在痛苦，因而扬扬得意。埃莉诺，埃莉诺！那些很少受苦的人可以随意自傲自恃，可以抗拒侮辱或报仇雪耻，可是我不能。我不得不感到，我必定是可怜的，他们尽可以取乐于这一发现，这有何妨！”

“可是为了母亲和我的缘故——”

“为了你们，较之为我自己，我会尽更大的努力。然而，在我备受苦难时叫我显得快活——啊！谁能提出这个要求？”

她们又双双沉默不语了。埃莉诺沉思着，从炉旁踱向窗边，又从窗边踱回炉旁，在炉旁她丝毫未能感到温暖，在窗边则对户外景色视而不见。玛丽安坐于床脚，把头靠在一根床柱上。她又拿起威洛比的来信，每读一句便哆嗦一下，读罢后喊叫道：

“这太过分了！啊！威洛比，威洛比！难道这是你写的！残忍，残忍！你无可开脱。埃莉诺，他无可开脱！不管他听到了对我的何种谤言，难道他不应该保留对我的信任？难道他不应该以实情相告，容我洗清自己？‘你惠赠予我的那束秀发’（复述信中语），这是不可原谅的。威洛比，你写这些话时良心到哪里去了？啊！傲慢粗野！埃莉诺，他有理可辩吗？”

“没有，玛丽安，不可能有。”

“可是这女人——谁知她耍了什么手腕，谁知这阴谋酝酿了多久，谁知她心计多深！她是谁？她可能是谁？我从未听他说起她的女相识中有谁年轻而又迷人！啊！没有，没有。他对我只谈我自己。”

继之又是一阵沉默。玛丽安激动万分，其冲动以下面这句话而告终：“埃莉诺，我得回家。我得回去安慰妈妈。我们不能明天就走吗？”

“明天？玛丽安！”

“对，明天。我干吗要留在这儿？我仅为威洛比而来，而现在有谁把我放在心上？谁关心我？”

“明天就走是不可能的。我们欠詹宁斯太太的远不只是礼貌和殷勤，而最普通的礼貌也不容许我们如此仓促地辞别。”

“哎，那么，就再等一两天吧。但我不能久留此地。我不能留在这里忍受所有这些人的询问和评议。米德尔顿夫妇和帕尔默夫妇，我怎么受得了他们的怜悯？要接受米德尔顿夫人这样一个女人的怜悯！啊！对此他会怎么说呢？”

埃莉诺劝她重新躺下，于是她躺了片刻。然而不论怎样躺卧都不舒服，她身心痛苦不止，于是她翻来覆去，直至歇斯底里的程度越来越重。她姐姐费尽力气才使她躺在床上，一时间甚至想叫人前来帮忙。不过，埃莉诺终于说服她服下了几滴薰衣草水剂，而这药物起了作用。自服药之时起，到詹宁斯太太回家为止，她一直静默不动地躺在床上。

第三十章

詹宁斯太太回家后，立刻来到她们房间，不等敲门声得到答应，便开门走进去，表情里流露出真诚的关心。

“亲爱的，你好吗？”她对玛丽安说，声音里饱含着深切的同情。玛丽安把脸别开，不想答话。

“达希伍德小姐，她怎么啦？怪可怜的！她脸色很不好。这也难怪。唉，这事情再真实不过了。他马上就要结婚，一个无耻之徒！我容忍不了他。半个钟头以前，泰勒太太把这件事告诉了我，而她自己是从格雷小姐一位极要好的朋友那儿听说的，否则我肯定不会相信。事实上，我差点儿晕倒。哼！如果叫我说，我只有一句话：事情果真如此，那么他十分卑鄙地利用了我认识的一位年轻小姐，我衷心地希望他的妻子把他折磨个够。亲爱的，我将永远这么诅咒他，你可以相信我。我没料到男人们会耍这一手。如果我再遇见他，我要把他痛骂一顿，让他尝尝从未尝过的滋味。不过，亲爱的玛丽安小姐，有一点可以使你感到欣慰：他并不是世界上唯一值得追求的男人。凭着你这漂亮的脸蛋，你绝不会缺少崇拜者。唉，可怜的孩子！我不再打扰她了，她最好立刻大哭一场，把这事了结。幸好帕利家和桑德孙家的人今晚会来，这会使她感到快慰。”

说完，她踮着脚走出房间，好像认为脚步声会增添她的年轻朋友的烦恼。

玛丽安出乎姐姐的意料，决定和大家一起吃饭。埃莉诺劝她别这么做。然而她说不行，她要下楼。她能顶住，人们用不着为她这么忙乱。埃莉诺没有再说什么，她很高兴看到玛丽安能控制自己。不过她认为妹妹很难坚持到餐毕。在玛丽安下床之前，她尽可能地为其整理好服饰，准备听到饭铃便搀扶她下楼去餐室。就餐时，虽然玛丽安显出很可怜的模样，但她的食量超过了姐姐的预料，表现之平静也在预料之外。倘使她试图讲话，或者稍稍意识到了詹宁斯太太对她的好心然而不合时宜的关心，那么这种平静就无法维持。然而她没有吐出一个音节，而她那出神入化的思想使她对眼前发生的每件事都毫无知觉。

埃莉诺妥善地报答了詹宁斯太太的一片好意，尽管这种好心的表露常常令人难堪，有时则近于可笑。她向詹宁斯太太答礼致谢，这是她妹妹无法做到的。她们的这位好友发现玛丽安郁闷不乐，觉得只有自己才能为她消除几分哀愁。于是，她便以父母在假期的最后一天对待孩子的那种溺爱方式来对待她。玛丽安坐在火炉边最舒适的位置上，人们得对她百般体贴，哄她吃喝，而且要给她讲述一天所有的新闻，给她解闷。若非埃莉诺在她妹妹悲伤的表情里发现了一道拒一切欢乐于其外的屏障，玛丽安便会受到詹宁斯太太的殷勤款待，这位太太力图用各色各样的糖果点心、裹菜肉片和恰到好处的炉火来治愈失恋的创伤。然而，这种关怀备至的体贴一再落在玛丽安身上，终于迫使她急促地悲叹一声，对姐姐做了个手势，叫她别跟着走，便迅速地站起身，匆匆走出了餐室。

“可怜人儿！”她刚走，詹宁斯太太便叹道，“她那模样真叫我伤心！要是她没喝完酒就走，那才怪呢！还有樱桃干！老天！看来没什么东西对她有益。只要我知道她喜欢什么，我一定会派人满城去把它找到。唉，我无论如何想不通，一个男人怎么会如此下流地玩弄一位这么可爱的少女！不过既然一方阔绰有余，而另一方差不多一贫如洗，天哪！他们就不会有所顾忌！”

“这么说，那女子——我想你是称她为格雷小姐——是很富裕的喽？”

“五万镑，亲爱的。你见过她吗？据说是个活泼的时髦姑娘，不过并不漂亮。我对她的姑妈比娣·亨肖记忆犹新，她嫁了一个阔佬。不过这一家子都有钱。五万镑！谁都知道这笔钱不是不请自来的，据说他全力以赴要把它弄到手。这不奇怪！他坐着马车赶着猎马满天飞！哼，我可不是说三道四，可是一个年轻人，不管他是谁，来到这里向一位美丽的姑娘求爱，许诺要娶她，他就没有权利背信弃义，仅仅因为自己潦倒了，而有个阔小姐准备嫁给他。遇到这种情况，他为什么不卖掉他的马，把房屋租出去，辞退仆从，立刻改过自新？我向你担保，玛丽安小姐本来是准备一直等到情况变好的。可是如今那种好心行不通了。当今的年轻男子，绝不肯放弃每一个寻欢作乐的机会。”

“你了解格雷小姐是何等人物吗？听说她温厚可爱？”

“我从未听到有人说她坏话，事实上，我很少听到人们谈论她，只有泰勒太太今天上午说过。有一天沃尔克小姐向她暗示，艾利孙夫妇不会为格雷小姐出嫁感到难过，因为这位小姐总是和艾利孙太太合不来。”

“这艾利孙夫妇是什么人？”

“是她的监护人，亲爱的。不过现在她已成年，可以自主了。她真是自作了一个绝妙的主张！我想，”她停顿了一会儿，“现在你那可怜的妹妹已经回到她自己房里在独自啜泣了。难道没有什么可以用来安慰她吗？可怜的宝贝，让她独个儿待着未免太残酷。对了，不一会儿就有几位朋友到来，那会使她好受点儿。我们玩什么呢？她不喜欢玩惠斯特，这我知道，可是，难道就没有一种游戏能使她开心？”

“好心的夫人，这种关心大可不必。我敢说，玛丽安今晚不会再离开她的房间。我会尽可能劝她早点儿睡觉，我肯定她需要休息。”

“唉，我相信那对她是再好不过的了。让她给自己叫晚餐，然后睡觉。天哪！怪不得近两星期她气色那么难看，显得那么消沉，我想这件事一直在她脑子里悬着。而今天到来的这封信就把它了结了！真可怜！如果我料到了这一层，我绝不会拿这件事和她打趣取乐。可是当时我怎么猜得着事情会如此呢？我满以为它不是别的，只是一封普通的情书，而你知道年轻人都喜欢人家拿情书和他们逗趣。老天！约翰爵士和我的女儿们听到这消息会多么不安！如果我当时头脑清醒，在回家的路上我就会拐进孔兑街把这事告诉他们。不过我明天会去看他们。”

“我敢担保，你不必关照帕尔默太太和约翰爵士，别当着我妹妹的面提起威洛比先生，或者就发生过的事情作几乎不露痕迹的暗示。他们自有善良的天性向他们告诫。当玛丽安在场时，表露出对此事有所闻是何等有违人道。亲爱的夫人，你很容易理解，人们少对我提起这个话题，我的痛苦就会减轻一些。”

“啊，天哪！是的，我理解。你听到人们谈这事一定很难受。至于你妹妹，对这件事，我无论如何会做到对她只字不提。你亲眼看到我在整个吃饭的时间里做到了这一点。约翰爵士不会说，我的女儿也不会，他们为人都很谨慎，三思而行，特别是在我给他们以暗示的情况下，而我肯定要暗示他们。就我来说，我认为越少说这种事情越好，这样能够更快地把它遗忘，使它烟消云散。老谈它有什么好处，对不对？”

“在这件事情里，多谈有百弊而无一利。它的弊害也许比在类似的许多情况下大得多，因为事情已经受到周围人们的注目，为了与此事有关的每个人着想，这种情况使得事情本身不适合成为街谈巷议的话题，我得为威洛比先生说句公道话，他和我妹妹没有实在的婚约。”

“法律，亲爱的，别想为他辩护。竟然没有实在的婚约！他曾把她带到阿仑哈姆宅邸，并且决定了他们今后要住的房间！”

为了妹妹的缘故，埃莉诺不能深入谈这个话题，她希望不是为了威洛比的缘故而需要她这么做。坚持事实真相诚然会使玛丽安蒙受很大的损失，但威洛比能从中捞到的好处少得可怜。经过双方短暂的沉默之后，詹宁斯太太憋不住了，以她那天生的欢快劲头说起来：

“喂，亲爱的，这倒是恶风刮来了良种，因为这更有利于布兰顿上校。他终究会得到玛丽安，对，他会的。如果他们不在仲夏结婚，你就别再相信我的话。天哪！他听到这消息会怎样暗自得意！我希望他今晚会来。这婚姻对你妹妹要好得多。一年两千镑，没有债务，也没有退款。当然，除开那可爱的姑娘，唉，我把她忘了。不过，可以用很低的代价送她去当学徒，既然如此，这又算得了什么？我可以告诉你，迪拉弗德是个好地方，真的，我称之为悦人的老式场所，它处处给人以安适和方便。那儿门户谨严，花园四周有高高的围墙，园里生长着乡下最好的果树，绿叶成荫，花园的一角还有一棵罕见的好桑树！天呀！我们在那儿短暂居留的时间里，夏洛特和我过得多么充实！此外还有一座鸽房，几个赏心悦目的养鱼池，一条明净可爱的小渠，总而言之，人们所愿意有的应有尽有。

再说它离教堂近在咫尺，离纳税大道不过四分之一英里，因此绝不会叫人闷得发慌。你只需绕到住宅后边，在一座古老的水松木亭子里坐下，就能尽览从路上经过的车辆。哦！那是个好地方！在紧邻的村庄里就有一个屠户，牧师公馆不出一箭之遥。它处处随和我的心意，胜过巴顿庄园一千倍。在巴顿，他们不得不叫人跑上三英里去买肉，而且没有一个邻居比你母亲住得更近。好吧，我要尽快鼓起上校的勇气。东方不亮西方亮，不是吗？只要我们能够把威洛比从她脑子里赶出去！”

“唉，如果我们能够做到那一步，”埃莉诺说，“我们有没有布兰顿上校都会过得挺好。”说完，她起身走开，去找玛丽安。不出她之所料，她发现妹妹默默地沉浸在悲哀之中，身子俯向一堆小小的火烬。到埃莉诺进房为止，那余火是她唯一的光亮。

“你最好撇下我不管。”姐姐只从她那里得到了这样的反应。

埃莉诺说：“只要你上床睡觉，我就离开你。”然而，由于难熬的痛苦造成的一时执拗，玛丽安拒绝服从这个要求。不过，姐姐的一片诚意，尽管只表现为和风细雨的劝导，还是很快使她软下心来应允了。埃莉诺看着她把胀痛的头靠向枕头，并且如己所愿看到她多少进入了静息的状态，才离开她，走出房间。

埃莉诺走到客厅里，不一会儿詹宁斯太太就来了，手里拿着一只盛满了某种液体的酒杯。

“亲爱的，”詹宁斯太太进门便说，“我刚才记起，我在这屋子里收藏着几瓶陈年康斯坦沙葡萄酒，这是我喝过的酒中味道最美的一种。于是我为你妹妹倒了一杯。我那可怜的丈夫呀！他多么爱喝这种酒！每逢他那痛风的老毛病发作，他就说这酒给他的好处胜过世界上别的一切。把它送给你妹妹吧。”

“亲爱的夫人，”埃莉诺答道，她想到对方说的这种酒所适应的两种病症之间的差异而禁不住微微一笑，“你的心地真好！不过我刚刚劝说玛丽安上了床，但愿她已半入睡乡。在我看来，休息对她来说比什么都好。如果你允许，由我来喝这杯酒吧。”

詹宁斯太太对这个折中方案感到满意，尽管她懊悔自己未早五分钟把酒送来。而埃莉诺则一边饮酒一边想：尽管这酒对于痛风的良好疗效对她来说无关痛痒，但对于一颗失意的心的治愈能力，在她身上做试验和用在她妹妹身上是同等恰当。

正在大家喝茶的时候，布兰顿上校进来了。根据他环视房间寻找玛丽安的那副模样，埃莉诺立刻揣想他既不指望也不愿意看到玛丽安在场。简单地说，他已经了解到了致使她缺席的原因。詹宁斯太太显然并不这么想。上校刚进房，她便走到埃莉诺做主人的那张茶桌边，对她耳语道：“你瞧上校显得和平时一样沉着庄重。他一无所知。亲爱的，告诉他吧，亲爱的。”

上校不一会儿搬过一张椅子靠近埃莉诺坐下，显出一副使埃莉诺对其消息灵通深信不疑的表情，问候玛丽安的健康。

“玛丽安不舒服。”埃莉诺说，“她整天都闷闷不乐。我们劝说她睡下了。”

“这么看来，也许——”上校吞吞吐吐地说，“也许我今天上午听说的事情竟是真的——说不定其真实的程度远远超过了我原来的设想。”

“你听到了什么？”

“我听说一位绅士，我有理由认为他——总之，一个男人，我知道他有过婚约——我怎么对你说呢？如果你已经知道——你肯定知道了，我就免得说了吧。”

“你所指的，”埃莉诺强作镇定地回答，“是威洛比先生与格雷小姐的婚事。是的，我们的确全都了解。今天似乎是个大明真相的日子。就在今天上午，我们才如梦初醒。威洛比先生真是深不可测！你在哪儿听到的？”

“在帕尔·马尔的一家文具店里，我在那儿有业务。两位女士在那儿坐等马车，其中一位给另一位讲述这桩既定的婚姻。她的声音挺大，似乎不怎么怕人听见，于是我不可能不把那些话听在耳里。威洛比的姓名，约翰·威洛比，被她说了许多遍，首先就唤起了我的注意。接着她断然肯定说有关威洛比先生与格雷小姐成婚的一切事项现在已最终安排妥帖。这不再是个秘密，婚礼在几星期内就会举行。她还谈了准备活动的许多细节和其他事情。我特别记住了一件事，因为它使我更加肯定那个男人就是这位威洛比先生。婚礼一结束，他们就要去马格纳峡谷，他在萨默塞特郡的别墅。我大吃一惊。但是我无法描述我的感觉。那位憋不住话的女士是艾利孙太太，这是我打听到的，因为我在店里一直待到她们离开。后来我又听说，她就是格雷小姐的监护人。”

“不错。不过，你同样听说了格雷小姐拥有五万镑吧？我们只能在这一点上找到某种解释。”

“可能如此。不过威洛比做得出——至少我想——”他停顿了一会儿，然后，他以一种似乎缺乏自信的声音补充说：“你妹妹——她怎样——”

“她受着很大的痛苦。我但愿难熬的时间相应缩短一些。这是个残酷的打击，现在还没有过去。我相信，直到昨天，她一点儿也没怀疑对他的好感，或许就连现在——不过我几乎坚信他从来不曾真正地依恋过她。他一直很虚伪！从某些事情看来，他似乎有一颗冷酷的心。”

“啊！”布兰顿上校说，“对了，一点也不错！可是令妹并不——我想你是这么说的——她并不和你一样看待这件事吧？”

“你了解她的性情，你不难相信，只要可能，她仍会满腔热情地为他辩解。”

他没有答话。不一会儿，茶具撤走，牌局妥当，这场谈话不得不终止了。詹宁斯太太刚才一直愉快地观察着他们交谈，指望看到达希伍德小姐传达信息的效果。她站在布兰顿上校的立场上，心里腾起一股欢乐，仿佛她变成了一个青春焕发、前程无量、吉星高照的男子。现在，她诧异地看到，上校在整个晚上余下的时间里，比往日更为严肃，更加思虑重重。

第三十一章

玛丽安这一夜睡得很好，这超过了她自己的预料。早晨醒来，她马上意识到了昨晚入睡时主宰着她的那同一种凄怆的心情。埃莉诺竭力鼓励她尽可能地把痛苦都倾吐出来，在早餐备好之前，她们已经把这个主题谈论得十分透彻。一如既往，埃莉诺在这方面表达的是坚定的信念和深情的劝导，而玛丽安则显示了激越的感情和变幻多端的观点。一会儿，她相信威洛比的不幸和无辜如同她自己；一会儿，她又因为无法开释他而失去了任何慰藉。这一阵子，她对整个世界是冷漠的；另一阵子，她又要永远摆脱这个世界；再过一阵子，她又竭力与之抗争。不过，有一点她却是始终如一的。当话说到紧要关头，她尽量避免詹宁斯太太在场。倘使她不得不与詹宁斯太太同处一室，她便守口如瓶。她坚决拒绝詹宁斯太太自以为是地带着怜悯来干预她的悲哀。

“不，不，不！这不可能！”她喊道，“她不会有感情。她的关心不是同情，她的好性子不是慈爱。她要的只是嚼舌头，她现在喜欢我，仅仅因为我能提供她说话的资料。”

无须妹妹的这种表白，埃莉诺凭着自己心灵的敏感，凭着她对于强烈感情的难于处理和过分强调举止的文雅体面，早已确信妹妹对他人的评判往往过于偏激。把世界上其余的人分成相等的两半，倘使聪明善良的人超过半数，具有显著能力和优良气质的玛丽安，便是既不通情达理又有失于公正。她希求他人的意见和感情与她自己的正相吻合，她以人们的行为对她自己的直接影响判断他们的动机。于是，当这姐妹俩吃罢早餐一起待在她们自己的房间里时，便发生了一桩不愉快的事情，它更加贬低了詹宁斯太太在玛丽安心中的地位。因为，尽管詹宁斯太太是为至诚的心愿所驱使，但由于玛丽安本身的软弱，这事情使她尝到了新的痛苦。

詹宁斯太太走进姐妹俩的房间，脸上挂着欣喜的微笑，伸出的手上拿着一封信，满心以为自己是传递安慰的使者，说："喏，亲爱的，我给你带来了一件东西，我肯定你用得着它。"

玛丽安听得很明白。在一瞬间，她想象着是威洛比的一封信呈献在她面前，信中充满了柔情和悔恨，对过去的一切作了解释，既令人满意又令人信服。而威洛比本人紧跟着激动地冲进房间，跪在她的脚下，以他那雄辩的眼神，担保他的信毫无虚假。然而这一刹那的梦幻在下一瞬间便毁灭了。在她眼前出现的，是至此为止不受欢迎的她母亲的笔迹，而且，尾随这样一阵喜出望外的狂欢而来的辛辣苦涩的失望，她觉得，仿佛直到此刻为止，她还未曾尝过痛苦的滋味。

詹宁斯太太的刻毒，即便在玛丽安口才最机敏的时刻，也是无法用语言形容的。而现在，她只能用眼泪谴责她，泪水夺眶而出，这是一种谴责。然而，却完全是无的放矢，詹宁斯太太说完一大堆深表同情的话，告辞了，仍然指望玛丽安从这封信里得到安慰。然而，当玛丽安心情平静下来，可以读这封信的时候，它带给她的安慰却是微乎其微。威洛比这个名字充斥着每一页信纸。她的母亲对她们的婚约仍然充满信心，一如既往满腔热忱地信赖威洛比的忠诚。她只是为埃莉诺的请求所扰动，才恳求玛丽安对她们俩更加推心置腹，与此同时，她对小女儿寄予深情的慈爱，表达了对威洛比无比的欢喜和对他们俩未来幸福的坚定不移的信心，以致玛丽安自始至终都伤心得泪流不止。

急不可耐要回家的心情此刻整个在她心里复苏。对于她，母亲比以往都倍加亲切——亲切的程度通过她对威洛比的过分崇信而骤增。她不顾一切地急于离开此地。埃莉诺独自拿不定主意，不知道待在伦敦和回巴顿哪一样对玛丽安更有好处。除了表现自己的耐性以外，她没有发表任何意见，她要等待母亲的另一封信，听听她的意愿再作决定，她好不容易使妹妹应允了等到那一天。

詹宁斯太太离开她们的时间比往常早一点，因为直到米德尔顿家和帕尔默家的人能够如同她本人一样哀伤为止，她不可能安下心来。她极力拒绝埃莉诺主动提出的陪同她的建议，独自出门度过上午余下的时光。埃莉诺心情十分沉重，她对自己行将传达给母亲的痛苦有清醒的认识，并且从玛丽安的信中得知了她为此打下基础的企图实现得多么糟糕。这时她坐下给母亲写信，叙述发生过的事情，请求关于将来的指示。玛丽安一俟詹宁斯太太离开便走进客厅，久久待在埃莉诺写信的桌子旁，注视她笔尖的移动，为她承担如此艰难的任务而伤心，同时更为这封信将对母亲产生的影响而深深地悲哀。

就这样，她们持续了一刻钟之久。这时候，尽管玛丽安的神经已承受不了任何噪音，她却被一下重重的敲门声惊扰。

“这会是谁呢？”埃莉诺喊道，“而且又这么早！我以为我们不会被打扰呢。”

玛丽安走向窗口。

“是上校！布兰顿！”她心烦意乱地说，“我们永远没法摆脱他而得到安宁。”

“他不会进来，因为詹宁斯太太不在家。”

“我觉得一点也靠不住。”玛丽安边说边走回自己的房间，“一个人不在乎自己的时间，干扰别人丝毫不会于心不安。”

事实证明她的臆断是对的，尽管这臆断建立在误解与不公之上。布兰顿上校真的进来了。埃莉诺深信，是对玛丽安的挂念驱使他来到这里的，并且在他那忧郁不安的表情和他对玛丽安的情况所做的简短然而充满焦虑的问候中看到了那份关切，因此，她不能原谅妹妹对他如此轻视。

“我在邦德街遇见了詹宁斯太太，”行过见面礼之后，他说道，“她鼓励我上这儿来。我比较容易动心，因为我以为可能在这儿单独见你，而这是我一心指望的。我的目的——我希望——我但愿这是——我希望，我相信这是——是一个办法，可以给令妹以安慰——不，我不能说‘安慰’——不是暂时的安慰——而是信念，给令妹的心以永久的信念。我对她、对你本人、对你母亲的关心——请允许我讲述一些原委来证明这种关心，它什么也不是，只是一种非常真挚的关心——什么也不是，只是一种希图发挥作用的热切的愿望。我认为自己是正当的，尽管我花了许多时间使我坚信自己在这一点上是对的，可是难道没有某种理由担心自己想错了吗？”到此，他闭口不说了。

“我理解你，”埃莉诺说，“你要告诉我有关威洛比先生的某件事情，它将使我们深入了解他的为人。你把它说出来，将是对玛丽安最友好的表示。若是你提供的消息有助于达到这一目的，我将表达我的感激，而且你一定会及时地借此得到她的感激。请吧，请讲给我听！”

“好吧。简而言之，去年十月我离开巴顿的时候，可是这么说你不会有任何概念。我得从更早的时候说起。你会发现我讲述得一团糟，达希伍德小姐，我简直不知怎么开头。我想，我得先简短地谈谈自己，这话肯定不长。谈这样的题目，”他沉重地叹一口气，“我没有兴致扯个没完。”他停顿片刻，整理记忆，又长叹一声，继续往下讲。

“也许你完全忘记了一场谈话（很难想象那次交谈会给你留下任何印象），那是你我之间在巴顿庄园的一次谈话——是在举行舞会那一晚——当时我暗示说，我过去认识的某位女士，在某种程度上酷似令妹玛丽安。”

“不错，”埃莉诺答道，“我没有忘记。”这种记忆使他兴奋，他继续说：

“如果我没有被不可靠的记忆和那种温情回忆的偏爱蒙骗，那么在她们两者之间，有一种既属于精神又属于容貌的酷肖——同样的热心肠，同样热烈的想象力和气质。那位女士是我的一个近亲，自幼孤零，处在我父亲的保护之下。她和我年龄大致相仿，我们从小一块儿嬉戏，童年时便是密友。我没有一刻不爱着艾丽莎。长大成人之后，我对她的情感是如此深厚，也许，根据我如今绝望而凄凉的情况来推断，你会以为我从来无法爱得那么炽热、那么深沉。而她对我的依恋，我相信，正如你妹妹对威洛比先生的迷爱一般强烈，而且，尽管原因不同，却也与令妹一样不幸。十七岁时，我永远失去了她。她出嫁了——违背自己的意愿嫁给了我哥哥。她很富有，而我们则负债累累。这一点，或许就是能够用来解释曾经作为她的伯伯和监护人所作所为的全部原因。我哥哥配不上她，他甚至不爱她。我曾指望她对我的心意会支撑着她对付任何困境，而且事实一度如此，然而悲惨的处境——她遭到虐待——终于摧毁了她的全部意志，尽管她曾向我担保任何东西——我瞎说到哪儿去了！我还不曾告诉你这是怎么发生的。我们一起私奔去苏格兰，但不过几个小时就被阻止了。我表妹的女仆背信弃义，或者说出于愚蠢，把我们出卖了。我被赶到遥远的地方——一个亲戚家居住。而她失去了自由，没有社交，没有娱乐，直到我父亲的目的实现。我过分指望她的坚忍不拔，所以这打击对我来说十分沉重。不过，倘使她的婚姻幸福，我当时又那么年轻，几个月的时光便足以使我适应那个现实，至少我现在不会为此悔恨。然而情况并非如此。我哥哥对她漠不关心。他追求享乐，不守本分，而且自始就给她以冷酷的待遇。这种情况对布兰顿太太这么年轻、活泼而洁白如纸的心灵所产生的后果，是不言而喻的。起初，她听任厄运摆布。如果她在生活中不必费力去克服因对我的回忆而勾起的伤感，那还算幸运。但是，既然身边有这么个刺激她、使她心绪浮动的丈夫，却又没有一位规劝她、制止她的友人（我父亲在他们成婚后仅仅活了几个月，而我待在驻扎东印度群岛的联队里），我们怎能谴责她的堕落呢？如果我留在英格兰，或许——但我企图从她身边离开一些时间，以成全双方的幸福。为此我遭到了报复。她的出嫁给我的打击，”他用感奋至极的声音继续道，“和我大约两年以后听说她离婚时的感觉相比，简直无足轻重，不值一提。就是那件事在我心上投下了这层阴影，哪怕现在回忆起我当时所受的痛苦……”

他说不下去了，起身在房间里急促地来回走了几分钟。埃莉诺为他讲述的故事所打动，更为他的悲痛所感染，也说不出话来。上校看出了她的同情，走到她的身边，拿起她的手，紧紧握住，并怀着感激的敬意亲吻它。上校又静默了几分钟，努力使自己镇定，然后得以平心静气地继续讲述。

“这个倒霉的时期过去将近三年以后，我才回到英格兰。我回国后，头等重要的事情自然就是寻找她，然而这搜寻既令人抑郁不安又毫无结果。找到第一个诱她下水的人之后，线索便中断了。有种种理由使我担心，她离开那个男人不过是为了更深地陷入罪孽的生活。她的法定津贴既不够供她置办财产，也不足以使她维持舒适的生活。我从哥哥那儿得知，这笔津贴的领取权几个月前已经转让给了别人。他猜想——他能够无动于衷地作这种猜想——她的挥霍无度和随之而来的贫苦困窘迫使她为了暂时的解脱而放弃了这份权利。不过，回到英格兰半年以后，我终于找到了她。我想起了从前的一个仆人，他离开我以后便交上了厄运。我到一个负债拘留所去看他，他在那里为债务所困。就在那同一所房子里，我那不幸的妹妹也处在类似的困境中。她面目全非了，虚弱不堪，为种种难熬的痛苦折磨得奄奄一息！我不敢相信，眼前这个愁眉不展、病入膏肓的女人，就是我曾经爱得如醉如痴的那个娇媚迷人、焕发青春、朝气蓬勃的姑娘。我看着她那副模样，真是惨不忍睹，然而我无权对你作详细的描述，因为这样会伤害你的感情，我往你心里灌注的苦水已经过多。一切迹象表明，她正处在肺痨病的晚期，正处于——是的，处于使我最为宽慰的状态中。生活对她已经不会有丝毫益处，无非给她提供一段时间，让她做好充分的准备去见死神，而她得到了这一恩赐。我把她安置在一处舒适的寓所，使她得到精心照料。在她短暂的一生余下的日子里，我每天去看望她。在她弥留人世的最后时刻，我和她待在一起。”

上校又一次停顿下来稳定情绪。于是埃莉诺诉说了她的感想，对上校薄命女友的悲惨遭遇，她寄予满怀温柔的同情。

“我希望，”上校说，“令妹不会因为我依据想象认为她与我那位蒙受耻辱的亲戚相似而受到冒犯。她们的遭遇，她们的命运是不可能一样的。假若已故表妹的天生丽质能处在坚定的头脑或较为美满的婚姻的庇护之下，她也会如你将看到的你妹妹的未来那般幸运。然而我说这些有什么用？我这是让你白白伤神。啊！达希伍德小姐，这桩往事十四年我未曾提起，如今旧话重说，谈这种事真是危险！我必须镇定些，讲得简单明了。她把她唯一的孩子，一个小女孩，她的第一次非法结合的产物交给我抚养，当时，那孩子大约三岁。她爱这孩子，一直把她带在身边。这是对我的莫大信赖，我十分珍惜。只要条件允许，我很乐意一丝不苟地履行这一职责，亲自监督她的教育。可是我没有家庭，没有房屋，于是我的小艾丽莎只能待在学校里。我一有空就上学校去看她。在我哥哥死后（他死于五年前，把家产留给了我），艾丽莎常到迪拉弗德来看我。我声称她是我的远亲，但我很清楚，人们一般都猜想我和她是近亲关系。三年前（当时她刚满十四岁），我把她领出学校，交给一位十分可敬的妇女关照。那女人住在多塞特郡，照管着另外四五个与艾丽莎年龄相仿的姑娘。前两年，我有充分的理由为艾丽莎的处境高兴。可是，去年二月份，即距今将近一年的时候，她突然失踪了。为了满足她的热烈愿望，我曾允许她（现在看来，这样做是轻率的）偕同她的一个年轻朋友去巴思，那姑娘的父亲患了病，她前去护理。我了解那个病人，他很可靠。而且，我认为他的女儿是个好姑娘——比人们想象的还要好，因为她具有一种非常顽固偏执的保密能力，守口如瓶，拒绝提供任何线索，尽管她肯定知道一切。她的父亲，一个好心但耳目不灵的人，却是真的提供不了情报，这一点我相信。他总是足不出户，而两个姑娘却在城里游玩，结交她们中意的人，他竭力说服我，叫我和他自己一样深信他的女儿与这件事毫无干系。总而言之，我什么也打听不到，只知道她走了。其余的一切，我只好猜测了整整八个月。我的推测，我的恐惧，是可想而知的，我受的痛苦也可以想象。”

“天哪！”埃莉诺叫道，“竟是这样！竟然是威洛比——”

“我第一次得到有关她的消息，”他继续说，“是她在去年十月给我写的一封信。信是从迪拉弗德转寄给我的。那正是我们应该依约到惠特韦尔聚会的当天早晨。这就是我那么突然地离开巴顿的原因。我肯定，人人都认为我走得唐突，我相信那件事得罪了一些人。我想，当威洛比先生责难我无礼地破坏了聚会时，他很难料到我是应召去解救一个被他摧残得悲惨不堪的可怜人。不过，就算他知道这件事，又有什么好处？他沉溺于令妹多情的微笑里，难道他会因此而少一丝欢乐，缺一点幸福？不，他的所作所为，只要是能为别人着想的人，都干不出来。他糟蹋了那姑娘的青春和纯真，把她弃置于苦海之中。姑娘无家可归，得不到帮助，没有朋友，连他的住址也不知道！他离开姑娘时许诺要回到她身边，可他一去不返，既不写信，也不给她救济。”

“这太过分了！”埃莉诺叫道。

“现在你看清了他的品质——挥霍无度，放荡不羁，而且比这还要坏。我把这些事存在心里已有许多星期，你现在了解了这一切，请想想，当我看到令妹一如既往地对他满怀深情，当我听说她一定会嫁给他，我心里是什么滋味，想想为了你们的缘故我会有什么感想！我上星期来找你，发现你独自待着的时候，我是下决心来了解事实真相的。不过，我拿不准真相大白之后该怎么办。当时我的行为举止在你看来一定反常，不过现在你会理解的。我听任你们蒙在鼓里。我来看望你妹妹，可是我能干什么呢？我不希望把好事搅坏。有时候，我以为令妹的影响有可能使他改邪归正。可是现在，在他如此卑劣地利用了令妹之后，谁知道他在令妹身上打的是什么主意？不过，无论他的企图如何，当令妹把自己和我那可怜的艾丽莎的状况两相比较，当她静心考虑这不幸的姑娘惨淡无望的处境，并把她的情形想象一番，她对威洛比的爱情那么强烈，而且仍如自己对他的爱情一样，她的心受着自责自怨的折磨，并将终生负疚，这一来，令妹现在和今后无疑会怀着庆幸的心情安于自己的处境。毫无疑问，这种比较会对她发生效用。她会发现自己的痛苦无足轻重。这痛苦并非源于行为不轨，不会带来蒙羞受辱的结果。相反，这痛苦会使每一个朋友对她更加友好。人们关心她的不幸，尊敬她坚韧不拔的刚毅，这就充实了人们的爱慕之心。不过，你要如往常一样谨慎从事，把我所说的向她传达。你一定最了解这样做的效果，不过，如果我不是诚挚地、出自心底地相信这样做对她有所裨益，可以减轻她的悔恨，我不会容许自己向你讲述我的家庭纠纷，给你增添烦恼。我讲的这番话有可能引起误会，好像我在贬低别人借以抬高自己。”

埃莉诺立刻向他致以热烈的谢意，她还表示确信，把这些往事向玛丽安转述，一定会发生根本性的良好效果。

“她竭力替威洛比先生开释，”埃莉诺说，“这比她的其他企图更使我痛苦。如果她对威洛比先生的卑贱确信不移，她的心所受的刺激还不至于如此强烈。而现在，尽管她首先会十分痛心，但我肯定她很快就会变得轻松一些。”她沉默了一会儿，又说：“自从在巴顿离开威洛比先生以后，你还见过他吗？”

“见过，”上校庄重地回答，“见过一次。不可避免地有一次会面。”

埃莉诺对他的态度感到诧异，不安地望着他说：

“啊！你会见他是为了——”

“我不可能为别的事同他见面。艾丽莎虽然很不情愿，但还是对我说出了情人的名字。威洛比先生在我之后两星期回到伦敦，我和他约定时间决斗。他要维护自己的声誉，而我要惩罚他的恶行。我们完好无伤地返回了，因此决斗之事没有外传。”

埃莉诺叹息一声，认为决斗完全是出自一种空想的需要。然而面对一个堂堂的男子汉，一名战士，她不敢对此擅加非难。

布兰顿上校顿了顿，又说："这就是母女俩共同的不幸命运！而我大大地辜负了她对我的嘱托！"

"她还在城里吗？"

"不在了。我是在她临近分娩时找到她的。产期过后，她身体刚刚恢复，我便把她和婴儿送到了乡下，她一直待在那儿。"

说完此话，上校想起，也许他的在场妨碍了埃莉诺照顾妹妹，于是起身告辞。他再一次得到了埃莉诺衷心的感谢，并在这位小姐心中留下了深切的同情和尊敬。

第三十二章

达希伍德小姐很快就向妹妹复述了这次谈话的全部细节，其效果并非完全如她所愿。玛丽安并没有表现出对谈话中任何部分真实性的怀疑，因为她自始至终以最老实顺从的态度全神贯注地听着姐姐的转述，既没有反对，也不发表议论，根本没打算为威洛比辩解，而且流着泪，似乎表明她不忍再听下去。然而，尽管这种表现使埃莉诺相信她已确切地意识到威洛比责无旁贷。尽管埃莉诺满意地看到了这样做的效果，即妹妹不再回避来访的布兰顿上校，和他打招呼甚至主动攀谈，话语间流露出饱含同情的敬意，而且，尽管她发现妹妹不像以前烦躁不宁了，但是，在她看来，妹妹的惨状仍未减轻。不错，她心魂已定，但那却是阴郁低沉的。她为失去了威洛比的心而感伤，但威洛比人格的丧失使她更为沉痛。威洛比将威廉斯小姐诱奸而后遗弃，那苦命的姑娘落寞凄楚，而威洛比还曾对她怀有某种尚未明了的企图，这些可怕的往事一齐无情地啮咬她的灵魂，以致她连对埃莉诺也没法启齿谈及自己的感想。她默默地沉思着自己的哀伤，这样，她给姐姐带来的痛苦，远远超过了最坦率、最频繁的感情表白所带来的后果。

为了叙说达希伍德太太在与埃莉诺通信时的感情和语言，只需复述她的女儿们已经感受和说过的就够了，那是较之玛丽安的痛苦更为深沉的一种失望，是比埃莉诺的气恨有过之无不及的一种忿詈。她接连寄来一封又一封长信，倾诉她的苦衷和思虑，表达她对玛丽安的心焦如焚的挂念，恳求玛丽安挺起胸膛来承受住这次磨难。这位母亲居然谈起了坚忍和刚毅，可见玛丽安这场灾难的确是糟糕透顶！而母亲竟然希望她不要放纵这种情感，可见这无穷无尽的悔恨的根源无疑是蒙羞受辱！

达希伍德太太违背她自己个人的利益，心里拿定主意，在这种时候玛丽安无论去哪儿都比待在巴顿适宜。在巴顿，她看见的每样东西都会勾起对往事的回忆，唤起最强烈、最恼人的印象，就像她过去时常在当地看到他的那个样子。因此，她向女儿们建议，千万不要缩短在詹宁斯太太家做客的时间。这次访问的期限，虽然原本未曾预定，但大家都指望至少能有五六个星期。五花八门的消遣，各种各样的对象，还有众多的陪伴，在巴顿都不可获得，而在那里却不可避免。她希望这一切或能把玛丽安的兴趣逗引到自我以外，甚至引入某种娱乐，尽管这两种想法现在都可能被她屏弃。

为了避免再见威洛比的危险，母亲认为玛丽安在城里至少和在乡下一样安全，因为所有自称为玛丽安朋友的人现在必定已与那位先生绝交。绝对没有人安排这两个人相逢，也不会由于疏忽大意而让他们意外地邂逅。而且，伦敦的熙攘较之巴顿的幽居，两人相会的机缘也较少。在巴顿，当威洛比到阿仑哈姆作那次婚事访问时，他便不得不出现在玛丽安眼前，而达希伍德太太起初将此作为可能发生的事件加以预测，现在则已促使自己期望它会实实在在地发生。

她还有一条理由希望她的孩子们留在她们现在所待的地方，她的继子给她寄来了一封信，通知说他们夫妇俩将在二月中进城，而她断定女儿们应该时常见见她们的哥哥。

玛丽安已经许诺遵照母亲的意旨行事，因此她毫无抵触地顺从了这种意见，尽管这样做完全违背了她的心愿和期望，尽管她觉得这种做法根本不妥，是建立在错误的基础之上的。要求她更长久地留在伦敦，就从她身边剥夺了缓和痛苦的唯一机会，剥夺了母亲近身贴心的抚慰，使她陷入不得安宁的社交圈子和活动场景。

然而，对她不利的事却有益于她的姐姐，这倒是她的一大慰藉。而另一方面，埃莉诺却担心自己是否能够完全避开爱德华，她借以自慰的是，尽管她们继续留在伦敦会与她自身的愉快相冲突，但为玛丽安着想，这样做比立即返回德文郡更妥当。

她仍然用心良苦地谨防妹妹听到别人提起威洛比的名字。玛丽安虽未意识到这一点，却从中得到了全部好处，因为詹宁斯太太和约翰爵士，甚至连帕尔默太太本人，在她面前都绝口不提威洛比。埃莉诺但愿这些人在她面前同样发挥克制精神，然而这不可能，她注定要日复一日地听大家发泄愤恨。

约翰爵士认为非发发怨气不可。“对那人我总有如此这般的理由往好处想！这种老好人！我不相信英国有更勇敢的骑手！这是一桩怪事。如今我一心希望那人赶快滚蛋。我不愿跟那人再说一句话，不愿意在任何地方遇见他，无论如何不愿意！不，哪怕是在巴顿的隐蔽处我也不愿意。我们在一起一直等候了两个小时。这样一个无赖！这样一个骗子！在最后一次会面时，那人还提出要送我一条富利小狗！现在不了了之就是事情的结局了！”

帕尔默太太自有一套，也是同等地愤怒。“我决定立刻与那人绝交，万分庆幸自己根本不曾与那人结识。满心希望马格纳峡谷不是如此靠近克利夫兰，但这无关紧要，因为那段距离就上门做客而言过于遥远。对那人恨之入骨，以致下决心不再提起那人的名字。

还要逢人便说，我看出了那人是多么不中用的一个酒囊饭袋。”

帕尔默太太其余的同情表现于尽自己的能力搜集有关即将缔结的那门亲事的全部详情，并向埃莉诺转达。她很快便打听到新马车是哪家车厂制造的，威洛比先生的画像是出自哪位画师的手笔，以及在哪家商店可以见到格雷小姐的服装款式。

这种时候，米德尔顿夫人的温文有礼、漠不关心倒使埃莉诺轻松惬意，减轻了精神上的负担，因为她常常被另外那些人喧闹的慰问压得透不过气来。她确知在她们的朋友圈子里至少有一个人没有发生兴趣，这使她大大地松了一口气。她欣慰地了解到，有一个人在会见她时，不会怀着对事情细节的好奇心，也不会怀着对她妹妹健康的担忧。

当时的环境，不时把各种事物提高到超出其真实价值的地步，埃莉诺有时被过分殷勤的慰问纠缠得烦恼透顶，只好认为，就慰人之道而言，良好的教养较之良好的天性，更是必不可少的。

米德尔顿夫人对这件事每天发表一次高见，如果对这个话题谈论得很多，则每天发表两次。她说："这的确耸人听闻！"借助于这种持续不断然而无伤大雅的感情表露，她不仅能够从一开始就毫不动情地看望达希伍德姐妹，并且很快就能在看望她们时绝口不提此事。她如此维护了女性的尊严，表达了她对男性所犯错误的断然指责，便认为自己可以任意保护女性集团的利益，于是决定（尽管这与约翰爵士的主张有些抵触）一俟威洛比太太出嫁，便给她留下自己的名帖，理由是这位太太很快就会成为一名优雅而富有的女人。

布兰顿上校体贴入微、慎重得体的探访，没有一次不受达希伍德小姐欢迎。他以友善的热忱，充分赢得了与埃莉诺亲密无间地谈论玛丽安失恋事件的特权，他曾以这种热忱，努力缓和玛丽安的哀伤。他们总是彼此信赖，交谈十分融洽。他忍痛揭开心中的疮疤，重尝过去的哀伤和目前的屈辱，这种牺牲所得到的最大奖赏，就是玛丽安间或注视他时向他投来的怜惜的目光，以及在她囿于礼貌必须作答或者能够主动对他说话时（尽管这两种情况不常发生）她的声音里所含的脉脉温情。这些表现使他确信自己的努力增进了玛丽安对他的亲近感，也使埃莉诺看到了这种亲善的感情在今后进一步加深的前景。然而，詹宁斯太太对这一切毫无知觉，仅仅知道这位上校庄严持重一如既往，而她决无指望说服上校亲自求婚，或者委托她代办这件事。她在最初的两天过后，开始形成一种想法，认为且不说仲夏，就是在米迦勒节[①]前，这两人也不会结婚。而当一个星期过去以后，她又形成了另一种想法，认为这两人根本不相配。上校和达希伍德小姐之间的挚诚谅解，倒像是向大家宣布：那桑树、水渠和紫杉木凉亭所标志的荣耀，将会落在这位小姐的头上。有一段时间，詹宁斯太太不再想到弗纳斯先生。

二月初，收到威洛比的来信后还不到两星期，埃莉诺就承担了向妹妹宣布威洛比结婚消息的艰难任务。她曾用心安排，使自己在那婚礼刚刚结束时便获悉这一情报，因为她唯恐玛丽安先从报纸上看到这一消息。事实上，她发现妹妹每天上午都心急火燎地查阅报纸。

玛丽安镇定自若、刚毅沉着地听取了这个消息。她没有发表评论，也没有随即掉泪。然而不久之后眼泪便夺眶而出，而在当天余下的时间里，她的精神状态之凄楚，不亚于她初次得知这事的时候。

威洛比夫妇婚后立刻离开了伦敦，玛丽安遇见那对男女的危险

---

① 每年的9月29日，为英国四大结账日之一。

如今已不复存在。自从这个打击第一次劈头降下，玛丽安一直未曾出门，因此，埃莉诺现在企图说服妹妹按照从前的规律出门，重见天日。

大约就在这时，最近来到荷尔本巴列特建筑区表亲家的两位斯蒂尔小姐，重又出现在孔兑街和伯克利街较为尊贵的亲戚们眼前，得到了全家人十分热诚的欢迎。

只有埃莉诺看见她们就心中难受。这两位小姐的在场总是使她痛苦。露茜发现埃莉诺仍在伦敦，抑制不住满腔喜悦，而她简直不知该如何厚道地回报这种情谊。

“如果我没见到你还在这儿，我会大失所望的。”露茜把这话说了一遍又一遍，特别强调“还”这个字。她接着说：“不过我总认为我会见到你。我几乎肯定你暂时不会离开伦敦。虽然你曾对我说——不是吗？在巴顿时，你说你不会停留一个月以上——可是当时我就想过，一旦来到了这儿，你很可能改变主意。在你兄嫂到来之前你就离开这儿，那是多么可惜！现在可好了，你不会急着要走的。你说话不算数，我可乐坏了！”

埃莉诺完全明白她的意思，她被迫竭力克制自己，以显示自己并不知道她的用意。

“啊，亲爱的，”詹宁斯太太说，“你们一路上怎么样？”

“相信我好了，一路上赶得够呛。”斯蒂尔小姐眉飞色舞地说，“我们一路乘驿车而来，有一位潇洒的花花公子做伴。戴维斯医生要来伦敦，于是我们拿定主意和他同坐一辆驿车。他气度不凡，比我们多付了十到十五先令。”

“哦，哦！”詹宁斯太太叫道，“妙不可言！我向你担保，这位医生准是个单身汉。”

“又来了！”斯蒂尔小姐不自然地一笑，“每个人都拿这位医生笑话我，我想不通是为什么。我的表姐妹说，她们确信我征服了那人的心，可在我，我声明我不曾有一秒钟把他放在心上。几天前，我的表姐看见那位先生横过马路向住宅走来，便说：‘哎呀！你的情郎来了，南茜。’我说：‘我的情人！哼，我不知道你说的是谁。那医生不是我的情人。’”

“哎哎，这话说得挺妙，不过不顶用，我知道，那医生正是你的意中人。”

“不是，真的不是！”这位远亲假惺惺地答道，“如果你听到人们这么谈论，我请求你随时予以反驳。”

詹宁斯太太爽快地许下诺言，说她绝不会反驳人言，这正是投其所好，斯蒂尔小姐听了十分惬意。

“达希伍德小姐，我想，当你们的兄嫂进城后，你们会随同他们去住一阵子。”不友好的暗喻暂停不久，露茜又重开战端。

“不，我们不会。”

“啊，会的！我肯定你们会去的！”

埃莉诺不愿争执下去，因为对方希望在争执中得到满足。

“达希伍德太太能让你们俩一起在外面待这么长时间，真叫人羡慕！”

“长什么！亏你这么说！”詹宁斯太太打抱不平，“哼，她们的访问才刚刚开始！”

露茜沉默了。

“达希伍德小姐，我们不能见你妹妹，我很遗憾。”斯蒂尔小姐说，“她不舒服，我很担忧。”她们刚到达，玛丽安就离开了房间。

“你的心地真好。和你们相见对我妹妹来说是很大的愉快，失去了这个机会，她会同样难过。倒霉的是，她近来处在神经性头痛的折磨中，这种病使她不适合与人会见或作交谈。”

“哦，亲爱的，这太可怜啦！可是像露茜和我这样的老朋友又有何妨！我想她可以见见我们，我保证，我们会一言不发。”

埃莉诺十分委婉地拒绝了这个要求。她妹妹说不定正躺在床上，也许穿着睡衣，所以不能出来见她们。

“哦，如果事情不过如此，”斯蒂尔小姐叫道，“还是我们去看望她为好。”

埃莉诺这才觉得这种无礼的言行已为她的耐性所不能容忍，然而露茜受到的训诫免去了她对其加以制止的麻烦。此刻，就像在平时的许多场合一样，尽管这训诫并未使妹妹的举止言谈变得温文尔雅，却使姐姐的放肆多少有了一些收敛。

第三十三章

在作了若干抗拒之后，玛丽安在姐姐的请求之下屈服了。一天上午，她同意随同姐姐和詹宁斯太太出门散步一个半小时。不过，她明确地提出了条件：不得上别的人家做客；除了陪同两人去萨克韦尔街上的格雷商店以外，不办任何事情。埃莉诺为着她母亲的若干老式珠宝正在和那家商店谈判一项交易。

她们刚在商店门口停下，詹宁斯太太想起在这条街的另一头住着一位夫人，她应该前去拜访。由于她在格雷商店无事可干，于是事情便如此决定了：当她的两位年轻朋友谈判自家生意的时候，她去拜访那位夫人，然后回头来与她们会合。

登上阶梯时，达希伍德小姐发现已经有许多人在她们之前来到了店堂内，以致没有闲人来听从她们的吩咐，她们必须等候。她们只好在柜台末端的座位上坐下，在这里她们似乎有希望最快轮到接待。只有一位绅士站在附近，也许埃莉诺不无指望激发他的殷勤，把办事的进程加快一些。然而这人眼光的古板，风度的优雅，都超过他的温和礼貌。他正在叫伙计给他拿一只牙签盒，把盒子的尺寸、形状及其装饰都交代得一清二楚。这一切，是在对商店里的各种牙签盒审查并盘算了一刻钟之后，由他自己富于创造性的想象力最终确定下来的。除了向这两位小姐投来几瞥之外，他无暇向她们奉献更多的关心。这情景在埃莉诺的记忆里留下了一个形象、一种面貌：尽管有最时髦的装饰，却显示出粗放、自然、不折不扣的卑贱。

玛丽安对那男人的所作所为毫无知觉，没看见他鲁莽无礼地检验牙签盒的质量，也没注意到他在确定送给他评审的各种牙签盒的不同缺点时所显示的浮夸逞能的态度，所以玛丽安没有为对这些行为的轻蔑与憎恶而产生的不愉快的感情所侵扰。她在格雷先生的商店里，和在她自己的卧室里一样，也能在内心整理思想，而对周围发生的事情不问不闻。

这桩生意终于谈妥了。象牙、金子和珍珠，都被派上了用场，那绅士指定了一个日期，他得到牙签盒的时间，最迟不得超过那一天。他随即漫不经心地戴上手套，又向两位达希伍德小姐投来一瞥，但这一瞥与其说是表达艳羡，不如说是要求赞美。此后，他显出一副真正自负、假装冷漠的模样，喜形于色地走出店堂。

埃莉诺抓紧时间办事，毫不拖延。她刚把事情办完，又有一名绅士走到她身边。她把眼光移到绅士脸上，不无惊讶地发现这人竟是她的兄长。

兄妹相见的激动和喜悦足以在格雷先生的商店里构成一幅令人欣羡的情景。约翰·达希伍德和两个妹妹重逢，心中确实并不觉得难受。这次见面倒使他满意。他对母亲近况的询问是谦恭有礼、殷勤周到的。

埃莉诺得知哥哥和范妮进城已有两天了。

“昨天我很想去看望你们，”约翰说，“可是办不到，因为我们必须带哈里去看埃克斯特交易所的野兽，其余的时间又是和弗纳斯太太一起度过的。哈里大为开心。今天上午我一心想去看你们，只要能有半小时的空闲，我就去了，可是一个人在进城后的第一个上午总是有做不完的事情！我上这儿来为范妮定刻一枚图章。不过，我想我明天一定能去伯克利街访问，并被介绍给你们的朋友詹宁斯太太。我知道她是个吉星高照的女人。还有米德尔顿一家人，你们一定会把我介绍给他们。他们是我岳母的亲戚，我会很荣幸地向他们表达种种敬意。那些人是你们在乡下的好邻居，这我明白。”

“的确是好邻居。这家人给予我们的安慰，以及他们在各方面的友好情谊，远不是我言语所能表达的。”

“我发誓，听你这么说，我真高兴得没法形容。真是万分高兴！不过这是应该的。他们拥有大宗财产，又是你们的亲戚，凡能使你们生活得到安乐的种种细心照料和慷慨通融，按理说是应该在期望之中的。这样看来，你们在那小小的乡村别墅里过得十分舒适，百事不缺。爱德华把那地方对我们作过一番精彩的描述。他说，那里的条件在同类地方中是十全十美的，永远如此。他还说，你们似乎喜爱它胜于一切。相信我好了，我们听他这么说都极为满意。”

埃莉诺确实有点儿为哥哥感到羞耻。詹宁斯太太的仆人到来，告诉她女主人在门外等候姐妹俩，从而使她不必应答哥哥的话了，而对此她并不感到遗憾。

达希伍德先生把两位妹妹送下阶梯，在詹宁斯太太的马车门边被介绍给了这位太太。他再一次说，他希望明天能去看望她们，便告辞了。

他如时来访了。他带来了一份托词，为她们的嫂嫂没有一同前来辩解：“然而她简直没法离开她的母亲，实在没有片刻闲暇抽身去任何地方。”可詹宁斯太太直截了当地请他放心，说自己不会拘泥于礼节，因为她们都是表姐妹，或多少都带点亲，而她很快就会前去拜访约翰·达希伍德太太，并带领她的两个妹妹去看她。约翰对两位妹妹的态度，虽然平静，却十分亲切。对詹宁斯太太则是大献殷勤。当布兰顿上校紧随其后来访时，他以一种好奇的眼神瞧着上校，仿佛说他只消知道来者是个富人，好对他同样文明有礼。和这些人共处了半个小时后，他请求埃莉诺陪他步行去孔兑街，把他介绍给约翰爵士和米德尔顿夫人。户外风和日暖，埃莉诺欣然应允。兄妹俩刚走到住宅外边，约翰便开始询问。

“布兰顿上校是什么人？他富有吗？”

“富有。他在多塞特郡有一份很好的家产。”

“这使我高兴。看来他是个很有绅士风度的男人。我想，埃莉诺，我可以向你祝贺。你有美好的前景，你将有一个受人尊敬的立身之所了。”

“我？哥哥——你这是什么意思？”

“他喜欢你。我留心观察了他，对此深信不疑。他的财产总数是多少？”

“我想大约一年两千镑。”

“一年两千镑！”约翰说着，使自己显出热情洋溢的慷慨态度，补充道，“埃莉诺，为了你的缘故，我全心全意地希望这笔钱翻一番。”

“我相信你的诚意，”埃莉诺回答，“但是我肯定布兰顿上校根本无意娶我。”

“你弄错了，埃莉诺，你大错特错了。你略施小计便能将他缚住。也许只是目前他有些犹豫不决。你的财产之微薄可能使他畏缩不前。他的朋友们都会劝他放弃这门亲事。然而，女士们能够轻而易举地做出一些小殷勤和鼓励怂恿，你稍使几招，就会使他忘乎所以，死心塌地。你完全有理由在他身上试试。你以前那种一厢情愿的恋爱——简言之，你知道那种倾心依附的恋爱根本不可能，障碍是很难逾越的——你富于理智，不会看不到那一切。布兰顿上校肯定属于你。我这方面将会不乏殷勤，使他喜欢你和你的家庭。这桩婚事将会使人们皆大欢喜。总而言之，这是那一类”他压低嗓音，使下面的话成为表示意义重大的耳语，“将为整个社交界热烈欢迎的事情。”不过，他定了定心，又补充说：“我的意思是——你的朋友们都急不可耐地希望看到你找到个安乐窝，特别是范妮，因为她心里老惦着你的前程。你相信我好了。还有她的母亲，弗纳斯太太，一个心肠慈善的女人，我相信这件事会使她高兴万分。前几天她还这么说过。”

埃莉诺不予回答。

约翰继续说：“如果范妮有个弟弟，而我有个妹妹同时成家，这事情就会引人注目，显得滑稽。然而这似乎不大可能。”

埃莉诺毫不迟疑地说：“爱德华·弗纳斯就要结婚了吗？”

“还没有确定，不过在酝酿。他有一位出色的母亲。弗纳斯太太慷慨大度，只要这桩婚事能够成功，她就会出面，给儿子一年一千镑的收入。女方是贵族小姐莫顿，已故勋爵莫顿的独生女，有三万镑做陪嫁——这是双方都指望成功的联姻，我也不怀疑这件婚事会在适当的时候定妥。一个母亲放弃一年一千镑的收入，把它永远转让出去，这是很大的牺牲，然而弗纳斯太太有一颗高尚的心。我给你另外举一个例子说明她的慷慨：两天前，我们刚来到城里，她知道我们眼下钱不够用，于是她把几张钞票塞进范妮手里，数额达两百镑之多。这好比雪里送炭，因为我们在这里的停留期间花费必定是很大的。”

他停下来，想得到埃莉诺的赞同和同情。埃莉诺强迫自己说：“你们在城里和在乡下的花费肯定都是颇为可观的，不过你的收入很多。”

“并不很多，我敢说，不如许多人想象的那样多。不过，我并非想诉苦。我的收入无疑是令我满意的，而且我希望早晚有所增加。在诺兰进行的公有地圈地是一项最严重的损失。加之我在这半年内购置了一宗小产业——东金汉姆庄园，你一定记得那地方，老吉伯逊过去住在那里。那片土地在各方面都中我的意，它和我自己的产业紧相毗连，我觉得我有责任把它买下。如果让它落入他人之手，我无法面对自己的良心。一个人必得为自己的便利付钱，这买卖使我支出了一大笔款子。”

“超出了它在你心目中的固有价值吗？”

“哎，但愿不至于如此。就在成交的第二天，我可以再卖掉它，卖价高于我付出的钱。但是就支付的款子而言，我的确有可能大为倒霉。当时股票的价格很低，要不是我碰巧在银行里有所需数目的存款，我就将卖掉股票，大受损失。”

埃莉诺只能微微一笑。

“我们初来北方时，另有一些必不可少的大宗花费。你很清楚，我们可敬的父亲把留在诺兰的斯坦希尔动产（这份家产很值钱）遗留给了你母亲。我绝非对他这种做法不满，他有无可怀疑的权利随心所欲处置他自己的财产。然而，这件事的结果是，我们不得不大量购买亚麻布、瓷器之类的东西，以补充被拿走的动产。你可以想象得到，经过如此花费之后，我们距离富足是多么遥远，而弗纳斯太太对我们的好意是多么及时、多么适时！”

“的确如此。”埃莉诺说，“我希望，在她的慷慨援助下，你们又能过上舒适的日子。”

“再过一年或者两年，情况也许会显著改善，”约翰严肃地回答，“不过仍然是困难重重。范妮的温室尚未动工，对那花园的建设仅仅有了一个计划。”

“温室将盖在哪儿？”

“盖在住宅后面的小丘上。山上的老胡桃树都被伐倒了，为它腾出地盘。从庭园的许多部位望去，温室将是一所赏心悦目的建筑，而花园将在它前方的斜坡上，美丽非凡。我们已经清除掉了山顶上的荆棘树丛。”

埃莉诺把忧虑和责难藏在心里，并且万分庆幸玛丽安没有在场共受这种刺激。

到此为止，约翰说的话已经足以表明他的穷困，并足以为他节省一项原是必不可少的开销：在他下一次光顾格雷商店时为他的两个妹妹各买一对耳环。他一转念，有了一种更称心如意的想法，他开始祝贺埃莉诺有詹宁斯太太这么一位好友。

“她确实像是一位最有价值的妇女。她的住宅，她的生活方式，都显示出她有一笔数目十分可观的进款。这种相识不仅至今为止对你大有用处，而且最终会表现为物质上的利益。她邀请你进城无疑使你受益匪浅，而且确实表明了她对你非常关心，所以在她临终时完全有可能不会遗忘你。她的身后之物一定不少。”

“照我的想法，她根本没什么可留下。她只享有寡妇所得产，这笔财产将会遗留给她的孩子们。”

“然而不可想象她会把收入都用光。精明谨慎的人，一般很少会这样做。凡是她节省积蓄下来的财产，她都能随意处置。”

“你不认为她把积蓄留给她的两个女儿比留给我们的可能性更大吗？”

“她的两个女儿都嫁了富有的丈夫，因此我看不出她有什么必要再把她们搁在心里。照我看来，她如此注重你，如此厚待你，便是在考虑如何处置遗产时已经给你留了一席位置。这一点，一个理智的女人是不会忽略的。她为人无比仁慈，她不会做了这一切，却不明白她的行为所唤起的希望。”

“但是在与此紧密相关的人们心里，她并未唤起任何希望。说真的，哥哥，你对我们利益和前途的焦虑使你想得太远了。”

“唉，诚然，”他说着，似乎在使自己镇定下来，“人们力所能及的事情太少，实在太少了！不过，亲爱的埃莉诺，玛丽安出什么事了？她气色很难看，面容憔悴，消瘦了许多。她病了吗？”

“她不舒服。她患了一种神经疾病，已有好几个星期了。”

“我为她担忧。在她这种年龄，一点点疾病便可摧残旺盛的生命之花，使之久萎不振。她还这么年轻！去年九月份，她和我见过的任何少女一般俊美，大有吸引男人的魅力。她的美艳之中有某种风格特别能取悦男人。我记得范妮常说她会比你嫁得早，嫁得好。当然，范妮对你是深为喜爱的，但她的印象就是如此。然而，她的预言不会实现。玛丽安现在会不会嫁给一个充其量价值五六百镑一年的男人，我还怀疑呢。而你呢，如果你的命运不如她，就算我瞎了眼。多塞特郡！我对多塞特了解得很少，不过，亲爱的埃莉诺，我极乐意加深对它的了解。我想我能担保，在你们的第一批最为荣幸的客人中，将有范妮和我自己。”

埃莉诺一本正经地企图说服约翰相信，她嫁给布兰顿上校是没有可能的。然而，这一期望给约翰的快感过于强烈，他不忍放弃这美好的心愿。他当真决定寻求机会与那位绅士建立亲密的关系，尽一切努力促成这一婚姻。他正为自己对两个妹妹毫无帮助而懊悔不迭，唯恐别人在这方面成绩卓著。布兰顿上校的求婚或詹宁斯太太的遗产，都可以轻而易举地抵偿他的失职。

他们运气颇佳，米德尔顿夫人没有出门，而赶在他们的拜访结束之前，约翰爵士也回来了。大家彼此寒暄了一番。约翰爵士容易对人产生好感，虽然达希伍德先生对于马的见识不多，约翰爵士还是很快将他认作性情良好的人。米德尔顿夫人则于他的举止风度上看出了时髦的风尚，认为此人值得结交。达希伍德先生告辞时，觉得这两人都称心如意。

他和妹妹往回走时，说 :“我有了一段精彩的描述，可使范妮耳目一新。米德尔顿夫人确是个最优雅的女人！这种女人，我相信范妮会乐于认识的。詹宁斯太太也是文质彬彬，虽然风雅不及女儿。你嫂嫂无须有什么顾虑，甚至可以去拜访她。说实话，这件事一直不那么方便，是十分自然的。因为，我们只知道詹宁斯太太是某个男人的遗孀，那男子曾用卑劣的手段挣得他的钱财。于是范妮和弗纳斯太太都深有成见，认为她和她的两个女儿都非范妮愿意交往的女人。但是现在，我可把她们母女的情况向范妮作一番描述，而你嫂嫂会十分满意的。”

第三十四章

约翰·达希伍德太太对丈夫的判断全部信赖，就在第二天，她拜访了詹宁斯太太和她的女儿。她的信赖得到了报偿，她发现，即使是詹宁斯太太，就是与她的两位妹妹共处一宅的那个女人，也绝非她不足注目的。至于米德尔顿夫人，在她看来，竟是这世上最动人的妇女之一！

米德尔顿夫人同样满意约翰·达希伍德太太。双方都有一种铁石心肠的自私自利之心，这使她们互相吸引。她们互惜互爱，举止之间充满枯燥乏味的礼仪，彼此寻求一般的同情。

然而，这同一种仪态风度，虽然使约翰·达希伍德太太在米德尔顿夫人心中唤起了好感，却不合詹宁斯太太的性情，在她眼里，这位太太无非是个衣着浮华、神气骄矜的小女人。她与丈夫的妹妹见面无动于衷，而且几乎无话可说。在她拜访伯克利街的一刻钟里，有一半的时间她枯坐无语。

埃莉诺虽未发问，却很想知道爱德华当时是否身在伦敦。然而，一直到范妮能够通知她爱德华与莫顿小姐的婚事已成定局，或者范妮的丈夫对布兰顿上校的指望已得到回应为止，休想诱使范妮出于无心地在她面前提起爱德华的名字。范妮认为他们仍然互相倾心爱慕，无论何时何地，以言行的缜密周到将两人隔绝，总不为过分。然而，她不愿泄露的情报，很快就从另一方面传来。露茜不日间便来要求埃莉诺的怜悯。爱德华已偕同达希伍德夫妇来到伦敦，她却不能与其相见。他不敢前往巴列特建筑区，怕被人发现。虽然这对有情人苦恨不能相见，他们却一时无计可施，只能通信。

在短短的时间里，爱德华两度来访伯克利街，亲自向她们证实他身处伦敦。有两次，她们上午赴约归来，在桌上发现了爱德华的名片。埃莉诺为他的来访感到高兴，更为自己错过了他的来访而感到欣慰。

达希伍德夫妇对米德尔顿夫妇深为喜爱，尽管他们未曾习惯请客送礼，他们却为米德尔顿夫妇支付了一顿正餐，在互相结识之后，立刻请这对夫妇在哈雷街吃饭。他们在这条街上租了一处十分舒适的住宅，为期三个月。他们的两个妹妹和詹宁斯太太同样受到了邀请，约翰·达希伍德还用心良苦地请到了布兰顿上校。这位上校总是乐意出现在两位达希伍德小姐的身旁，他接受了约翰的盛情邀请，虽不免惊诧，但非常愉快。他们会见到弗纳斯太太，然而埃莉诺无从预知她的儿子们会不会出席宴会。不过，会见这位太太的愿望，足以使埃莉诺对这次聚会满怀兴趣。尽管埃莉诺现在已经没有曾一度指望有此引荐机会的那种急切想见爱德华母亲的心情，尽管她如今见了这位太太能够完全心平气静，但是为了知道这位太太对她的看法，她想与弗纳斯太太做伴的愿望，她想了解这位太太为人的好奇心，和过去一样强烈。

她预期这次聚会时所怀的兴趣，很快就大为增长，这兴致包藏的力量超过了它所蕴含的愉悦，因为她听说两位斯蒂尔小姐也会出席宴会。

两位斯蒂尔小姐十分得体地向米德尔顿夫人做了自荐，她们的殷勤周到赢得了夫人的好感，所以尽管露茜确非雅致的姑娘，而她的姐姐甚至缺乏教养，米德尔顿夫人还是像约翰爵士一般爽快地邀请这姐妹俩在孔兑街度过一两个星期。达希伍德夫妇的邀请刚刚发出，这两位小姐要在那次聚会举行的前几天到米德尔顿夫人家做客一事，便碰巧给她们提供了特殊的方便。

她们曾提请约翰·达希伍德太太注意，她们是多年关照她哥哥的那位绅士的侄女，然而这对于她们在餐桌上获取席位的作用不大。但是，作为米德尔顿夫人的客人，她们必定会受到欢迎。露茜长久以来巴望把她个人向这个家庭展示，巴望有机会尽力取悦他们，因此，当她接到约翰·达希伍德太太的请柬时，她的欢乐情绪是她一生中少有的。

这件事对埃莉诺的影响却大不相同。她立刻断定，和其母亲住在一起的爱德华，会和母亲一样被他的姐姐邀请到宴会上。在经历了过去的一切之后，她将在露茜的陪伴下会见爱德华！她不知道，这叫她如何忍受得了！

这种种联想和担忧也许并非完全建立在合情合理的判断基础之上，而且肯定没有丝毫事实作为根据。不过，这些想法很快就烟消云散了。这倒不是由于她抚慰了自己的烦乱心绪，而是因为露茜的好意。露茜相信，她对埃莉诺说爱德华星期二那天绝不会在哈雷街露面，会使埃莉偌大失所望。她甚至希望这痛苦加剧，她要埃莉诺相信，爱德华的回避是出于对她的深挚的爱情，因为他们共处时，爱德华无法将这种深情隐匿。

那利害攸关的星期二到来了。在这个日子里，这两位年轻的小姐将被引荐给这位令人生畏的婆婆。

米德尔顿家一行人紧接在詹宁斯太太一行人之后到达东道主家，两路客人同时跟随引路的仆人走去。在共登台阶时，露茜说：

“可怜我吧，达希伍德小姐，这里除你之外没人会同情我。我承认我几乎站立不稳。天哪！再过片刻我就要见到那个把我的命运捏在手里的人——她将是我的婆婆！”

埃莉诺能够立刻解除她的紧张，只需指出，她们即将看见的那个女人，与其说可能接纳她为儿媳，倒不如说更可能成为莫顿小姐的婆婆。然而埃莉诺没有这样做，她恳切地安慰露茜，说她的确深表同情。这使露茜大为惊异，她尽管心中确实忐忑不安，却希望至少能以自身引起埃莉诺的不可遏制的妒忌。

弗纳斯太太是个矮小干瘦的妇人，腰背挺直，以致显得举止生硬，神情严肃，表现冷峻无情。她皮色病黄，五官细小，毫无风韵可言，表情自然是枯燥无味的。幸好她的眉毛很短，赋予外表以傲慢乖僻的特色，不然就更显得索然无味了。她是个言语不多的女人，因为她与众不同，言语和思想在数量上两相对应。从她嘴里溜出的寥寥几个音节，没有一个落在达希伍德小姐的身上，她投向埃莉诺的目光，披露了她那势不可当的意志，她无论如何不喜欢这位小姐。

时至如今，即便是在这种冷遇之下，埃莉诺也不会伤心。倘使在几个月前，同样的遭遇会给她沉重的打击，然而如今弗纳斯太太的这种态度却不能挫伤她的感情了。弗纳斯太太对两位斯蒂尔小姐的态度截然不同，这种差异是有意造成的，目的在于使埃莉诺受到更深的羞辱，但这情况只是叫埃莉诺开心。她只能面带微笑地看着这母女俩对那位小姐做出的亲切表示，因为露茜被当作立于鸡群之鹤。但是倘使母女俩和她一样熟悉内情，她们会迫不及待地当众将其羞辱冷落。而她自己，缺乏伤害她们的能力，坐在那儿遭受母女俩毫不掩饰的轻蔑。然而当她暗自讽笑谬加于露茜的亲昵时，想到这情景因之而起的卑劣的愚蠢，以及两位斯蒂尔小姐用以维持这种状况的故作殷勤，她不能不对那四个人充满了嫌恶之情。

露茜如此荣幸地被人另眼相看，自然扬扬自得，而斯蒂尔小姐只需别人拿戴维斯医生和她打趣，便自是快活不已。

宴会气派十足，仆役众多，处处显示出主妇喜爱炫耀，又显出男主人供得起这份排场。尽管对诺兰产业的修缮和添置正在进行之中，尽管那份产业的主人声称曾经只差几千镑现款就要被迫做亏本买卖，但没有丝毫迹象表明由此导致的贫困。这里看上去什么都不缺，只有言谈除外——不过这种缺陷相当严重。约翰·达希伍德没有多少值得一听的话可以说出来替自己辩护，他的妻子则更不如他。可是这并不会特别使主人丢脸，因为他们的情况十分相似，她几乎总是困窘于这种或那种令人不适意的失格——缺乏判断力，不论是与生俱来的还是后天形成的，缺乏雅趣，缺乏精神，缺乏气质。

当女士们餐后回到客厅时，这缺陷便格外明显了，因为两位绅士曾为交谈提供了多样性——有关政治、圈地和驯马的话题——而现在这些话题全已枯竭，只有一个题目，使女士们直到咖啡送来为止不致相对无言：年岁相仿的哈里·达希伍德和米德尔顿夫人的次子威廉孰高孰矮。

倘使两个男孩都在场，要断定这件事便易如反掌，立刻测量他们的身高便可。然而哈里不在场，所以全凭推想，每人都有权利发表己见，互不相让，并一遍又一遍重复自己的意见，想说多少遍就说多少遍。

争论的阵营如下：

两位母亲，尽管各自诚心坚信自己的儿子是高矮对比的优胜者，却互谦互让，断然说对方的儿子居于首位。

两位外祖母，怀着不分高低的偏爱，但态度之诚实胜过她们的女儿，同样热心地支持各自的后代。

露茜，急于两面讨好，认为两个男孩就其年龄而言都是高大超群，并无法想象二者之间竟会存在丝毫的差别。斯蒂尔小姐，更加巧于辞令，尽可能快嘴快舌地取悦双方。

埃莉诺，已经一度阐明优胜在威廉一方的意见，由此得罪了弗纳斯太太，更得罪了范妮，现在她认为无须进一步的判断支持自己的结论。而玛丽安，当人家指定她发表见解时，声明她无意见可言，因为从未念及此事，因而冒犯了双方。

在搬出诺兰之前，埃莉诺曾为嫂嫂绘制了一对非常精美的屏风。约翰·达希伍德太太刚刚把它们送去裱糊好接回家来，用以装饰她现在使用的客厅。当约翰跟在另外那位绅士后面步入这个房间时，两扇屏风映入了他的眼帘，于是他多管闲事地拿起屏风递给布兰顿上校，以求其赏识。

“这是我大妹妹绘制的，”他说，“我敢肯定，作为一个具有鉴赏能力的人，你会对它们满意的。我不知道你以前是否欣赏过她的作品，然而普遍的评价是她的绘画十分高明。”

上校虽然矢口否认自己是行家，但热情地赞赏两扇屏风，一如他对达希伍德小姐的任何画作惊叹不已一样。而这自然引起了其余客人的好奇心，于是两扇屏风从一人手中传到另一人手中，大家轮流观看。弗纳斯太太不知屏风出自埃莉诺之手，尤其急于一饱眼福，争着要看。在两扇屏风承蒙米德尔顿夫人恩赐嘉许之后，范妮将其呈于母亲，与此同时有意告诉她这是达希伍德小姐的作品。

“嗯，”弗纳斯太太说，“很漂亮！”她根本未曾细看，便将它们还给女儿。

也许范妮一时觉得母亲的态度颇为粗鲁，她微微红了脸，立刻说：“画得很美，妈妈，不是吗？”

然而紧接着，也许是唯恐自己太客气，夸奖过了头，她又补充说："妈妈，你不认为这有些像莫顿小姐的画风吗？她的画的确惹人欢喜。她上次画的那幅风景真美！"

"的确是美。不过每件事她都做得出色。"

玛丽安对此忍无可忍了。她已经深深厌恶弗纳斯太太，而这种不合时宜地褒扬他人以贬低埃莉诺的做法，尽管她根本想象不出其本意何在，却使她受到刺激而热切地发言："这种赞赏真是独特！对我们来说莫顿小姐算什么？谁了解她，谁关心她？埃莉诺才是我们所想所谈的人！"

说完这话，她从嫂嫂手中拿过屏风，独自表示其应得的赞美。

弗纳斯太太显得极为恼怒，把身子挺得比平时更为僵直，报之以如下的痛斥："莫顿小姐是莫顿勋爵的女儿！"

范妮也显得气恼非常，而其丈夫大为妹妹的莽撞惊吓。玛丽安的热心对埃莉诺的伤害之深，甚至超过了激发这种热情的原因 对她的伤害。然而布兰顿上校的双眼，当注视着玛丽安的时候，宣称他在她的热情之中，只领略到了厚道和友爱，只感觉到了她那不忍眼见姐姐遭受些微轻侮的深情挚爱的心。

玛丽安的感情并未停留于此。弗纳斯太太对她姐姐的全部言行中所渗透的傲慢专横，在她看来，向埃莉诺预示了巨大的困扰和磨难，以致使她想到此便不寒而栗。片刻之后，她为一股深情的强烈冲动所驱使，走到姐姐的座位边，伸出一条手臂挽住埃莉诺的颈脖，把一边脸颊贴近她的脸，用低沉而激动的声音说："亲爱的、亲爱的埃莉诺，别理她们。别让她们使你不快活。"

她说不出更多的话，她控制不住自己的情感。她把脸贴在埃莉诺肩上，哭泣失声。这引起了所有人的注意。布兰顿上校起身走到姐妹俩身边，束手无策。詹宁斯太太机灵地叫道："啊！可怜的宝贝！”随即把自己的嗅盐递给玛丽安。约翰爵士对这精神苦恼的制造者极为愤恨，他赶紧换了个座位，紧挨露西·斯蒂尔坐下，向她低声耳语，把那整个耸人听闻的恋爱事件简述了一遍。

然而，几分钟之内，玛丽安便恢复了常态，足以结束这场纷扰。她坐在众人当中，只是她的情绪还耽留于整晚所经历的印象之中。

“可怜的玛丽安！”她的兄长刚能把布兰顿上校的注意力引向自己，便对他低语道，“她的健康状况不如她姐姐良好——她非常神经过敏——她没有埃莉诺那种体质。必须承认，对于一个曾经是美人的年轻女子来说，在她的容颜身姿的魅力遭受损失的时候，有些事情是难以忍受的。你的看法也许不同，但是玛丽安在几个月以前曾有过花容月貌——可以和埃莉诺媲美。现在你已经看见，那美貌不复存在了。”

第三十五章

埃莉诺想见识弗纳斯太太的好奇心得到了满足。她在这位太太身上发现，能有助于两家之间关系进展的一切，都是难于接受的。她看够了弗纳斯太太的傲慢、卑鄙和对自己的固执偏见，了解到了面临的种种阻难，它们定然会使婚约陷于困境，而倘使爱德华摆脱了另一婚约，它们定然会阻止爱德华和她的婚姻。她看到的已经够多了，几乎足以使她为自己感到庆幸。一个更大的障碍保护了她，使她免于在弗纳斯太太的其余任一创造性表演中备尝苦头，免于全凭她的反复无常任意摆布，或者眼巴巴地指望得到一句好评。或者说，如果她不让自己十分庆幸爱德华被露茜缠住，那么她至少打定了主意，只要露茜较为厚道，她便应该为此庆幸。

她难于相信露茜竟会因弗纳斯太太的礼遇而情绪高涨，意气昂扬，难于相信露茜如此利令智昏，并为虚荣蒙蔽双眼，竟至把人家仅因她不是埃莉诺而给予她的厚待当作对自己的恭维，或竟至容许自己从人家仅因昧于内情而给她的优惠中获得鼓舞。然而事实如此，这事实不仅当场从露茜的眼睛中显露，而且在第二天上午又有更公开的表示。应露茜的迫切要求，米德尔顿夫人让她在伯克利街下车碰碰运气，她指望和埃莉诺单独相见，向其诉说自己的快乐。

幸运的是，她刚刚到达，便有一封来自帕尔默太太的信把詹宁斯太太引开了。

“我亲爱的朋友，”当房间里只剩下她和埃莉诺两人时，她马上大声说道，“我是来向你倾吐幸福之感的。有什么能比弗纳斯太太昨天对我的厚待更叫我欢喜？她多么和蔼温柔！你知道我想到要会见她曾是多么不安，可是就在我被介绍给她的那一刻，她举止之间就洋溢出了慈祥之情，好像在说，她已经深深爱上了我。难道不是吗？你全看见了，难道你对此印象不深吗？”

“她对你的确是非常客气的。”

“客气！难道除了客气之外你一无所见？我所看见的远不止这一点——她那深切的仁爱厚道完全是给予我的！毫不骄矜，毫不傲慢，令嫂也是一样——多么和蔼可亲！”

埃莉诺想另换话题，然而露茜仍然勉强让她承认自己有理由感到幸福，于是埃莉诺不得不就着原题往下说。

她说：“毫无疑问，如果她们知道你已有婚约，那么你的确可以为她们对你的态度而欢欣鼓舞，然而情况并非如此——”

“我就猜到了你会这么说！”露茜快嘴利舌地答道，“可是，如果弗纳斯太太并不喜欢我，那么她毫无理由要装作对我中意，最重要的是她喜欢我！无论你费多少口舌，也不能使我的满意心情稍减。我肯定这事一定会有好结果。我会达到一直向往的目标，一路上不会有任何障碍。弗纳斯太太是一位迷人的妇女，令嫂也是如此。她俩的确令人喜欢！我想我永远也不会听到你说约翰·达希伍德太太待人接物十分得体！”

对此埃莉诺无话可答，也不想没话找话。

“你病了吗，达希伍德小姐？你显得虚弱，不吭声。没错，你是不舒服。”

“我的健康状况从来不比现在更好。”

“听你这么说，我诚心诚意感到欣慰，不过看上去你的确不像是健康。如果你病了，我会非常难过。你，你一直是我在人世间最大的慰藉！没有你的友谊，天知道我会是个什么样子！”

埃莉诺试图以谦辞相答，不过她怀疑自己能否成功。然而她的回话满足了露茜，因为露茜即刻回答：

“的确，我完全相信你对我的关怀，除了爱德华对我的爱情以外，这是我最大的安慰。可怜的爱德华！不过现在出现了一件好事——我们将能会面，而且经常能在一起。因为米德尔顿夫人对约翰·达希伍德太太有好感，所以我敢肯定，我们会常去哈雷街，而爱德华总是在他姐姐身边度过一半时间。此外，米德尔顿夫人和弗纳斯太太如今会互访，而弗纳斯太太和令嫂都不止一次友善地宣称：她们总是乐意见我。她们是这样令人喜爱！我肯定，只要你把我对令嫂的看法告诉她，你说的话不会是过誉。”

然而埃莉诺没有做出任何表示，来鼓励她指望自己会把这些话转达给嫂嫂。露茜继续说：“我有把握，如果弗纳斯太太对我有所不悦，我在瞬息之间便会察觉。如果她只是向我履行例行的礼节，比如说一言不发，并在行礼之后对我不屑一顾，并绝不让我瞧见她的好脸色——你明白我指的是什么——如果我受到的是被人拒于千里之外的待遇，我就会绝望地放弃这一切。我受不了这种待遇。对于她讨厌的人，她可是非常厉害的。”

这时门开了，仆人通报弗纳斯先生的到来，这使得埃莉诺来不及对这种谦恭有礼的得意报以回答。爱德华紧接着走进房来。

这是个十分尴尬的局面，三个人的表情都表明了这一点。他们都显得若痴若呆，不知所措。爱德华似乎犹豫不决，既想从房间里退出去，又想再往房里走几步，进退两难。这种场面，以其最为令人不快的形式，以三人一直谨小慎微极力避免的形式，落到了他们头上——他们不仅是三人面对面，而且无不紧张。两位小姐首先恢复常态。露茜此时出头不合她的本分，秘密的表象仍得继续维持。因此她只能显出温柔多情的模样，向爱德华略微致意之后，便不再言语。

埃莉诺要做的却更多。为了爱德华和她自己，她一心想要言行得体，于是在镇定片刻之后，她强迫让自己向爱德华表示欢迎。她的眼神和姿态，此时是从容不迫，落落大方的。她重新振作了一下，神态更加自如了。她不容许因露茜的在场和意识到自己受到的某种不公正而阻止她说出见到爱德华她很快活，她为爱德华前些天来访伯克利街时她不在家而非常懊悔。尽管她立刻发现露茜在严密地注视自己，但她并不害怕在那锐利的双眼注视之下，向爱德华奉献这份殷勤，作为朋友和勉强可以充当的亲戚，爱德华理应受到这样的厚待。

埃莉诺的行为使爱德华心神略定，他有了足够的勇气就座，然而他的狼狈仍然超过了两位小姐，这就使双方的对比不合情理，尽管男人们是极少难堪的。在他的心里没有露茜心中那种淡漠，他的良心没有埃莉诺心中那种问心无愧的安逸。

露茜假装正经，神情庄重，似乎拿定了主意不为另外两个人摆脱困境而效力，宁愿一声不吭。几乎只有埃莉诺在说话，她难免要主动介绍爱德华本应问及但始终未问的所有情况：母亲的健康状况，她们进城前前后后的情况，以及诸如此类的事情。

她勉力而为的还不止此。过不久，她深感自己是个女中豪杰，竟然狠下决心，想借口去叫玛丽安，把他们两个留在客厅，听其自行方便。她果然这么做了，而且做得极为体面。她在楼梯顶端停留了几分钟，以超卓的耐心平息了心潮，才走进妹妹的房间。然而这样一来，爱德华心荡神移的状态便到结束的时候了，因为玛丽安听说了他的到来，喜不自禁，一阵风似的跑下楼冲进了客厅。她见了爱德华，兴高采烈，欢喜之情与她其余的各种感情一样，强烈奔放，热情炽人。她伸出一只手给爱德华，声音里充溢着为妹之情。

“亲爱的爱德华！”她喊道，“这是个无比欢乐的时刻！这几乎可以弥补一切！”

爱德华尽量给她的友善以其应得的回报，然而当着另外两位小姐的面，他不敢道出其真情实意的一半。他们复又归座，大家沉默了片刻，其间玛丽安以温柔的神情，望望爱德华，又看看埃莉诺，但恨这对情人彼此的快悦居然为在场不受欢迎的露茜所阻碍。爱德华首先打破沉默，他关心玛丽安外貌的改观，并说他恐怕玛丽安觉得伦敦不合心意。

“哦！别想我的事！”玛丽安热情洋溢地答道。不过，她说话时眼里闪烁着泪花。“别想我的健康！你瞧，埃莉诺很好。对于我们两人来说，这就够了。”

玛丽安并未指望以此松弛爱德华或埃莉诺的心情，也不指望以此博得露茜的欢心。听了这话，露茜面带愠色地抬头看了看她。

“你喜欢伦敦吗？”爱德华说。只要能把谈话岔开到另外的话题上，他什么话都可以说。

“根本不喜欢。我原指望这里乐趣无穷，可是我一无所爱。见到你，爱德华，才是伦敦给我的唯一慰藉。谢天谢地！你和从前一模一样！”

她停顿片刻——无人发言。

“我想，埃莉诺，”她很快又接着说，“我们必须得让爱德华护送我们返回巴顿。我估计，一两周内我们就会启程。我相信爱德华不大愿意接受这项委托。”

可怜的爱德华只嘟囔了一句，然而他说的是什么，无人知晓，连他自己也不明白。不过玛丽安看出了他的激动不安，她能很方便地把那句话的意思归结为最适合她自己意思的内容，所以她心满意足，并马上转换了话题。

“爱德华，我们过了一天倒霉的日子，在哈雷街，就是昨天！那么单调沉闷，透不过气来！不过关于这件事我有许多话要对你说，但现在没法说。”

她以这种难得的慎重，把她想说的话拖延到他们两人将来私下见面时交谈。到那时，她要坚决地告诉爱德华：她发现他们双方的关系空前别扭，以及她格外嫌恶爱德华的母亲。

“可你为什么不在场，爱德华？为什么你不去？”

“我另有约会。”

“约会！可是，当和如此要好的朋友聚会时，那又算得了什么？”

“玛丽安小姐，”露茜嚷道，心里急煎煎地想对她小施报复，“也许你认为年轻男子是绝不守约的，事不分巨细，如果他们根本不想守约的话。”

埃莉诺怒火中烧，然而玛丽安对这一讽刺麻木不仁。她平静地回答：“不，不是这样。要知道，认真地说，我深信只是良心阻止爱德华上哈雷街，我真心相信他是世界上最细心周到的人，他履行前约总是谨小慎微的，不论那誓约多么微不足道，不论那誓约如何不对他的胃口或使他难忍。他最害怕给人痛苦，最害怕毁坏别人的希望。在我见过的所有人当中，他是最不自私的。爱德华，事实如此，我要说出来！怎么！你从来不曾听人赞美你？那么你肯定不是我的朋友，那些愿意接受我的敬爱的人，都甘于接受我的当众赞扬。”

然而，在目前的情况下，她这赞美的性质，碰巧格外悖逆了她的听众中三分之二的人的感情，而对爱德华来说是如此刺耳，于是他很快便起身告辞。

“这么快就走！”玛丽安说，“亲爱的爱德华，这不成！”

她把爱德华稍稍拉过一边，对其耳语，劝他留下，说露茜不会待很久。然而连这怂恿也徒然无效，爱德华执意要走。露茜紧接着也告辞了，而假若爱德华在这儿做客的时间长达两小时，露茜便会赖着不走，直到爱德华先行离开。

“是什么风把她老是吹到这里来，使她来得这么勤！”露茜刚走，玛丽安便说，“难道她看不出我们想要她走开！难为了爱德华！”

“为什么难为了他？我们都是他的朋友，露茜是他认识最久的一个。他想见我们，也想看见露茜，这是极自然的。”

玛丽安目不转睛地盯着她，说：“埃莉诺，你知道，这种说法我忍受不了。如果你希望别人反驳你的主张——我想情况定然如此——那么你应该记住，我是世界上最不愿做这种事的人。我不会下作到这种地步，由于并非真正需要的保证而虚伪做作。”

玛丽安说完便离开了房间。埃莉诺不敢跟随她后面多说一句话，因为她受着为露茜保守秘密的誓约，她不能泄露足以说服玛丽安的任何内情。她继续保留误会，结果也许是痛苦的，但她不得不逆来顺受。她的全部指望，在于爱德华不要经常将她和他自己引入困境，以免硬着头皮听玛丽安出于误会的激烈言谈，也不要让伴随她们刚才会见的苦情卷土重来——她有一切理由如此期望。

第三十六章

这次会面之后，不出几天，各家报纸向世人公布，托马斯·帕尔默绅士的太太平安分娩，产下了一个儿子，即继承人。这条消息，至少对于那些已经知道此事的关系密切的人来说，是非常有趣且令人感到十分惬意的。

这件事，对詹宁斯太太的幸福关系重大，使她的作息时间有了临时的变更，而且也同等程度地影响了她与两位年轻朋友相处的方式。她想在夏洛特身边尽量多待一些时间，她每天早晨梳妆漱洗完毕，便匆匆前往，直到夜深方归。达希伍德姐妹在米德尔顿夫妇的特别邀请之下，每天在孔兑街度过。如果为了自身的安宁，她们宁愿足不出户，至少整个上午待在詹宁斯太太的住宅，然而这样做并非尽合人意。于是她们总是和米德尔顿夫人和斯蒂尔姐妹待在一起，这些人假意表示达希伍德姐妹俩的陪伴是求之不得的，实际上却觉得索然无味。

达希伍德姐妹过于冷静，对于米德尔顿夫人来说不是理想的伙伴，而斯蒂尔姐妹则以妒忌的眼光看待她们，以为她们侵入了自己的地盘，分享了自己企图垄断的厚待情谊。米德尔顿夫人对埃莉诺与玛丽安殷勤无比，然而她骨子里对姐妹俩根本没有好感。就因为姐妹俩既不奉承她本人，也不曲意夸奖她的孩子们，她便无从相信她们的善心好意，就因为姐妹俩爱读书，她便疑心她们这么做是对她的讽刺。也许她并不懂嘲讽为何事，但那无关紧要。它通常用于对人指责非难，而且随便使用。

两姐妹的在场使她和露茜都受了约束。这局面妨碍了米德尔顿夫人的闲散，也阻挠了露茜的纷忙。当着姐妹俩的面，米德尔顿夫人羞于无所事事，而露茜平日以设想谄媚和实施阿谀为荣，现在她却担心姐妹俩会因为她的曲意奉承而鄙夷自己的为人。斯蒂尔小姐对达希伍德姐妹在场最少感到不安，姐妹俩能使她感到自由自在。只要姐妹俩中的一位完整无缺、细致入微地给她讲述玛丽安与威洛比先生之间的恋爱事件，她便会觉得姐妹俩的到来使她在正餐后失去火炉边最佳位置的这一牺牲得到了充分的补偿。然而这一慰藉并未得到准许，尽管她时常向埃莉诺表示同情她的妹妹，还不止一次地在玛丽安面前慨叹花花公子的易变无常，然而都是徒劳无功，前者往往以冷漠的表情相对，后者则以恼怒回报。有件费力更少的事情，姐妹俩可以借此和她交上朋友。她们只需拿那位医生和她打趣！然而即使兴致略高于其余的人，也十分有限，她们几乎无意于满足她的心愿，以致每当约翰爵士在外用餐，她整天听不到对她的任何取笑时，便只好顾影自怜了。

但是，这一切妒忌，一切不满，詹宁斯太太全无察觉，她以为姑娘们在一起是件称心如意的事情。她每晚慷慨大度地祝贺两位年轻朋友如此长久地免于同一个又老又笨的女人做伴。她有时在约翰爵士家与她们会合，有时则是在自己家里。然而无论在哪里，她总是精神饱满地走进房，面露喜色，把夏洛特的安平康健归功于自己的关心护理，并随时准备报告夏洛特的详情。她的叙述总是那样准确无误、巨细无漏，只有斯蒂尔小姐怀着足够的好奇心。只有一件事让她不安，关于这件事她天天抱怨。帕尔默先生坚持男人那种普遍然而有失为父之道的观点，认为所有的婴儿毫无差异。尽管她经常在这个婴儿和他父母双方的亲戚们所生的婴儿之间发现极其惊人的相似之处，她却没法说服婴孩的父亲相信这一点。她无法劝说帕尔默先生信服，这婴孩并非和每一个别的婴孩一模一样，甚至没法叫这位先生承认下面这个单纯的看法：这孩子是世界上最美好的婴儿。

现在，我且来讲述大约在这时降临到约翰·达希伍德太太头上的灾祸。事情是这样的。当她的两个妹妹和詹宁斯太太第一次到哈雷街拜访她时，她的另一位相识偶然来访——这种情况本身似乎并不会有害于她。然而，别人的想象会把我们的行为引向邪路，形成错误的判断，或是根据肤浅的表面现象下定论，所以一个人的福祸得失在某种程度上总得由机遇摆布。在眼下这件事情里，这位后到的女士容许她的想象力任意驰骋，超出了真实和可能，她单单听说了两位达希伍德小姐的名字，便明白了她们是约翰·达希伍德太太的妹妹，她立即得出结论，认定她们居留于哈雷街。这一误会的结果便是一两天后她为姐妹俩送来了请柬，并且邀请她们的兄嫂，一起去参加在她家举行的一个小型音乐会。结果，约翰·达希伍德太太不仅必得承担起极为麻烦的差事，打发她的马车去接送两位达希伍德小姐，而且更糟的是，她不得不忍下故显殷勤的闷气。而且，谁能担保这两位小姐不会指望下次再同她一起出行？诚然，她永远具有叫她们好梦破灭的力量。然而这不够。要知道，当人们决意采取某种他们明知是错误的行为方式时，如果别人指望他们做出较好的事情，他们便会觉得受了伤害。

玛丽安如今已逐渐养成了每天出门的习惯，积习之深已经到了这般程度：无论出门与否，在她看来完全一样。她沉静而机械地为每天晚间的聚会作准备，不过她不指望获得一丝乐趣，而且常常直到出门前最后一刻还不知道要去什么地方。

她漠不关心自己的衣着和外表，以致用在梳妆打扮上的心思，还不及化妆结束之后她和大家待在一起的前五分钟内斯蒂尔小姐对其所费心思的一半。什么也逃不过这位小姐细致入微的观察和无所不包的好奇心。她看见一切，询问一切，直到弄清了玛丽安服饰每一部分的价格，猜出玛丽安长上衣的件数，同时做出比玛丽安本人还要讲究的评审，她才心安理得。而且，在她们分手之前，她还希望了解到玛丽安每星期花去的洗衣费是多少，以及玛丽安每年在自己身上花费多少钱。何况，这种莽撞无礼的刨根究底，一般总是以一番恭维赞美结束，尽管阿谀者是把它作为奖赏，可玛丽安则认为是对她最大的冒犯。须知，在对方仔细调查了她身上所穿长上衣的价值和做工、脚上所穿鞋子的颜色以及头发的样式之后，她几乎总是会听到对方称赞说："相信我好了，你显得漂亮极了！我敢说你将征服许许多多男人的心。"

这一回，受到如此的鼓舞之后，她便被领到了哥哥的马车上。马车停在门口才五分钟她们就上车了。对这种严守时刻的做法，她们的嫂嫂大不以为然，她已经先行前往她的熟人家，正在那儿认为她们被什么事耽搁了，致使她自己或她的车夫也被牵连，受到了干扰。

这天晚上没有什么事情特别引人注目。这次聚会，如同其他音乐会一样，包括一大批对表演确有鉴赏力的听众，和更大一批丝毫不会欣赏表演的人。而表演者自己以及他们最亲近的朋友，和通常一样，高度评价自己的艺术，认为自己是英国第一流的民间表演家。

埃莉诺不懂音乐，也不冒充内行，只要她觉得方便，她便无所顾忌地把视线从那架大钢琴移开，甚至也不受竖琴和大提琴的约束，任意凝视着房间里的其他任何物体。有一次，她的目光正在如此漫无目的地游移时，看到人群中有一位年轻男子，就是曾在格雷商店给她们上过一堂牙签盒讲解课的那位绅士。不一会儿她就发现那绅士看着自己，并很随意地对她哥哥讲话。她刚拿定主意要从哥哥嘴里打听出这绅士的姓名，他们便一起向她走来，接着达希伍德先生向她介绍了那位绅士——罗伯特·弗纳斯先生。

他以很轻松的礼节向埃莉诺致意，并垂首鞠躬，这个动作给埃莉诺的印象如言语一样明白无误，她相信这位先生正是她听露茜描绘过的那个花花公子。如果她对爱德华的好感主要是依据他的近亲的长处，而较少取决于他本身的优点，那么对她来说这是幸运的。他母亲和姐姐的恶劣性格本来已经引起了反感，现在他弟弟的这一鞠躬无疑给了她最后的一击。然而正当她为这两个青年男子的差异而惊讶时，她根本不觉得其中一位的空洞与虚伪剥夺了她对另外一位的朴实与真挚所怀的喜爱。这两个人为什么有这种差别，在一刻钟的交谈过程中，罗伯特现身说法向她作了解释。谈到他的哥哥，他为其无可救药的愚笨哀叹，他真心相信，正是这种愚笨妨碍了他进入上层社会。他公正大度，认为这很少是由于任何自然的缺陷，而是私人教育导致的不幸。而他自己，尽管并无独特之处，并无任何显著的天生优势，只是得益于公共学校的教育，也和其余任何男人一样能够如鱼得水似的在世上交游。

"真的，"他补充说，"我相信道理不过如此。当我母亲为此伤心时，我常对她这么说。我总是说：'亲爱的夫人，你得把心放宽，如今过失已无可挽回，事情是你一手促成的。谁叫你听从我叔叔罗伯特爵士的劝告，不顾你自己的判断，在爱德华一生中至关紧要的阶段，把他置于私人教师的管教之下？只要你当初把他和我一样送到西敏斯特，而不是把他送到普拉特先生家里，所有这一切就不会发生了。’这就是我对这件事一贯的想法，而我母亲对她的错误也深信不疑。”

埃莉诺不想反驳他的见解，因为，且不管她对公共学校益处的一般评价如何，想到爱德华寄居在普拉特先生家一事，她无法有丝毫满意之感。

接着，他开始发表下一轮议论，说：“你家住德文郡，我想，你们的住宅是道利希附近的一所乡村别墅。”

埃莉诺说出住宅的正确地址，纠正他的想法。他显得颇为惊讶：居然有人居于德文郡而不住在道利希附近！不过，他对她们住宅的类型，宽大地予以衷心的称赞。

“至于我自己，”他说，“我格外喜爱乡村别墅。这类住宅总是那么舒适，那么娴雅。我发誓，只要我有余钱，我就要在距离伦敦不远的地方买一小块土地，自建一幢乡村别墅，我随时可以驾车前往那里，在我身边召集几个朋友，寻欢作乐。我劝每个打算建房的人都建一所乡村别墅。早两天，我的朋友柯特兰德勋爵特意来向我征求意见，在我面前摊开波诺米家的三份设计图纸，叫我选定其中最好的一张。‘亲爱的柯特兰德，’我说着，立刻把三份图纸全扔进了火炉，‘这些图纸都别采用，而一定要造一所乡间别墅。’这一来，据我想，事情就定了。有些人设想乡间别墅不可能设备齐全，同时缺少空间，然而这是大错特错的。上个月我在朋友艾略特家做客，就在达尔佛特附近。艾略特夫人想举办一个舞会。‘可是怎样才能举办舞会呢？’她说，‘亲爱的弗纳斯，你一定要告诉我应该怎样安排。这别墅里没有一间房容得下十对舞伴，还有，哪儿能容我摆设晚餐？’我一眼看出这不会有什么困难，于是我说：‘亲爱的艾略特夫人，你不用担忧。餐厅宽松地容得下十八对舞伴。牌桌可以摆在客厅里，你可以开放图书室用于喝茶或喝其他饮料，晚餐就设在外边的过厅里。'艾略特夫人对此想法很满意。我们测量了餐厅，发现它刚好容得下十八对舞伴。这件事分毫不差地按我的计划安排好了。所以，你瞧，事实上，只要人们知道怎样使用乡村别墅，就可以在其中得到种种舒适方便的享受，如同生活在最宽敞的住宅里一样。"

埃莉诺对此表示完全赞同，因为她认为这位先生不值得据理反驳，这太恭维他了。

约翰·达希伍德对音乐的兴趣并不比他的大妹妹更浓厚，所以他在脑子里同样无拘无束地想着别的事情。就在这天晚上，他心里闪过一个念头，在回家的路上，他把这个想法告诉妻子，征求她的赞同。丹妮森太太出于误会，以为他的两个妹妹在他们家做客，因而想到当詹宁斯太太因女儿之事不在家时，把两个妹妹邀来做客。使误会成为事实，是正当合理的做法。花费等于零，麻烦更不值一提。这充其量不过是一份关心，他良心上的微妙感觉向他指出，为了使良心从他对父亲许下的诺言中获释，这种关心是必须付出的。范妮为他的提议大吃一惊。

她说："我看，办这件事难免冒犯米德尔顿夫人，要知道两个妹妹每天和她待在一起。要不是有这点顾虑，我十二分地愿意这么做。你知道，我时刻准备着关心她们，只要是我力所能及的，今晚我带她们出门做客就是个最好的证明。可她们是米德尔顿夫人的客人。我怎么能把她们从米德尔顿夫人身边拉走呢？"

她的丈夫，只以为这是恭良谦让，没看出她反对的真意所在。"她们已经照这种方式在孔兑街过了一个星期，米德尔顿夫人不会因为她们在我们这样的近亲家里度过同样多的日子而有所不悦的。"

范妮沉默片刻，然后精神重振，说："亲爱的，如果我力所能及，我自会满腔热情地把她们请来。然而我刚刚暗自拿定主意，要邀请两位斯蒂尔小姐来和我们一起住几天。她们举止谦恭有礼，品性优良，是两位好姑娘。我想，她们理应受到厚待，因为她们的伯伯对爱德华招待十分周到。我们可以在以后任一年中邀请你妹妹，不是吗？但是两位斯蒂尔小姐也许不会再来伦敦。我肯定你会喜欢她们。真的，你已经非常喜欢她们了，不是吗？我母亲也喜欢。而且，她们深得哈里的好感！”

达希伍德先生被说服了。他立刻领悟了邀请斯蒂尔姐妹的必要性，而既已决定改年邀请他的妹妹来做客，他的良心也就获得了安宁。不过，与此同时，他暗中怀疑大可不必再邀请她们进城了，因为埃莉诺可能作为布兰顿上校的妻子来到伦敦，而玛丽安将作为那对夫妇的客人前来。

范妮庆幸自己摆脱了这一提议，为她得以成功的机智得意。第二天上午，她写信给露茜，邀请她和她姐姐一俟米德尔顿夫人能够割爱的时候，便到哈雷街小住几日，和她做伴。这一邀请足以使露茜心花怒放，且喜之有理。看来达希伍德太太确实在亲自为她尽力，促进她愿望的实现！这样一个与爱德华及其家庭共处一室的机会，对她至关重要，因而这一邀请使她喜悦的情绪达到了顶点！这种邀请也使她感激不尽，同时迫不及待地要加以利用。在米德尔顿夫人家的留住，本来未定确切的期限，她立刻发现，她本来打算就是要在两天内结束这次访问。

请柬到达之后不出十分钟，就给埃莉诺看了。第一次，她在某种程度上感到露茜的希望为己愿。在十分短暂的结识之后，便赐予露茜非同寻常的善意。它似乎宣布，露茜之所以受到优待的原因，不只是对她的恶意，而且时间一久，露茜所希望的一切事情就会发生。露茜的阿谀奉承已经征服了米德尔顿夫人的傲慢，并且打开了通向约翰·达希伍德太太内心的大门，而这些成效展现了更大成功的希望。

斯蒂尔姐妹搬到了哈雷街，埃莉诺听到她们在那儿的影响，处处都增加了她促成此事的希望。约翰爵士不止一次前去看望斯蒂尔姐妹，回家后讲述他之所见，说两姐妹在那儿所受的荣宠，一定会引起普遍的震惊。约翰·达希伍德太太一生中还从来不曾如欢喜这两位小姐一样欢喜过任何年轻女人。她给她们每人一只由某个移民制作的书形针盒，称呼露茜的教名，不知今后是否可能舍得与这两位小姐分别。

第三十七章

两星期过后，帕尔默太太的情况良好，于是她母亲认为不必再把全部时间用于照看她，每天前去看望一两次。于是从那段时间起她回到了自己家里，恢复了惯常生活。她发现，两位达希伍德小姐十分愿意照从前一样与她生活在一起。

大约在她们于伯克利街重新安顿好以后的第三天或第四天上午，詹宁斯太太在照常看望过帕尔默太太后回到家里，走进客厅，见埃莉诺独自一人坐在那里。詹宁斯太太那急不可耐、大事在心极欲宣泄的神气，说明她要让埃莉诺听一个奇闻。埃莉诺刚刚来得及形成这个念头，她便迫不及待地把话说了出来，以证实对方想得不错。

“天哪！亲爱的达希伍德小姐！你听到这消息了吗？”

“没有，太太。什么消息？”

“事情太奇怪！不过我会全告诉你。我到达帕尔默先生家时，发现夏洛特在为孩子担惊受怕。她断定婴儿病了。他又哭又闹，而且全身起疙瘩。于是我走近一瞧，便说：‘天哪，亲爱的，这分明是荨麻疹！’保姆和我说的一样。可是夏洛特心里还不踏实，于是派人去请杜纳凡先生。幸好他刚从哈雷街回家。于是他一刻也没有停留地走到帕尔默先生家，他刚看见婴儿，便说了我们说过的话：‘这分明是荨麻疹。’夏洛特这才放心了。就这样，当杜纳凡先生刚要告辞时，我忽然生起了一个念头，我敢肯定，我不知自己是怎么碰巧想到这件事的，只知道它在我脑中一闪而过。我问他有没有新闻。他听到这话，便嘻嘻直笑，然后假笑，最后显得严肃起来，好像知道点儿什么。最后，他对我耳语道：‘我担心在你照顾下的两位年轻小姐听到关于她们嫂嫂身体欠安的不愉快消息，所以我觉得有必要先劝告一句。我相信没有什么理由惊慌不安。我希望约翰·达希伍德太太将会恢复健康。’”

“什么！范妮病了？”

“正是这样，亲爱的。‘天哪！’我说，‘达希伍德太太病了么？’接下去他就把事情和盘托出。总而言之，就我的全部理解来说，事情似乎是这样的：爱德华·弗纳斯先生，就是我常拿他和你打趣的那位年轻人（不过，就结果来看，我万分庆幸根本没有这回事），似乎和我的亲戚露茜订婚已经一年多了！你想想，亲爱的！而且除了南茜以外，对这事谁都没摸着头脑！你会相信这种事情是可能发生的吗？他们彼此爱慕倒用不着大惊小怪，可是事情居然发展到这种程度，而没有引起人们的怀疑！这才叫怪！我从来不曾撞见他们在一起，否则我肯定会迅速发现个中秘密。哎，这事情一直是极为秘密的，因为害怕弗纳斯太太。无论她还是你的兄嫂，都未曾对此起过一丝疑心，直到今天上午，可怜的南茜，你知道，她是个好心人儿，但不很机灵，把这事全部抖搂出来。‘老天！’她暗自思忖，‘他们全都这么宠爱露茜，肯定不会阻挠这件婚事。’于是她抽身走到你嫂子身边。当时你嫂子正独自坐着做桌毡，根本未料到会祸从天降。五分钟前，她刚刚对你哥哥说过，要给爱德华和某位勋爵的女儿做媒，也许她说的是另一位小姐，我忘记是谁了。因此，你可以想象，这对她的虚荣、骄傲是个多大的打击。她当场剧烈地歇斯底里，声嘶力竭地喊叫，叫声传到你哥哥耳中，他正坐在楼下自己的化妆室里，寻思要给乡下的管家写封信。于是他立刻飞奔上楼，这时出现了一个可怕的场面，因为恰在那时露茜到了他们身边，万没想到将有祸事临头。可怜的人儿！我怜悯她。我得说，我认为她受的待遇是粗暴残忍的。你嫂子辱骂她，就像最泼辣的悍妇，她马上晕死了过去。南茜双膝跪下，痛哭流涕，你哥哥在房间里走来走去，说他不知所措。约翰·达希伍德太太宣布：斯蒂尔姐妹不得在她家多停留一分钟。于是你哥哥也被迫双膝跪下了，劝说她让斯蒂尔姐妹停留到打点好她们的衣物为止。这时她又歇斯底里起来。你哥哥吓坏了，便派人去请杜纳凡先生。杜纳凡先生发现整所住宅乱成一团。马车停在门口，准备把我那两个可怜的亲戚送走。他下车时，她们正上车。他说，可怜的露茜处在那样一种状态，几乎走不动了。南茜的情况几乎也一样糟糕。我声明，我容忍不了你的嫂子。我全心全意地希望，这桩婚事会冲破她的阻挠而成功！老天！可怜的爱德华先生听说了这件事，会多么烦恼！他的爱情遭到这般的藐视！据说他对露茜极为宠爱，他会的。倘使他激愤无比，我不会感到奇怪。杜纳凡先生的想法完全相同。他和我就此事谈了很多话。最妙的是，他又赶回哈列特街去了，当弗纳斯太太得知此事时，他可能会被叫去。我的两个亲戚离开那所住宅，便有人去请弗纳斯太太，而你嫂子断定她也会歇斯底里。她会不会发作与我无关，我不怜悯她们母女俩。想不到人们为钱势闹出这种事情。爱德华先生和露茜不能结婚，岂有此理！我肯定，弗纳斯太太靠她的儿子能过得很好，而露茜虽然本身一无所有，但她比任何人更懂得怎样最大限度地利用每件财物。我敢说，只要弗纳斯太太给儿子五百镑一年，露茜就可以用它支撑起别人要用八百镑才能维持的门面。老天！他们住在一所像你们那样的或者稍大一点的乡村别墅里，使唤两个女仆和两个男仆，会多么舒适。我相信我能帮他们雇个管家婆，因为我的贝娣有个妹妹没找到人家，对他们正好合适。”

说到这里，詹宁斯太太收住了话头。埃莉诺已有足够的时间整理思绪，所以她能够对这种话题做出自然的答复和评议。她发现詹宁斯太太并没有疑心她对此事怀有额外的兴趣，而且这位太太（近来常常希望事实如此）已经不再猜想她迷恋爱德华，为此，她心中暗自高兴。使她最为庆幸的是，由于玛丽安不在场，她得以坦然自若地谈论这件事，丝毫不觉难堪。她还能对与此事有关的每个人的为人做出自信而公正的评判。

她很难断定自己对这件事的真实指望是什么。不过，她竭尽忠诚，努力驱走这个念头：这件事也许最终会导致另一结果，而不以爱德华与露茜的婚姻为结局。她急切地想知道弗纳斯太太对这件事说了些什么，做了些什么，尽管她对其态度根本毫不怀疑。她更急于了解爱德华将会作何反应。对爱德华她满怀同情，对露茜的同情是微乎其微的。为了保持这一点点怜悯，她得忍受若干痛苦。对于那一伙人中其余的人，她毫无同情可言。

詹宁斯太太三句话不离此事，于是埃莉诺马上看出必须先向玛丽安交底，使她在参与议论时有所准备。刻不容缓，她要立刻打破玛丽安的美梦，使其明白事实真相，努力做到在她听到别人讲出事实时，不至于下意识地暴露出她为姐姐难过，或者对爱德华怨恨的情绪。

埃莉诺的任务是艰难的。她要做的，是戳穿她妹妹作为主要慰藉的假象，是披露爱德华的隐情，她担心这样做会无可挽回地毁灭玛丽安对他的好感，会使玛丽安由于她们姐妹处境的相似——这种相似在玛丽安的想象中将是十分鲜明强烈的——而再度备尝她自己失意的痛苦。然而尽管这项任务无疑令人难堪，但埃莉诺还是要完成，于是急匆匆地前去执行它。

她绝不愿意详述自己的感情，或把自己描述为苦难深重的人。自从她初次听到爱德华订婚的消息以来，她一直自我克制，如果现在她稍有异变，就会成为对玛丽安的暗示：怎样的做法才是可行的。她的叙述简单明了，尽管她在讲述时不可能毫不动情，然而出自她嘴里的故事却未伴随有激荡的不安和强烈的悲恸。倒是听者的感情剧烈波动，玛丽安满怀恐惧地倾听，并且痛哭流涕。埃莉诺本身也处于悲苦境地，惨痛不下于别人，然而她不得不以抚慰他人的姿态出现。她借以安慰玛丽安的，无非是自己心绪的镇定，以及用非常热忱的辩护开脱爱德华的责任，凡此种种，她都欣然做到了。

然而玛丽安有一段时间对她的表现不予信任。在玛丽安看来，爱德华是第二个威洛比。既然埃莉诺已经承认，她一直以最深的诚意爱着爱德华，她心中的痛苦岂能不如玛丽安的深切！至于露茜·斯蒂尔，玛丽安认为其粗鲁无礼，绝无可能赢得一个聪明男子的钟情，因此，任凭埃莉诺怎么说，她起初不肯相信爱德华以前曾对其怀有感情，后来则不肯为此原谅爱德华。她甚至不肯承认这是情理之中的事情。埃莉诺并不勉强，让她以后自己去慢慢领会。唯有对男性的深刻认识，才能使她信服。

第一次交谈中，她只对玛丽安透露了婚约的事实以及婚约存在的时间。至此，玛丽安的感情突然爆发，打破了叙述的全部顺序。在若干时间内，埃莉诺只能抚慰妹妹的悲痛，缓和她的震惊，抑止她的愤懑。后来，玛丽安提出下面这个问题，才引出更多的细节：

“这件事你搁在心里多久了，埃莉诺？他给你写过信吗？”

“我知道此事已有四个月。露茜去年十一月第一次到巴顿庄园时，把婚约的秘密告诉了我。”

听了这话，玛丽安的双眼显出了她的双唇无法表达的震惊。无言的惊异过后，她喊道："四个月！难道你知情已有四个月了？"

埃莉诺给了肯定的回答。

"怎么！你在我遭遇不幸的整个过程中照顾我，心里竟隐藏着这样的痛苦？而我还责备你，说你无忧无虑！"

"当时不好让你知道我的心境与你的想象是多么悖逆。"

"四个月！"玛丽安又喊道，"那么平静！那么快活！你怎么挺过来的？"

"靠着一种感觉，感觉我在尽自己的责任。我对露茜的许诺约束我严守秘密。因此，我对她负有义务，避免真相显露蛛丝马迹。我也对家人和朋友负有义务，不在他们当中引起对我的忧虑，他们的热心是我无法满足的。"

玛丽安深为震动。

"我常常希望解除对你和母亲的蒙蔽，"埃莉诺补充说，"有一两次我曾试图这么做。然而，除非背叛我的誓约，我没有办法使你们相信。"

"四个月！而你仍然爱他！"

"是的。但我不仅爱他一人。当别人的安宁在我看来值得珍惜时，我很高兴不让他们知道我感情上多么痛苦，使他们免受惊扰。现在，我可以做到想及、谈及这件事而情绪很少波动。我不愿你为我难过，我向你担保，我本身不再感到剧烈的痛苦，我有许多依靠赖以自持。我们没有由于自己的轻率而引起别人的伤心失望，我尽可能地忍耐着痛苦和羞辱，不使痛苦播散。我原谅爱德华的所有根本过错。我希望他幸福愉快。我深信他总是履行他的职责，虽然现在他心中也许怀有些许悔恨，但末了他一定会这么做的。露茜并不缺乏判断能力，而这就是各种幸福赖以建立的基础。说到底，玛丽安，在单纯而持久的恋爱中，这毕竟是销魂摄魄的。人们为了证明一个人的幸福完全取决于某个特定的人而提出种种说法，并不意味着——并不适合于——并不可能就是事实。爱德华会娶露茜，会娶一个人格和智力胜过半数女性的女人。时间和习惯会教会他忘怀他曾想念过的另一个更优越于她的女性。"

"如果这是你的想法，"玛丽安说，"如果一件价值最高的事物的损失能够如此轻而易举地为别的东西所补偿，那么你的刚毅，你的自制，令人惊奇的程度也许略有减低。在我的理解范围内，却不止如此。"

"我明白你的意思。你认为我一直未曾痛心。四个月来，玛丽安，我的心老是悬着这一切，却不曾随意对一个人说起。我知道，一旦把事情对你和母亲讲明，会使你们忧心忡忡，但我仍然不能使你们对此有丝毫精神准备。我被告知了这件事——在某种意义上，这是那个因其有约在先而毁灭了我的全部美好前景的人亲自强加于我的。在我看来，她是怀着得胜的心情告诉我的。因此，我得消除这个女人的怀疑，竭力对于我利害至深的事情显得漠不关心。而且这不只是一次。我一遍又一遍地听她大讲其充满希望的未来和狂喜的心情。我知道自己永远不得亲近爱德华了，却不曾听到一个能使我与他亲近的热望稍减的事实。没有任何事情说明他不值得我爱，也没有任何事情表明他对我无情。我必须与他姐姐的冷酷和他母亲的专横抗争，我受到了迷恋的惩罚，但并未能从中获益。你十分清楚，在这一切事情发生的时候，这并非我唯一的忧伤。如果你认为我毕竟有感情，那么现在你可想而知我是经历了痛苦的。目前我用以考虑此事的镇定态度，以及我乐意承认的慰藉，是持之以恒痛苦努力的结果。它们不是自天而降的，起初并非为解除我心头的负担而生。不，玛丽安！当时，如果我不是在约束之下保持沉默，那么，任何力量都不能阻止我公开地表示我的伤心，哪怕我对最亲爱的朋友们所负的义务也不能。”

玛丽安此时心情缓和多了。

“哦，埃莉诺！”她喊道，“你使我永远憎恶自己。我对你多么粗暴无情！你，你是我唯一的安慰，你在我的整个不幸之中对我宽宏大量，你似乎仅仅是为了我而痛心！难道这就是我对你的感恩？难道这就是我能对你做出的唯一报答？由于你之所长明显反衬出我之所短，我一直想把你的优点抹杀。”

在这心迹坦露之后，紧跟着是最温柔的爱抚。玛丽安处于目前的精神状态，埃莉诺不难从她那儿得到自己所需要的任何许诺。在她的要求下，玛丽安保证，在和任何人谈及此事时，绝不显露丝毫痛苦的痕迹。在与露茜会面时，绝不流露出对她的恶感有些微的增长。而且，即使对爱德华本人——倘使他们偶然相聚——也绝不稍减她一向的亲切。这些诺言是巨大的让步，然而在这点上玛丽安为自己伤害了姐姐而内疚，为了弥补过失，在她看来无论做什么都不过分。

她出色地履行了诺言，三思而行，谨慎小心。她倾听詹宁斯太太关于此事的全部发言，表情始终如一，对她的话毫不表示异议，并且把下面这句话说了三次“是的，太太。”她听着詹宁斯太太赞美露茜，不过从一张椅子移到另一张椅子上而已，当詹宁斯太太谈到爱德华的深情时，那番话只换得她喉咙里的一阵痉挛。埃莉诺眼见英雄主义在妹妹心中增长，觉得自己能忍受任何痛苦。

第二天上午，她们的哥哥来访，带来了新的考验。约翰以一副煞有介事的神气，前来叙谈那件可怕的事，并给她们带来关于他妻子的消息。

他刚刚就座，便一本正经地说道：“我想，你们已经听说了昨天在我家发生的事情，那个非常惊人的发现。”

她们都以眼神示意他说得对。当时气氛之严肃使人难于开口。

“你们的嫂嫂，”他继续说，“受到极大的刺激。弗纳斯太太也一样。简而言之，那是个纷扰恼人的场面。不过我希望，这场风暴会过去，我们当中的任何人都无大碍。可怜的范妮！昨天她整日处于歇斯底里的状态。不过我不愿让你们过于担惊受吓。杜纳凡先生说问题不很严重，不用担忧。她体质很好，意志经得起折磨。她以天使般的姿态经受住了这一切！她说她再也不会把任何人往好处想。这并不奇怪，她如此苦于上当！她显示了极大的诚意，给予巨大的信任，人家却忘恩负义。她邀请这两位年轻女人来家做客，完全是出于仁慈心肠，仅仅因为她认为她们是值得关心、不妨害别人、正派知礼的姑娘，并且会成为可爱的友伴。否则，我们夫妇双方都极愿意在你们好心的朋友照顾她女儿的时间里，邀请你和玛丽安与我们同住。而现在我们竟得到这样的回报！可怜的范妮以她那动人的声调说：‘我多么希望我们邀请的是你的两个妹妹，而不是她们！’”

说到这里，他停下来等待听人感谢。他如愿以偿了，于是他继续往下说。

“当范妮向弗纳斯太太说破真相时，可怜的弗纳斯太太难受的模样简直无法形容。她正怀着最真挚的母爱为儿子筹划一门最适当的婚姻，岂料这么长时间里他竟私下与另一女子订了婚。她绝未产生过这种疑虑！如果她怀疑儿子另有所欢，也不会想到那一头！‘在那方面，说实话，’她说，‘我以为自己是毫无风险的。’她大为气恼。不过，我们一起商议应该采取什么措施，最后她决定把爱德华叫来。他来了。但我真不愿叙述接下去发生的事情。弗纳斯太太苦口婆心，好说歹说，叫他废止那个婚约。你们想象得到，我也从旁苦口相劝，再加上范妮的恳求。可这一切都徒劳了。责任感、情义，凡此种种，都被置之度外。我以前绝未料到爱德华是这样的冥顽不灵，如此无情无义。他母亲向他说明在他娶莫顿小姐的情况下为他所做的慷慨的安排，告诉他到那时将会把他安置在诺佛克庄园，那份产业免交土地税，每年带来一千镑有余的收入。到了事情无可挽回的时候，他母亲甚至提出给他一千二百镑年金。弗纳斯太太还指出了事情的反面：如果他坚持与这微贱的门户联姻，那么这婚姻将与贫困结伴而行。弗纳斯太太坚决声明，他自己的两千镑便是他的全部财产。她绝不会再和他见面。她非但不会给他一丁点援助，而且一旦儿子希图较好的生活而企图加入任何职业行列时，她将尽一切力量阻止儿子进入其中。”

听到这里，玛丽安气愤忘形，双手一拍，叫道：“仁慈的上天！竟有这等事！”

“难怪你惊奇，玛丽安，”他哥哥答道，“爱德华顽固到这等程度，居然抗拒这样的理由。你发出惊叹是很自然的。”

玛丽安正想反驳，但她记起了自己的诺言，便捺住了性子。

“然而，所有这一切，”约翰继续说，“都是白费口舌。爱德华说话很少，但他每说一句话都是斩钉截铁的。威逼胁迫也无法叫他放弃婚约。他要坚持婚约，不管代价如何。”

詹宁斯太太再也不能沉默了，她以坦率的诚意说道：“这样看来，他的所作所为像个正人君子。请原谅，达希伍德先生，如果他不这样做，我就认为他是个恶棍。和你一样，我对这件事略寄关心，因为露茜·斯蒂尔是我的亲戚，而我相信世上没有比她更好的姑娘，也没有谁比她更值得嫁个好丈夫。”

达希伍德先生大吃一惊，不过他生性沉静，不易激奋，同时他绝不愿得罪任何人，尤其不愿得罪任何有钱人。于是他毫不气恼地回答说："我不愿以言语伤害你的任何亲戚，太太。我敢说，斯蒂尔小姐是一位尊贵的妇女，然而在目前这件事情里，你知道，这桩婚姻是不可能的。而且，她与一个年轻男子私订婚约，而这男子是处在她叔父的照管之下，尤其还是弗纳斯太太这样一个殷实的女人的儿子，这事情也许就完全非同寻常了。简言之，我并不想谴责任何蒙你关心的人的为人，詹宁斯太太。我们全都希望她幸福，而弗纳斯太太的行为，自始至终都是每一个有良心的慈母在同样情况下会采取的行为。她的做法是高尚大度的。爱德华已经抽定了他的命运之签，只恐怕是凶多吉少。"

玛丽安叹息一声，显出同样的不安。埃莉诺为同情爱德华而心中绞痛，他顶住了母亲的恐吓，却是为了一个不可能报偿他的女人。

"哎，先生，"詹宁斯太太说，"这事是怎么结束的？"

"说起来我很难过，太太，这件事以最不幸的决裂而告终——爱德华不再作为母亲的儿子。他于昨日离开了她的家，但是他究竟到哪儿去了，或者他是否仍在伦敦，我不得而知。因为我们自然不便打听。"

"可怜的年轻人！他会变成什么样子？"

"的确难以预料，太太！想到这件事情，叫人好生凄凉！生来就有荣华富贵的前程！我想象不出更悲惨的处境。两千镑的利息——一个人怎么能靠这点钱过日子！而且到时他还会回想起，如果不是因为他自己的愚顽，在三个月内他就会收到两千五百镑的年金（要知道莫顿小姐拥有三万镑），在我看来世上没有比这更糟的状况。我们大家一定会为他痛心。而且，由于眼睁睁地看着他受苦而帮不上忙，我们会更加忧伤。"

"可怜的年轻人！"詹宁斯太太喊道，"我保证，我们热烈欢迎他来我家吃住。如果我能见到他，我会对他这么说。现在他自费住在公寓或旅馆，是不合适的。”

埃莉诺心中感激詹宁斯太太对爱德华满怀善意，不过她对这种善心的表达方式忍俊不禁。

约翰·达希伍德说：“只要他对自己行善施好，就像他所有的朋友们想做的那样，那么，他现在便会处于舒适安稳的境地，无所匮乏了。然而照现在的情况，任何人都爱莫能助。有件事对他更为不利——这一点无疑比一切更糟——他母亲已经下定决心，依照她那一贯的性格，要把那份产业立刻交给罗伯特，在正常情况下，它本应属于爱德华所有。今天上午我离开她时，她正和自己的律师待在一起，讨论这件事情。”

“哎呀！”詹宁斯太太说，“这是她存心报复！各人自有他自己的处事待人之道。可是我想我的做法不会是这样：当一个儿子惹恼了我时，我便让另一个儿子独立自主。”

玛丽安站起身，在房间里来回踱步。

约翰继续说：“就一个男子的志气而言，有什么事情比看见自己的弟弟取得本应归他所有的产业更可恼的呢？不幸的爱德华！我出自内心地替他难过。”

又说了几分钟，约翰的访问至此结束。他一再向两位妹妹担保，说他真心相信范妮的身体欠佳并无重大危险，因此她们不必为此深感不安，说完便走了，留下三个女人清一色地沉溺于多愁善感的情绪中。她们的思绪，至少关系到弗纳斯太太、达希伍德夫妇和爱德华的品行。

约翰刚刚离开客厅，玛丽安的怒气便勃然爆发了出来。她的热情冲破了埃莉诺的自制防线，同时使詹宁斯太太的谨慎变得毫无必要，于是她们三人凑在一起对那伙人发表了一通痛快淋漓的批评。

第三十八章

詹宁斯太太非常热情地赞扬爱德华的品行，然而只有埃莉诺与玛丽安明白他那真正可以称道的地方。只有她们才知道，诱使他违背母命的力量是如何之小，除了品行端正的良知以外，他在丧失了朋友和财产以后，剩留的慰藉是多么微不足道。埃莉诺喜欢他的正直诚实，而玛丽安则因怜悯他所受的惩罚而原谅了他的所有过失。尽管由于这一事件的暴露，使她们彼此的信任恢复了正常的状态，然而当她们俩单独在一起时，她们双方却都不愿意详谈这件事。埃莉诺从原则着想避免这个话题，她小心翼翼，不让玛丽安那过于热心、过于武断地认为爱德华爱她姐姐如旧的信念，在她脑子里更深地扎根。她宁愿这种想法从脑子里消失。而玛丽安的勇气很快使她自己失望了，她试图谈论一个总是使她较以往对自己更为不满的话题，这势必在埃莉诺的品行和她自己的品行之间产生一种对比，使她自己相形见绌。

她感觉到了这种对比的全部力量，但是这种力量如今没有像她姐姐曾经希望的那样，促使她做出进一步的努力。她怀着无休止的自责的痛苦心情感受这种效果，极为辛酸地懊悔自己以前从未发挥自己的力量。然而这仅仅带来悔恨的折磨，却没有补救的希望。她的精神已被摧残得如此虚弱，以致她仍然认为自己无力振作，于是这使她更加消沉。

往后的一两天，她们没听到任何新闻，无论是关于哈雷街的，还是有关巴列特建筑区的。不过，尽管她已经详尽地了解了此事的底细，以至于詹宁斯太太有足够的材料进一步传播那一消息，而无须猎取更多的情报，但她一开始便决定尽快地对两位亲戚作一次访问，既作为慰问，又作为探访。这两天内，只是碍于来访者太多，她才未能去见那两位亲戚。

在她们了解到详细内情以后的第三天，正好是星期日，天气晴和，阳光明媚，把许多人引到了肯辛顿公园，虽然这还只是三月的第二个星期。詹宁斯太太和埃莉诺都列身于游园者之中，但玛丽安听到威洛比夫妇又在伦敦出现，而她一直回避与他们相遇，于是作了留守家中的选择，不敢到大庭广众中去冒险。

詹宁斯太太与埃莉诺刚进公园，便见到了詹宁斯太太的一位密友。她一直随她们一道游玩，与詹宁斯太太交谈个没完，撇下埃莉诺在一旁默默沉思。但埃莉诺并不为此而感到遗憾。她既没有遇见威洛比夫妇，也没有遇见爱德华，并且有一段时间不曾遇见任何偶然使她感兴趣的人物，不论是严肃的还是快活的。然而末了，她不无惊讶地发现斯蒂尔小姐在招呼自己。这位小姐虽然显得怯生生的，但表示很高兴与她们相遇。她为詹宁斯太太非同寻常的友好表示所鼓舞，便暂时离开自己的伙伴，走到她们当中来。詹宁斯太太立刻对埃莉诺悄声说道："从她嘴里把话全掏出来，亲爱的。只要你问她，她便会和盘托出。我不能离开克拉克太太，这你明白。"

詹宁斯太太的好奇心，包括埃莉诺的好奇心，真是交上了好运，斯蒂尔小姐不问自答地把内情全部透露出来了，而这些东西从别人嘴里是打听不到的。

“遇见你我真高兴，”斯蒂尔小姐说着，亲密地挽住埃莉诺的胳膊，“要知道我在这世界上最需要的就是和你见面。”接着她压低了声音，“我想詹宁斯太太已经全听说了。她生气吗？”

“我相信，她根本不生你的气。”

“那就好。还有米德尔顿夫人，她生气吗？”

“我想象不出她怎么可能生气。”

“这叫我太高兴了。老天有眼！这段时间我多么难熬！我一辈子没见过露茜发这么大的脾气。起初她赌咒起誓，一生一世绝不再拿新的无檐帽给我打扮，也绝不再为我做别的事情。不过现在她完全复原了，我们又像从前一样友好。你瞧，昨天晚上她在我的帽子上打了这个蝴蝶结，还插上了羽毛。现在，连你也打算取笑我了吧？可是为什么我就不该扎粉红缎带呢？如果这是那位医生偏爱的颜色，我才不在乎呢！至于我，我担保，如果不是他碰巧这么说过的话，我哪会知道他真是喜爱这种颜色胜过别的颜色！我的表姐妹们把我烦死了。我得说，有时候我简直不知道该在她们面前表现出什么模样。”

她说偏了题，埃莉诺对这个话题无话可说，因此斯蒂尔小姐立刻断定把话题引回原路方为上策。

“哎，不过，达希伍德小姐，”她得意扬扬地说，“人们爱怎么说就怎么说吧，说什么弗纳斯宣称他不要露茜，我可以告诉你，绝没有这种事。这种不怀好意的消息到处传播，实在可耻。你知道，无论露茜本人怎样看待这件事，绝没有把它确定为事实的道理。”

“我向你担保，以前我绝没有听见别人暗示过这件事。”

“啊！你没听说？可是确实有人说过，这我很清楚，而且不止一个人。戈德拜小姐对斯帕克小姐说，凡是神志清醒的人都不会指望弗纳斯先生会为了一文不名的斯蒂尔小姐而舍弃莫顿小姐这样拥有三万镑财产的女人。这是斯帕克小姐亲口告诉我的。除此以外，我的表兄理查德亲口说，事情到了这步田地，他恐怕弗纳斯先生只好结束婚约。爱德华三天不曾接近我们，我自己也不知道该做何想法。我心中暗想露茜已经绝望，因为我们在星期三离开你哥哥家，星期四、星期五和星期六三天，根本没见爱德华的人影，不知他到哪儿去了。露茜曾想给他写信，但她一时性起，又打消了这个主意。然而，今天上午我们刚从教堂回家，他便来了。于是真相大白：星期三他怎样被叫到哈雷街，他母亲和所有那帮人对他如何劝说，他怎样当着他们所有人的面声明他除了露茜谁也不爱，除了露茜他谁也不娶。经历了那些事之后，他伤心透了，一旦走出他母亲的住宅，他便跨上马，骑到乡下，漫无目的地乱走，星期四和星期五，他整天待在一家小旅店里，希望心情好转一点。他说，他把这一切想了又想之后，认为既然如今他没有财产，一无所有，再要露茜遵守婚约，是很不道义的，因为这无疑有损露茜，须知他除了两千镑以外一无所有，而且也没有希望另有所得。如果他将担任圣职——他已有这种打算，那么他无非做个副牧师而已，靠这种职业的收入他们怎么生活？他不忍心想到露茜过穷愁潦倒的日子，所以他乞求，只要露茜稍稍起了取消婚约的念头，便干脆把这件事了结，听天由命，让他自谋生路好了。我亲自听他说出这番话，意思是再明显不过的，这完全是为露茜着想。为了露茜的缘故，他说了一句有关结束婚约的话，但不是为了他自己。我可以起誓，他绝没有说出半个字表明他厌倦露茜，或愿意娶莫顿小姐，或诸如此类的意思。然而，这是真的！露茜对这些话充耳不闻！她直截了当地说她不愿听（可想而知，她的话是夹带着许多甜蜜的称呼，什么'爱人'之类——啊，哎呀！一个人不能复述这些话，不是吗？）——她直截了当地告诉爱德华，她根本无意毁约，她能够和爱德华一起靠微薄的收入生活，不论爱德华的财产多么少，她很乐意全部收下，你知道，如此这类的话。于是，他听了这些话大为快活，并谈了谈他们该做的事情，他们一致认为他应该立刻担任圣职，等到他有了俸禄才结婚。正在这时，我不能往下听了，因为我的表妹在楼下叫我。告诉我理查森太太坐着她的马车赶来了，要带我们姐妹中的一个去肯辛顿公园。于是我被迫走进房间打断他们，问露茜是否愿意去公园，但她不想离开爱德华，于是我跑上楼，穿上一双丝袜，和理查森夫妇上这儿来了。”

“我不明白你说的打断他们是什么意思，”埃莉诺说，“你们三人都聚在一间房里，不是吗？”

“不，当然不是！哎呀，达希伍德小姐，你以为人们会在有人的场合亲热吗？啊！真难为情！你不至于连这都不懂，这是真的！”（装模作样地大笑）“不，不，他们关在客厅里。我听到的一切都只是在门口听来的。”

“什么！”埃莉诺喊道，“你竟是向我复述你本人只是在门口听到的谈话？很遗憾，我先前不知道。否则，我绝不会为难你，叫你向我提供你本人不该知道的一场谈话的细节。你怎么能对你妹妹做出这样不正大光明的事情？”

“哦，哎呀！这算不了什么。我只是站在门口，听到了我听得见的谈话。我肯定露茜对我也会一样行事。一两年前，玛莎·夏普和我共有许多秘密，露茜毫不顾忌地藏在厕所里，或者躲在烟囱壁后，有意窃听我们的谈话。”

埃莉诺试图谈点儿别的。可是斯蒂尔小姐一有念头浮上心头，便迫不及待地要将它诉诸言语，至多只能憋两分钟。

“爱德华谈到他很快要去牛津，”她说，“但他眼下住在蓓尔美尔街 ×× 号。他母亲真是个歹毒的女人，对吗？不过，在你面前我不会说她们的坏话。说实话，她们确实是用四轮轻便马车送我们回家的，这超出我的预料。就我来说，我一直担惊受怕，唯恐你嫂嫂问我们要回她在一两天前送给我们的针线盒。不过，她根本没有提起针线盒，而我小心翼翼地把我的针线盒藏好，没让人看见。爱德华说，他在牛津有事要办，所以必须暂且到那儿去，办完那件事之后，只要他能遇见一位主教，他立刻会被授予圣职。不知道他会当个什么样的牧师！天哪！”（她一边说一边哧哧傻笑）“我敢以生命担保，我知道我的表妹们听了这件事会说些什么。她们会对我说，我应当写信给那位医生，让爱德华当他的新工作的教区的牧师。我知道她们会这么说。不过我担保，我无论如何不会做这件事。‘哎呀！’我会毫不客气地说，‘真不知你们怎么想得出这种事情！叫我写信给医生，哼！’”

“好啦！”埃莉诺说，“对最坏的情况有所准备，这也是一种安慰。你已经想好了怎么回答。”

斯蒂尔小姐想就同一话题回话，可是她的同伴们走近了，使她更有必要另开话端。

“啊，哎呀！理查森夫妇往这边来了。我对你有说不完的话，可是我不能离开他们太久。我担保他们是很有教养的人。理查森先生挣了很多钱。他们家有自己的马车。我来不及亲口对詹宁斯太太说话了，请你转告她，听说她没生我们的气，我很高兴。还有米德尔顿夫人，也是一样。如果出了什么事情，使你和你妹妹要离开这儿，而詹宁斯太太没人做伴，我相信我们会极乐意到她府上与她同住，只要她愿意，我们住多久都行。我估计这一回米德尔顿夫人不会再邀请我们了。再见，我很遗憾没在这儿见到玛丽安小姐。代我向她致意吧。哎呀！你不穿这件起斑花的软棉布衣就好了！你怎么不怕它被弄破？”

这就是她临别时的关心话语。说完这句话，她刚好来得及对詹宁斯太太说几句告别的客套话，理查森太太便把她叫走了。埃莉诺掌握了一些消息，虽说大多数情况早已在她的脑中，但足以让她思考一阵了。不出她所料，爱德华与露茜的婚事是志在必行的，而举行婚礼的时间却杳无定期。她的见解完全正确：一切取决于爱德华的能否得到职位，而目前看来这件事毫无契机。

她们刚刚回到马车上坐定，詹宁斯太太便如饥似渴地想听新闻。然而，埃莉诺但愿尽可能少地播散这得之不当的情报，于是只许自己三言两语地复述某些简单的情节，她觉得露茜为了自己的名声起见，是会愿意让这些情节为世人所知的。他们婚约的持续生效，为促使这誓约开花结果而要采取的步骤，便是埃莉诺传达的全部内容。这很自然地从詹宁斯太太嘴里引出了下面这段话："等着他找到生计！唉，我们都知道那结局将是什么。他们会等上一年，发现这是白白等待。到那时他们会索性结婚，就靠一年五十镑的副牧师薪俸，外加爱德华的两千镑的利息，和斯蒂尔先生与普拉特先生所能给露茜的一点点东西，维持生活。然后他们每年生一个孩子！老天保佑他们！他们会一贫如洗！我得想想我能送他们什么东西装备住宅。对了，两个女仆和两个男仆！早些天我说过的。不不，他们必须雇个强健的姑娘干所有的杂活。现在，贝娣的妹妹对他们绝不适合了。"

第二天上午，埃莉诺收到一封上贴着两便士邮票的信，来自露茜本人，上面写道：

巴列特建筑区，三月

我希望亲爱的达希伍德小姐会原谅我冒昧给你写信，不过，我懂得，在我们最近经历了所有这些恼人的麻烦事以后，你对我的友爱会使你乐于获悉有关我自己和我亲爱的爱德华的喜事。所以，我不愿多作辩解，而只是说一句：“谢天谢地！”我们经受了可怕的痛苦，但我们俩现在却安然无恙，并且十分幸福，我们无论何时都陶醉于彼此的爱情之中，总是十分幸福。我们经历了严峻的考验，遭受了骇人听闻的迫害，然而与此同时，我们对许多朋友感激不尽，你自然也在其中，我将永远铭记他们的深厚情谊，爱德华也是一样，我对他谈到了这一点。我相信你会乐于听说，亲爱的詹宁斯太太也一样，昨天下午我和爱德华一起度过了甜美的两个小时，他不愿听我说及我们的分离。尽管我劝他为了理智而与我分手，尽管我愿意当场永别，只要他同意，我认为这样做是我应尽的义务。然而爱德华说这绝对办不到，只要他能得到我的柔情，他全不在乎他母亲的怒气。我们的前景不很光明，这是真的，但我们要等待，要有最美妙的憧憬。他不久便会被授予圣职，我十分有把握，一旦你能够把他推荐给任何会赐予他一份生计的人，我相信你是不会忘记我们的，还有亲爱的詹宁斯太太，我相信她会在约翰爵士、帕尔默先生或任何有能力帮助我们的朋友面前为我们说句好话。可怜的安娜完全应该为她所做的事情负责，但她的出发点是好的，所以我什么也没说。希望詹宁斯太太不会认为来看看我们是很麻烦的事情，倘使她能在哪一天上午光临敝舍，那将是大恩大德，我的表姊妹们会以认识她而自豪。信纸不够写了，提醒我就此收笔，并请求你向詹宁斯太太转达我最感激、最尊崇的敬意，如果你有机会见到约翰爵士和米德尔顿夫人以及他们可爱的孩子，也请传达问候，并向玛丽安小姐转达我的爱意。

你的露茜

埃莉诺刚读完这封信，便执行了她所认定的写信者的真实意图。她把信交到詹宁斯太太手中。詹宁斯太太大声读信，并夹带发表一大堆满意和赞美的评论。

“真是太妙了！她的文笔多么细腻！唉，要是爱德华愿意，让他自由倒是合情合理的。那才像露茜。可怜人儿！我真心希望我能给他谋一条生路。你瞧，她把我称作‘亲爱的詹宁斯太太’。她是古往今来心肠最好的姑娘。她的心地必定非常好。那句子转折得妙不可言。对的，对的，我十拿九稳会去看她。她多么周到，人人都想到了！谢谢你，亲爱的，谢谢你给我看这封信。这是我看过的信中写得最好的一封，它为露茜的头脑和心地赢得了光荣。”

第三十九章

达希伍德姐妹待在伦敦的时间现已大大超过两个月，玛丽安一天更比一天不耐烦。她眷恋乡间的空气、自由和宁静，而且想象着若有任何地方能容她安心静息，那么巴顿一定就是这种地方。埃莉诺急于动身的心情并不亚于玛丽安，只是远不如妹妹那样一心想立刻实现这个计划。她对这么长的旅程中存在的困难有足够的认识，而玛丽安却坚持对这些困难视而不见。不过，她开始认真地考虑实现动身的计划，并已向那好客的女主人表明了辞别之意，而后者则竭尽诚挚的雄辩加以挽留。她提出一项计划，虽然这建议要把姐妹俩回家的时间延搁几个星期之久，但在埃莉诺看来，同其他办法相比，它是恰当可行的。帕尔默夫妇将于三月底移居克利夫兰过复活节。詹宁斯太太，和她的两位朋友一起，受到夏洛特热情洋溢的邀请，夏洛特请她们一同前往。邀请本身并不足以满足达希伍德小姐审慎周到的思虑，然而帕尔默先生本人真心实意的殷勤加重了它的分量，这两方的好意合二为一，要重重补偿自从玛丽安的哀愁为人知晓后帕尔默先生对姐妹俩的礼节不周，致使埃莉诺欣然接受了这份邀请。

然而，当她将此事通知玛丽安时，妹妹的第一个答复，显得大为不妙。

“克利夫兰！”她气势汹汹地喊道，“不，我不能去克利夫兰。”

“你忘了，”埃莉诺柔声说道，“它的位置并非……它并不靠近……”

“可它在萨默塞特郡，我不能进入萨默塞特郡。那里，那里是我曾经想去的地方……不，埃莉诺，你别指望我去那儿。”

埃莉诺不愿靠争辩来说服她克服这种感情，只是致力于通过旁敲侧击将其消除。于是，她说，借此可以确定玛丽安返回她日夜思念的慈母身边的时间，这样安排较之其他任何可行的方案更为妥当，更为愉快，也许不会有更久的耽搁。克利夫兰距布利斯托尔不过几英里，从那里到巴顿的路程不会超过一天。母亲的仆人可以毫不费事地上那儿照顾她们。她们绝无理由在克利夫兰停留一星期以上，这样一来，她们就会在三个星期略多一点的时间内回到家里。由于玛丽安对母亲的感情是深沉而真挚的，所以，这种想法一定能不费周折地战胜她想象中的凶险。

詹宁斯太太远没有腻烦她的两位女客，她满腔热忱地强求她们和她一起再从克利夫兰返回。埃莉诺对这一好意感激不尽，然而她无法更改她们的计划。她们很快便得到了母亲的赞同，与她们回家有关的一切事情都已尽可能地安排妥帖，玛丽安就将把自己回巴顿前的时间作了一个记录，并从中获得了一些安慰。

“啊！上校，失去了两位达希伍德小姐，我不知你和我将怎么过日子！”两位小姐从詹宁斯太太身边离去一事确定以后，上校第一次来拜访她时，她对上校说道，“她们拿定主意要在离开帕尔默夫妇之后直接回家。我回来后，我们会多么冷清！老天！我们会像两只猫一样坐着彼此傻望。”

也许詹宁斯太太指望借这种对他未来无聊生活的活泼描绘，刺激上校求婚，以求得以免除寂寞。如果上校中了计，这位太太说完此话不久便有充分的理由认为她的目的已经达到。当埃莉诺移步到窗边较为敏捷地度量她打算为朋友临摹的一幅印画的尺寸时，上校跟着她走到了窗边，显出一副意味独特的神气，并且在那里与她交谈了几分钟。这番会话对女方的影响，也没能逃出詹宁斯太太的眼睛。尽管她的心十分光明正大，不容她窃听，而且她故意换了位置，在与玛丽安正在弹奏的钢琴紧挨着的一个座位上坐下，以便阻止自己听见，但阻止不了看见埃莉诺脸色的改变，激动不安地倾听，而且由于过于专心，以致丢掉了手头的活儿。有件事进一步巩固了她的希望。在玛丽安从一段练习曲转向另一段练习曲的间隙中，上校嘴里吐出的几个词毫无阻挡地飘进她的耳中，听上去他似乎在为自己住宅的简陋表示歉意。这就使事情毫无怀疑的余地了。她不相信上校真心以为有必要这么做，而推想这是必不可少的礼仪。她分辨不清埃莉诺说了什么话作答。但是根据她嘴唇的蠕动，她认为那绝不是明显的拒绝。詹宁斯太太心下称赞她的诚实。然后他们继续交谈了几分钟，詹宁斯太太没有听见一个音节。幸而玛丽安的演奏又有一下停顿，于是她听见了上校以沉静的声音说出下面的这句话：“我恐怕这不会很快发生。”

听了这种根本不像情话的话，詹宁斯太太大吃一惊，诧异不已，差一点叫出声来：“天哪！谁知道有何障碍！”但她抑止了喊叫的愿望，只是在心里无声地惊呼：“这真是怪事！难道还要等到年纪更大的时候？”

然而，上校这方面的迟延，似乎毫未冒犯或辱慢他的女伴。因此当他们过了不久结束这场谈话，分头走开时，詹宁斯太太清清楚楚地听到埃莉诺用表达其真实感情的语调说：“我将永远认为自己负厚恩于你。”

詹宁斯太太赞赏她的态度，只是想不通为什么在听了这样一句话以后，上校还能像他很快所做的那样，镇静自若地向她们告辞，而且没有给她任何回答便走了！她未曾料到她的老朋友竟会是这样一个冷漠的求婚者。

其实，在他们之间发生的真实情况是这样的：

"我听说，"上校热情洋溢地说，"你的朋友弗纳斯先生由于家庭对他的不公正待遇而落难。如果我对此事理解不错的话，他因为坚持与一个非常令人尊敬的年轻女子的婚约而被家人抛弃了。我得到的消息是否正确？事实是否如此？"

埃莉诺给他以肯定的回答。

"这种冷酷，这种愚笨的冷酷，"上校十分动情地说，"拆散或者企图拆散两个彼此长久依恋的年轻人，是可憎也是可怕的。弗纳斯太太不知她干了一件什么样的事情，她会把儿子逼到何种地步。我曾有两三次在哈雷街见到弗纳斯先生，十分喜欢他。他不是那种在短时间内可以与之亲密相交的青年，但他的见识足以使我祝他幸福，而作为你的朋友，我这一愿望就更加强烈。我知道他打算接受圣职。能不能麻烦你告诉他，我收到今天的信，迪拉弗德的牧师位置现在正空缺着，只要他认为值得接受，这位置便是他的。不过，也许，像他处于目前这样不幸的逆境，假装怀疑他是否会接受是多此一举，我只是希望职位更有价值。那是一个小教区。那已故的牧师，我相信，所得薪俸不会超过两百镑一年。虽然薪俸肯定能够增加，但我恐怕不会增加到可以为他提供一笔可观收入的程度。尽管如此，仍请你使他相信，我将极乐意把他推荐到这个位置上。"

倘若上校真的向埃莉诺求婚，她的惊异也不会胜过这份差使使她感到的意外。这职位，两天前她还为爱德华感到无望，如今却已不成问题，使他能够结婚。而她，在芸芸众生之中，却被指定去授予这一职位！她的情绪波动如此之大，以致詹宁斯太太将其归于一个迥然不同的原因。但是，不论何种失于纯洁、失于可爱的感情浊流在这感动中占一席地位，但鼓励布兰顿上校采取这一行动的慷慨仁爱和特殊的友情，却赢得了她的强烈尊敬和感激，并且，她把这种感情诉诸热情的言语。她真心实意地感谢上校，并谈及爱德华的道义和秉性，诉说她深知他应得的褒奖。她欣然同意担当这项使命，只要上校真心愿意把一个如此惬意的使命推诿给别人去执行。不过，与此同时，她情不自禁地想到，任何人都不能比上校本人更圆满地完成这一使命。简言之，她非常乐意摆脱这份差使，因为她不愿给爱德华以负恩于她的痛苦。而布兰顿上校出于同等的审慎照样推辞，自然渴望通过埃莉诺办理这件事，直至她无论如何不愿再行推诿。她相信，爱德华仍在伦敦，而且她幸好听斯蒂尔小姐说过他的住址。因此，她能够在当天就把事情告知爱德华。他们谈妥以后，布兰顿上校谈起自己得到这样一位可敬可亲的朋友作为邻居，实在是受益匪浅。然后，他才懊恼地诉说那房子又小又冷清。这弊病，埃莉诺不以为然，正如詹宁斯太太推测的一样，至少就房子大小而言，她不认为有什么妨害。

“住宅的狭小，”她说，“我想对他们不会有任何不便，这与他们的家庭和收入正好相称。”

听了这句话，上校惊讶地发现她认为两个人的结婚是举荐牧师职位的必然结果。上校认为迪拉弗德牧师的薪俸不可能提供一笔足够的收入，使持他这种生活方式的人敢于冒险，以其为基础成家立业。他把这个看法说了出来。

“这个小教区充其量只能使弗纳斯先生过上舒适的单身汉生活，仅此而已。这不可能使他获得结婚的经济力量。说来遗憾，我的关心至此为止，除此我就无能为力了。不过。倘使有什么预见不到的机会使我有能力进一步为他效劳，到那时，如果我不像现在这样诚心希望为他尽力，那么我对他的看法一定是大不同于现在了。我现在所做的事情，确实显得无足轻重，因为我只能使他朝无疑是其唯一重大幸福的目标迈出很小的一步。他的婚姻必定仍是遥远的憧憬。至少我恐怕这事不会很快发生。”

这就是被詹宁斯太太误会了意思的那句话。当她听到这句话以后，她那敏锐的感情理所当然地受到了伤害。然而，既经阐明了布兰顿上校和埃莉诺站在窗边时他们之间发生的真实情况，后者在他们分手时表达的感谢，一般而言，可以看出较之求婚场合，其激动的程度和词语声调是同等适度合理的。

第四十章

那位绅士刚刚辞去，詹宁斯太太便狡黠地微笑着说：“哎，达希伍德小姐，我不向你打听上校对你说了些什么。要知道，尽管为了保全人格起见，力图避免听见你们的交谈，但我没法挡住飘进耳中的只言片语，这就足以使我明白他的事由了。请你相信，我一生中不曾这般快活过，我为此衷心地恭喜你。”

“谢谢你，太太。”埃莉诺说，“这对我是一件大喜事，我毫无保留地感受到布兰顿上校的美德。像他一样处世为人的男子是不多见的。如此慈悲心肠的人是少有的！我一生中从来没有这般惊奇过！”

“天哪！亲爱的，你真是淑雅贤良！这丝毫没有什么可惊奇的。近来我常想，这是最有可能成就的好事。”

“你是根据你对上校一贯的慷慨仁爱来判断这件事的。然而至少你不可能预见到这机会来得如此之快。”

“机会！”詹宁斯太太重复道，“哦！说到这个，一个男子一旦在这种事情上拿定了主意，他总会想方设法迅速地找到一个机会。哎呀！亲爱的，我千遍万遍地向你道喜，只要世界上又有了一对幸福的伴侣，我想我很快就会知道上哪儿去寻找他们。”

“我想你的意思是跟随他们去迪拉弗德。”埃莉诺说着，嘴边浮现出黯然的微笑。

“唉，亲爱的，我确实要这么做。至于说那住宅简陋，我不知道上校的意思何在。要知道那是我所见过的最佳住宅！”

“他说过那房屋年久失修。”

“哎，那是谁的过错？他为什么不妥为修缮？除了他自己，有谁会去修整？”

仆人进来打断了谈话，他通知说马车赶到了门口。詹宁斯太太立刻准备出门，她说：“哎，亲爱的，我的话还没说出一半，就得走了。不过，晚上我们可以谈个够，不遗半句，因为不会有人来打搅。我不要求你和我同行，因为我敢说你满脑子尽想着这件事，使你不愿和我做伴。此外，你一定极想把事情原原本本告诉你妹妹。”

这场谈话刚开始的时候，玛丽安便已离开了客厅。

“毫无疑问，太太，我会把它告诉玛丽安。不过我暂时不会把它告诉此外任何人。”

“哦！那很好。”詹宁斯太太颇为失望地说，“那么你不愿我把这事告诉露茜，因为我打算今天出游远至荷尔本。”

“是的，太太，连露茜也不让知道，如果你不反对的话。拖延一天无关紧要。直到我给弗纳斯先生写完信为止，这件事应该对其余任何人保密。我马上就写信。对他来说，关键在于分秒必争，因为他有许多与接受圣职有关的事情要做。”

这番话开始叫詹宁斯太太莫名其妙，大为迷惑。她一时想不通，为什么要如此急迫地把这件事写信通知弗纳斯先生。不过，动过一番脑子以后，她产生了一个绝妙的念头，于是她惊呼道。

“哦！我明白你的意思。弗纳斯先生将主持仪式。哎呀，这对他倒是件好事。唉，他肯定会及时担任圣职，这是真的！我很高兴看到你们之间的关系进展到这一步。不过，亲爱的，这是否有些不合规矩？不是应当由上校本人写信吗？对的，由他自己写较为恰当。”

埃莉诺不大明白詹宁斯太太这番话的前段，同时她认为也不必把它的意思问个一清二楚。于是她只就后段作答。

“布兰顿上校是个审慎度事的人，他宁愿让别人宣布他对弗纳斯先生的关心，而不愿亲自出面。”

“这样一来你就被迫做这件事了。哎哟，这种审慎倒是少有！不过，我不想打扰你。”（她见埃莉诺正准备写信）“你自己的事情你心中最有底。那么再见了，亲爱的。自从夏洛特临盆以来，我还不曾听到叫我这么欢喜的事情。”

她走了，然而不一会儿又返回来，说：“刚才我想到了贝娣的妹妹，亲爱的。我很乐意为她找到这一位好主妇。不过她是否适合做一位夫人的用人，我还说不准。她是一位出色的女仆，做得一手好女红。不过，你可以在得闲时考虑这一切。”

“这当然，太太。”埃莉诺随口答应，却不曾听明白她话的意思。她急于要一人独处，而无意于以主妇的身份谈论这个话题。

她应该怎样开头，在给爱德华的信中她应该怎样表达自己，这想法占住了她的全部心思。对任何第三者来说是轻而易举就可以办到的事情，他们之间的特殊关系却给她造成了困难。她既担心说得过多，又担心说得太少。她手握笔杆坐着，面对信纸冥思苦想，直到爱德华本人走进客厅打破了这一僵局。

爱德华本是来留下他的辞帖的，他在门口遇见了走去上车的詹宁斯太太。这位太太为她本人不能逗留道歉以后，便说达希伍德小姐在屋里，正想与他商谈一件私事。于是，爱德华被迫走入住宅。

埃莉诺正在窘困之中暗自庆幸，无论借一纸信文恰当地表达自己的意思是何等为难的事情，这总比当面口述这一通知来得方便。不料这时，她的客人走进来出现在她的面前，迫使她做出无比艰巨的努力。爱德华的突然到来，使她惊异不止，慌乱不堪。自从爱德华的婚约泄露于众以来，埃莉诺还不曾与他相见。也就是说，自从爱德华知道她获悉婚约的事情以后，他们还未曾相遇。这种情况，加之她意识到自己的感想，意识到她必须对爱德华谈到的问题，使她有几分钟格外狼狈。爱德华也很苦恼。他们对面而坐，形成一种难堪的尴尬局面。爱德华想不起来，他刚进客厅时是否为自己的冒昧来访请求过对方的原谅。但是为了保险起见，就座以后，在他刚刚能启齿时，便作了拘泥于形式的道歉。

“詹宁斯太太告诉我，”他说，“你想和我谈话，至少我对她的话是这样理解的，否则我绝对不会像这样贸然来见你。不过，与此同时，我离开伦敦时不向你和你妹妹辞别，我心里十分抱歉，特别是因为极可能有一段时间，我不可能很快有幸与你们重逢。我明天去牛津。”

埃莉诺稳定了情绪，决定尽快渡过她最为害怕的难关。她说：“可是，没有受到我们的良好祝愿，你是不会走的，即使我们未能亲自前往祝贺。詹宁斯太太说得很对，我有一件重大的事情要通知你，我正想写信向你传达。我接受了一项非常称心的使命，”她比平时说话呼吸急促，“布兰顿上校十分钟以前还在这儿，他希望我对你说，知道你想接受一项圣职，他非常荣幸地向你提供现在正在等候补缺的迪拉弗德牧师职位，而且但愿它价值更大。请允许我祝贺你拥有一位如此可敬、如此贴心的朋友，允许我与他共愿这薪俸——大约两百镑一年——所带给你的意义大出意料之外，使你有更大的能力——对你来说不只是暂时的便利。总而言之，使你能够实现你对幸福的全部希望。”

爱德华此时的感想，连他本人都无法表达，所以不能指望别人替他描述。他的表情的确是惊异万状，这般意外、这般不可思议的消息，自然会产生这样的效果。然而，他说出来却只有这么几个字：

“布兰顿上校！”

“是的，”埃莉诺继续说道，由于难关即将渡过，她的态度更加果断，“布兰顿上校想以此作为他对最近发生的不愉快事件——对于你家庭的不公正行为使你陷入其中的悲惨处境——寄予关切的证明，这种关心，请相信，玛丽安和我自己，还有你所有的朋友们，都在共同分担。同样，他还想以此证明他对你全部人格的高度尊敬，以及对你在这次事件中所持态度的特殊赞赏。”

“布兰顿上校给我一个牧师职位！这可能吗？”

“你家人的冷酷，使你在任何地方发现了友情都大为惊诧。”

“不，”他突然清醒过来，“在你身上发现友情我并不惊异，因为我不会不知道，这件事我全得感谢你，感谢你的善良，我感到了这一点——只要我能做到，我会把它付诸行动——可是，你很清楚，我没有口才。”

“你完全误会了。请相信我，这一切得完全，至少差不多完全，归功于你自己的美德，和布兰顿上校慧识这美德的眼力。这里面没有我的努力。在我明白他的意图之前，我甚至既不知道那位置有了空缺，也万没料到他有权赠送这样一个职位。作为我和我家庭的一位朋友，他也许——我知道他确实更为荣幸将此作为赠予。不过，请相信我，我根本没有为此作过任何请求。”

事实使她不得不承认她在这一善举中占有小小的一份。但与此同时，她极不愿意表现为爱德华的恩人，所以她在承认事实时有所迟疑，也许这有助于加重方才钻进爱德华脑子里的猜疑。在埃莉诺把话说完之后，他静坐沉思一阵，最后，他似乎作了一番努力，才开口说道：

“布兰顿上校是个德高望重的人物。我总是听到人们给他以这种评价，而且你的兄长，我知道，对他也十分敬重。他无疑是个通情达理的人，所作所为完全符合绅士气度。”

“的确，”埃莉诺回答，“我相信，通过进一步的结交，你会发现他正如你所听到的一样。由于你们将会成为近邻（我知道牧师公馆几乎紧挨他的宅邸），他具有这些优良的品格对你是极为重要的。”

爱德华默不作答。可是，当埃莉诺把脸转向别处时，爱德华向她投去一瞥，这目光严肃，诚恳，惆怅，好像说，从此以后，他但愿牧师公馆与宅邸之间的距离大大延长。

“布兰顿上校，我想，是住在圣詹姆斯街吧？”不一会儿，他离座起身说道。

埃莉诺把门牌号告诉了他。

“那么我得赶紧走了，去把你不许我给你的谢意向他表达，去向他保证，他使我变成了一个非常——一个极为幸运的人。”

埃莉诺没有请他多作逗留。临别时，埃莉诺非常热心地请对方相信，她怀着永无止境的良好祝愿，希望他在一生中可能遇到的每个转折关头吉星高照，而爱德华则因表达能力有限，只是勉为其难地回报以同样的良好祝愿。

“我下次见他的时候，”当门在爱德华身后关上时，埃莉诺自言自语地说，“我看到的将是露茜的丈夫。”

说完这句开心的预言，她坐下重新审度刚才的经历，回忆交谈的话语，并力图理解爱德华的全部感情。自然，她在反省自己的不满。

詹宁斯太太回家时，虽然她是在会见了素不相识的人们后返回，而且关于那些人她自然有许多话可说，然而她所掌握的那个重大秘密较之其他事情在她脑子里占有远为显著的位置，所以一俟埃莉诺出现在她眼前，她的思想便转回到这件事情上。

“哎呀，亲爱的，”她嚷道，“我把那青年人打发给你了。我做得对吗？我想你不很感到棘手。你没发现他很不情愿接受你的提议吧？”

“没有，太太。那是不大可能的。”

“那么，他要多久才能准备好呢？看来一切都取决于此。”

“真的！”埃莉诺说，“我对这种种程式了解甚少，关于必需的时间或准备，我甚至没法揣度。不过我估计两三个月内他便能办完接受圣职的手续。”

“两三个月？”詹宁斯太太喊道，“天哪！亲爱的，这话你说得好自在！上校能等上两三个月吗！上帝保佑！要是我，我肯定会急不可耐！一个人固然十分乐意为可怜的弗纳斯先生行善事，可是我认为不值得为了他而等待两三个月。真的，一定能另外找到同样合适的人——某个已经担任圣职的人。”

“亲爱的太太，”埃莉诺说，“你这是怎么想的？布兰顿上校的唯一目的就是能有助于弗纳斯先生。”

“上帝保佑，亲爱的！你肯定不是想劝我相信上校娶你仅仅是为了给弗纳斯先生十个金币！”

这一来，这场误会无法续演了，接踵而来的是一番解释，她们双方当时都从中得到了不少乐趣，而双方的喜悦却都没有重大的损失，因为詹宁斯太太只是从一种惬意转入另一种满足，而且没有丧失对前者的指望。

“唉唉，那牧师公馆是一幢狭小的房屋，”在惊诧和满意的第一阵浪潮过去之后，詹宁斯太太说道，“而且很可能年久失修。然而，听见一个男人，依我的想象是在为一幢据我所知底层有五间起居室的住宅向人道歉，你想想看！我记得那管家曾告诉我，那里能放下十个床位！而且这还是向你，向一个在巴顿别墅生活惯了的人道歉！这显得十分可笑。不过，亲爱的，我们得敲打敲打上校，促使他在牧师公馆动动工，赶在露茜搬进去以前，使那房屋舒适好住。”

“可是布兰顿上校似乎根本不相信那份牧师的薪俸足以容许他们结婚。”

“上校是个呆子，亲爱的。因为他自己有两千镑一年，他就认为别的任何人都不能靠较少的收入结婚。相信我的话吧，只要在米迦勒节前我还活着，我就要对迪拉弗德牧师公馆作一次拜访，而且我担保，如果露茜不在那儿，我就不会去。”

关于爱德华和露茜不会再继续等待收入增加，埃莉诺十分赞同詹宁斯太太的意见。

第四十一章

爱德华向布兰顿上校致谢以后，便去把他的幸运告诉露茜。他到达巴列特建筑区时，兴奋过度，所以当詹宁斯太太第二天再次看望露茜的时候，露茜肯定地告诉她，说自己一生中从未见到爱德华处于如此高亢的精神状态之中。

露茜的幸福感和她自己的情绪，至少是确定无疑的。她恳切地赞同詹宁斯太太的预料，认为她和爱德华能于米迦勒节以前在迪拉弗德牧师公馆安家。同时，露茜毫不迟延地授予埃莉诺以爱德华曾想给她的那份功劳，满怀感激之情地谈论埃莉诺对他们双方的友谊，要把他们所得的好处全部归因于埃莉诺，并公开宣称，达希伍德小姐为他们的利益所做的任何努力，无论现在的还是将来的，都不会使她感到意外，因为她相信埃莉诺能够为那些她认为具有真正价值的人赴汤蹈火。至于布兰顿上校，她不仅要将其供奉为神明，而且更急于真心实意地待之以世俗之礼，急于把他的微小事迹往天上吹捧。露茜暗中决定在迪拉弗德尽可能利用上校的仆从、马车、奶牛和家禽为自己服务。

现在，自约翰·达希伍德造访伯克利街算起，过去了一个星期有余。从那时以来，达希伍德姐妹除了口头问候约翰·达希伍德太太的病情以外，未曾以其他形式表示关心，于是埃莉诺觉得有必要对嫂嫂作一次探望。然而，这一出于不得已的想法，不仅违背她自己的意愿，而且得不到伙伴们的任何鼓舞人心的支持。玛丽安不满足于自己断然拒绝前往，还竭力劝阻姐姐前去。詹宁斯太太对约翰·达希伍德太太深恶痛绝，尽管她的马车随时听任埃莉诺使用，但就连她想看看那位太太在婚约泄露后是何等模样的好奇心，以及她想站在爱德华身边说话而与之分庭抗礼的强烈愿望，都不能克服她不愿与她再度共处一室的心情。其结果是，埃莉诺只身出门，去作一次她所更不愿做的访问，冒着风险去同一个任何人都不如她有这么多理由厌恶的女人对面交谈。

达希伍德太太谢客不见。然而，马车还没掉过头来，碰巧达希伍德先生走出宅门。见了埃莉诺，他显得兴高采烈，告诉妹妹他正准备去伯克利街做客，而且向妹妹保证，范妮会很高兴会见她，接着便邀她进屋。

他们上楼走进客厅。那儿空无一人。

“我想范妮在她自己房里，”约翰说，“我等会儿就去找她，我相信她对和你见面不会有丝毫抵触，的确远不会有抵触。特别是现在，不可能有。话说回来，你和玛丽安总是深得我们欢心。为什么玛丽安不来？”

埃莉诺为玛丽安找了一份讲得过去的托词。

“与你单独会面我并不遗憾，”约翰答道，“我有好多话要对你说。布兰顿上校的这个牧师职位——这是真的吗？他真把它给了爱德华？我昨天偶然听说了这件事，刚才特意去找你进一步打听这事。”

“这完全是真的。布兰顿上校把迪拉弗德的牧师职位给了爱德华。”

“果然如此！哎，这太叫人吃惊！毫无关系！两者非亲非故！而且如今牧师职位薪俸又那么高！一年多少钱？”

“大约两百镑一年。”

“很好。其次再来考虑牧师举荐权的价值。设想已故牧师老了，病了，可能很快空出这个位置。我敢说，他可能得到了一千四百镑。他怎么不在这人死亡之前便把那件事安排好呢？现在要把它卖出去的确为时已晚，然而布兰顿上校是个精明人！我不相信他对于这样平平常常、屡见不鲜的利害关系如此缺乏先见之明！嗯，我相信，几乎每个人的品性都是前前后后大有矛盾的。不过，回想一下，我认为事情是这样的：爱德华据有这个职位的时间是有限的，等到举荐权的那个真正买主长到足以任此职位的年龄，爱德华便得让位。唉唉，这就是事实，没错！”

然而，埃莉诺断然否认这种说法。她说，受托向爱德华传达布兰顿上校提议的正是她本人，因此她肯定了解这一提议的条件。这番解释，使哥哥不得不承认她的权威。

“真不敢相信！”听了埃莉诺的话，约翰喊道，“上校的动机何在呢？”

“非常简单，为弗纳斯先生效劳。”

“哎呀，哎呀，不管布兰顿上校是什么情况，爱德华总是个幸运儿！不过，你不要把这事告诉范妮。虽然我已经向她透了风，她以很大的耐力保持了平静，但她不愿过多地听闻此事。”

这时，埃莉诺好不容易才克制住自己，没有发表意见，说她认为范妮能够容忍弟弟获得一笔财富，须知这件事既不可能剥夺她的利益，也不可能使她的孩子遭受损失。

“弗纳斯太太，”约翰压低声音补充说，那声调表明他在谈一件要事，“目前对这件事还一无所知，我认为最好尽可能长久地对她隐瞒这件事。当婚礼举行的时候，恐怕她难免要听到这一切。”

“可是为什么要这样小心翼翼？当然，毫无疑问，不能指望弗纳斯太太得知儿子有足够的钱维持生活而感到些微的满足，因为这完全不可能。然而，尽管如此，考虑到她最近的所作所为，凭什么认为她会为这件事感到痛苦呢？她已经和儿子一刀两断，她已经永远抛弃了爱德华，同时叫凡能为她所左右的人同样把爱德华拒于门外。的确，在采取了这种做法之后，很难想象她会为了儿子而悲痛或是欢乐。她对儿子的一切遭遇都会无动于衷。她不会如此软弱，以至于丢开了孩子的安慰，却还保留着为人父母的焦虑！”

“啊，埃莉诺！”约翰说，“你说得十分在理，然而你的推论是建立在对人性的无知上的。你相信我好了，当爱德华不幸的婚姻成功之时，他的母亲会痛不欲生，好像她从未赶走儿子。所以，可能加速这一可怕事件的每一情况，都得尽可能对她隐瞒。弗纳斯太太永远不会忘记爱德华是她的儿子。”

“你的话叫我吃惊，照我想，现在她差不多把爱德华忘光了。”

“你极大地误解了她。弗纳斯太太是世上最慈爱的母亲之一。”

埃莉诺缄口不言。

停顿片刻之后，达希伍德先生说：“我们现在正考虑让罗伯特娶莫顿小姐。”

听了哥哥那种煞有介事、果断专横的腔调，埃莉诺微微一笑，淡然答道：

“我想，那位小姐在这件事情上没有选择的自由。”

“选择！你这是什么意思？”

“我只是说，根据你说话的语气，我认为莫顿小姐嫁给爱德华或嫁给罗伯特对她肯定横竖是一样的。”

“当然，这不会有什么差别。事实上，罗伯特现在会被当作长子看待。至于其他方面，兄弟俩都是很可爱的青年，我看不出谁优谁劣。”埃莉诺不再发言，约翰也暂时不再说话。最后，他发表了下面这通意见：

“有件事情，亲爱的妹妹，”他亲切地握住埃莉诺的手，煞有介事地低声耳语，“我可以给你打包票。我要这么做，是因为我知道这会使你快活。我有充分的理由认为——我的确是从最权威方面听说的，否则我不会向你复述，如果不是这样，只要提到这件事就是大错特错——可是我从最权威方面听说——我并没有亲耳听弗纳斯太太本人说，可是她女儿亲耳从她嘴里听说了，并告诉了我。简言之，就是：某一种，某一种联姻——你明白我的意思——不论会引起多大的反对，对她来说可以接受的程度大得多，而且，那种联姻给予她的苦恼，不及这种联姻给她的一半。听说弗纳斯太太以这种方式考虑此事，我大为欢喜。你知道，对我们大家来说，这是个十分称心的局面。‘这样联姻弊害小得多，两者是不能相提并论的。’她说。而且，为了事情不致更糟，她现在非常乐意和解。不过，所有这些都不成问题了，不要想也不要提。至于什么迷恋之类，你知道，这绝不可能，那一切都过去了。不过我认为我应该把这事告诉你，因为我知道这一定会使你大为欢畅。这并不是说你有任何理由懊悔。毫无疑问，你的做法是顶好的。你对所有事情的看法也是一样的，说不定更好。最近布兰顿上校和你在一起吗？”

埃莉诺听了这么多话，如果说不足以满足她的虚荣并增强她的自尊，便是足以激动她的神经，填充她的意志。因此，当罗伯特·弗纳斯先生走进客厅时，她乐得自己无须说一大堆话作答，并且免于再听哥哥说话的危险。闲谈几句以后，约翰·达希伍德记起妹妹的来访还未被通报给范妮，于是离开客厅去找妻子，留下埃莉诺与罗伯特加深交往。罗伯特享受了母亲过分的宠爱和厚待，自得其乐，心安理得，全不管他之所得正是他那被赶出家门的兄长的所失，而为他挣得这份不义之财的，只是他自己的挥霍无度和那位兄长的诚实正直。他的这种态度，更加深了埃莉诺对其头脑和心地的反感。

约翰走后不出两分钟，罗伯特便谈起了爱德华，因为他听说了那个牧师职位，并对此十分好奇。埃莉诺按照对约翰叙说的口径，复述了事情的经过，这番话对罗伯特的影响，尽管不大相同，但罗伯特惊奇的程度却不亚于约翰。他纵声大笑。想到爱德华当上牧师，住在一幢寒酸的牧师公馆里，他就开心不已。再一转念，别出心裁地想象爱德华身着白袈裟念祈祷文以及公布约翰·斯密司与玛丽·布朗结婚的场面，他觉得没有比这更可笑的事情了。

埃莉诺只是端坐在那里，一言不发，等待这场傻笑结束，她一时按捺不住，便盯住罗伯特，目光中包含由他那愚蠢行为唤起的全部轻蔑。不过，这一瞥投得巧妙无比，刚好发泄了埃莉诺的感情，却未被罗伯特察觉。罗伯特能够从小聪明的陋室被召回到智慧的大厦的原因是他自己的敏感，而非埃莉诺的谴责。

他终于从一阵大大延长了当时真实欢乐的假笑中恢复了常态。他说："我们不妨把它当作笑话，然而，这的的确确是一桩最严肃的事情。可怜的爱德华！他被毁了，并将一蹶不振。这使我难过极了，因为我知道他是个好心人。也许他是世界上心肠最好的人。达希伍德小姐，你不能根据你们的初交来判断他的为人。可怜的爱德华！他的举止风度无疑不是最恰当的，然而，你知道，我们并非全都生来具有同样的才能，同样的口才。可怜的人！看着他处在一个陌生人的圈子里！真的，这够可怜了！可是，我的的确确相信，在王国境内，他有一颗最好的心。我向你声明，对你发誓，当事情突然爆发时，我受到有生以来未有的震惊。我没法相信。我母亲是第一个把这件事告诉我的人。我觉得她要我参与决断，便立刻对她说：'亲爱的母亲，我不知道你对这件事打算怎么处理，可是说到我自己，我得说，如果爱德华真的娶这年轻女人，我就永远不再见他。’这就是我当时说的话。我受的打击确实非同寻常！可怜的爱德华！他完全断送了自己！他自绝于整个庄重正派的社会！不过正如我立刻对母亲所说的，我根本不觉得这事不可理喻。根据他的教育方式，这总是在意料之中的。我母亲陷入了半疯狂状态。”

“你见过那位小姐吗？”

“见过，见过一次，当时她住在这里。我偶然顺路进来逗留了十分钟。我看得很清楚。不折不扣的乡下笨姑娘，谈不上风度仪表，几乎谈不上美貌。我完全记得她。正是我想象中可能俘虏不幸的爱德华的那种姑娘。我母亲刚对我讲完这件事，我就提出亲自找爱德华谈话，劝他放弃这桩婚事。然而，已太晚了。我发现，无论做什么事，很不走运，开始我都是不得其门而入，直到破坏已经发生之后还被蒙在鼓里。很明显，这时已没有我干涉的余地了。不过，只要提前几个小时通知我，我认为很可能想得出什么好办法。我肯定会给爱德华以很大的启发。我会说：‘好伙计，想想你在干什么吧。你在结一门最丢脸的亲事，而且是你的家庭一致反对的。’简言之，我总认为是可以找到某种办法的。可是现在全都太晚了。你知道，他得挨饿。这是肯定的。真正地挨饿。”

他刚刚泰然自若地得出这个结论，约翰·达希伍德太太的到来便结束了这个话题。尽管这位太太绝不在她自己的家庭圈子以外谈及此事，但埃莉诺却能看出她精神上所受的影响。她进门时脸上的表情有几分慌乱，并且竭力在举止言谈中装出对埃莉诺的热诚。她的关心甚至深入到这等程度，当她发现埃莉诺姐妹俩将过早地离开伦敦时，表示她一直希望能和她们相见的时间更长一些。伴随她走进客厅的丈夫，为她那抑扬顿挫的语调销魂摄魄，似乎从她的表演中领略了所有优美动人的品质。

第四十二章

埃莉诺后来又到哈雷街作了一次短促的访问，兄妹三人在伦敦的交往就此结束。其间，埃莉诺接受了哥哥的祝贺，一为她们可以一文不花远道旅行返回巴顿，一为布兰顿上校将在一两天内随她们去克利夫兰。范妮则含混不清地邀请姐妹俩在得便时去诺兰做客，而这是一切事情中最不可能发生的一桩。此外，约翰更为热情但较少公开地向埃莉诺保证，他一定会去迪拉弗德看她。这就是可以预言在乡下会面的全部表示。

埃莉诺很感兴趣地留意到，她所有的朋友似乎都拿定主意要送她去迪拉弗德，一个和各地比较起来她现在最不愿前去访问或居住的地方。可是，不仅是她的哥哥和詹宁斯太太认为那地方是她未来的家园，而且就连露茜也作此指望，在她们分别时，露茜再三恳切地要求埃莉诺到迪拉弗德做客。

四月里一个日子里相当早的时刻，两路行人分别从汉诺弗广场和伯克利街各自的住宅出发，约好在路上会合。为夏洛特及其婴儿方便起见，她们在路上的时间将超过两天，而帕尔默先生和布兰顿上校则将以较快的速度走完全程，在她们到达克利夫兰之后不久赶到。

玛丽安在居留伦敦的时间里几乎没什么愉快可言，她早就觉得度日如年，切盼离开这个都市，然而，当动身的时刻终于到来，她竟不能不怀着痛惜的心情与这所住宅告别。在这里，她曾最后一次陶醉于对威洛比寄予的希望和信赖，而这种幸福如今已永远消逝。她不能不泪流满面地离开伦敦，在这个地方，威洛比仍然居留未去，忙于践赴新约，忙于实行新的计划，而这些活动中不可能再有她的一份。

埃莉诺在动身时刻的情绪是较为积极的。她没有由这类对象勾起的缠绵悱恻的思绪，离去之后，不会留下任何人给她以哪怕瞬息即逝的永别的怅惘。摆脱了露茜友谊的烦扰，她感到轻松自在。她庆幸自己带走了妹妹，使威洛比在婚后未能见到她。她满怀希望地展望前景：巴顿几个月的安宁生活会使玛丽安精神恢复平静，并使她自己的心更加坚强。

她们一路平安无事。第二天的旅行把她们带入了萨默塞特郡，这既是缅怀之乡，又是禁忌之地，因为两种情绪轮流冲击着玛丽安的想象。第二天上午，她们乘坐的马车便驶入了克利夫兰。

克利夫兰的宅邸是一座现代化的建筑，坐落在一片倾斜的草场上。这里没有公园，但游乐场地相当宽广。正如其余所有同等显赫的地方一样，它拥有两旁长满灌木的宽阔大路，也有较为狭窄的林荫小道。一条平坦的石子路，绕过一个种植场，通向邸宅的前门。草坪上四处散置着木材。宅邸本身处在枞树、山梨树和阿拉伯橡胶树的荫蔽之下，它们一起构成一道厚密的屏障，其中只缀着高高的伦巴底杨树，把厨房遮蔽得不露只砖片瓦。

玛丽安进入这所宅邸时，心中涌起一股感动的浪潮，这是因为她意识到这儿离巴顿不过八十英里之遥，而距离马格纳峡谷还不到三十英里。刚刚走进院墙，还不到五分钟，趁着其余的人为了把夏洛特的婴孩抱给管家看而忙作一团的时候，她又悄悄地溜出前门，穿过初现新绿的灌木围绕的小径，走上远处一块隆起的高地。在这里，她立于希腊神殿之上，目光扫过一片宽广的庄稼地，掠向东南，然后痴痴地滞留于地平线上最远的山脊，她幻想着从那儿的山峰顶上，可以看见玛格纳峡谷。

在这种珍贵的时刻，她有了难得发泄痛苦的机会。她热泪盈眶，激动不已，竟因来到克利夫兰而欢欣。当她走一条不同的路线返回宅邸时，她感到了乡间自由的全部优越条件，感到了孑然一身在僻壤幽谷中东游西荡的轻松和舒畅。她决定，在她与帕尔默夫妇相处的日子里，她要尽可能在每时每刻，沉迷于这种孤独的徜徉。

她回到住宅时，适逢其余的人离开住宅，于是她加入其中，随其一道游览较近的房产。上午余下的时光过得闲适愉快，她们懒洋洋地在菜园里绕了一圈，观赏墙上攀附的花草，听园丁对虫害的抱怨。她们悠然穿过温室，在这里，夏洛特看到自己心爱的植物遭受了损害，由于护理不周而暴露于风吹雨淋之中，并为持续的霜冻所侵害，这引来了她一阵哈哈大笑。她们还参观了夏洛特的家禽场。由于母鸡遗弃了鸡窝，或遭到狐狸的偷盗，一窝前程无量的雏鸡突然暴死，挤奶女工大失所望，这给夏洛特提供了不少新的笑料。

上午风和日丽，玛丽安想着去野外活动，未曾预料她们在克利夫兰做客期间天气会有变化。因此，正餐之后，她发现自己为一场久雨所阻，不能再度外出，不觉大吃一惊。她眼巴巴地指望在薄暮时分，散步到希腊神殿，或者遍游整片庭园。倘若傍晚只是潮湿寒冷，不会有所阻妨，然而，这是一场持久的大雨，连她也无法把这想象为适于散步的愉快晴朗的天气。

她们人数不多，时间静静流逝。帕尔默太太照料她的婴儿，詹宁斯太太编织她的桌毡。她们谈论在伦敦辞别的朋友，商定米德尔顿夫人的约会，并猜测帕尔默先生和布兰顿上校当晚会不会经过里丁。尽管事不关己，埃莉诺也只好参与这场谈话。玛丽安深得一种秘诀，在每所住宅里都能找到通向图书室的路径，尽管一般而言主人会避免这些路径为客人所知，对她却无济于事。她很快为自己找到了一本书。

帕尔默太太丝毫未失主东之道，她那经久不衰、友善可亲的欢快性情，能使客人感觉到自己是深受欢迎的。一举一动流露的坦率和热诚，绰绰有余地弥补了常使她礼仪不周的风雅的欠缺，那可爱的脸蛋上浮泛的善意是动人的。她的迟钝，尽管显而易见，却不惹嫌，因为其中并不包含骄矜自负的成分。除了她的笑声以外，埃莉诺容得下她的种种言行。

两位绅士第二天到达，赶上一顿很晚的正餐。他们的到来扩大了聚会，带来一阵欢乐，并为交谈提供了极受欢迎的多种话题，须知那场一直未停的大雨下了整整一个上午，已经把交谈的气氛压得很低。

埃莉诺很少与帕尔默先生会面，然而就在那很少的会见之中，已经领教过这位先生对玛丽安和她的变化多端的态度，因此她不知道，这位先生在自己家里会有怎样的表现。然而，她发现，帕尔默先生对他的所有客人完全是以绅士气概相待，只是偶尔对他的妻子和岳母有些粗莽。埃莉诺发现他完全有资格做个令人愉快的友伴，只有一种因素总是阻碍他达到这种境界，就是他过于倾向于相信自己总是高高凌驾于人们之上，就像他肯定怀有对詹宁斯太太和夏洛特的优越感一样。他的性格与习惯的其余部分，据埃莉诺的理解，并没有刻上就其性别与时代而言非同寻常的特征。他饮食讲究，生活无律，喜欢孩子，但假装藐视。他靠打台球消磨上午的时光，而他本应投入事业。然而，总的来说埃莉诺对他的好感超过了预料。她不能对其产生更多的好感，她心中并无遗憾。她观察到帕尔默先生的自私和自高自大，这驱使她走向对记忆中的爱德华形象的满足，满足于其慷慨的气质，朴素的风格，和谦恭的感情。

关于爱德华，或者至少关于他的某些事情，埃莉诺现在得到了出自布兰顿上校的情报。上校最近到过多塞特郡，他立刻把埃莉诺当作弗纳斯先生的无私挚友，和他自己的心腹知己。他对埃莉偌大谈迪拉弗德牧师公馆，描绘它的缺陷，并说他打算亲自对公馆做些修缮。上校在这方面以及在其他细节上对埃莉诺的态度，在仅仅十天的分别之后遇见埃莉诺时表现出毫不掩饰的快活，与埃莉诺交谈时的欣喜，以及他对埃莉诺所持看法的尊重，这一切，都可以说明詹宁斯太太坚信其迷恋埃莉诺是理由充足的。而且，若非埃莉诺如同开始那样深信玛丽安是上校真正的心上人，那么，也许这些现象也足以使她本人认为上校对她怀有感情。然而，事实上，若非詹宁斯太太启发，这种想法几乎从未在她脑子里产生。她自信自己察言观色比詹宁斯太太更为精明。詹宁斯太太仅仅考察上校的言语，而她却观察上校的眼睛。当玛丽安感到头晕喉痛，显出重感冒的先兆，上校的表情里便显出心焦如焚的忧虑，而由于这种感情未曾形诸言辞，便完全逃脱了詹宁斯太太的注意，而她，埃莉诺，却能在其中发掘敏锐的痛苦和情人的无谓的惊慌。

在来到此地的第三天和第四天傍晚的薄暮时分，玛丽安作了两次晚间散步，她不仅漫步于覆满灌木的砂石地，而且走遍了庭园，尤其在最远的地方流连忘返，那儿较之别处更具有荒凉的气氛，树木的年岁最老，青草最高最湿，加之她穿着濡湿的鞋袜久久坐在地上的轻率举动，使她患了一场严重的伤风。虽然前两天她满不在乎或加以否认，然而病势日渐加重，迫使大家极为担心，也迫使她自己给予重视。大家纷纷贡献药方，但和通常一样都遭到了谢绝。她说，尽管头痛发热，四肢酸疼，喉头发炎并咳嗽，但是一夜的良好休息便能完全治愈她。当她上床时，埃莉诺费了九牛二虎之力，才说服她采取了一两种最简单的治疗。

第四十三章

第二天早晨，玛丽安按照平日的时刻起床。对于大家的探问，她一概答以“正在好转”，并想证明事实如此，饮食起居一如平常。然而，这一天，她不是坐在火边，浑身发抖，手里捧着一本书却无法阅读，便是躺在沙发上，虚弱无力，并未显出多少好转的迹象。她终于早早上床，越来越感到不好过，这时布兰顿上校对她姐姐的镇定自若惊诧万分，虽然埃莉诺不顾病人的反对，整天伺候护理妹妹，并在夜里强迫她接受适当的治疗，但她和玛丽安一样相信睡眠可以奏效，并无真正的忧虑。

然而，这一夜玛丽安头痛高热，不得安宁，使得姐妹俩都觉得指望落空。玛丽安挣扎着起床，然后自认为无力坐着，心甘情愿地回到床上。这时埃莉诺欣然地接受了詹宁斯太太的劝告，派人去请帕尔默夫妇的药剂师。

药剂师来了，诊察了病人，尽管他想叫埃莉诺相信，玛丽安过不了几天便会恢复健康，但他仍然宣称病人的疾病有恶化的趋势，并容许“传染”一词从口中脱出，使帕尔默太太因为婴儿的缘故立即提高了警惕。詹宁斯太太自始便认为玛丽安的疾病比埃莉诺想象得更为严重，现在听了哈里斯先生的报告，更表现得十分严肃。她确认了夏洛特的恐惧和谨慎，强调她必须带着婴儿一道迁移。帕尔默先生认为她们的不安毫无根据，但发现妻子的焦虑和强烈的要求不可忽视，于是，帕尔默太太的离避才确定下来。自哈里斯先生到来算起未出一个小时，她便出发了，前往帕尔默先生一位近亲的住宅，那地方在巴思的另一头，离这儿几英里。在她恳求之下，她丈夫答应一两日内到那儿去与她会合。她同样执意请求母亲到那儿去陪伴她。然而，詹宁斯太太有一副使她备受埃莉诺热爱的慈善心肠，她宣布她的决定：只要玛丽安疾患未愈，她绝不离开克利夫兰一步，她要亲自细心照料，力图代行玛丽安母亲的职责，因为是她把玛丽安从她母亲那儿领走的。埃莉诺觉得她时时是个主动热心的帮手，愿意分担她的劳苦，并且常以较为丰富的护理经验，发挥主要的作用。

不幸的玛丽安虚弱无力，这是她所患疾病的特征，她觉得自己一蹶不振，对恢复健康已无可指望。她想到，若无这倒霉的疾病，明天将有什么事情发生，这一想，更加深了她的种种愁思。须知她们原计划启程的日子就是明天。她们本来可以由詹宁斯太太的一名仆人一路护送，就在明天上午突然出现使她们的母亲大吃一惊。她的寥寥数语，全是哀叹这迫不得已的耽延。不过，埃莉诺竭力鼓舞她的勇气，叫她相信，这耽误为期甚短。当时，埃莉诺本人确实怀有这种信心。

第二天，病人的情况变化极小，或者说毫无转变。她的确没有好转，似乎也没有恶化。她们的伙伴又有所减少，因为帕尔默先生尽管不愿离开，既出自仁爱厚道，也怕被说成是被妻子胁迫，在布兰顿上校的劝说催促下，他终于履行了赶去与妻子会合的诺言。当他准备动身时，布兰顿上校本人在经过一番剧烈的思想斗争之后，也提出要离开。然而，詹宁斯太太出于善良的成人之美的愿望从中阻拦。她想，上校的意中人正为妹妹深感不安，在这种时候让上校离开，便是剥夺姐妹俩的慰藉。于是，她立刻告诉上校，她本人需要上校留在克利夫兰，当达希伍德小姐傍晚在楼上陪伴妹妹的时候，她需要上校陪伴她玩皮克牌[①]，等等。她极力劝说上校留下，而上校也十分乐意应承，因为这样便满足了他内心的本来愿望，于是甚至不再假装拒绝。特别是，詹宁斯太太的恳求得到了帕尔默先生的热情支持，在帕尔默看来，他走后留下一个充分有能力的人，在危急关头协助或忠告达希伍德小姐，对他本身是安慰。

所有这些安排自然都瞒过了玛丽安。她不知道她已经成为驱使克利夫兰领主在回家大约七天之后便又离家的原因。看不见帕尔默太太她并不感到奇怪。由于她不把这事放在心上，她从未提起帕尔默太太的名字。

自从帕尔默太太离家，两天过去了。玛丽安病状如旧，很少变化。哈里斯先生每日前来诊视，仍然大胆宣称将会快速痊愈，而达希伍德小姐同样乐观，然而其余人的看法却没有如此乐观。在病刚发作时，詹宁斯太太便断定玛丽安绝难恢复健康，布兰顿上校的主要作用在于听取詹宁斯太太的预言，他的精神状态敌不住这些预言的影响。他试图用理智说服自己，摆脱在药剂师的不同诊断面前显得荒唐的恐惧心情。然而，他每天大部分时间处于完全孤独的境地，这是滋长各种阴郁念头的最有利的条件。他无法从脑子里驱走一个想法：他再也见不到玛丽安。

然而，第三天上午，两个人的悲观失望几乎全被扫除。哈里斯先生到来后，宣布他的病人大有好转。她的脉搏十分有力，各种症状都比上次诊视时大有改善。埃莉诺坚定了乐观的信念，兴高采

---

① 两人对玩的一种纸牌戏。

烈。她在信中给母亲报喜说，她依照自己的而非她朋友的判断，认为使她们在克利夫兰延搁的微恙不值得大惊小怪，并且差一点定下了玛丽安可以上路旅行的时间。

但是这一天以吉祥如意开始，却未能如此终了。到了晚上，玛丽安的病势复又加重，较前有增无减，她更加难受，烦躁不安。可是她的姐姐仍然保持乐观态度，宁愿把病情的恶化仅仅归因于整理病床时病人起坐所受的劳累。她细心地服侍病人吃下药剂师嘱服的镇静剂，满意地看着她终于沉睡，并指望这样会带来最佳的效果。玛丽安的睡眠不如埃莉诺所希望的那样安稳，但持续了相当长的时间。埃莉诺一心想亲眼看见这场睡眠的结果，便决定自始至终坐守在病人身边。詹宁斯太太不知病情的变化，难得地提早上了床。她的女仆，主要护士之一，正在管家房间里养神，于是玛丽安身边只留下埃莉诺一人。

玛丽安的睡眠愈益不安，她的姐姐以密切的关心注视着她不断变换卧姿，听着她嘴里发出的频繁但含混不清的痛苦呻吟。埃莉诺正想把她从如此痛苦的睡眠中唤醒，这时玛丽安突然被住宅里某种意外的响动惊醒，猛然抬起身，疯狂地喊道："妈妈来了吗？"

"还没来。"姐姐答道。她掩饰住自己的恐惧，扶着玛丽安，使她重新躺下。"不过她会来的，我希望，不久就会来。从这里到巴顿路途很远，对不对？"

"可是不许她绕道伦敦。"玛丽安还是那么慌慌张张地喊道，"如果她去伦敦，我绝不见她！"

埃莉诺吃惊地发觉她神态不大正常，于是在设法抚慰她时，赶紧探摸她的脉搏。脉搏反常，跳得又快又沉。玛丽安仍在胡讲妈妈的事。埃莉诺恐慌骤增，决定立即把哈里斯先生请来，并派遣一名信使去巴顿请母亲。她刚拿定主意决心执行后一决定，便想到找布兰顿上校商量尽可能把这件事情办好。她拉铃把女仆叫上楼，替换她守在妹妹身边，然后立刻匆匆下楼走进客厅，她知道，上校总是在客厅里待到比此刻晚得多的时候。

已经没有犹豫的时间，她立刻向上校倾诉了她的恐惧和困难。对于她的恐惧，上校既无勇气也无信心去试图消除它们。他神情沮丧，默默无言地听着。然而她的困难必须立刻排除，他毫不犹豫地自荐为接请达希伍德太太的信使，仿佛他早已在脑子里预计好了这个时刻和这份差使。埃莉诺只是略表反对，便同意了他的坚持。她以简短的语言、热烈的感情对他表示谢意。上校出去打发仆人火速送信给哈里斯先生并立刻租雇驿马，趁着这段时间，埃莉诺匆匆给母亲写了几句话。

这时，一个像布兰顿上校这样的朋友，她母亲有这样一位友伴，他给予的安慰，多么令人感激！上校是这样一位朋友，他的见解为她指出明路，他的关怀使她安心，他的友情减轻她的痛苦！只要这种灾难对她的打击可能减轻，那么上校的存在，他的举止，他的帮助，便会起作用。

他，在这段时间里，尽管十分痛苦，却是头脑镇定，行动果断，干净利索地作好各种必要的安排，精确地计算出埃莉诺可以指望他返回的时间。没有一分钟的损失，没有任何形式的拖延。驿马到来了，甚至比他们预期的来得还要快。布兰顿上校只是以庄重的表情与埃莉诺握握手，说了短短的几句话，声音低沉得连听也听不见，便匆匆地跨上马车。当时大约是十二点钟，埃莉诺回到妹妹的房间，等候药剂师的到来，一直在病人身边通夜守护。这是一个姐妹俩同样痛苦难熬的夜晚。在哈里斯先生露面之前，那一个又一个小时，就玛丽安而言，是在无止无休的痛苦和谵语中度过的，埃莉诺则是在最严酷的焦虑中度过。她的不安重重地压迫着她，以加倍的折磨报复她过去的盲目乐观。她不许别人叫醒詹宁斯太太，于是女佣坐在她身边，向她暗示女主人一贯的想法，这使她更为悲痛。

玛丽安仍然间发性地想到母亲，思想支离破碎。每当她提到母亲，可怜的埃莉诺便觉得心脏猛然下沉，她谴责自己那么多天对疾病掉以轻心，并可耻地企望很快痊愈。她想象一切救护不久就会落空，以为一切都拖延过久。她向自己描绘一幅图景：她那含辛茹苦的母亲，未能及时赶到，见不着这个为她所宠爱的女儿，或者说见不着她的理性。

埃莉诺打算再派人去请哈里斯先生，若他不能来，便另请医生。正在这时，哈里斯先生到来了，但是已过了五点钟。不过，他的见解对他的迟到稍有补偿，因为，虽然他承认他的病人有了很意外、很恼人的变化，但他不承认有显著的危险，并说一种新治疗法肯定会解除疾患。他很自信，埃莉诺传染了这种信心，不过程度较轻。他保证在三四小时内再来诊视。他走后，病人和其忧心忡忡的看护者都比他来的时候较为安定。

詹宁斯太太在早晨听说了发生的一切。她深为忧虑，不住地抱怨没有叫醒她给他们帮忙。她过去的恐惧现在夹带着更多理由卷土重来，使她对结局毫不怀疑。她想对埃莉诺说几句抚慰的话，可她深信玛丽安身处险境，这不容她向埃莉诺提供希望的慰藉。她心痛欲裂。玛丽安，这么年轻、这么可爱的一个姑娘，她的早衰，她的夭折，即使关系不甚密切的人，也会为之哀伤。在詹宁斯太太心里，她更赢得了深一层的同情。詹宁斯太太在三个月里不离她左右，如今还在关照她，而且，众所周知，她的心受了很深的伤害，许久以来抑郁寡欢。她姐姐的不幸，也摆在詹宁斯太太眼前，蒙受其格外的关心。至于她们的母亲，詹宁斯太太想，玛丽安之于她，可能便如夏洛特之于她自己，这一来，她对这位母亲的同情便是非常真挚的了。

哈里斯先生按时到来，作了第二次诊视。可是，他对上次治疗效果的指望落空了。他的药剂未起作用，热度未减。玛丽安只是安静了一些，不省人事，耽留于悲惨的昏迷状态。埃莉诺立刻洞悉了药剂师心中的全部恐慌——还不只是全部，并提议另请高明。可是他认为无此必要。他还有办法可试，某种新制的敷用药，对于它的功用，几乎和对上次用的药剂一样满怀信心。他的访问以鼓舞人心的担保告终，那些话进入了达希伍德小姐的耳中，却不能进入她的心里。除了想到母亲的时候以外，埃莉诺心中是平静的，但她几乎绝望了。直到中午，她一直处于这种状态，几乎不曾离开妹妹床边。她游思滚滚，脑子里浮出一个又一个悲哀的形象，一个又一个受难的朋友。詹宁斯太太的话压得她透不过气来，这位太太出于顾忌，而把这次打击的严重性和危险性归咎于玛丽安失恋导致的拖延了许久的病因。埃莉诺觉得这想法完全合理，而这一来她的反省又倍增伤感。

然而，中午时分，她怀着一种谨慎的、害怕失望的情绪，开始幻想，希望能在妹妹的脉搏中找出一点点好转的征兆。这使她甚至对她的朋友也保持沉默。她等待，观察，一遍又一遍检查。终于，在一阵比她以前所有苦恼都难于隐匿于表面平静之后的激动驱使下，她孤注一掷，泄露了她的希望。詹宁斯太太尽管在诊察时被迫承认病人有暂时的好转，但她想叫她的年轻朋友不要盲目乐观地以为这种情况会持续很久。埃莉诺细细领会每一句叫她不抱信心的暗示，同样告诫自己不要作过奢的指望。但是为时已晚。希望已经渗入她的心田。希望在她的心里焦虑地骚动，她朝妹妹俯身查看，不知道查看什么。一个半小时过去了，可喜的征兆还在继续。另有一些好的征兆陆续出现，这就更加强了那一肯定。玛丽安的呼吸，她的皮肤和双唇，都以好转的迹象讨得埃莉诺的欢心。玛丽安凝视着她，目光虽然疲弱，却是清醒的。焦虑和希望，现在以同等的力量压在埃莉诺心上，使她一刻不得安宁，直到哈里斯先生在四点钟到来。她妹妹的病情好转甚至超过了药剂师的预想，哈里斯先生做出保证，并表示祝贺，这给了埃莉诺以信心和安慰，还有带泪的喜悦。

玛丽安在各个方面明显好转，药剂师宣布她完全脱离了危险。詹宁斯太太或许是满意于她预言的部分中肯——这可见于他们后来的警觉，于是她容许自己信任药剂师的诊断，先是怀着真诚的喜悦，继而怀着明朗的欢乐，承认痊愈的可能性。

埃莉诺无法表现得欢乐。她的喜悦属于另一类型，它会导致任何感情，却不会导致欢乐。玛丽安苏醒了，恢复了健康，回到了朋友们当中，回到了溺爱她的母亲身边，这种想法占据了她的心，她感到莫大的安慰，这安慰将扩展为热烈的感激。但她的喜悦没有溢于言表，没有语言，没有笑容。埃莉诺心中只有满足，沉寂而强烈的满足。

整个下午，她继续守在妹妹身边，其间只有短促的间歇。她安抚玛丽安的种种担忧，回答她那种衰弱的心灵的种种询问，提供种种帮助，并且观察每一个眼神，每一丝呼吸。自然，疾病反复的可能性，有时会从她脑中闪过，使她回想起焦虑是何种滋味，但是通过频繁而细微的观察，她看到种种痊愈的征兆持久未衰，在六点钟，又看见玛丽安沉入了一场平静、安稳、万般舒适的酣睡，于是她心头的疑虑一扫而光。

此时已经接近可以指望布兰顿上校返回的时间。她相信，十点钟，或者至少在十点钟过后不久，她母亲便可免除可怕悬念的折磨，此刻她无疑正怀着忐忑不安的心情行进在旅途中。还有上校！也许他是应该受到同等怜惜的对象！啊！使他们延迟听到喜讯的时间消逝得多么慢！

七点钟，她去客厅与詹宁斯太太共进茶点，留下玛丽安继续酣睡。她的恐惧使她吃不下早餐，正餐时，她突然转忧为喜，只能咽下几口食物。因此，这顿点心，伴随着她赋予的欢快情调，格外受人欢迎。吃完点心，詹宁斯太太劝她在母亲到来之前小憩片刻，让自己代替她守护玛丽安。可是埃莉诺不觉疲劳，眼下毫无睡意，她不能在无所事事的时刻离开妹妹。于是詹宁斯太太陪伴她上楼走进病人的房间，满意地看到一切仍然正常，便让她留在那儿照顾，想心事。詹宁斯太太则回到自己的房间里，写信，然后睡觉。

这是个寒冷的夜晚，风雨交加。风在住宅四周呼啸，雨点敲打着窗户。然而埃莉诺待在室内无忧无虑，毫不在意。玛丽安在阵阵风声中沉睡未醒。而两位旅行者，积蓄了丰厚的报偿，以抵消现在所受的一切辛苦。

钟敲了八点。如果钟敲了十下，埃莉诺会坚信她当时听到了一辆马车驶进住宅的声音。她的确听到这样一种声音，这事实具有很大的说服力，因此，尽管几乎不存在他们已经到达的可能性，她还是走进了隔壁的化妆室，打开一扇百叶窗，以便弄清真相。她立刻发现自己没有听错。一辆马车上闪闪烁烁的灯光立刻映入她的眼睛。借着那模糊的光线，她看清了那是一辆四马马车。这种情况，既表明她可怜的母亲万分焦急，又为如此出人意料的快速做出了一些解释。

埃莉诺一生中从未像现在这般难于镇静。她知道当马车在门口停住时她母亲会怀着什么样的感情。她怀疑，恐惧，也许绝望！而且她知道自己将对母亲说些什么！有了这样的先见之明，她不可能镇定。剩下来要做的就是火速行动。因此，她把詹宁斯太太的女仆留在妹妹身边以后，片刻不停，便匆匆下楼。

她走过一条内门廊时，听到门厅里有喧闹声，于是断定他们已经进入住宅。她快步跑向客厅，走了进去，看见的只是威洛比。

第四十四章

埃莉诺惊异地一眼瞧见威洛比，立即退后一步，服从心中的冲动，马上转身离开房间。她的手已经落到锁把上，这时威洛比急忙走上前去，使她的下一动作犹豫了一下。威洛比以一种不像恳求倒更像命令的声音说：

“达希伍德小姐，我请求你留下——半个小时——十分钟。”

“不，先生，”埃莉诺斩钉截铁地回答，“我不会留下。你的事与我无关。我想，仆人们忘了告诉你帕尔默先生不在家里。”

“假使他们告诉我，”威洛比激动地喊道，“帕尔默先生和他的所有亲属都见鬼去了，这也没法叫我转身出门。我的事情与你有关，只与你有关。”

“和我有关！”埃莉诺惊得目瞪口呆，“喂，先生——要快说——如果你能——不这么粗暴。”

“坐下吧，两个条件我都答应。”

她迟疑不决，不知所措，脑子里闪过一个念头：布兰顿上校会到来并发现威洛比在这儿。但她已经答应听威洛比讲话，对于此事她的好奇心之强烈并不亚于荣誉感。因此，沉思片刻之后，她认定现在最好是快一点结束，而她的默许会最大限度地加快事情的进程，于是她一言不发地走到桌边坐下。威洛比在她对面的椅子上就座，此后足有半分钟双方都未吭声。

“请快点儿，先生。”埃莉诺不胜其烦地说，“我没有空。”

威洛比以一副沉思的姿态坐着，仿佛没有听见她的话。

“你妹妹，”过了一会儿，他突然开口说道，“已经脱离危险。我听仆人说的。感谢上苍！这是真的吗！是不是绝对真实？”埃莉诺不愿答话。他以更大的热情重复了这个问题。“看在上帝的分儿上，告诉我，她脱离了危险，还是没有？”

“我们但愿她没有危险。”

他站起身，在房间里踱步。

“假使半小时前我了解这么多情况——可是既然我到了这儿——”他回到座位上后，以一种勉强的活泼口吻说道，“这有什么关系呢？就一次，达希伍德小姐，这是最后一次，也许——让我们欢聚一堂。我一心想快活。坦率地告诉我——”他的双颊泛出两团更深的红光，“你认为我是无赖还是傻瓜？”

埃莉诺盯着他，吃惊的程度是空前的。她开始想象对方一定是喝得酩酊大醉了。这样一次访问，这样的怪诞言行，似乎只有作这样的理解。有了这种印象，她立刻起身说道：

“威洛比先生，我奉劝你暂时返回峡谷。我没有闲暇再和你待下去。无论你有什么事找我，最好留待明天提出并作解释。”

“我明白你的意思，”威洛比答话时意味深长地一笑，声音镇定自若，“是的，我是酩酊大醉了。在马尔波罗就着冷牛肉喝一品脱黑啤酒，足以把我弄得神志不清。”

“马尔波罗！”埃莉诺喊道，越来越弄不清他到底想干什么。

“是的，我今天早晨八点钟离开伦敦，从那时起我一直坐在马车里，只花了十分钟下车在马尔波罗吃了一顿快餐。”

威洛比举止的稳重，以及他说话时眼中闪烁的理智之光，使埃莉诺相信，无论是何种不可原宥的愚蠢驱使他来到克利夫兰，原因却不在于醉酒。她定了定神，说道："威洛比先生，你应该感觉到——我无疑感觉到了——既然发生了过去的一切，你像现在这样来到这里，强迫我听你说话，这需要有特殊的原因。你这样做有什么目的呢？"

"我的目的是，"威洛比语气严肃地说，"如果可能的话，冲淡你现在对我所怀的憎恨。我打算为我的过去做出某种解释，某种辩白，对你坦露我的心胸，使你相信，尽管我从来是个傻瓜，但我并非一直是个恶棍。这样，我就能得到某种类似原谅的感情，从玛——从令妹心中。"

"这是你来这里的真实意图吗？"

"一点不假！"他回答的口吻十分热烈，这使埃莉诺的记忆中浮现出以前的威洛比，并且不由自主地认为他是诚挚的。

"如果只此而已，那么你已可满足了。玛丽安原谅——她早就原谅你了。"

"真的吗！"他以同样热烈的声调喊道，"这么说她在获得理由之前便原谅了我。不过她将再次对我谅解，而且是在更合理的基础上。那么，你愿意听我说吧？"

埃莉诺点头同意。

威洛比沉默了一阵，埃莉诺等他开口，而他则在沉思。然后，他说："我不知道你怎样评价我对你妹妹的所作所为，也不知道你把什么恶劣的动机归认于我。也许我的话很难扭转你对我的看法，然而这值得一试，我要把一切都告诉你。当我与你们的家庭开始亲近时，我只是想在我必须居留德文郡的日子里度过一段比以往任何时候更加愉快的时光，除此之外，我对这种交往别无企图。你妹妹可爱的人品和有趣的风度，叫我没法不喜欢。她对我的态度，几乎从一开始起，就属于一种——后来我回想起这种态度和她本身的情况，便惊诧自己的心为何那样麻木不仁！但我得承认，我的虚荣心为此抬高了。我漠视她的幸福，单单考虑我自己的快乐，屈从于我一生惯于过分放纵的感情，于是我竭尽全能使自己取悦她，却未打算回报她的恋情。”

听到这里，达希伍德小姐怒不可遏地盯住威洛比，打断他的话头，说：“威洛比先生，你再说下去，或我再听下去，都不值得。事情这样开头，不会有任何结果。别让我受罪再听你谈这件事情。”

“我坚持请你把这事情从头至尾听一遍。”威洛比答道，“我从不富裕，而且大手大脚地花钱，惯于和收入比我多的人们交往。我相信，自我成年以后，或者说甚至在那以前，我负的债务与年俱增。虽然我表姐史密斯太太的死会使我解除债务。但那件事还是靠不住的，也许远不可及，因此有一段时间，我打算娶个富有的女人，以重振家业。因此，让我受缚于你妹妹，是不可想象的。我的行为卑鄙、自私、残忍，因此，对我的所有愤恨和鄙视，哪怕出自你，达希伍德小姐，都不算苛责。我的行为如此，想赢得她的关注，却不想给予报答。不过，即使在那种利己的虚荣的可怕状态中，仍有一件事可以为我辩护，那就是我不知道我蓄意造成的危害严重到什么程度，因为我当时不知爱为何物。然而我对爱情是否有过了解，这是大可怀疑的。要知道，倘使我真心爱过人，难道我会为了虚荣或贪婪而牺牲自己的感情？然而我这么做了。为了避免比较而言的贫困——其实她的爱情和她的交际会将这贫困带来的恐惧一扫而空——我让自己致富了，从而丧失了可由获得幸福的一切。”

埃莉诺以稍有缓和的口气说：“当时你认为自己曾一度迷恋她。”

“要抵抗这么大的诱惑，要拒绝这么动人的深情！世上有谁办得到呢？是的，在缓慢的进程中，我发现自己逐渐真的爱上了她。我一生中最幸福的时刻，就是在她身边度过的，当时，以最严格的眼光看来，我觉得自己的意图是光明正大的，我的感情无可指责。不过，就连那个时候，尽管我下定决心向她求婚，但我极无耻地容许自己一天天往后拖延求婚的时间。因为我不愿在境遇狼狈不堪的时候与人订婚。我不愿在此理论，也不愿等待你来细究我行为的荒唐，我迟疑着不愿定下已将我的人格束缚于其中的婚约，这比荒唐更糟。这件事说明我是个诡诈的傻瓜，处心积虑地找到一个可能使自己永远卑鄙下流、不齿于人的机会。不过，我终于拿定了主意。我决定一旦能够与她私下约会，便向她证明我对她一贯的关心，并公开向她确认我已尽力显示的爱情。但是与此同时——就在即将过去的那几个小时间隙里，我还来不及找机会与她私下交谈，发生了一件事，一件不幸的事，彻底摧毁了我的决心，同时破坏了我的全部兴致。有件事被发现了——”威洛比犹豫不决，垂下目光，“史密斯太太从某种途径得知，我猜想是一位远亲向她报告，意在从我身上剥夺她的厚爱，那位远亲揭发了一件情事，一种关系——不过我本人不必进一步说明。”他面色泛红，带着询问的眼光注视着埃莉诺，补充说：“你格外亲密的朋友——你也许早就听说过这整个故事。”

埃莉诺同样红了脸，心肠复又变硬，完全消除了对他的同情。她答道：“我已经——已经全听说了。我承认，难于想象，你怎能为你在那个可怕事件中所负的罪责作任何辩解。”

威洛比喊道：“请记住你是从谁那儿得知此事的。难道这里没有偏心？我承认，我应该顾虑到她的处境和身份。我无意于为自己辩解，但我不能听凭你认为我无话可说。你会认为，由于她是受害者，便无可指责，由于我是个浪子，她便肯定是圣女。如果她的热情之激烈，理解力之薄弱——不过，我并不想替自己辩护。她对我的爱情值得更好地处置，我常常深感惭愧地回忆她的深情。在很短一段时间内，它具有获得任何回报的能量。我希望——我衷心希望这事未曾发生。可是我伤害的不只是我自己。我伤害了一个人，这个人对我的爱情（我能这么说吗？）的热烈程度几乎不下于她的那一份，而这个人的精神——啊！是优越无比的！”

“然而，你对那不幸姑娘的冷漠——我得说，正如对这样一个题目的讨论，是令我不愉快的——你的冷漠不能开脱你对她的冷酷玩忽。别以为她在理解能力上的薄弱和天生缺陷，能使你明显的不负责任的残忍得到原谅。你一定知道，当你在德文郡寻欢作乐，追求新欢，成天到晚愉悦开心的时候，她却被你抛弃，陷入困境。”

“可是，请相信我，我不知道这件事！”他急切地回答，“在我的记忆中，我并未忘了把我的收信地址告诉她。而且只要有常识，她就能找到我的地址。”

“哎，先生，史密斯太太说了些什么？”

“她立刻加罪于我。我的狼狈处境是可以猜想到的。她洁身自好的正统观念和不晓世故，统统和我作对。那件事本身我无法抵赖，我想使它得到缓和，可是种种努力都白费了。我认为，她心怀成见，怀疑我处世为人的道德，何况她不满我在这次访问中对她关心极少，用于陪伴她的时间在我的日程中只占很小的部分。简言之，最后我们完全决裂了。有一项措施可以使我免于此难。她的道德确实高尚，善良的女人！她提议，如果我愿意娶艾丽莎，她可以原谅我的过去。我办不到，于是正式接到了她的驱逐令，把我驱逐出她的爱护和住宅。这件事发生后的第二天晚上——我准备次日上午动身，我曾经考虑过将来应该怎么办。斗争是激烈的，但结束得太快。我对玛丽安怀有深情，我坚信她对我十分爱恋，但这不足以在权衡利弊中战胜对贫穷的恐惧，或压倒那些关于必须致富的妄念。我生性贪财，而奢华的社会使这种欲念有增无减。我有理由相信，如果我向现在的妻子求婚，是能够得到她的。我对自己说道：‘只有这样做才是普遍明智的。’然而，在我离开德文郡之前，有个气氛沉重的场面等待着我。就在那天，我受到约请与你们同赴一个宴会，因此我必须为我毁除婚约作些辩解。但我盘算了很长时间，是书面辩解还是口头辩解，我抉择不定。我觉得和玛丽安见面是件可怕的事情，而且我怀疑再次看见她后还能不能保持我的决心。在这个问题上，正如事实表明的，我低估了自己的气量。我去了。见了她，见其可怜，并任其可怜。我离开她了，希望不再与她相见。”

“你为什么要去，威洛比先生？”埃莉诺责怪道，“一纸便条便足以了结，何必当面告辞呢？”

“对我的自尊来说，这是必要的。我不辞而别离开乡下，会使你们和其余的邻居对史密斯太太和我之间发生的事情有所猜疑，这叫我受不了，因此我决定在去霍尼顿的路上，经过你们的别墅时登门告辞。不过，看见你亲爱的妹妹，确实叫我害怕。而我单独与她见面，更是火上添油。你们都走了，不知道去了什么地方。我前一天晚上还和她在一起，暗自决定把此事处理得光明正大，决心那么充实、那么坚定！几小时之后她就会和我永远联结在一起。我记得，从别墅走回阿仑哈姆的路上，我喜气洋洋，精神无比欢畅，我满意于自己，喜爱众生！然而在这次会见里，在我们最后的友谊交往中，我怀着一种负罪的感觉走近她，这感觉使我几乎无法掩饰自己。当我告诉她我必须立刻离开德文郡时，她的悲伤，她的失望，她的深深懊恼——我绝不会忘记这一切。与此相连的，还有对我的完全依赖，和无条件的信任！啊，天哪！我是个多么狠心的坏蛋！”

双方沉默了一阵。埃莉诺先开口说：“你对她说你会很快回转吧？”

“我不知道我对她说了什么。”威洛比不耐烦地回答，“毫无疑问，我对她说的，比以往所预示的要少，而十有八九大大超过为后来所证明的。我没法想这个，这办不到。接着你亲爱的母亲来了，她以全副的善意和信赖，对我更加重了折磨。谢天谢地！这确实折磨了我。我是不幸的。达希伍德小姐，你想象不到，回顾自己的不幸，使我得到安慰。为了我心中那种顽劣下流的念头，我对自己遗恨无穷，过去在其支配下所吃的苦头，如今使我得意欣喜。哎，我走了，撇下我全部的爱，去寻找那些我充其量只会冷漠待之的人们。我的伦敦之行——我坐自己的马车赶路，所以单调乏味——没人听我说话——当我展望种种诱人的美景——我兴高采烈！当我回首巴顿，那情景更是温柔甜美！啊！那是一次天理不容的旅行！”

他停了下来。

埃莉诺尽管怜悯他，但愈益迫不及待想让他告辞。她说：“喂，先生，这就完了吧？”

“完了？不！难道你忘了在伦敦发生的事情？那封不名誉的信！她给你看了吧？”

“是的，我了解每一个细节。”

“当我收到她的第一封信（我及时收到了这封信，因为我整个时间都在伦敦），我的感觉是——没法用普通的词语表达，更简单地说——也许简单得无法引起任何感动——我非常非常痛苦。那一行行话，一个个词，是一把把刺在心上的利刃——如果它们可爱的作者在这儿，她会阻止我用这种陈腐的比喻。得知玛丽安到了伦敦，用同样的语言来说，对我是个晴天霹雳。霹雳和利刃！她会怎样责备我！她的趣味，她的观点——我相信我对其了解胜过对我自己，但我肯定其价值更高。”

埃莉诺的心情在这场非同寻常的谈话中变幻万千，此刻又软化了，但她认为自己有责任最终打消对方的这种念头。

“这样不对，威洛比先生。记住你是结了婚的。只讲你认为我有必要听取的良心发现吧。”

“玛丽安的信，唤醒了我的全部悔恨。她信誓旦旦，说我仍像从前那些日子一样为她所爱——尽管我们已有许许多多日子两相分别，但她的感情如旧，并深信我的感情也一如既往。我说我被唤醒了，时过境迁，事务和娱乐在某种程度上平息了我的悔恨，我日益变成铁石心肠的恶棍，以为自己对她冷淡无情，并一厢情愿地想象她也一定已把我淡忘。我对自己说，我们往日的迷恋纯粹是无聊的小事一桩，我耸耸肩，以表明事实不过如此。我压抑着对自己的谴责和顾虑，时常在心里说：‘听说她嫁了个好丈夫，我会真心欢喜。’然而这封信使我有了较清醒的自我认识。我觉得对我来说她远比世上任何女人更为可爱，而我可耻地利用了她。可是当时格雷小姐和我之间的婚事刚刚做好安排，退却是不可能的。我必须做的，就是避开你们姐妹俩。我没给玛丽安回信，想以这种办法使我不再引起她的注意。有一段时间，我甚至决定不再造访伯克利街。不过末了，我断定最明智的做法是装出冷淡的一般熟人的模样。有一天上午，我守候到你们确实全部出了门，便在那儿留下了我的名片。”

“守候我们出门！”

“正是如此。听着，我经常守望你们，经常差一点被你们撞见，你会感到惊奇。我曾躲进过许多商店，以免你们坐着马车经过时看见我。我下榻在邦德街，在那里我几乎每天都能瞥见你们当中的一个。只是我这方面坚持不懈的小心提防，以及躲避你们目光的持之以恒的愿望，才使我们如此之久未曾碰面。我尽可能躲避米德尔顿夫妇，以及所有可能为我们共同认识的人。不过，我不知道他们在伦敦，我与约翰爵士邂逅，我想，那是在他到伦敦的第一天，就是我访问詹宁斯太太家的次日。他邀请我晚上到他家参加舞会。要是他不曾以你和你妹妹应邀出席一事劝诱我，我会觉得在他身边是很稳妥的。第二天上午，我收到玛丽安的一封短笺——仍然是感情毕露，坦率挚诚，毫无造作，充满信任——上面写的一切使我的行为十分可恨。我无法答复。我试图回信，可是写不出一个句子。但是我相信，那一天我无时无刻不在想她。如果你能够怜悯我，达希伍德小姐，那么你会同情我当时的处境。我的心全为令妹所占据，而我却不得不在另一个女人面前勉强扮演快活的恋人。那三四个星期是糟糕透顶的日子。哎，终于，我不说你也知道，我还是被迫见到你们。我表现出了好一副丑相！那是多么难堪的一晚！一方面是玛丽安，美如天使，用那样一种声调叫我'威洛比'。她向我伸出手，要求我作解释，一双令人心醉的眼睛望着我的脸，心中的想法昭然可见。另一方面，索菲娅如同妒忌的化身，悉察了全部——算了，这无关紧要，现在都过去了。那样的夜晚！我找到一个脱身之机，便从你们大家身边跑开，但我离开之前，看到了玛丽安那张迷人的脸蛋白如死灰。那就是我最后、最后一次见到她的模样——她最后呈现在我眼前的外貌。那光景真吓人！不过，当我今天把她想象为真正的亡人时，设想自己确知在世上与她作临终诀别的那些人眼里是个什么模样，对我来说是一种安慰。一路上她出现在我的眼前，流连不去，表情和面色同那时一般无二。"

接下去是短暂的停顿，双方都陷入了沉思。威洛比的思想率先回到了现实，以下面的话打破沉默：

“好吧，让我快点儿讲完并告辞。令妹肯定好转了，肯定脱离危险了吗？”

“我们相信如此。”

“还有你们可怜的母亲！她溺爱玛丽安。”

“可是那封信，威洛比先生，你自己的信，关于它你有什么可说吗？”

“有，有，尤其是关于那封信。你知道，次日早晨，令妹又给我写了信。你知道信的内容。我正在艾丽孙夫妇家吃早餐，有人把她的信，和其余几封信件一道，从我的寓所带给了我。事有凑巧，索菲娅先于我看见她的信。信封的大小，纸张的精美，还有笔迹，三者合在一处，立刻引起了她的疑心。已经有人隐隐约约地告诉她，我迷恋德文郡的某个年轻女子，而前一晚在她双目睽睽之下发生的事情暴露了谁是那年青女子，这就更加燃起了她的妒火。于是，她装作打趣——为人所爱的女人这么做是讨人欢喜的——立刻拆开那封信，念出信的内容。她为这无礼的行为受到了应得的报复。她宣读的内容使她显得卑劣。她的卑劣我还能忍受，可她的激情，她的恶毒，无论如何要得到满足。你以为我妻子的书信风格如何？优美、亲切，女性气十足——不是吗？”

“你妻子！信上可是你自己的笔迹。”

“不错，但我只是荣幸地恭录那些我羞于为之署名的语句。原稿由她一手拟定，出自她的高见和文雅措辞。可是我有什么办法？我们订了婚，一切都在准备之中，结婚日期差不多决定了——不过我这像是说傻话。准备！日期！说实在的，她的钱为我所必需，在我那样的处境里，要尽一切可能防止和她闹翻。说到底，我的答复要使用何种语言表述，对于玛丽安和她的朋友们对我的人格所持的看法会有什么重大影响呢？结局只有一个。我做的事情必然会表明我是个下流坯，我在行动之前是鞠个躬还是咆哮一声，是无关紧要的。我对自己说：‘我在他们眼里永远是个恶人，我永远被关在他们的社交圈外了。他们已经把我当作无耻之徒，这封信不过使他们把我想得更下流而已。’这就是我的理论，我以一种自暴自弃的轻率态度抄下了妻子的话，并与玛丽安最后给我的纪念品告别。她的三封信——不幸的是，它们都在我的皮夹子里，否则我会否认它们的存在，并将其永远珍藏。我被迫把它们交出，甚至不可能吻它们一下。而那一束头发——我也是把它放在同一个皮夹里时刻带在身上，如今被夫人怀着讨好的恶意搜走了——那可爱的发束——我被剥夺了所有每一件可资纪念的物品。”

“你大错特错了，威洛比先生，你应受谴责。”埃莉诺说，她的声音不由自主地背离了她的同情心，“你不该这么说威洛比太太和我的妹妹。你咎由自取。别人没有把它强加于你。你妻子有权要求你诚恳相待，至少有权要求你尊重她。她一定很爱你，否则她不会嫁给你。待她以无礼，或言之以轻蔑，并不是对玛丽安的赎罪，我认为，也并不是对你自己良心负担的解脱。”

“别谈我妻子，”威洛比说着，长叹一声，“她不值得你同情。当我们结婚时，她明知我无心于她。哎，我们结了婚，来到玛格纳峡谷寻欢，然后回到伦敦作乐。说到这里，达希伍德小姐，你是否同情我呢？或者我说了这么多都是白费口舌？在你心目中我是否比从前负罪较轻了——哪怕轻一点点？我的意图并非一贯错误。我是否减轻了我的一部分罪责？”

“是的，你确实减轻了一些罪责——就一点点。你辩明了，就整体而言，你的过失比我从前的想象要小一些。你证明了你心地还不是十分邪恶，程度要轻得多。可是我不知道——你使别人蒙受的灾难——我不知道有什么会使这灾难更为深重。”

“你妹妹康复后，请把我告诉你的一切向她复述好吗？容许我的罪恶在她的心目中，也和在你心目中一样，略有减轻。你方才说她已经原谅了我。请容许我作此指望：对我的心地和目前感情的深入了解，会使她心中产生更自然、更朴素、更温柔而较威严的宽恕。请向她说明我的不幸和悔悟，向她说明我对她从无三心二意，如果你愿意的话，还请告诉她，此刻她在我心中比以前更加可爱。”

“我会把你相对而言的所谓正当辩护所必需的一切告诉她。不过你还没有向我解释你来此的特殊原因，也未解释你是怎样闻知她生病的。”

“昨天夜里，在德鲁里巷的走廊里。我碰见了约翰·米德尔顿爵士。当他认出是我时(近两个月来这是第一次)，便找我谈话。从我结婚以来，他一直装作看不见我，这情况我看在眼里，既不惊讶也不怨恨。然而这一次，他那颗善良、诚恳、迟钝的心——对我满怀愤慨，对你妹妹满怀同情——抵挡不住一种诱惑。他想告诉我一件事，他知道，此事应该使我心焦——不过，也许他认为我不会为此心焦。于是，他以平时那种呆板的表达方式告诉我，玛丽安·达希伍德正在克利夫兰因患斑疹伤寒而濒临死亡，当天上午他收到詹宁斯太太的来信，宣称玛丽安的生命危在旦夕，帕尔默夫妇已被双双吓跑了，等等。这消息使我大为震惊，我没法假装麻木不仁，我的真情甚至瞒不过鲁钝的约翰爵士。见我为此而感到痛苦，他心软了，他的恶意大半消除。我们分手时，他差一点和我握手，同时提醒我别忘记关于一只猎狗的旧约。听说令妹奄奄一息，我心乱如麻——她在奄奄一息的时候，还认为我是十恶不赦的恶棍，在临终时藐视我，憎恨我——须知，我怎能知道自己已蒙上了哪些可怕的非难？我肯定有个人会把我描绘为能把坏事做绝的歹徒。我的感受真可怕！很快便做出了决定，今天早晨八点钟我便上了马车。现在你都明白了。”

埃莉诺没有答话。她默默沉思，专注于一种想法上：过早的独立自主，及其必然导致的懒散、放纵、奢侈的习惯，无可挽回地损害了一个男人的灵魂、人格和幸福，而他的人品和才智，加上天生爽朗、真诚的气质和多情善感的心肠，本来是无不有益于他的。世俗使他变得放荡不羁，虚荣自负。放荡和虚荣使他变得残忍自私。虚荣，在牺牲别人以追求自身负罪的胜利之时，把他拉入一场真情实意的恋爱，而放荡，或者至少是其派生的需要，又要求这恋情成为牺牲品。各种坏癖，把他引向邪恶，同样把他引向惩罚。他违背荣誉，违背感情，违背种种良知雅趣。表面上强行摆脱了的爱情，如今，到了不再容其存在的时候，却主宰了他的心。而那婚姻，他曾因为它而肆无忌惮地将她妹妹弃于不幸之中，却很可能成为他自己的不幸之源，而这种不幸是很难补救的。埃莉诺沉于这种思绪达数分钟之久，末了威洛比将她从沉思中唤醒。威洛比本人也是从至少同等痛苦的沉思中转回现实，起身准备动身。他说：“留在这儿没用。我得走了。”

“你回伦敦吗？”

“不，去玛格纳峡谷。我要去那儿办事。一两天内从那儿进城。再见。”

他向埃莉诺伸出手，后者没法拒绝把自己的手伸给他。他感动地握住埃莉诺的手。

“你对我的看法确实比以前改善了吗？”他说着，放开对方的手，背靠壁炉，好像他忘了他得离开。

埃莉诺向他保证，她确实改变了对他的看法。她原谅了他，同情他，愿他幸福，甚至关心他的幸福，并给了他一些委婉的忠告，告诉他最有可能增进幸福的处世为人之道。威洛比的回答并不鼓舞人心。

“讲到这一点，”他说，“我必须尽可能好地活在世上。家庭幸福不足道。不过，如果我幸蒙惠允可以认为你和你的家人对我的命运和行为持有兴趣，那么这可以成为一种手段，可以使我提防，至少，可以成为生存的原因。毫无疑问，我永远失去了玛丽安。即使假设我有天赐良机，重新得到自由——”

埃莉诺以一句责备话阻止了他往下说。

“好吧，”他答道，“再说一遍再见。我立刻离开，怀着对一件事的忧惧而活着。”

“你指的是什么？”

“令妹出嫁。”

“你大错特错了。对你来说，她任何时候都不如现在不可企及。”

“但她会为另外某个人所得。如果那个人不是别人，而是他，我最难忍受。但我不愿耽留于此，显出我在自己为害最深之处却最难宽恕别人，以免把你的善意同情丧失殆尽。再见。上帝保佑你！”

说完这些话，他几乎是跑着离开了房间。

第四十五章

威洛比离开之后的一段时间里，甚至在他的马车声消失以后，埃莉诺心中仍有千头万绪难以排遣。各种念头大相径庭，然而总的来说它们趋向于悲哀，即想起她的妹妹。

威洛比——仅仅半小时之前她还嫌恶的最微贱的男人——威洛比，尽管有种种缺陷，却在她心中激起了同情，对这些缺陷导致的苦难的同情。这种心情使她想到威洛比如今已永远隔绝于她的家庭时，心怀伤感与惋惜，她很快暗自认定，较之威洛比的优点，她更痛惜其心愿。她觉得威洛比对她心智的影响已经增强，借助于按理说应该是无足轻重的细枝末节，借助于那种魄力大得非同寻常的人品——那种得来全不费功夫的坦诚、多情、生气勃勃的风度举止，借助于那种对玛丽安的热情未减的、溺于其中甚至不无罪过的爱情。她觉得这影响会经久不衰，很久很久以后，她才会较少为这人所影响。

埃莉诺终于回到昏迷不醒的玛丽安身边，发现她刚刚睡醒，不负所望，在长时间的酣睡后恢复了精神。埃莉诺思绪万千。过去、现在和未来——威洛比的来访，玛丽安的平安，母亲指时可待的来临，一齐使她精神振奋，不知疲倦，唯恐自己有负于妹妹。不过，她为那担忧所左右的时间很短，因为在威洛比离开住宅之后不出半小时，她又被另一辆马车的声响引下楼了。她急于尽快释除母亲心中不必要的惊恐悬念，迅速跑入门厅，及时赶到大门口，在母亲进门后迎接她并把她搀住。

达希伍德太太在布兰顿上校陪伴下靠近这所住宅时，她的恐惧几乎使她相信玛丽安已不在人世，此刻她失去了说话的气力，不能询问玛丽安的情况，甚至不能问候埃莉诺。但是埃莉诺不待她发出寒暄和询问，立刻报告了令人安心快慰的好消息。她母亲以其惯有的热情听取了这一消息，一时沉醉于快活之中，就像先前被恐惧的波浪淹没一样。她被女儿和其朋友左右搀扶着走进客厅，在这里，她喜泪纵流，只是仍然说不出话来。她再三拥抱埃莉诺，其间不时转身握住布兰顿上校的手，面部表情既表达了她的感激，又表示她深信上校在与她分享此刻的欢乐。不过，上校在分享这份幸福时，心中更有一肚子话说不出来。

达希伍德太太恢复常态后，第一个愿望便是想见到玛丽安。不出两分钟，她便待在宠爱的女儿身边了。由于分离、不幸和危险，这孩子更为她所珍爱。埃莉诺目睹这次会见中各方的感动，满心喜悦，只觉得有一点美中不足；她意识到这会见剥夺了玛丽安进一步的睡眠。不过，达希伍德太太在一个女儿性命攸关的时刻，能够镇定沉着，甚至能做到精明慎重，而玛丽安知道母亲就在身边，便已心满意足，自觉身体虚弱，不宜谈话，老老实实地顺从了身边每一个护士对她提出的要求，甘于沉默与平静。达希伍德太太要整夜守护在她的身边，埃莉诺则应允了母亲的请求，去上床睡觉。看来，彻夜未眠和几个小时劳人最甚的焦虑，使她有必要歇息一下，然而精神所受的刺激使她毫无睡意。威洛比，“可怜的威洛比”，现在她允许自己这么称呼那个男子，老是占据着她的思想。她不得不完全听取威洛比的自我辩护，为了自己过去对他的苛责，时而责备自己，时而为自己开脱。她许诺把这辩解转达给妹妹，但这差事无疑是棘手的。她害怕履行这一诺言，担心这事对玛丽安的影响。她怀疑，有了这样的解释，玛丽安会不会愉快地和另外那一位相处。有那么一刻，她希望威洛比成为鳏夫。接着她想起了布兰顿上校，她自责自谴，她觉得妹妹的奖赏，应该授予上校的吃苦耐劳和他的坚贞不渝，而远远不该授予他的情敌的所作所为。想到这里，埃莉诺但愿威洛比太太长命百岁。

达希伍德太太在巴顿早就担心了，所以布兰顿上校带去的惊人报告并没有使她十分震惊。须知达希伍德太太本来就为女儿惶恐不安，她已决定不等进一步的报告，就在当天启程赴克利夫兰，并在上校到达之前就完全做好了旅行安排，当时她期待卡雷夫随时把玛格丽特领走，因为她不愿把小女儿带到可能染上疾病的地方。

玛丽安一天天继续好转，达希伍德太太外表上和精神上的洋洋喜气表明自己是世界上最幸福的女人之一，正如她自己一再宣称的一样。埃莉诺听到母亲的自我表白，并看到她的行动，有时不能不怀疑母亲是否想到过爱德华。然而达希伍德太太对埃莉诺在信中就她自己的不幸所做的适当描述深信不疑，她的视线为过多的快乐所牵制，只想到使之有增无减的欢乐景况。玛丽安完好无损地回到了她的身边，摆脱了险境，她现在开始感到，正是因为她自己出于误断而怂恿玛丽安不幸地依恋威洛比，她对玛丽安陷入这个险境负有一份责任。埃莉诺未曾料到，玛丽安的痊愈，是母亲另一快乐的来源。当母女俩得到第一个私下交谈的机会，母亲便把这事告诉了她。

“我们终于单独在一起了。我的埃莉诺，你还不了解我的全部欢乐。布兰顿上校爱着玛丽安。这是他亲口对我说的。”

埃莉诺听了喜而又悲，悲而复喜，感觉惊奇，又觉得好像早在意料之中。但她不言不语，细心谛听着母亲的叙述。

“你从来不像我，亲爱的埃莉诺，不然我就没法理解你此时的镇静了。如果我坐下来祝祷我们家庭获得可以指望的幸福，我会把布兰顿上校娶你们姐妹俩之一看作最理想的目标之一。而我相信，两人之中，玛丽安和上校共同生活最为幸福。”

埃莉诺想问她为什么会有这种想法，因为她相信母亲的一种解释，都不可能是建立在对她们的年龄、性格或感情所做的公平考虑之上的。然而她的母亲必定总是执迷于对兴趣所在的主题所做的想象，所以，埃莉诺没有质问，而是一笑置之。

“昨天在旅途上，他对我敞开了整个心怀。这事发生于无意之中，全无预料。你们清楚，我除了谈自己的孩子，其余一概不说。他无法隐匿心中的悲痛，我看出他伤心的程度和我不相上下。也许他认为，按如今通行的看法，纯粹的友谊不会表现为如此深切的同情。依我看，不如说他什么也没想。他屈服于不可阻遏的感情，让我知悉了他对玛丽安的热诚、温柔、忠贞不渝的爱情。我的埃莉诺，自从第一眼看见玛丽安，上校就爱上了她。”

然而，埃莉诺从这些话中领略到的，不是语言本身，不是布兰顿上校的自白，而是她母亲的活跃想象力为此事所做的逼真的润色。她母亲的这种想象力，依她的选择，使每件事适合她的心意。

“他对玛丽安的情意，大大超过了威洛比的感情或虚情假意，较之更加热烈、更加诚恳或持久，无论我们怎么说都行。在他获悉了亲爱的玛丽安对那一钱不值的年轻人怀有倒霉的偏爱之后，他的情意依然如旧！没有私欲，没有煽动希望，难道他认为玛丽安与另外那个人结婚是恰当的吗？多么高尚的灵魂！多么无私，多么纯真！谁也不可能误解他。”

“布兰顿上校的品德，”埃莉诺说，“作为一个杰出的人是众所周知的。”

“这我知道，”她母亲严肃地回答，“不然的话，既有这样的前车之鉴，我会是最末一个赞成这种爱情的人，或者，甚至是最后一个对此满意的人。然而他怀着主动积极、时刻准备赴汤蹈火的友情前来迎接我，这足以证明他是一个品格最高尚的人。”

“不过，他的德行，”埃莉诺回答，“并不止于一件善行。撇开人道精神不论，他对玛丽安的爱情，也会促使他承担这件事。对詹宁斯太太，对米德尔顿夫妇，他是久经考验的亲密朋友，他们同等地爱他，尊敬他。甚至我对他的认识，虽然时间不久，也是颇为深刻的。我高度评价他的人格，对他十分敬重，所以如果玛丽安能与他结为夫妇，我会和你一样欣然认为联姻将是对我们最大的祝福。你是怎样答复他的？你给了他指望吗？”

“哦！亲爱的，我当时既不能对他也不能对我自己谈什么指望。那时候玛丽安可能处于垂死状态。不过他并未渴求指望或鼓舞，他对一个安慰他的朋友下意识地吐露隐衷，不由自主地倾诉心中的秘密，而不是向作为父母的人提出请求。不过，后来我的确说了——起初我因事出意外而不知所措，我说如果玛丽安活着——我相信她活着，那么我的最大快乐便在于促成他们的婚姻。自从我们到这里，自从我们得到了快慰的安全感，我更充分地向他复述了这个意思，尽我所能给了他种种鼓励。我对他说，时间，一点点时间，会把一切办妥。玛丽安的感情不会永远浪费于威洛比这样一个男人身上。上校本身的优点肯定很快就会赢得她的心。”

“不过，从上校的精神状态看来，你还未能使他和你一样乐观。”

“是的。他认为玛丽安的爱情根深蒂固，在很长一段时间内，不会有任何改变。即使假定她的心重获自由，上校也羞于相信，年龄与气质上如此悬殊的差异，他有朝一日会为玛丽安看中。然而，这一点他完全想错了。他的年龄大于玛丽安，刚好形成一个有利的条件，使他的品德和节操稳定深沉。而他的气质，我深信，正是能使你妹妹幸福的那一种。他的人品，还有他的风度，都是他的吉星。我的偏爱不会蒙住我的双眼。他当然不如威洛比漂亮，但与此同时，他的外表有某种赏心悦目之处。如果你没忘记的话，威洛比的眼神里总有某种东西叫我不喜欢。”

埃莉诺不记得曾有此事。然而她母亲并不等待她的赞同，继续说道：“他的举止，上校的举止，在我看来不仅胜过威洛比的一举一动，而且我很清楚，属于更有把握为玛丽安倾心的那种类型。它的优雅，它所显示的对他人的真诚关心，它那男子汉气派的浑厚自然的质朴，较之另外那个人通常是矫揉造作、不合时宜的灵巧活泼，更适合玛丽安的内在气质。我本人十分肯定，假使威洛比变得厚道——他已经证明自己恰巧相反——玛丽安和他一起生活，也绝不可能如做布兰顿上校的妻子那样幸福。”

她停了下来。她的女儿不尽同意她的看法，但她的异议没有发表出来，因此不至于冒犯她。

“即使我继续居留巴顿，玛丽安到了迪拉弗德，也仍将处于我很容易到达的距离之内。”达希伍德太太补充说，“我听说那是个大村庄，十有八九——确实，那附近肯定有一幢小型住宅或一座乡村别墅，就像我们现在的住所一样适合于我们居住。”

可怜的埃莉诺！这里有了一个把她安排到迪拉弗德的新方案！然而她的精神是顽强的。

“还有他的财产！你知道，在我生活的时代，每个人都关心这件事。尽管我既不知道也不想知道它究竟是多少，但是我肯定它数量不少。”

至此，有第三者进来打断了她们的交谈，埃莉诺退出去暗自将此事细细思量，祝愿她的朋友大功告成，在祝愿的同时，也为威洛比感到痛苦。

第四十六章

玛丽安所患的疾病，就其性质而言，是严重摧残身体的，但持续的时间并不很长，所以没有延缓痊愈的进程。青春的活力，天赋的力量，以及玛丽安母亲的在场，都给予了帮助，使她的康复十分顺利。母亲到达后不出四天，玛丽安便能迁入帕尔默太太的梳妆室。在这儿，应她本人的要求，布兰顿上校前来探访。她迫不及待地要向上校倾倒出满腔的谢忱，为了上校把她的母亲接到此地。

上校走进房间，见玛丽安容颜已改，继而握住病人随即伸过来的苍白无力的纤手，他心头涌出的感情，照埃莉诺的揣度，其真挚程度一定不止于对玛丽安的爱恋，或恋情已为他人所知的自觉。不久，当上校望着玛丽安时，在他那阴郁的眼神和变化的表情中，埃莉诺发现，可能有一大堆过去的悲惨场景，正在上校脑子里重现，这些旧事的重显，则来自玛丽安与艾丽莎之间已有的酷似定评，而现在，那病者凹陷的眼眶、苍白的肤色和无力支撑身体的姿态，以及对特殊恩典的热烈感激，更使两者的形象合二为一了。

达希伍德太太对这过眼的场面不如女儿那般关注，但是她的精神领域自为另一种十分不同的成见所主宰，于是她观察所得的结果也大相径庭。在上校的言行中，她只看出种种溢于言表的感情，其余一概未见，而她一厢情愿地认为，在玛丽安言谈举止之间，已有某种超越感激之情的因素萌芽躁动。

又过了一两天之后，玛丽安的气力日见增长。达希伍德太太迫于自己的意志和女儿的心愿，开始商议回归巴顿的计划。她的两位朋友听凭她自作主张，在达希伍德一家人动身之前，詹宁斯太太不能离开克利夫兰，而布兰顿上校在她们联合请求之下，很快便认定自己一同留下来虽说并非同样必需，却也是同等确定无疑的。而反过来，他又和詹宁斯太太联合提出一项请求，于是达希伍德太太被他们说服，同意在回家的途中乘坐上校的马车，这样她那大病初愈的孩子在旅途上会较为舒适。詹宁斯太太火热的心肠使她对别人友好殷勤，对自己也不例外，在达希伍德太太和她的联合邀请下，上校高兴地答应，在几星期之内，他将去巴顿别墅作一次拜访，以答谢恩典。

离别和出发的日子来临了。玛丽安与詹宁斯太太依依惜别，倾吐诚挚的谢忱，表示诚挚的敬意与祝愿，好像她暗自承认了往日的简慢，因此有意作此补偿。接着，她以朋友间的热烈友情向布兰顿上校告别，上校小心翼翼地扶她登上马车，似乎一心想要她在其中占据一半空间。达希伍德太太和埃莉诺接着上了车，留下的人不免有些孤单寂寞之感，于是只好以三位旅行者为话题说些无关紧要的话，但也自觉沉闷无聊，直到詹宁斯太太应召登上她的双轮马车，倾听女仆谈天，借以充实两位年轻女士离去后留下的空虚。此后，布兰顿上校立刻踏上了前往迪拉弗德的孤寂的旅程。

达希伍德一家人在路上行走了两天，玛丽安经受住了两天的旅途劳顿，健康没有受到实质性的影响。她的两位旅伴和看护，以无可复加的热情对她爱护备至，以面面俱到的关心对她体贴入微，凡是可能尽到的职责，她们无一疏忽。她们见玛丽安身安神康，也就从中得到了安慰。对埃莉诺而言，她对玛丽安的观察结果是格外可喜的。埃莉诺曾周复一周地看着她处于持久的痛苦状态，心中的隐痛日积月累，使她感到窒息，而她既无勇气倾吐，又缺乏毅力隐藏。可现在，埃莉诺怀着任何人无法与她共同分享的喜悦，看着玛丽安的内心显然平静下来，她相信，这是严肃反省的结果，最终会使受难者知足，安分，从中自得其乐。

诚然，马车驶近巴顿时，她们置身于一幅这样的场景，其中每一块田野，每一棵树木，无不勾起某种独特的痛苦回忆。玛丽安越来越沉默寡言，若有所思，转脸避开母亲和姐姐的视线，把专注的目光投向窗外。然而埃莉诺对此既不怪异也不苛责。在搀扶玛丽安下车时，埃莉诺见她在啜泣，只觉得这本是一种极自然的感动。它所激起的反响，温良的程度只有引起怜悯，而它的谦逊，有权获得赞美。在玛丽安此后的举止中，埃莉诺看出了觉悟的迹象——她在发挥理智的作用。她们刚刚走进母女公用起居室，玛丽安便毅然以坚定的目光把房间环视一遍，好像立时下定了决心，要让自己对可能引来有关威洛比的记忆的每样物品熟视无睹。她极少言谈，而谈必定是谈一些快乐的事情，虽然不时有一两声叹息从她胸中逸出，但总是以一笑来补偿。正餐后，她想试一试钢琴。她向钢琴走去，然而她第一眼所见的乐谱，便是威洛比为她弄来的歌剧剧本，其中有几支是他们俩合演过的二重唱，而且封面上留有出自威洛比的“玛丽安”签名。这不行。她摇摇头，把剧本挪到一边。她在琴键上敲打了一分钟后，便抱怨手指无力，又把钢琴盖上。不过，她坚定地宣布，以后她要更多地练习。

第二天上午这种欢乐的征兆未减，相反，一夜安息使玛丽安的身心恢复了活力，她的表情和声音都显得精力充沛。她期待玛丽特的返家带来欢乐，并谈到那是亲爱的家人大团圆的时刻，她还说，她们互相的追逐和欢聚是唯一值得向往的幸福。“等到天气晴朗起来，我已彻底痊愈的时候，”她说，“我们要每天一起远足。我们要走到丘陵边上的农场，看那些孩子们日子过得怎样。我们要走到约翰爵士在巴顿界标那儿的新林场和大修道院的属地。我们要常去小修道院的古老废墟，尽我们所知搜索地基一度到达过的疆界。我知道，我们将很快活，整个夏天会在笑声中度过。我打算绝不迟于六点钟起床，从那时起直到吃正餐，我要抓紧时间弹琴唱歌和读书。我已制订好计划，决心展开严肃的学习进程。我对这儿的图书室了如指掌，知道里面除了纯粹的消遣读物之外一无所有。但是在庄园那边有许多著作很值得一读。此外，我还知道，我能向布兰顿上校借到一些年代较近的作品。一天只花六个小时读书，一年内，我就能获得现在觉得自己缺乏的知识。”

埃莉诺称赞她制订出了一个如此宏伟的计划，不过，她看到曾使玛丽安闲散懒惰、牢骚不平达于极限的同一种炽热的幻想，如今使她过分沉溺于一个如此合理利用时间，如此洁身自好、克己自制的计划，不禁微微一笑。不过，当她回忆起，她向威洛比许下的诺言尚未履行，微笑便转换为一声轻叹，她担心将要转达的信息，会重新扰乱玛丽安的心，至少在一段时间毁灭这种无暇他顾的平静的美好前景。因此，她情愿拖延不祥的时间，决定等到妹妹的健康进一步巩固后再作定夺。然而她做出的决定是徒劳的，注定要背道而行。

玛丽安回到家里已有三天，然而天气总是不够理想，不适合她这样大病初愈的人冒险外出。不过，一个轻风吹拂、阳光和煦的早晨终于来临，引诱起了女儿的愿望，免除了母亲的担忧。玛丽安靠在埃莉诺的手臂上，得到允许在住宅前面的小径上进行一次不致令她疲乏的散步。

姐妹俩开始散步，其脚步之慢，是玛丽安在患病后未曾运动的虚弱表现。她们只走到距离住宅很近的一个地方，从这里可以看到山峦的全景。山峦在她们后方，在她们的生活中具有特别重大的意义。玛丽安止步不前，把目光移向山峦，平静地说："那儿，正是那儿。"她抬起一只手指去，"在那个突出的小丘上，我摔倒在那儿。就在那里，我第一次见到威洛比。"

说到"威洛比"这个名字，她的声音下沉，但立刻又恢复了原调。她继续说："谢天谢地，我望着那个地点，却不怎么悲伤。我们还会谈论这个题目吗，埃莉诺？"她迟疑不决地说出了这句话："也许不该谈。我希望，我现在能够谈论它，因为我应该这么做。"

埃莉诺亲切地请她把想说的都说出来。

"至于惋惜，"玛丽安说，"就他而言，我已断绝了念头。我不想对你谈我曾对他怀有怎样的感情，我要说的是我现在对他的感想。目前，倘使我有一点得不到满足——倘使事实不容我认为他并非总是在假戏真做，并非总是在欺骗我，而最重要的是，倘使我能肯定，他绝不是我有时出于恐惧而想象的那样十恶不赦——要知道，自从那不幸姑娘的故事——"

她不往下说了。埃莉诺在答话时，乐滋滋地斟字酌句："如果你能肯定那一点，你便会安心吗？"

"是的。我精神的安宁与它有双重的关联。要知道，怀疑一个像他那样对我如此重要的人心怀那样的鬼胎，是很可怕的。而且，这样一来，我的形象成了什么样子？处在我这样的境地，无非是丢脸的自作多情使我招人——"

"那么，"她姐姐问道，"你怎样解释他的行为？"

"我认为他——啊！我多么乐意认为他只不过是朝三暮四，非常、非常易变。"

埃莉诺不再言语。她暗自权衡，哪一种做法较为恰当：或者立刻开始讲述那段故事，或者将此事延搁到玛丽安身体更加强健之时。她们在沉默中缓缓地走了几分钟。

“我并不希望他是个很好的人，”玛丽安终于叹了口气说，“不过我不希望他的内心反省比我的更不愉快。他会在反省中痛苦不堪。”

“你把他的为人和你相比？”

“不，我将其与正当的为人作比较。我拿你的为人与其相比。”

“我们的情况很少有相似之处。”

“你和他的为人相比，较之我和他的为人相比，相似之处较多。最亲爱的埃莉诺，请别让你的善心为这种过失辩护，而这种过失我知道以你的是非观念一定会加以非难的。我的疾病使我沉思，它给了我闲暇和平静以作严肃的反省。在我没有康复到足以谈话之前，在很长一段时间内，我能作充分的反省。我思考往事，在我们从去年秋天与他开始交往的行为中，我看到的仅仅是一系列对自己的轻率，和对他人的缺乏善良。我发现，是我的感情为自己播下了苦难的种子，而我在苦难中缺乏刚毅，这几乎置我于死地。我很清楚，我的病是自作自受，在明明感觉不适的时候，还忽视自己的健康。我死了，便是自我毁灭。直到危险消除，我才了解我的危险。然而，怀着这种种反省赋予我的感情，我为我死而复生感到惊异，觉得这事不可思议。我渴望生存，渴望有时间向上帝、向你们大家赎罪，这种热烈的愿望竟未立刻将我扼杀！如果我死了，我会把你遗于多么殊异的惨境，你，我的守护者，我的朋友，我的姐姐！你把我在末日的焦躁自私全部看在眼里，你了解我心中的全部哀怨！天知道我会以怎样的面目存留在你的记忆之中！还有母亲！你怎能抚慰她的心灵！我无法表达我对自己的憎厌。每当我回首往事，总发现某种职责被疏忽，或某种缺点受纵容。好像每个人都为我所害。那种善意，詹宁斯太太的永流不息的善意，我却报之以忘恩负义的鄙夷。对米德尔顿夫妇，帕尔默夫妇，斯蒂尔姐妹，甚至对每一个普通的熟人，我都是傲慢专横，失之偏颇。我变得心如铁石，对他们的长处视而不见，我暴躁易怒，容不得他们的关心。对约翰，对范妮，是的，甚至对他们，尽管他们不值得几许好报，我仍然短欠了他们应得的部分。可是你，你胜过一切，胜过母亲，而我却损害了你。我，只有我，了解你的心和心中的哀愁。然而，这对我有什么影响？没有在我心中激起对你或我自己有益的同情。你的榜样我举目可见。可这带来了什么好处？我何曾体谅你，何曾设法给你安慰？我何曾稍稍参与至今为止都是由你独力承担的待人接物中的一般应酬或特殊致谢之事，以仿效你的克制精神，减轻你的拘谨情绪？没有。当我得知你郁郁不乐时，我仍然对职责和友谊毫不理会，一如我认为你心安理得之时。我几乎只容自己悲哀，不许别人饮泣，我只痛惜那颗抛弃侮辱了我的心，而听任你——我自称无比热爱的人，为了我的缘故伤心。”

至此，她那自责的猛烈心潮平息了。埃莉诺急于安慰妹妹，但她说的是至诚之言，而不是奉承话，她立刻给妹妹以她的坦率与悔悟当之无愧的褒扬和鼓励。玛丽安紧紧握住她的手，答道：

“你真好！未来会给我证明。我已经制订了计划，如果我能坚持照章办事，我的感情便会受到控制，而我的性情定会改善。它们再也不会使别人为难，也不会折磨我自己。从现在起我将只为我的家庭而生活。你，母亲，和玛格丽特，从今以后对我来说就是整个世界。你们将完全在自家人中间分得我的爱。我绝不会起意离开你们，离开我的家。如果我走出家庭，出入于社交界，这只是表明我的灵魂已变得谦卑，我的心已获得改造，我能以逆来顺受的坚毅，做到谦恭有礼，履行较轻的生活职责。至于威洛比，若说我会立刻将他忘怀，或者我将把他永远铭记在心，都是无稽之谈。我对他的记忆，无论情况或舆论有何改变，都是不可磨灭的。但它将会得到矫正，它将受到宗教、理性和长期实践的检验。”

她停顿片刻，然后压低声音说道：“只要我能了解他的心，一切都容易解决。”

埃莉诺一直在权衡冒险转述威洛比所叙衷肠的利弊，听到这句话时，较之起初毫无更多的办法。她领悟到犹疑是无益的，最好的办法是当机立断。她很快下定了决心。

她如愿以偿地把复述安排得十分巧妙。她首先使急不可耐的玛丽安沉住气，然后简短、忠实地讲述威洛比的辩解赖以成立的要点，公正地传达他的忏悔，只是故意减轻了他对自己目前所怀爱情的表白。玛丽安一语未发。她浑身战栗，眼光凝视地上，她的双唇比疾病时更为惨白。她的心头涌出千百个疑问，但一个也不敢提出。她的心剧烈跳动不止，热心地听取每一个字。她下意识地紧握住姐姐的手，泪流满面。

埃莉诺担心玛丽安精疲力竭，领着妹妹朝家里走去。她很容易猜想出对方的好奇心所在，尽管玛丽安没有以提问的方式将它表明。直到她们到达别墅门口为止，她所谈的全是威洛比以及他们之间的谈话。凡是可以放心大胆让妹妹获悉细枝末节之处，她都讲得细致入微。她们进入住宅之后，玛丽安立刻给埃莉诺感激的一吻，在泣声中清楚地吐出四个字：“告诉妈妈。”然后，她离开姐姐，慢步登楼。埃莉诺无意于破坏她现在理应渴望的幽静，于是忧心忡忡地预测结果，并决定在玛丽安不再谈此事的情况下由自己把旧话重提。她怀着这些想法，转身走进客厅，去完成玛丽安临别时交代的嘱托。

第四十七章

达希伍德太太听到她从前的宠儿所做的自辩，不无感动。她为威洛比洗脱了一部分被人强加于他的罪过而欢喜。她为威洛比难过，但愿他幸福。然而往昔的感情无可复苏。没有任何力量能将威洛比仍以完美无缺的信用和洁白无瑕的人品归还给玛丽安，没有任何力量能够消除玛丽安因为他的行为而备受痛苦的事实，也没有任何力量能够抹杀他对艾丽莎的犯罪。因此，没有任何力量能将他重新置于达希伍德一家往日的尊重之下，也没有任何力量能够侵犯布兰顿上校的权利。

倘使达希伍德太太和女儿一样，听到威洛比亲口讲述他的故事，倘使她亲眼看见威洛比的哀痛表情，并直接处于他的表情举止的影响之下，也许她的同情会更加深。然而埃莉诺不能也不愿通过自己零星散碎的说明在别人心中激起当初在自己心中唤起过的感情。沉思使她能够冷静地叙述，并使她对威洛比的缺点有了清醒的认识。因此，她只愿转述纯粹的事实，公布确实由他的品德造成的事实，而不作任何出于怜悯的润色，以免使想象误入歧途。

晚上，当她们聚在一起时，玛丽安开始主动地重新谈起威洛比。不过，她这么做显然颇费了一番努力。她在开口之前，有一段时间默坐不语，若有所思，神色不安，开口时，她面泛红潮，声音颤抖。

“我想使你们都相信，”她说，“我明白了一切，你们指望我能这样。”

达希伍德太太本欲立刻以慈爱的劝慰打断她的话。但埃莉诺做了个迫切的手势，使她只好保持沉默。埃莉诺想听取妹妹的中肯意见。于是玛丽安慢腾腾地继续说道：

“对我来说，这是很大的慰藉，我是指埃莉诺今天上午告诉我的事情。现在我听到了我极欲听到的解释。”她的声音消沉了片刻，但她很快控制住自己，比刚才更为镇定地追加说：“我现在心满意足了，但愿没有异变。我迟早会得知这一切。有了这种了解，我和他在一起绝不会幸福。我不会信赖他，也不会尊敬他。我的这种感情是无可改变的。”

“我知道，我知道。”她母亲喊道，“和一个放荡的男人在一起怎么会幸福！一个人彻底地破坏了我们最亲爱的朋友——那个最优秀的男子的安宁，和他在一起怎么会幸福呢？不，我的玛丽安没有一颗为这样一个男人所笼络的心！她的良心，她的敏感的良心，会感受到她丈夫的良心应该感受的一切。”

玛丽安叹息一声，重复说：“我但愿没有异变。”

“你对这件事所做的考虑，”埃莉诺说，“正如根据正常的智慧和健全的理解力必然做出的考虑一样。我敢说，你和我一样，不仅从这件事情，而且从其他许多情况中，找到了充分的理由，相信你和他的婚姻肯定会给你带来一大堆烦恼和失望，而他那不尽可靠的爱情很难支撑你在那种处境里坚持下去。倘使你嫁给了他，你会贫穷至死。他的挥霍无度连他自己也承认，他的所作所为全都表明克制和无私是很难为他理解的概念。他的需求和你的缺乏经验合二为一，花费一笔小收入，一笔很小的收入，这会导致穷困不幸，不会因为你从前全无所知，便给你少添烦恼。我知道，当你明白了你的处境，你的自尊和诚实会使你尽量厉行节约，也许，只要你的节俭仅仅是牺牲你自己的舒适，他会容许你将其付诸实施，然而一旦超出那个范围——而且，为了阻止在你们结婚以前便已开始的毁灭，你单方面的勤俭即使竭尽所能又能起到多大的作用？一旦超出那个范围，倘使你试图减少他的娱乐，无论你怎样理直气壮，难道你不担心，你的劝告非但不能满足他极端自私的感情，反而会削减你对他心灵的感化，使他悔恨这使他的处境如此困窘的婚姻？”

玛丽安双唇抖颤地重复道：“自私？”她的声调暗示了言犹未尽之意：“你真认为他自私？”

“他的全部行为，”埃莉诺答道，“在这件事情里自始至终是以自私自利为基础的。首先，是利己之心驱使他玩弄你的爱情；后来，当他真情萌发，又是利己之心使他将其秘而不宣；最后，利己之心使他离开了巴顿。他自己的快乐，或者他自己的安适，在任何地方都是他的指导原则。”

“这很真实。他从不以我的幸福为目标。”

“目前，”埃莉诺继续说道，“他后悔做过的事情。他为什么后悔呢？因为他发现他没有如愿以偿。他做的事没有使他幸福。他现在并不贫困，他受的不是那份罪，只是认为他娶了一个性情不如你温柔可爱的女人。然而，是否可以由此推论，如果他娶了你，他便会幸福呢？弊害各有不同。在那种情况下，他会受金钱匮乏之苦。这种困难现在已被排除，所以他觉得无足轻重。他会拥有一个性情无可抱怨的妻子，但他会永远缺钱，永远贫穷。说不定他很快就会得出结论，认定一笔产业和大宗的收入即使就家庭幸福而言，和一位妻子的纯粹性情相比，也是远为重要的。”

“我对此毫不怀疑。”玛丽安说，“我没什么可惋惜的，除了我自己的糊涂。”

“不如说是你母亲的轻率，我的孩子。”达希伍德太太说，“我必须为此负责。”

玛丽安不许母亲再往下说。埃莉诺满意地看到各人承担了责任，便想避免回顾可能摧折妹妹精神的往事了。于是，她马上转回原来的话题，继续说：“我认为，从全部往事中可以得出一个公正的结论，即威洛比的窘迫起源于他对贞操的第一次冒犯，起源于他对艾丽莎·威廉斯的行为。那样的罪行是种种较小的罪过之源，是他目前的全部不幸之母。”

玛丽安极为恳切地赞同这一观点，而她母亲则由此引出一段话，列举布兰顿上校所受的侵害和他的美德，言谈之中的热情，是友谊和她的计划联合的力量点燃的，然而，她的女儿似乎没有把这些话听进去多少。

果然不出埃莉诺之所料，在随后的两三天里，她未见妹妹如前几天一样继续恢复生命的活力。不过，玛丽安的意志未被摧垮，她仍然力图显得轻松愉快，因此她的姐姐可以大胆信赖时间对她健康的效益。

玛格丽特回家了，这一家人重又团聚，在乡间别墅里安定地生活，如果说她们并不如初到巴顿时那么生气勃勃地进行日常学习，那么她们至少计划着要在将来热气腾腾地大干一番。

埃莉诺日益迫切地想得到有关爱德华的消息。自从离开伦敦以来，她对爱德华的情况一无所闻。她不知爱德华有什么新的打算，甚至不清楚他如今会住在何处。她和哥哥互通了几封信，报告或询问玛丽安的病况。在约翰的第一封信里，写着这样一句话：“我对爱德华这不幸人儿的情况一无所知，又不能询问这样一个禁忌的问题，只能推断他仍在牛津。”这就是通信往来给她提供的唯一有关爱德华的情报，在后来收到的来信中，连他的名字也未曾提及，不过，她并非注定要长期昧于爱德华的下落。

一天上午，她们的男仆被派遣到埃克斯特办事，他回家后，在餐桌边侍候着，圆满回答了女主人有关办差情况的询问之后，自动地说道：“我想您知道了，太太，弗纳斯先生已经结婚。”

玛丽安大为震惊，转眼注视埃莉诺，面色转白，歇斯底里地仰倒在椅背上。达希伍德太太回答男仆的问题时，凭直觉把目光转至同一方向，她根据埃莉诺的气色大为吃惊地领悟到女儿的心实在是剧痛难当。顷刻之后，她同样为玛丽安的情况感到不安，不知该把主要的关心给予哪一个女儿。

那男仆只当是玛丽安小姐旧病发作，机灵地唤来一名女仆。在达希伍德太太的协助下，女仆把玛丽安扶进另一个房间。这时，玛丽安已大有好转，于是母亲把她留给玛格丽特和仆人照看，自己回到埃莉诺身边。埃莉诺虽然仍是惊痛未息，但这时已恢复了运用理智和说话的能力，正开始向托玛斯打听这消息的来源。达希伍德太太立刻把这麻烦事揽在自己身上，而埃莉诺则得此方便，毫不费力地得知了想知道的事情。

“谁告诉你弗纳斯先生结婚了，托玛斯？”

“今天上午在埃克斯特，太太，我见到了弗纳斯先生本人，还有他的妻子，斯蒂尔小姐。他们坐着一辆双轮马车停在新伦敦旅馆的门口，当时我拿着庄园里的赛丽给她当邮递员的哥哥的信走到那儿。我经过那辆马车时，偶然抬头一望，立刻认出上面坐着最年轻的斯蒂尔小姐。于是我脱帽敬礼。她认识我，招呼我，并且询问了你的情况，太太，还问及了两位小姐，特别是玛丽安小姐。她吩咐我转达她和弗纳斯先生的问候，转达他们最亲切的问候和敬意，并说他们没有时间来看望你们，十分抱歉。他们急于继续赶路，时间很紧迫，因为他们还要往下走一程。不过，他们回来时，肯定会来看望你们。”

“可是她对你说她结婚了吗，托玛斯？”

“说了，太太。她笑着说她在这一带改了姓。这小姐从来就是和和气气，说话直率，待人彬彬有礼，所以，我冒昧地祝她快乐。”

“弗纳斯先生和她一起坐在马车上吗？”

“是的，太太。我看见他仰靠在马车里，但没有抬头。这位绅士从不多言。”

埃莉诺心里很明白他为什么不出面插话。达希伍德太太也许找到了同一种解释。

“车上没别人了吧？”

“没有，太太，就他们俩。”

“你知道他们从哪儿来吗？”

“他们直接从伦敦来的，这是露茜小姐——弗纳斯太太告诉我的。”

“他们还要向西走吗？”

“对，太太，但不会住多久，他们很快又会回来，那时他们肯定会到这里做客。”

达希伍德太太现在望着女儿。然而埃莉诺知道他们不会来此。她在那封信中对露茜有了全面的认识，并坚信爱德华绝不会靠近她们。她压低声音对母亲说，他们也许是前往普利茅斯附近的普拉特先生家中去。

看来托玛斯的情报已经报告完了。埃莉诺似乎想听进一步的报告。

“你回来之前看见他们动身了吗？”

“没有，太太，马已经牵出来了，可是我不能再停留。我怕时间晚了。”

“弗纳斯太太身体好吗？”

“好，太太，她说她很健康。在我的印象中她总是个非常漂亮的小姐，她显得心满意足。”

达希伍德太太再也想不出另外的问题。此刻，托玛斯和桌布，同样派不上用场，很快便被打发走了。玛丽安已经派人来通知她不再想吃任何东西，而达希伍德太太和埃莉诺同样失去了食欲，玛格丽特则认为自己非常幸运：她的两位姐姐最近遭受了如此多的折磨，她们经常有如此多的理由不思饮食，而她自己还从来不曾有过不得不饿着肚子度日的时候。

当餐后点心和葡萄酒摆上桌的时候，房间里只留下了达希伍德太太和埃莉诺。她们长久地共处于一种类似的沉思默想的状态中。达希伍德太太不敢冒险提起话头，也不敢担好言相慰的风险。她现在发现，她信赖埃莉诺的自我表白铸成了大错。她得出一个合乎情理的结论：当时埃莉诺故意对事情作轻描淡写的说明，是为了使她免于更多的忧虑，不致像为玛丽安担忧一样为自己操心。她发现自己曾为女儿小心谨慎、顾虑周全的用心所迷惑，以为她一度了如指掌的爱情，实际上不如她一贯想象的那么深沉，或者说，远不如现在所显现的这么强烈。她担心，由于她深信不疑，她对埃莉诺一直是漠不关心的，有失于公正，而且，近乎无情无义。而玛丽安的忧伤，更为她所了解，在她眼前袒露无余，因而垄断了她的慈爱，将她的注意力从埃莉诺身上引开，使她忘记了还有一个女儿处于几乎同等不幸的苦境之中，所不同的只是，这个女儿较少自暴自弃，具有较多的刚毅坚忍。

第四十八章

埃莉诺如今发现，不管人们对厄运的到来做好了多么充分的精神准备，对倒霉事件的预料与事情本身的确实性之间仍是大有差别的。她现在发现，在爱德华成婚之前，她一直不由自主地怀抱着一线希望，以为会有什么事情从天而降，阻止他与露茜结婚。她指望爱德华本身的某种意志，朋友们的某种干涉，或者露茜能遇到某种更适当成家的机会，会突如其来地佑护她最大的幸福。然而爱德华如今已经成婚，她责怪自己心中暗含侥幸，致使这消息带来的痛苦大为加重。

起初，听说爱德华这么快结了婚，（按照她的推断）赶在他被授予圣职之前，也就是说得到牧师薪俸之前，她不无惊讶。但她很快便意识到，事情很可能是这样：露茜以自知之明的远见，急于把爱德华缚于身边，绝不会忽视拖延婚事的危险。于是他们结婚了，在伦敦结婚，现在匆匆忙忙赶到露茜的伯伯家。当爱德华在距巴顿不出四英里的地方，看见了她母亲的男仆，听到了露茜亲授口信，他的心情是多么沉重！

埃莉诺估计，他们不久便会在迪拉弗德定居。迪拉弗德，那地方定有一大群人沆瀣一气，诱使她对其倾注关心。那地方她既想去了解一番，又想避免涉足。瞬刻之间，埃莉诺想见了他们同居于牧师公馆的情景，想见了露茜那副敏捷的巧妇模样。她既想以极小的代价打扮得衣冠楚楚，又羞于被人猜出半点节俭的程度，她一心追求自己的利益，竭力讨好布兰顿上校、詹宁斯太太和每一个阔朋友。埃莉诺想象不出爱德华的情形，也不愿作任何设想。幸福或不幸，她都不满意，她关闭了对爱德华的想象之门。

埃莉诺自以为她们在伦敦的某一位亲戚会写信把这件事通知她们，并作更详细的说明。然而一天又一天过去，她们既未收到来信，也未听说任何消息。尽管不知道这该不该埋怨别人，但她归咎于每一个不尽心的朋友。他们都不体贴，或者是懒惰的。

“妈妈，你什么时候给布兰顿上校写信？”她忍受不了这毫无下文的情况，嘴里冒出了这个问题。

“亲爱的，我上星期给他写了信，我不指望收到他的回信，倒是等待着再见他本人。我热烈地请求他上我们这儿来，如果今明两天或者任一天看见他走进我们家，我绝不会感到惊奇。”

这就得到了下文，可以指望的下文。布兰顿上校肯定会带来一些消息。

埃莉诺还来不及细想这件事情，户外一个骑在马背上的男人的身影把她的目光引向了窗口。那人在她们家门口停下了。是一位绅士，布兰顿上校本人。现在埃莉诺可以听到更多的消息，她浑身颤抖地等待那个时刻到来。然而不是布兰顿上校，风度和个头都不像他。如果可能的话，她会以为来人定是爱德华。她又举目观望，那人刚刚下马，她没有弄错，正是爱德华。她挪身走开，然后坐下。“他特意从普拉特先生家赶来看望我们。我要镇定。我要控制自己。”

片刻之后，她发现她的家人们也同样误会了来者的身份。她看到母亲和玛丽安变了脸色，看见她们望着自己，彼此交换了几句耳语。为了能说出话来，她愿献出整个世界。她想使她们明白，她希望她们在言谈举止之间不要对爱德华显出丝毫冷淡和轻蔑。然而她语言梗塞，只得任她们自行决断。

除了窃窃私语，听不到一句大声的说话。她们全都默默地等待着来客的出现。她们听见他踏着沙砾甬道走来。不一会儿他到了走廊里，转瞬之间便出现在她们眼前。

爱德华走进房间时，表情不大愉快，甚至对埃莉诺也是如此。他的脸色因激动而发白，似乎担心主人对他的态度，并自知他不值得人家殷勤相待。然而，达希伍德太太按照自己的设想，诚心诚意地甘愿遵从当时为她所爱护的那个女儿的愿望而行动。她强作笑颜迎接爱德华，和他握手，并祝他快乐。

爱德华涨红了脸，结结巴巴地说出笨拙的答话。埃莉诺的嘴唇合着母亲的嘴唇一起嚅动，在这之后，她真想也和爱德华握握手，但已太迟了。于是她有意做出无拘无束的表情，重新坐下，谈论天气。

玛丽安早已尽可能不惹人注目地退到一旁，想藏匿她的悲愁。玛格丽特对此事略知几分，但不明全部真相，认为自己有义务显得高贵尊严，于是尽可能远离爱德华坐下，一直不发一语。

当埃莉诺谈完了这个无雨的季节给人的快乐以后。接下去是一个难堪的僵局。达希伍德太太挽救了这个局面，她觉得自己不能不以为，爱德华离开弗纳斯太太时，弗纳斯太太的身体十分健康。爱德华慌忙作了肯定的回答。

又是沉默。

埃莉诺决定振作精神，虽然她害怕听到自己的声音，还是说道："弗纳斯太太在朗斯塔普尔吧？"

"朗斯塔普尔！"爱德华吃惊地答道，"不，我母亲在伦敦。"

埃莉诺一边从桌上拿起一件针线活，一边说："我是询问爱德华·弗纳斯太太的情况。"

她不敢抬眼。不过，她母亲和玛丽安都把目光投在爱德华脸上。爱德华脸红了，似乎很狼狈。他的表情显得迷惑。犹豫片刻之后，他说道："也许你是指——我弟弟——你是指罗伯特·弗纳斯太太。"

"罗伯特·弗纳斯太太！"玛丽安和她母亲异口同声、大为吃惊地重复道。尽管埃莉诺说不出话，但她的眼睛也同样惊奇不已、急不可耐地盯着爱德华。爱德华起身离座，走到窗户边，显然不知所措。他拿起放在窗台上的一把剪刀。一边以急迫的声音开始说话，一边撕破剪刀套并将其剪成碎片。

"也许你们不知道——你们可能还没有听说我弟弟最近娶了——娶了年纪最小的——娶了露茜·斯蒂尔小姐。"

他的话让满座惊得目瞪口呆，只有埃莉诺例外，她低头俯视手中拿的针线活，处于万分激动的状态，简直不知自己身在何处了。

"是的，"爱德华说，"他们上星期结了婚，现在到了道利希。"

埃莉诺再也坐不住了。她小跑着出了客厅，门刚刚在她身后关上，她眼里便迸出了狂喜的泪水。直至此时，爱德华的目光从未落在埃莉诺身上。这时，他见埃莉诺匆匆离去，也许还看到了，或者甚至听到了她的激动。紧接着，他堕入了沉思。达希伍德太太的观察、询问和亲切的谈吐，都无法探知他的内心深处。最后，他一语未发，走出房间，出门朝村子里走去，任由她们惊异不已，并为他发生如此奇怪和突兀的改变而惶惑不解。这疑团她们无法释除，只能凭借自己的猜想。

第四十九章

爱德华解除婚约这一情况，固然使埃莉诺全家人莫名其妙，但有一点却是肯定的，即爱德华自由了。而且，大家不费思量便有了先见之明，知道他要利用这一自由达到什么目的。四年多以前，他未征得母亲同意，轻率地与一个女子订婚，在经历了这种灾难之后，既然那婚约已经破灭，他无疑会立即缔结另一婚约。

爱德华巴顿之行的目的十分简单，那就是请求埃莉诺嫁给他。考虑到他于求婚之道绝非毫无经验，在目前的情况下，他竟深感不安，甚至急需鼓励和新鲜空气，倒确是一件奇怪的事。

然而，这里不必赘述，爱德华怎样迅速地坚定了决心，怎样及时得到了实践决定的机会，他怎样提出求婚的意思，对方怎样接受了他的请求。只有一点需要说明：在他到达巴顿大约三个小时之后，在下午四点钟，他们围坐在桌旁，他已经得到自己的心上人，并征得了女方母亲的同意，成为世界上最幸福的男人之一，这不仅是有情人欣喜若狂的自我感受，而且是为情理和事实所支持的现实。他的境况之可喜程度确实非同寻常。他心中涌溢的感情，远不止于一般爱情得到响应时的胜利喜悦，这使他精神激昂。他摆脱了一种使他长期郁郁寡欢的羁绊，摆脱了一个他久已不爱的女人，而且立即奋起赢得了另一个人，而没有负疚于心。可是想当初，他刚刚怀着欲求考虑这件事，便立刻觉得可望而不可即。他不是从怀疑或悬念的蹊径走入幸福的大门，而是直接从地狱升入天堂。他以朋友们在他身上从未见过的纯粹、充溢、爽朗的欢快劲头，坦率地表白心灵世界的变化。

现在，他对埃莉诺敞开了心扉，坦白了心肠的懦弱和全部的缺陷，他以二十四岁男子所具有的全部理性尊严评议他对露茜的生来第一次的幼稚的恋爱。

“这是我的愚蠢而毫无根据的偏爱，”他说，“是不明事理和无所事事的结果。假如我母亲在我十八岁脱离普拉特先生的照顾时，给我找个需要勤勉的职业，我想，不，我肯定这件事绝不会发生。因为，尽管在我离开朗斯塔普尔时，我一时对其侄女怀有自以为不可遏止的恋慕，然而，只要我当时有所追求，有所抱负，使我无暇顾及她，并使我和她疏远几个月。特别是，在这种情况下，我肯定会更多地出入社交界，这样我就会迅速地成熟，淡忘这恋情。然而，我却无事可干。母亲没有为我选择任何职业，也不允许我自行选择。我回到家里，吊儿郎当，在此后的十二个月中，我甚至没有得到上大学可以给我的空头职业，因为我直至十九岁才到牛津。于是，我除了以爱情饲养自己的心灵，根本无事可干。我母亲使我在家里各方面都不如意，我没有朋友，与弟弟合不来，又不喜欢新相识，所以，我常去朗斯塔普尔是很自然的事情。在那里，我总觉得像在自己家里一样，总是受到欢迎。就这样，我在那儿度过了十八岁到十九岁之间的大部分时间。露茜一切表现无不亲切友好。她还很漂亮，至少我当时感觉如此。我见识的女人太少，无法比较，因此毫不挑剔。由于这一切原因，我希望，我们的婚约固然订得愚蠢，正如一切情况已经表明的一样，但在当时，它却并非出自不合人情或不可原谅的固执。”

达希伍德一家人在几小时内精神上所经历的变异之大和幸福感之深是不可言喻的，她们很有可能高兴得一夜不眠。达希伍德太太欢天喜地，不得安宁，既不知怎样爱爱德华才好，也不知怎样才能把埃莉诺夸够；既不知怎样才足以感谢他获得了解脱而又无损于体统，也不知怎样给这对情人以无拘无束亲密交谈的空闲。她仍然如己所愿，以注视两人和同他们交谈为乐事。

玛丽安只能以眼泪表达她的快活。难免有对比，伤感随之而起。她的喜悦，虽然如同她对姐姐的爱一般真挚，却未赋予她以兴致和语言。

至于埃莉诺，应当怎样描述她的感情？自从得知露西嫁给了另一个人、爱德华已经自由那一刻起，直到爱德华满足于她那接踵而至的希望为止，她百感交集，不得平静。然而，当后一时刻过去之后，当她发现一切疑虑和担忧已经消除，她便把最近的处境与现在的情况加以比较。当她得知爱德华体面地脱免了前一婚约的束缚，眼见爱德华立刻利用这自由的机会向她求爱，并倾吐其温柔与持久出乎她之所料的深情——这时候，她的心窒息了，为自己的幸运而头晕目眩，幸好人的精神具有轻易地适应命运突然好转的能力，几小时之后，她的情绪稳定下来，心中的安宁一如平常。

现在，爱德华至少得在这乡间别墅里滞留一个星期。不论另有何等紧要的事务急需他去处理，他至少需要一个星期的时间，享受与埃莉诺形影相随的快乐。只有这样，他才有足够的时间表达对于过去、现在和将来所感所思的一半。几小时滔滔不绝、冗长费力的交谈，在两个具有理性的伙伴之间，对共同关心的题目发表见解是绰绰有余的，在爱侣之间则不然。在他们之间，任何话题都没有止境，而信息的传达，直到重复二十遍以后才能告成。

露茜的婚姻，理所当然地在大家心中引起了持久不衰的好奇和惊异，自然，这是两个有情人最先谈论的话题之一。埃莉诺对男女当事人都深有了解，这使她觉得，从各个角度而言，这是她一生所闻的最离奇、最难理喻的婚姻。他们怎么会凑到一起，罗伯特受何种魅力的诱惑娶了这样一个姑娘，她的美貌，埃莉诺曾听到罗伯特亲口毫不动心地说到过，而且她已与他哥哥订婚在先，为了她，这位兄长被逐出家门，解答这两个疑问，实为埃莉诺的理解力所不及。就她的心愿而言，这是一件惬意的事，就她的想象而论，这件事甚至荒唐可笑。然而，对于她的理智，对于她的见识，这是个猜不透的哑谜。

爱德华只能试作一种解释，设想他们起初是偶然相遇，一方的殷勤与另一方的虚荣心一拍即合，导致了其余的一切。埃莉诺还记得罗伯特在哈雷街对她说的话，他发表了一番见解，讲到他的老谋深算如果运筹适时，在哥哥的情事中将会发生什么作用。埃莉诺把这话告诉爱德华。

“这正是罗伯特的为人。”爱德华立刻评议道，“而且，”他立刻补充说，“也许那种想法在他们初遇时便在他脑中形成了。也许露茜起初只是想赢得他为我从中斡旋，其他的念头是继之而起的。”

然而，这件事在他们之间究竟酝酿了几许时间，爱德华和埃莉诺同样全然不知。自离开伦敦以后，爱德华按自己的意愿住在牛津，在那里，除了通过露茜本人写的信，他无从得知露茜的情况。而露茜的信，直到最后关头，数量不比平常少，感情也不比平常冷淡。因此，爱德华未起一丝疑念，对后来发生的事情毫无精神准备。最后，露茜在一封亲笔信中，突然向他亮牌。当他突然得到赦免的消息，有一段时间，他介乎惊奇、恐惧和欣喜之间，处于半麻木的状态。他把那封信递到埃莉诺手中。

亲爱的先生：我失爱于你已久，对此我毫不怀疑。我认为，我有授爱于他人的自由。我肯定，我和他共同生活会十分幸福，正如我过去认为与你为伴将很美满一样。然而我不屑于在爱另有所属时与你结婚。恳愿你另择佳偶，如愿以偿。如果我们不能以好友始终，并不是我的过错，现在我们之间亲近的亲戚关系使我们应该保持分寸。我可以毫不过分地说，我绝未遗怨于你，而且相信你是宽宏大量的，不会刁难我们。你弟弟完全得到了我的爱情，我们彼此分离便无法生存，刚刚从圣坛上返回，此刻正在前往道利希的路上。我们要在那儿住几个星期，你亲爱的弟弟想见识那个地方。不过，我认为首先应该写下这封短信烦你一阅，我将永远是你忠实的祝福者、朋友和妹妹。

露茜·弗纳斯

我把你的信全烧了，并且一有机会就会把你的画像还给你。请毁掉拙书。然而戒指和我的头发，我非常欢迎你将其保存。

埃莉诺读完信，一语不发地把它交还爱德华。

“我不要求你对这封信的文字加以评论，”爱德华说，“在这以前，我绝不愿让你看到她的信。有一个妹妹写这种信已经够令人感到羞耻了，何况作为妻子！我一直为她写的书信羞愧得脸红！我相信，可以说，自从我和她干蠢事的最初半年以来，在我从她那儿得到的信中，这是唯一的一封以其内容补偿了蹩脚文字的信。”

“不管怎么说，”埃莉诺在一阵沉默之后说道，“他们的确结婚了。你母亲播下了苦种，末了自食苦果。她出于对你的怨恨而授予罗伯特以独立自主权，使其能够自作选择，而她实际上是以一年一千镑的收入诱使一个儿子做出因为另一个儿子想做而被她剥夺了继承权的事情。我想，罗伯特娶露茜，较之你娶露茜，对她的伤害不会更小。”

“她会为此受害更深，因为罗伯特一向是她的宠儿。由于同样的道理，她原谅罗伯特那一天的到来会早得多。”

爱德华并不知道他母亲和罗伯特之间的事态如何，因为还没有任何家庭成员向他发出信息。他在露茜那封信到达之后二十四小时内便离开了牛津，在他眼前只有一个目标，即寻找通向巴顿的捷径，凡是与那条路不具有最密切关系的行动计划，他都无暇拟订。直到他萦系于达希伍德小姐的命运确定为止，他什么也做不了。从他寻求这一命运的急迫迅速之举看来，可以设想，尽管他曾怀着妒意想到布兰顿上校，尽管他谦谨地评定自己的功过，尽管他自卑地谈及自己的疑虑，但是，总而言之，他并不认为自己会受到冷漠无情的接待。然而，就他的本分而言，他应该说他曾以为自己会不受欢迎，而他很得体地表达了这层意思。至于他在十二个月以后就此题目会说些什么，这问题不妨留给做了丈夫或妻子的人们去想象。

埃莉诺心里完全清楚，露茜无疑想以她在托玛斯附近写的那封信欺诈爱德华，向他发泄一股洪水般的怨恨。爱德华如今认清了露茜的本性，毫不犹豫地相信她任性的歹毒之心想得出的最低劣的伎俩。甚至在他与埃莉诺结识以前，他早就明察了露茜的无知，看出她的见解有失磊落，然而，这些缺点被他一致归因于露茜缺乏教养。直到他收到露茜的最后一封信为止，他一直以为露茜是个温厚善良的姑娘，一心一意地恋着自己。他之所以没有废止这个婚约，原因全在于这种信念，而非其他。这婚约，在它暴露并使他遭受母亲怒责之前，对他来说，早就是无止无休的不安和悔恨之源了。

“我认为，”他说，“当我被母亲遗弃，从各方面看来世上没有一位朋友支持我的时候，给她以是否维持婚约的选择自由，是我的职责，与我的感情无关。在那种处境之中，似乎没有任何因素诱惑人类的贪心和虚荣，当时她忠心耿耿、热情洋溢地坚持：不管前景如何，要和我同担厄运。我怎能想到对她的动机可以作任何解释，唯独不能解释为最无私的爱情？即使现在，我也想不出她行为的出发点，想不出锢身于一个她根本不爱的男子对她有何空想的意义。要知道，那男子除了两千镑一无所有。她不可能预见到布兰顿上校会给我一个牧师职业。”

“她当然预见不到。然而，也许她揣测到会有于你有利的事情发生。她认为你的家人到时候会发恻隐之心。无论如何，坚持婚约于她一无所失，因为她已用行动表明，婚约既未约束她的欲求，也未束缚她的行为。这婚约无疑是受人尊重的，可能为她在朋友们当中赢得敬意。如果没有更加有利可图的事情发生，那么她嫁给你总胜过独身。”

爱德华自然立即相信了，露茜的做法是自然不过的，其动机则不言自明。

埃莉诺责怪他，态度如同女士们一向斥骂她们自己赖以备受恭维的轻率时一般严厉。她指责爱德华不该在诺兰与她们共度那么多时光，当时他肯定感到自己游移不定。

“你的做法无疑是很不妥当的，”她说，“因为，我自己的过错自不待说，这使我们幻想和期望在你当时的处境下绝不可能发生的事情。”

爱德华只能以自己心智的愚昧和对婚约力量的盲目信赖来做辩解。

“我过于单纯，竟以为，既然我的诚心已为婚约许给另一个人，我和你在一起便无后患了。我还以为，对于婚约的自觉，会使我的心如我的节操一样安全可靠，洁白无瑕。我感觉到了对你的敬慕，但我对自己说，这只是友情。直到我开始比较你和露茜的优劣为止，我并不知道自己已经走出了多远。我想，从那以后，我在苏塞克斯逗留那么久便是知错犯错了，我据以甘心顺从那权宜之计的论辩，忧患属于我自己，除了我本人以外，对他人一无所害。”

埃莉诺笑着摇摇头。

爱德华不仅真心希望与布兰顿上校加深交往，而且但愿有机会说服他相信自己不再因他授予自己迪拉弗德牧师职位而怨恨他。因此，爱德华听说上校对这乡间别墅的拜访指日可待，十分欢喜。他说：“当时我非常冷淡地向他致谢，所以现在他肯定认为我绝不会原谅他为我提供那个职位。”

现在连他自己都感到惊奇，他还未曾去过那个地方。然而他对这件事一直漠不关心，他对于那儿的住宅、花园、教会附属地、教区范围、田地状况和什一税知识，全是从埃莉诺嘴里听来的。布兰顿上校曾对埃莉诺详细介绍过那儿的情况，而埃莉诺对此深为关心，好像她就是主宰这个话题的女主人。

此后，他们之间只有一个问题尚未确定，只有一个困难尚待克服。他们在挚友们最热烈的赞同下，由相互的爱慕结合在一起。他们彼此间的亲密了解使他们的幸福确定无疑，他们只缺乏赖以维持生计的东西。爱德华有两千镑，埃莉诺有一千镑，这些钱加上迪拉弗德牧师的薪俸，便是他们的全部财产。达希伍德太太不可能增加女儿的陪嫁，而他们双方都未被爱情冲昏头脑，并不认为一年三百五十镑的进款可以为他们提供舒适的生活。

爱德华并非完全无望于母亲对他的态度有所好转，他指望从中补贴他们短缺的收入。然而埃莉诺未作这种指望。既然爱德华仍然不能娶莫顿小姐，而爱德华选择自己为妻，按照弗纳斯太太讨好的说法，只不过比他选择露茜·斯蒂尔小姐少一点不幸，所以她恐怕罗伯特忤逆母意除了为范妮提供更多的财富之外，得不到其他任何结果。

爱德华到达之后又过去了四天，布兰顿上校来了，这使达希伍德太太十分满意。自从她在巴顿定居以来，这是第一次迎来了这么多友伴，得以光耀门第。她允许爱德华继续享有前客的特殊待遇，于是布兰顿上校每晚步行到他在庄园里的老寓所。他通常在早晨从那里返回别墅，到来的时间之早，足以打断这对情人在早餐前的首轮促膝密谈。

上校在迪拉弗德住了三个星期。在那儿，至少夜晚的时间，他几乎无事可干，光是计算三十六岁与十七岁之间不相谐和的程度，使他来到巴顿时的消沉的精神状态，完全需要玛丽安改善的表情和表示欢迎的亲切温柔，以及她母亲言语之间的鼓舞，来提高他的兴致。不过，置身于如此友善的朋友之间，受到这样令人欢喜的接待，他的确恢复了常态。他还不曾听到有关露茜出嫁的传闻，对近来发生的事情一无所知。因此他来访的最初几个小时，是在倾听和惊奇中度过的。达希伍德太太对他解说了一切，他找到了新的理由得欢于他为弗纳斯先生所做的效劳，因为这最终增加了埃莉诺的利益。

两位绅士在彼此加深交情时也彼此加深了好感，这自不待言，因为结果只能如此。他们都有可贵的节操和出色的判断力，具有相似的气质和思维方式，也许，倘无其他因素使他们彼此吸引，这也足以把他们系于友谊的纽带。然而他们分别爱着姐妹俩，而这姐妹俩又那样情投意合，这就使他们必然互相尊重，而且一拍即合，否则，还得等待时间才能判断结果。

从伦敦寄来的信件，倘使早几日到达，会使埃莉诺全身的神经因狂喜而颤抖，她现在读来，心中的感动却不及快乐的程度。詹宁斯太太在来信中讲述了那个离奇的故事，发泄了她对遗弃未婚夫的姑娘的愤慨，并倾诉了对不幸的爱德华所怀的同情。她深信，爱德华一定死心塌地地爱着那轻佻的女子，而大家都说他眼下在牛津心痛欲裂。“我认为，”她继续写道，“从来没有一件事进行得如此隐秘。要知道，不过两天以前，露茜还曾来访，和我坐谈了两个小时。谁也未曾疑心到这件事，连南茜也未料到。她真可怜！第二天她哭着来到我身边，提心吊胆地怀着对弗纳斯太太的恐惧，而且不知怎样才能到达普利茅斯。她说，露茜在离家出嫁之前，把她的钱全数借走了，我想，是为了以此骗人耳目。可怜的南茜剩下的全部财产不足七先令，我很乐意给她五个金币，让她前往埃克斯特，她想在那儿与伯格斯太太同住三四个星期，在我的指点下，她指望在那儿与那医生邂逅重逢。我必须说，露茜未带她同行，这份坏心肠之恶劣无以复加。可怜的爱德华！我脑子里总是想着他，但你必须写信把他请到巴顿，玛丽安小姐必须设法安慰他。”

达希伍德先生的笔风更为严肃。弗纳斯太太是世上最不幸的女人，可怜的范妮苦于感情的折磨，而他怀着惊惧之情，观察那两个女人在这打击之下的状况。罗伯特的罪孽是不可原宥的，但露茜更是无耻之尤。以后，在弗纳斯太太面前不能再提这一男一女的名字。即使今后她可能宽恕她的儿子，但她绝不会承认其妻是她的儿媳，也不会和她同在一个场合露面。他们之间安排这一切事项时瞒天过海的做法，更使这行为成为滔天大罪，这是理所当然的，因为只要人们有所疑心，便会采取适当措施阻止这一婚姻。他要求埃莉诺和他一起懊悔，宁可让露茜与爱德华实践婚约，也不该让露茜在家里进一步扩大不幸。因此他继续写道：

“弗纳斯太太还未提起爱德华的名字，我们对此并不奇怪。然而，使我们大为吃惊的是，这件事发生后没有收到他的一封来信。不过，也许他唯恐莽撞冒犯，所以保持沉默，因此我会写信寄往牛津，给他以暗示：他的姐姐和我都认为，由他写一封恰如其分的悔过信——不妨对范妮写，由她给母亲一阅——也许这样一封信不会被置之不理。我们都了解弗纳斯太太心肠的柔慈，她的愿望莫过于与孩子们和睦相处。”

这一段文字对爱德华的前景和行为具有几分影响。这使他注定要勉强让步，不过并不采取他的姐夫和姐姐指定的方式。

“一封恰如其分的悔过信！”他说，“难道他们叫我为罗伯特对母亲的忘恩负义和对我的背义之举去请求母亲的宽恕吗？我不能屈服。这段时间发生的事情并未使我变得谦卑，也未使我后悔。我现在变得十分幸福，但这与此无关。我不知有什么悔过对于我来说是恰如其分的。”

“你肯定可以请求原谅，”埃莉诺说，“因为你冒犯了她。我想，现在你可以大胆地承认，对于缔结给你引来了母亲愤怒的婚约，你有所忧虑。”

他表示同意，认为这是可行的。

“一旦她宽恕了你，在你宣布第二个婚约时——这婚约在她眼里几乎与第一个婚约同样轻率——略表谦恭也许会带来方便。”

对此爱德华无理可驳，但他仍然反对写一封“恰如其分的悔过信”。于是，他宣称自己更愿意口头表示讨厌的让步之意，而不愿写信，以使这件事办起来轻松一些，事情便如此决定下来：他不写信给范妮，而是前往伦敦，当面请求她为自己从中斡旋。

“如果他们真的愿意插手此事，”玛丽安以焕然一新的坦率态度说道，“致力于达成妥协，我将认为，甚至约翰和范妮也并非全无美德可言。”

布兰顿上校做客的时间不过三四天，此后，两位绅士一起离开巴顿。他们径直前往迪拉弗德，爱德华要亲自见识未来的家园，并协助他的授职者和朋友决定对那房屋做何种修缮。歇宿两晚之后，他将从那里继续旅行赶往伦敦。

第五十章

弗纳斯太太作了一番适当的抵制，态度之激烈，意志之顽强，刚好使她免受她一直害怕蒙受的谴责——对她过于温厚迁就的谴责。此后，她允许爱德华回到自己身旁，并宣布他重又成为自己的儿子。

她家里最近连起风波。在她多年的生活中，她一直有两个儿子，但是，爱德华的罪孽和绝情，在几个星期以前，从她手中夺去了一个儿子。而罗伯特类似的绝情之举，使她有两个星期成了无儿寡母。而现在，由于爱德华的复苏，她又有了一个儿子。

尽管爱德华幸蒙母恩，绝处逢生，然而在他暴露现在的婚约之前，他并不觉得这生存的延续安稳可靠，因为他担心这件事的公布会使性质突变，并同前次一样迅速地被赶出家庭。因此，他相当谨慎地吐露隐情，而弗纳斯太太的态度之平和出乎他的意料。起初，弗纳斯太太努力劝说爱德华不要娶达希伍德小姐，使尽了她的种种辩论本领。她说，如果娶了莫顿小姐，爱德华便拥有一个地位更高、财产更富的女人做妻子。为了加重这道理的分量，她还说莫顿小姐是一个拥有三万镑财产的贵族小姐，而达希伍德小姐只是一个财产不过三千镑的平民绅士的女儿。然而，当她发现，尽管爱德华完全承认她的陈述是确凿无误的，但他绝不愿将其作为遵循的原则。根据上一次的经验，她断定最明智的做法是迁就儿子。于是，为了顾全体面，也为了防止人们怀疑她乐于依从此事，她故意安排了一段不愉快的拖延，然后宣告同意爱德华与埃莉诺的婚姻。

增加他们的收入需要她作下一步的考虑，不过，明显地出现了这样一个情况，即爱德华现在是她唯一的儿子，却根本不能算是长子了。因为罗伯特每年必然要被赠予一千镑，于是她对爱德华为了充其量不过两百五十镑的收入而接受神职一事未表示丝毫反对意见，同时，除已经给了范妮的那一万镑之外，不论是对现在还是将来都没做出任何许诺。

不过，爱德华和埃莉诺所热望的也就莫过于此了，而且这已超过了他们的指望。只有弗纳斯太太本人，通过其含糊其辞的辩解，似乎对自己没有给予更多的恩惠一事显得不无惊讶。

这样，他们得到了一笔足以满足需要的进款。在爱德华获得牧师职位以后，只等住宅修缮妥当，他们便可结婚。布兰顿上校一心想为埃莉诺提供便利，正对住宅大作改良。为了等待竣工，他们延搁了婚期，和通常一样，经历了无数次的失望和拖延，这都是工匠们莫名其妙的拖沓所致，也和通常一样，等了一段时间以后，埃莉诺打破了起初不到万事俱备不出嫁的坚强决心，于是婚礼于早秋在巴顿教堂举行。

他们婚后的第一个月是在大邸宅里与他们的朋友一起度过的。从那儿，他们能够监督牧师公馆施工的进程，并能随意到现场指挥一切。他们可以挑选糊壁纸，设计灌木路，并开辟一条弯道。詹宁斯太太的预言，尽管有些混乱不清，却首先实现了。在米迦勒节，她在牧师公馆拜访了爱德华夫妇。她发现，埃莉诺及其丈夫，正如她衷心相信的那样，是世界上最幸福的一对。事实上，他们一无所图，但求布兰顿上校与玛丽安结婚，以及他们的母牛能得到较好的牧场。

他们刚刚定居，几乎所有的亲戚朋友都赶来拜访。弗纳斯太太前来视察她几乎羞于认可的幸福景况，甚至达希伍德夫妇也不惜旅途劳顿，从苏塞克斯赶来祝贺新婚夫妇。

“亲爱的妹妹，我不愿说我失望了。”一天上午，当兄妹俩一起走到迪拉弗德公寓门前时，约翰说道，“那样说太过分了，因为你确实是世界上最幸运的年轻女子之一，事实如此。然而，我承认，我极乐意称布兰顿上校为妹夫。他在这儿的产业，他的属地，他的住宅，一切都处于令人肃然起敬的出色状态。还有他的树林！在多塞特郡，无论何处我从未见过迪拉弗德棚厂里堆放的这种木材！不过，也许玛丽安未必就是上校倾心之人。尽管这样，我还是认为，现在你应当时常把他们撮合在你身边。布兰顿上校似乎大部分时间待在家里——当人们经常被拉拢到一起，很少见到另外的人——你将始终有能力把她送往幸福之地，如此等等。简言之，你也可能给她一个机会。你明白我的意思。”

然而，尽管弗纳斯太太居然前来看望了他们，并且总是待他们以假装的庄重态度，但她绝未以她真正的厚意和偏爱侮辱他们。这要归因于罗伯特的愚蠢和他妻子的狡诈。不出几个月，那对夫妇便赚到了弗纳斯太太的欢心。露茜的自私的机敏，最初把罗伯特拽入了困境，现在却将他从逆境中拯救出来。她那充满敬意的谦卑，孜孜不倦的殷勤，加上无止无休的谄媚，一有可乘之机便大加发挥，使弗纳斯太太乖乖顺从了罗伯特的选择，重新将他置于自己的宠爱之下。

因此，露茜在这件事中的所作所为，以及冠于其上的成功，可以作为一个最有说服力的实例。它表明，对自身利益的竭诚不断的关心，尽管其进程可能受到显著的妨碍，也会赢得命运中的种种好处，除了牺牲时间和良心以外，没有其他任何损失。当罗伯特初次主动与露茜结交，私下里把她邀请到巴列特建筑区时，只是怀着哥哥在他心中引起的意图。他仅仅打算劝说露茜放弃婚约，需要克服的仅仅是双方的感情，除此无他，因此他自然指望一两次会见便能解决问题。然而，在那一点上，仅仅在那一点上，他做了错误的估计。尽管露茜很快便给他以希望，他的雄辩会及时把她说服。然而总是需要一次又一次的拜访，一次又一次的谈话，为这说服铺平道路。当他们分别时，总是有某种疑虑在她脑子里流连不去，除非罗伯特再进行半小时的说教，疑虑才能释除。用这种手段，露茜使他的陪伴有了保障，其余的事情便按部就班地发生。他们不再谈论爱德华，而逐渐开始仅谈罗伯特。这个话题，较之其他任何题目，罗伯特总是有更多的话可说，而露茜则立刻不由自主地对此显出了兴趣，其兴致之高不下于罗伯特本人。简而言之，对于双方，有一点很快便显而易见，即这位弟弟完全将哥哥取而代之了。他为征服了这个女人而自豪，他为耍弄了哥哥而得意，而且更以不征得母亲同意私下结婚而荣耀。接踵而来的事情是读者已知的。他们在道利希快快活活地过了几个月，因为她要和许多亲戚、老相识绝交。罗伯特拟订了几份计划，要建造富丽堂皇的乡间别墅。他们从那儿回到伦敦，获得了弗纳斯太太的宽恕，所用的办法很简单，就是请求原谅。罗伯特在妻子的怂恿下采取了这一手段。这宽恕，开始的确是合情合理的，只是针对罗伯特而言。而露茜，在道义上并未有负于罗伯特的母亲，因此无过错可言，她未获原谅的日子，长于罗伯特几星期。但她坚持卑躬屈膝的为人之道，写信为罗伯特的罪过自责自怨，并感谢她所受到的冷酷待遇，这一切，为她及时地赢得了傲慢的认可，以其大恩大惠使露茜感佩得五体投地。不久以后，露茜的作用迅速地升华到影响和感化的最高状态。对于弗纳斯太太来说，露茜和罗伯特与范妮一般不可缺少。爱德华一度打算娶露茜，为此他绝不可获得诚挚的宽恕，而埃莉诺，尽管论财富和出身都比露茜优越，却被说成一名不速之客。露茜则处处被看作宠儿，并且总是得到公开的承认。他们在伦敦定居，得到弗纳斯太太慷慨的支援，与达希伍德夫妇的关系如胶似漆。倘若不论及范妮与露茜之间的争风吃醋和无时不有的恶意，她们各自的丈夫自然也参与其中，以及罗伯特和露茜自家人之间时常发生的家庭纠纷，那么他们共同生活的和谐便是无可媲美的。

爱德华做了什么事情因而丧失了长子权，使许多人大费猜疑，而罗伯特做了什么事情因而继承了它，使人们更加迷惑不解。然而，这种安排，就其给人的印象而言，而不究其原因，是说得过去的。因为，在罗伯特的生活方式和言谈之中，没有任何迹象令人怀疑他为自己的进款数目感到不安：认为留给他哥哥的太少，自己得到的太多。如果根据爱德华履行各项职责的爽快态度，根据他对妻子和家庭有增无减的痴心迷恋，根据他精神上首尾一贯的轻松愉快，根据这一切来判断此事，那么人们会认为他同样满足于自己所得的份额，同样无意于与弟弟作交换。

埃莉诺出嫁后，极少与娘家的亲人分离，她们共同相处的时间达到了巧妙安排所允许的最大极限，就是说使巴顿的别墅不致完全废弃不用，她的母亲和两个妹妹过半的时间都与她一起度过。达希伍德太太频繁访问迪拉弗德，既出于策略的考虑，也出于内心的愿望。她想撮合玛丽安与布兰顿上校的愿望，其热心的程度不下于约翰，不过相较之下远为慷慨大方。女儿在身边做伴，是她无比珍重的，但她最大的愿望是把这长久的快乐移交给她那尊贵的朋友。埃莉诺同样热切地希望看到玛丽安定居于上校的邸宅。他们都感到遗憾，都怀着各自的责任感，他们一致认为，玛丽安将是这一切的报偿。

玛丽安面对着这样一个同盟，她对上校的善良品质具有详尽的认识，她深信上校对她情深似海，这爱情，尽管很久以后才为人们所察觉，现在却终于向她倾泻而来，她还能怎么办呢？

玛丽安·达希伍德生就一种奇特的命运。她生来注定要发现自身见解的虚妄，注定要一反自己最合心意的座右铭而行之。她生来注定要克服在一生中迟至十七岁才形成的爱情，注定要在没有凌驾于强烈尊敬和爽快友谊之上的情感的情况下，自愿嫁给另一个男人！这个男人，在以前一次恋爱中所尝的苦头不下于她自己所受的挫折；这个男人，两年以前她曾以年纪太大而不愿同他结婚；这个男人，至今仍在借助法兰绒背心保护健康。

但事情就是如此。玛丽安没有在不可遏止的激情之下成为牺牲品，尽管她一度指望如此盲目地自得其乐。她甚至没有死守在母亲身边，在幽居和书房里寻求她唯一的娱乐，尽管她曾一度根据更加冷静、更加清醒的判断决心这么做。在十九岁时，她顺应新生的爱情，承担起新生的职责，进入一个新的家庭，作为一个男人的妻子，作为一个家庭的主妇，作为一个村庄的女主人。

布兰顿上校现在幸福无量，那些钟爱他的人认为这是他应得的奖赏。他过去的种种伤痛在玛丽安的抚慰下已经和缓止息，妻子的关心和陪伴使他的心恢复了活力，恢复了乐观。玛丽安在给他带来幸福的同时，也找到了自己的幸福，每个敏于观察的朋友同样对此深信不疑，并为此感到欣慰。玛丽安在爱情中绝不会半心半意，她的心适逢其时毫无保留地奉献给了她的丈夫，正如它曾一度全部奉献给威洛比。

威洛比听说她已出嫁，不能不痛心疾首。由于史密斯太太自愿的宽恕，此后不久他便受到了彻底的惩罚。这位太太指定他娶一位节操高尚的女子，作为她行宽厚善举的条件。这使威洛比有理由相信，倘使他当时对玛丽安的行为光明磊落，对得起爱情，幸福和财富便会立刻为他所得。毋庸置疑，他对给他带来如此恶报的过失所做的忏悔，是十分诚恳的。同样无可怀疑的是，在很长的时间里，他想到布兰顿上校便心怀妒羡，而想到玛丽安则痛悔不迭。但是，读者不能指望他永远不得安宁，不能指望他自绝于社交，或养成习惯性的忧郁，或死于心碎——因为他实际上不是如此。他活着，在奋斗，常常自得其乐。他的妻子并非总是使性子，他的家庭也并非总不舒适！他养马饲狗，进行各种运动，他发现家庭生活的情趣并非微不足取。

然而，对于玛丽安——尽管他在失去她后仍不死心未免无礼——他却保留着那种无可动摇的执念，这使他对与玛丽安有关的一切深为关心，暗中把她作为评审完美妇女的标准。在后来的日子里，许多后起之秀因无法与布兰顿太太比美而为他所鄙夷。

达希伍德太太深通世故，留居于自己的乡间别墅，并不打算迁至迪拉弗德。对于约翰爵士和詹宁斯太太来说，有件事很是幸运，当玛丽安被其丈夫从他们身边领走后，玛格丽特到了非常适合于参加舞会的年龄，而且，人们认为，她并非根本不具备谈情说爱的资格。

由于深厚的家庭感情，巴顿与迪拉弗德之间，联系理所当然地未曾中断。在埃莉诺与玛丽安的种种美德和无可比拟的幸福之中，有一点请读者不要等闲视之：尽管姐妹俩分别生活在几乎是彼此目之所及的住所，她们却能和睦相处，彼此毫无芥蒂，同时两位丈夫之间也未造成冷漠的局面。

轻经典

出 品 人：许　永
出版统筹：林园林
责任编辑：许宗华
特邀编辑：王佳丽
封面设计：墨　非
印制总监：蒋　波
发行总监：田峰峥

发　　行：北京创美汇品图书有限公司
发行热线：010-59799930
投稿信箱：cmsdbj@163.com

官方微博

微信公众号